HEYNE <

Das Buch

Seit sie sich zum ersten Mal begegnet sind, ist die Anziehung zwischen dem Vampirkrieger Vishous und der menschlichen Ärztin Jane Whitcomb so stark geworden, dass V sich nicht mehr vorstellen kann, seine Geliebte gehen zu lassen, die ihn auf dem Anwesen der BLACK DAGGER gesund gepflegt hat. Um seine Pflicht für die Bruderschaft zu erfüllen, muss er jedoch Janes Gedächtnis löschen und sich verpflichten, sie nie wiederzusehen. Doch noch bevor Vishous als *Primal* seine Hochzeit mit der Auserwählten Cormia vollziehen kann, kommt es zu einer dramatischen Entwicklung, denn die untoten *Lesser* haben Vs Geheimnis entdeckt und nehmen Jane ins Visier …

Die BLACK DAGGER-Serie

Erster Roman: Nachtjagd
Zweiter Roman: Blutopfer
Dritter Roman: Ewige Liebe
Vierter Roman: Bruderkrieg
Fünfter Roman: Mondspur
Sechster Roman: Dunkles Erwachen
Siebter Roman: Menschenkind
Achter Roman: Vampirherz
Neunter Roman: Seelenjäger
Zehnter Roman: Todesfluch
Elfter Roman: Blutlinien
Zwölfter Roman: Vampirträume

Die Autorin

J. R. Ward begann bereits während ihres Studiums mit dem Schreiben. Nach ihrem Hochschulabschluss veröffentlichte sie die BLACK DAGGER-Serie, die in kürzester Zeit die amerikanischen Bestsellerlisten eroberte. Die Autorin lebt mit ihrem Mann und ihrem Golden Retriever in Kentucky und gilt seit dem überragenden Erfolg der Serie als neuer Star der romantischen Mystery.

Besuchen Sie J. R. Ward unter: www.jrward.com

J. R. Ward

Todesfluch

Ein BLACK DAGGER-Roman

WILHELM HEYNE VERLAG
MÜNCHEN

Titel der Originalausgabe
LOVER UNBOUND (PART 2)

Aus dem Amerikanischen übersetzt von Astrid Finke

Mix
Produktgruppe aus vorbildlich bewirtschafteten Wäldern und anderen kontrollierten Herkünften

Zert.-Nr. SGS-COC-1940
www.fsc.org
© 1996 Forest Stewardship Council

Verlagsgruppe Random House FSC-DEU-0100
Das für dieses Buch verwendete FSC-zertifizierte Papier
Holmen Book Cream liefert Holmen Paper, Hallstavik, Schweden.

5. Auflage
Deutsche Erstausgabe 5/09
Redaktion: Natalja Schmidt

Printed in Germany 2009
Umschlagbild: Dirk Schulz
Umschlaggestaltung: Animagic, Bielefeld
Autorenfoto © by John Rott
Satz: Buch-Werkstatt GmbH, Bad Aibling
Druck und Bindung: GGP Media GmbH, Pößneck

ISBN 978-3-453-53305-9

www.heyne.de
www.heyne-magische-bestseller.de

Gewidmet: Dir
Anfangs hatte ich dich falsch eingeschätzt
und dafür bitte ich um Verzeihung.
Es ist so typisch für dich, dass du trotzdem geholfen
und nicht nur ihn,
sondern auch mich dadurch gerettet hast.

Danksagung

Mit unendlicher Dankbarkeit den Lesern der Black Dagger und ein Hoch auf die Cellies – Ich fange gar nicht erst mit den Sofas an. So weit kann ich nicht zählen.

Ich danke euch so sehr: Karen Solem, Kara Cesare, Claire Zion, Kara Welsh.

Dank an euch, Dorine und Angie, dass ihr euch so gut um mich kümmert – und ich danke auch S-Byte und Ventrue für alles, was ihr aus der Güte eures Herzens tut!

Und wie immer Dank an meinen Exekutivausschuss: Sue Grafton, Dr. Jessica Andersen, Betsey Vaughan und meinen Partner. Und mit dem größten Respekt an die unvergleichliche Suzanne Brockmann.

DLB – rate mal: deine Mami liebt dich immer noch × × ×
NTM – wie immer in Liebe und Dankbarkeit. Wie du weißt.

Und ich muss sagen, nichts von all dem wäre möglich ohne:
meinen liebenden Mann, der immer zu mir hält;
meine wunderbare Mutter, die für mich da ist, seit … na ja, von Anfang an;
meine Familie (die blutsverwandte wie auch die frei gewählte);
und meine liebsten Freunde.

Glossar der Begriffe und Eigennamen

Attendhente – Auserwählte, die der Jungfrau der Schrift aufwartet.

Die Auserwählten – Vampirinnen, deren Aufgabe es ist, der Jungfrau der Schrift zu dienen. Sie werden als Angehörige der Aristokratie betrachtet, obwohl sie eher spirituell als weltlich orientiert sind. Normalerweise pflegen sie wenig bis gar keinen Kontakt zu männlichen Vampiren; auf Weisung der Jungfrau der Schrift können sie sich aber mit einem Krieger vereinigen, um den Fortbestand ihres Standes zu sichern. Sie besitzen die Fähigkeit zur Prophezeiung. In der Vergangenheit dienten sie alleinstehenden Brüdern zum Stillen ihres Blutbedürfnisses, aber diese Praxis wurde von den Brüdern aufgegeben.

Bannung – Status, der einer Vampirin der Aristokratie auf Gesuch ihrer Familie durch den König auferlegt werden kann. Unterstellt die Vampirin der alleinigen Aufsicht ihres Hüters, üblicherweise der älteste Mann des Haushalts. Ihr Hüter besitzt damit das gesetzlich verbriefte Recht, sämtliche Aspekte ihres Lebens zu bestimmen und jeglichen Umgang zwischen ihr und der Außenwelt zu regulieren.

Die Bruderschaft der Black Dagger – Die Brüder des Schwarzen Dolches. Speziell ausgebildete Vampirkrieger, die ihre Spezies vor der Gesellschaft der *Lesser* beschützen. Infolge selektiver Züchtung innerhalb der Rasse besitzen die Brüder ungeheure physische und mentale Stärke sowie die Fähigkeit zur extrem raschen Heilung. Die meisten von ihnen sind keine leiblichen Geschwister; neue Anwärter werden von den anderen Brüdern vorgeschlagen und daraufhin in die Bruderschaft aufgenommen. Die Mitglieder der Bruderschaft sind Einzelgänger, aggressiv und verschlossen. Sie pflegen wenig Kontakt zu Menschen und anderen Vampiren, außer um Blut zu trinken. Viele Legenden ranken sich um diese Krieger und sie werden von ihresgleichen mit höchster Ehrfurcht behandelt. Sie können getötet werden, aber nur durch sehr schwere Wunden, wie zum Beispiel eine Kugel oder einen Messerstich ins Herz.

Blutsklave – Männlicher oder weiblicher Vampir, der unterworfen wurde, um das Blutbedürfnis zu stillen. Ihre Haltung ist heute zwar nicht mehr üblich, aber nicht ungesetzlich.

Doggen – Angehörige(r) der Dienerklasse innerhalb der Vampirwelt. *Doggen* pflegen im Dienst an ihrer Herrschaft altertümliche, konservative Sitten und folgen einem formellen Bekleidungs- und Verhaltenskodex. Sie können tagsüber aus dem Haus gehen, altern aber relativ rasch. Die Lebenserwartung liegt bei etwa fünfhundert Jahren.

Ehros – Eine Auserwählte, die speziell in der Liebeskunst ausgebildet wurde.

Gesellschaft der *Lesser* – Orden von Vampirjägern, der von Omega zum Zwecke der Auslöschung der Vampirspezies gegründet wurde.

Glymera – Das soziale Herzstück der Aristokratie, sozusagen die »oberen Zehntausend« unter den Vampiren.

Gruft – Heiliges Gewölbe der Bruderschaft der Black Dagger. Sowohl Ort für zeremonielle Handlungen wie auch Aufbewahrungsort für die erbeuteten Kanopen der *Lesser*. Hier werden unter anderem Aufnahmerituale, Begräbnisse und Disziplinarmaßnahmen gegen Brüder durchgeführt. Niemand außer Angehörigen der Bruderschaft, der Jungfrau der Schrift und Aspiranten hat Zutritt zur Gruft.

Hellren – Männlicher Vampir, der eine Partnerschaft mit einer Vampirin eingegangen ist. Männliche Vampire können mehr als eine Vampirin als Partnerin nehmen.

Hohe Familie – König und Königin der Vampire sowie all ihre Kinder.

Hüter – Vormund eines Vampirs oder einer Vampirin. Hüter können unterschiedlich viel Autorität besitzen, die größte Macht übt der Hüter einer gebannten Vampirin aus.

Jungfrau der Schrift – Mystische Macht, die dem König als Beraterin dient sowie die Vampirarchive hütet und Privilegien erteilt. Existiert in einer jenseitigen Sphäre und besitzt umfangreiche Kräfte. Hatte die Befähigung zu einem einzigen Schöpfungsakt, den sie zur Erschaffung der Vampire nutzte.

Leahdyre – Eine mächtige und einflussreiche Person.

Lesser – Ein seiner Seele beraubter Mensch, der als Mitglied der Gesellschaft der *Lesser* Jagd auf Vampire macht, um sie auszurotten. Die *Lesser* müssen durch einen Stich in die Brust getötet werden. Sie altern nicht, essen und trinken nicht und sind impotent. Im Laufe der Jahre verlieren ihre Haare, Haut und Iris ihre Pigmentierung, bis sie blond, bleich und weißäugig sind. Sie riechen nach Talkum. Aufgenommen in die Gesellschaft werden sie durch Omega. Daraufhin erhalten sie ihre Kanope, ein Keramikgefäß, in dem sie ihr aus der Brust entferntes Herz aufbewahren.

Lewlhen – Geschenk.

Lheage – Respektsbezeichnung einer sexuell devoten Person gegenüber einem dominanten Partner.

Lielan – Ein Kosewort, frei übersetzt in etwa »mein Liebstes«.

Mahmen – Mutter. Dient sowohl als Bezeichnung als auch als Anrede und Kosewort.

Mhis – Die Verhüllung eines Ortes oder einer Gegend; die Schaffung einer Illusion.

Nalla – Kosewort. In etwa »Geliebte«.

Novizin – Eine Jungfrau.

Omega – Unheilvolle mystische Gestalt, die sich aus Groll gegen die Jungfrau der Schrift die Ausrottung der Vampire zum Ziel gesetzt hat. Existiert in einer jenseitigen Sphäre und hat weitreichende Kräfte, wenn auch nicht die Kraft zur Schöpfung.

Phearsom – Begriff, der sich auf die Funktionstüchtigkeit der männlichen Geschlechtsorgane bezieht. Wörtlich übersetzt in etwa »würdig, in eine Frau einzudringen«.

Princeps – Höchste Stufe der Vampiraristokratie, untergeben nur den Mitgliedern der Hohen Familie und den Auserwählten der Jungfrau der Schrift. Dieser Titel wird vererbt; er kann nicht verliehen werden.

Pyrokant – Die entscheidende Schwachstelle eines Individuums. Diese Schwachstelle kann innerlich sein, wie zum Beispiel eine Sucht, oder äußerlich, wie ein geliebter Mensch.

Rahlman – Retter.

Rythos – Rituelle Prozedur, um verlorene Ehre wiederherzustellen. Der Rythos wird von dem Vampir gewährt, der einen anderen beleidigt hat. Wird er angenommen, wählt der Gekränkte eine Waffe und tritt damit dem unbewaffneten Beleidiger entgegen.

Schleier – Jenseitige Sphäre, in der die Toten wieder mit ihrer Familie und ihren Freunden zusammentreffen und die Ewigkeit verbringen.

Shellan – Vampirin, die eine Partnerschaft mit einem Vampir eingegangen ist. Vampirinnen nehmen sich in der Regel nicht mehr als einen Partner, da gebundene männliche Vampire ein ausgeprägtes Revierverhalten zeigen.

Symphath – Eigene Spezies innerhalb der Vampirrasse, deren Merkmale die Fähigkeit und das Verlangen sind, Gefühle in anderen zu manipulieren (zum Zwecke eines Energieaustauschs). Historisch wurden die Symphathen oft mit Misstrauen betrachtet und in bestimmten Epochen auch von den Vampiren gejagt. Sind heute nahezu ausgestorben.

Tahlly – Kosewort. Entspricht in etwa »Süße«.

Transition – Entscheidender Moment im Leben eines Vampirs, wenn er oder sie ins Erwachsenenleben eintritt. Ab diesem Punkt müssen sie das Blut des jeweils anderen Geschlechts trinken, um zu überleben und vertragen kein Sonnenlicht mehr. Findet normalerweise mit etwa Mitte zwanzig statt. Manche Vampire überleben ihre Transition nicht, vor allem männliche Vampire. Vor ihrer Transition sind Vampire von schwächlicher Konstitution und sexuell unreif und desinteressiert. Außerdem können sie sich noch nicht dematerialisieren.

Triebigkeit – Fruchtbare Phase einer Vampirin. Üblicherweise dauert sie zwei Tage und wird von heftigem sexuellem Verlangen begleitet. Zum ersten Mal tritt sie etwa fünf Jahre nach der Transition eines weiblichen Vampirs auf, danach im Abstand von etwa zehn Jahren. Alle männlichen Vampire reagieren bis zu einem gewissen Grad auf eine triebige Vampirin, deshalb ist dies eine gefährliche Zeit. Zwischen konkurrierenden männlichen Vampiren können Konflikte und Kämpfe ausbrechen, besonders wenn die Vampirin keinen Partner hat.

Vampir – Angehöriger einer gesonderten Spezies neben dem Homo sapiens. Vampire sind darauf angewiesen, das Blut des jeweils anderen Geschlechts zu trinken. Menschliches Blut kann ihnen zwar auch das Überleben sichern, aber die daraus gewonnene Kraft hält nicht lange vor. Nach ihrer Transition, die üblicherweise etwa mit Mitte zwanzig stattfindet, dürfen sie sich nicht mehr dem Sonnenlicht aussetzen und müssen sich in regelmäßigen Abständen aus der Vene ernähren. Vampire können Menschen nicht durch einen Biss oder eine Blutübertragung »verwandeln«; in seltenen Fällen aber können sich die beiden Spezies zusammen fortpflanzen. Vampire können sich nach Belieben dematerialisieren, dazu müssen sie aber ganz ruhig werden und sich konzentrieren; außerdem dürfen sie nichts Schweres bei sich tragen. Sie können Menschen ihre Erinnerung nehmen, allerdings nur, solange diese Erinnerungen im Kurzzeitgedächtnis abgespeichert sind. Manche Vampire können auch Gedanken lesen. Die Lebenserwartung liegt bei tausend Jahren und höher.

Vergeltung – Akt tödlicher Rache, typischerweise ausgeführt von einem Mann im Dienste seiner Liebe.

Wanderer – Ein Verstorbener, der aus dem Schleier zu den Lebenden zurückgekehrt ist. Wanderern wird großer Respekt entgegengebracht und sie werden für das, was sie durchmachen mussten, verehrt.

Zwiestreit – Konflikt zwischen zwei männlichen Vampiren, die Rivalen um die Gunst einer Vampirin sind.

1

Ziemlich verlegen und steif lagen V und Jane nebeneinander auf dem Bett. V grübelte fieberhaft, welcher Film Jane wohl am wirkungsvollsten zum Einschlafen bringen würde. Wie wäre es mit *Ishtar?* Genau, perfekt. Wahnsinnig langweilig. Endlos lang. Und visuell so fesselnd wie ein Salzstreuer.

»Das ist der größte Müll, den ich seit langem gesehen habe.« Jane musste schon wieder gähnen.

Himmel, sie hatte wirklich einen hübschen Hals.

Als Vs Fänge sich zu verlängern begannen, und er die Vision hatte, eine klassische Dracula-Nummer bei ihr abzuziehen und sich dramatisch über ihren hingestreckten Körper zu beugen, zwang er seinen Blick zurück zu Dustin Hoffman und Warren Beatty, die durch den Sand trotteten. Sein Plan war, Jane durch totale Öde besinnungslos zu machen – damit er sich dann in ihren Kopf wühlen und über sie herfallen konnte.

Er gierte danach, sie an seinem Mund kommen zu spüren, selbst wenn es nur in einem gegenstandslosen Traum wäre.

Während er darauf wartete, dass sie vor lauter Langeweile in den Tiefschlaf fiel, musste er, obwohl das absurd war, beim Anblick der Wüste vor sich auf dem Bildschirm an eine Winterlandschaft denken … und an den Winter seiner Transition.

Es geschah nur wenige Wochen, nachdem der Prätrans in den Fluss gefallen und gestorben war. Schon längere Zeit, bevor die Wandlung tatsächlich einsetzte, war er sich der Veränderungen seines Körpers bewusst geworden: Er wurde von Kopfschmerzen gepeinigt. War unentwegt hungrig, doch wenn er aß, wurde ihm übel. Er konnte nicht schlafen, obwohl er erschöpft war. Das Einzige, was gleich blieb, war seine Aggression. Da es zu den Anforderungen des Lagerlebens gehörte, dass man stets auf einen Kampf vorbereitet sein musste, war seinem Verhalten der verstärkte Jähzorn jedoch nicht anzumerken.

Inmitten eines verheerenden, frühen Schneesturms wurde er in sein erwachsenes männliches Selbst geboren.

Infolge der eisigen Temperaturen waren die steinernen Wände der Höhle von Frost überzogen, die Füße gefroren selbst in pelzgefütterten Stiefeln, die Luft war so kalt, dass der Atem vor dem Mund wie eine Wolke ohne Himmel war. Der Wintereinbruch dauerte an, die Soldaten und die Frauen aus der Küche schliefen in großen Haufen aufeinander, nicht aus Fleischeslust, sondern um ihre Körperwärme miteinander zu teilen.

V wusste, dass ihm die Wandlung bevorstand, denn als er aufwachte, war ihm heiß. Zunächst war ihm die Behaglichkeit der Hitze willkommen, doch in seinem Körper tobte ein Fieber, und ein quälender Hunger schüttelte ihn. Er wand sich auf dem Boden hin und her, hoffte auf Linderung, fand keine.

Nach einer kleinen Ewigkeit durchschnitt die Stimme des Bloodletter seinen Schmerz. »Die Frauenzimmer wollen dich nicht nähren.«

Wie benommen schlug V die Augen auf.

Der Bloodletter kniete sich zu ihm. »Du weißt gewiss, warum.«

Mühsam schluckte V durch seine zusammengeschnürte Kehle. »Nein, das weiß ich nicht.«

»Sie sagen, die Höhlenmalereien hätten von dir Besitz ergriffen. Dass deine Hand den Geistern gehorcht, die in den Wänden eingekerkert sind. Dass dein Auge nicht länger dir selbst gehört.«

Da V keine Antwort gab, fuhr der Bloodletter fort: »Du leugnest es nicht?«

Trotz der Trägheit in seinem Kopf bemühte sich V, die Wirkung der beiden vorstellbaren Entgegnungen abzuwägen. Dann hielt er sich an die Wahrheit, nicht um der Aufrichtigkeit willen, sondern zur Selbsterhaltung. »Ich … leugne es.«

»Leugnest du auch, was sie ansonsten behaupten?«

»Was … sagen … sie?«

»Dass du deinen Kameraden mit deiner bloßen Handfläche am Fluss getötet hast.«

Das war eine Lüge, und die anderen jungen Burschen, die dabei gewesen waren, wussten das sehr wohl, hatten sie doch gesehen, wie der Prätrans aus eigener Schuld gestürzt war. Die Frauen jedoch mussten wohl deshalb dieser Annahme sein, weil V in der Nähe gewesen war, als der Tod eintrat. Denn warum sollten seine Altersgenossen den Wunsch verspüren, einen Beweis für Vs Kraft zu bezeugen?

Oder womöglich war es zu ihrem eigenen Vorteil – wenn V keine Vampirin fände, die ihn nährte, dann würde er sterben. Was für die anderen Prätrans kein Schaden wäre.

»Was sagst du dazu?«, donnerte sein Vater.

Da V den Anschein von Kraft benötigte, murmelte er: »Ich habe ihn getötet.«

Der Bloodletter grinste breit unter seinem Bart. »Das habe ich vermutet. Und für deine Leistung werde ich dir eine Frau gewähren.«

Wahrhaftig, eine Vampirin wurde zu ihm gebracht, und er nährte sich. Die Transition war brutal, sie dauerte lange und laugte ihn aus, und als es vorbei war, ragte er an allen Enden über sein Lager hinaus, seine Arme und Beine kühlten sich auf dem kalten Höhlenboden ab wie das Fleisch eines frisch geschlachteten Tiers.

Obgleich sein Geschlecht sich im Anschluss deutlich gerührt hatte, wollte die Vampirin, die man gezwungen hatte, ihn zu nähren, nichts mit ihm zu tun haben. Sie gab ihm eben genug Blut, um ihm durch den Wandel zu helfen; dann überließ sie ihn seinen knackenden Knochen und den bis zum Zerreißen gedehnten Muskeln. Niemand kümmerte sich um ihn, und in seinem Leid rief er im Geiste nach seiner Mutter, die ihm das Leben geschenkt hatte. Er stellte sich vor, wie sie vor Liebe leuchtend zu ihm kam, über sein Haar strich und ihm tröstende Worte zuflüsterte. In seinem kläglichen Traum nannte sie ihn ihr geliebtes Lewlhen.

Geschenk.

Wie gern wäre er jemandes Geschenk gewesen. Geschenke wurden wertgeschätzt und umsorgt und gehegt. Das Tagebuch des Kriegers Darius war für V ein Geschenk gewesen, auch wenn der Gebende nicht gewusst hatte, dass er damit jemandem eine Freude machte. Und dennoch …

Ein Geschenk.

Als Vs Körper seine Wandlung endlich vollzogen hatte, sank er in tiefen Schlaf. Beim Aufwachen verspürte er Hunger auf Fleisch. Seine Kleidung war ihm durch die Transition vom Körper gerissen worden, also wickelte er sich in ein Fell und lief barfuß zur Kochstelle. So wenig gab es dort: einen Knochen, an dem er nagen konnte, einen Kanten Brot, eine Handvoll Mehl.

Noch leckte er sich das weiße Pulver von der Handfläche, als er seinen Vater hinter sich hörte: Zeit zu kämpfen.

»Woran denkst du?«, fragte Jane. »Du wirkst so angespannt.«

Mit einem Ruck kehrte V zurück in die Gegenwart. Und

log aus irgendeinem Grund nicht. »Ich denke an meine Tätowierungen.«

»Wann hast du sie bekommen?«

»Vor fast drei Jahrhunderten.«

Sie pfiff. »Huh, so lange lebt ihr?«

»Noch länger. Vorausgesetzt ich beiße nicht in einem Kampf ins Gras, und ihr bescheuerten Menschen sprengt den Planeten nicht in die Luft, bleibe ich noch weitere siebenhundert Jahre auf den Beinen.«

»Wow. Da erscheint einem die Rentenversicherung in einem völlig neuen Licht.« Sie lehnte sich nach vorn. »Dreh mal den Kopf. Ich möchte mir die Tinte auf deinem Gesicht ansehen.«

Noch mitgenommen von seinen Erinnerungen gehorchte er, weil er nicht klar genug im Kopf war, um ein Gegenargument zu finden. Trotzdem zuckte er zurück, als sie die Hand hob.

Ohne ihn zu berühren ließ Jane die Hand wieder sinken. »Die hast du nicht freiwillig bekommen, oder? Und wahrscheinlich um dieselbe Zeit, als man versucht hat, dich zu kastrieren.«

Innerlich krümmte sich V zusammen, doch er rückte nicht von ihr ab. Die ganze Mitgefühlsnummer war ihm unangenehm, aber Janes Stimme blieb dabei völlig sachlich. Direkt. Also konnte er ebenfalls sachlich und direkt reagieren.

»Ja. Um dieselbe Zeit.«

»Ich rate mal drauflos, dass das Warnungen sind, da du sie auf der Hand, der Schläfe, deinen Oberschenkeln und dem Unterleib trägst. Wahrscheinlich geht es um die Energie in deiner Hand, das zweite Gesicht und das Zeugungsthema.«

Warum wunderte ihn ihre Hyperschlussfolgerung bloß nicht? »Stimmt.«

Ihre Stimme wurde lauter. »Deshalb bist du auch in Panik geraten, als ich gedroht habe, dich zu fixieren. Im Krankenhaus. Sie haben dich damals festgebunden.«

Er räusperte sich.

»Oder, V?«

Scheinbar unbeteiligt nahm er die Fernbedienung in die Hand. »Willst du was anderes sehen?«

Schweigen herrschte, während er die Kanäle wechselte.

»Ich habe mich auf der Beerdigung meiner Schwester übergeben.«

Vs Daumen schwebte regungslos über den Knöpfen, sie blieben bei *Das Schweigen der Lämmer* hängen. Er wandte ihr den Kopf zu. »Ehrlich?«

»Der peinlichste Augenblick meines Lebens. Und nicht nur wegen des Zeitpunkts. Ich habe über meinen Vater gespuckt.«

Während vor ihm Clarice Starling auf dem Stuhl vor Lecters Zelle Platz nahm, sehnte sich V nach Informationen über Jane. Er wollte alles über ihr Leben erfahren, von der Geburt bis zum heutigen Tag. Und zwar jetzt sofort.

»Erzähl mir davon.«

Jane räusperte sich, als müsste sie sich innerlich stählen, und er konnte die Parallelen zu dem Film nicht ignorieren: Er war das eingesperrte Monster und Jane die Quelle des Guten, die Einzelheiten ihres Lebens preisgab, damit das Monster sie verzehren konnte.

Doch er brauchte dieses Wissen so dringend zum Überleben wie Blut. »Was ist geschehen, Jane?«

»Tja, also ... mein Vater war ein großer Anhänger von Haferschleim.«

»Haferschleim?« Als sie nicht fortfuhr, drängte er. »Erzähl weiter.«

Jane verschränkte die Arme vor der Brust und starrte

ihre Füße an. Dann sah sie ihm in die Augen. »Nur, dass wir uns hier richtig verstehen: Ich habe nur davon angefangen, damit du dann auch über das sprechen kannst, was dir passiert ist. Eine Hand wäscht die andere. Das ist, als ob man sich gegenseitig seine Narben zeigt. Du weißt schon, die aus dem Sommerlager, wo man aus dem Stockbett gefallen ist. Oder wo man sich an der Konservendose geschnitten hat, oder wo man sich selbst aus Versehen mit einem –« Sie runzelte die Stirn. »Okay, das sind alles keine so tollen Beispiele, wenn man bedenkt, wie schnell bei euch jede Verletzung abheilt. Aber du weißt schon, was ich meine.«

V musste lächeln. »Ja, ich hab's kapiert.«

»Ich denke eben, das wäre nur gerecht. Wenn ich die Hose runterlasse, dann musst du auch. Einverstanden?«

»Shit …« Andererseits wollte er wirklich mehr über sie erfahren. »Na gut, einverstanden.«

»Also. Mein Vater und der Haferschleim. Er …«

»Jane?«

»Was denn?«

»Ich mag dich. Sehr. Das musste ich schnell loswerden.«

Sie blinzelte ein paar Mal. Dann räusperte sie sich wieder. *Mann, diese zarte Röte stand ihr gut.*

»Du warst beim Haferschleim.«

»Genau … also … wie gesagt war mein Vater ein großer Befürworter von Haferschleim. Jeden Morgen gab's das zum Frühstück, selbst im Sommer. Meine Mutter, meine Schwester und ich würgten dieses Zeug für ihn runter, und er erwartete, dass wir unsere Schüsseln leeraßen. Dabei ließ er uns nicht aus den Augen, als würden wir Golf spielen, und er müsste aufpassen, dass wir uns keine falsche Schlaghaltung angewöhnten. Ich schwöre dir, er hat den Winkel bemessen, in dem ich meine Wirbelsäule hielt und den Löffel zum Mund führte. Beim Abendessen hat er immer –« Sie hielt inne. »Ich komme vom Thema ab.«

»Und ich könnte dir stundenlang zuhören, also meinetwegen musst du dich nicht zurückhalten.«

»Tja, aber … es ist wichtig, einen Fokus zu haben.«

»Nur, wenn man ein Mikroskop ist.«

Sie lächelte schwach. »Zurück zum Haferschleim. Meine Schwester starb an meinem Geburtstag, in der Nacht von Freitag auf Samstag. Die Beerdigung wurde in aller Eile organisiert, da mein Vater am darauf folgenden Mittwoch zu einer wissenschaftlichen Präsentation nach Kanada flog. Später fand ich heraus, dass er den Termin für diese Präsentation an dem Tag vereinbart hatte, als Hannah tot in ihrem Bett gefunden wurde – zweifellos, um die Angelegenheit zu beschleunigen. Jedenfalls … am Tag ihrer Beerdigung stand ich morgens auf und fühlte mich schrecklich. Hundeelend. Mir war furchtbar schlecht. Hannah … Hannah war das einzig Reale in einem von oben bis unten sterilen und ordentlichen Haus gewesen. Sie war unordentlich und laut und glücklich und … ich liebte sie so sehr und konnte einfach nicht ertragen, dass man sie unter die Erde bringen wollte. Sie hätte es gehasst, so eingesperrt zu sein. Tja, meine Mutter hatte mir für die Beerdigung so ein durchgeknöpftes Kleid gekauft, natürlich in Schwarz. Das Blöde war nur, dass es mir nicht passte, als ich es an dem Morgen anziehen wollte. Es war zu klein, und ich bekam keine Luft.«

»Was natürlich die Übelkeit noch verschlimmerte.«

»Genau. Vor dem Frühstück musste ich zwar einige Male würgen, aber es kam nichts. Du liebe Güte, ich weiß noch, wie die beiden aussahen. Sie saßen einander gegenüber, ohne sich anzusehen. Mutter sah aus wie eine Porzellanpuppe, die die Qualitätskontrolle nicht ganz bestanden hatte – sie war geschminkt, die Haare frisiert, doch alles war ganz leicht daneben. Der Lippenstift hatte die falsche Farbe, sie hatte das Rouge vergessen, in ihrer Hochsteckfrisur konnte man die Haarnadeln sehen. Vater las die Zeitung, und das Geräusch der umblätternden Seiten war so laut wie ein Pistolenschuss. Keiner von beiden sagte ein Wort zu mir.

Ich saß also auf meinem Stuhl und konnte den Blick nicht von dem leeren Platz mir gegenüber abwenden. Die Schale Haferschleim landet vor mir auf dem Tisch. Marie, unser Dienstmädchen, legte mir die Hand auf die Schulter, als sie die Schüssel vor mir abstellte, und fast wäre ich in Tränen ausgebrochen. Doch dann schnalzte mein Vater mit der Zeitung, als wäre ich ein Hundwelpe, der auf den Teppich gemacht hat, und ich hob den Löffel auf und begann zu essen. Ich quälte mir den Brei herunter, bis ich würgen musste. Und dann fuhren wir los.«

V wollte sie berühren und hätte beinahe die Hand ausgestreckt. Stattdessen aber fragte er nur: »Wie alt warst du damals?«

»Dreizehn. Als wir bei der Kirche ankamen, war sie schon überfüllt, weil jeder in Greenwich meine Eltern kannte. Meine Mutter bemühte sich verzweifelt um Fassung, und mein Vater war steif und ungerührt, insofern war also alles wie gewohnt. Ich weiß noch, dass ich dachte, die beiden wären genau wie immer, mal abgesehen von dem miserablen Make-up meiner Mutter und davon, dass mein Vater die ganze Zeit mit dem Kleingeld in seiner Hosentasche spielte. Was völlig untypisch war. Er hasste Hintergrundgeräusche jeglicher Art, und ich war überrascht, dass das unentwegte Klimpern der Münzen ihn nicht störte. Ich schätze mal, es war deshalb okay, weil er selbst den Lärm kontrollierte. Ich meine, er hätte jederzeit damit aufhören können, wenn er gewollt hätte.«

Als sie stockte und den Blick auf die gegenüberliegende Wand richtete, sehnte sich V danach, in ihren Kopf zu gelangen, er wollte genau sehen, was für Erinnerungen sie gerade neu durchlebte. Doch er tat es nicht – und zwar nicht, weil er sich nicht sicher war, ob es klappen würde. Was sie freiwillig von sich preisgab, war viel kostbarer als alles, was er sich nehmen könnte.

»Erste Reihe«, murmelte sie. »In der Kirche hatte man uns in die erste Reihe gesetzt, direkt vor den Altar. Gott sei Dank lag Hannah in einem geschlossenen Sarg, obwohl ich sie mir wunderschön vorstellte. Sie hatte rötlich blondes Haar, meine kleine Schwester. So wellig und üppig, wie man es von Barbies kennt. Meins war fad und glatt. Egal …«

Flüchtig schoss V der Gedanke durch den Kopf, dass sie diese Geschichte erzählte, als schriebe sie sie auf eine volle Tafel. Nach jedem Abschnitt wischte sie die Kreide wieder weg, um Platz für mehr Erinnerungen zu schaffen.

»Die erste Reihe also. Der Gottesdienst begann mit Orgelmusik. Und die Sache war die: Diese Pfeifen ließen den Boden vibrieren. Warst du schon mal in einer Kirche? Wahrscheinlich nicht. Auf jeden Fall kann man die tiefen Töne spüren, wenn es wirklich laut wird. Natürlich fand der Trauergottesdienst in einem riesigen Bau statt, und die Orgel hatte mehr Pfeifen als Caldwells Kanalisation Rohre. Lieber Himmel, wenn das Ding gespielt wurde, dann kam man sich vor wie in einem Flugzeug beim Start.«

Wieder hielt sie inne und holte tief Luft. V wusste, dass diese Geschichte sie aufwühlte, sie an einen Ort versetzte, an dem sie sich nicht gern oder häufig aufhielt.

Ihre Stimme klang heiser, als sie fortfuhr. »Ungefähr den halben Gottesdienst hatte ich schon überstanden, aber mein Kleid war zu eng, und mein Magen fühlte sich schrecklich an, und dieser verdammte Haferschleim meines Vaters hatte gemeine Wurzeln ausgetrieben und sich an die Innenseite meiner Gedärme geheftet. Und der Priester kam nach vorn an sein Pult, um die Trauerrede zu halten. Er sah aus wie aus dem Bilderbuch, weißes Haar, tiefe Stimme, gekleidet in eine elfenbeinfarbene Robe mit goldenen Säumen. Er war damals der Episkopalbischof von ganz Connecticut, glaube ich. Jedenfalls fing er an, über die Gnade zu schwafeln, die uns im Himmel erwartet, und diesen ganzen Blödsinn von Gott und Jesus und der Kirche. Seine Rede wirkte eher wie ein Werbespot für seinen Verein als ein Gedenken an Hannah.

Da saß ich also und war nicht so ganz bei der Sache, als mein Blick auf die Hände meiner Mutter neben mir fiel. Sie waren fest ineinander verschränkt, die Knöchel schon ganz weiß, als säße sie in der Achterbahn. Dann sah ich nach links und betrachtete die Hände meines Vaters. Seine Handflächen lagen auf seinen Knien, und alle Finger gruben sich ein, außer dem kleinen Finger der rechten Hand. Der klopfte mit einer Art Parkinson'schem Zittern auf den Wollstoff seiner Hose.«

V ahnte schon, worauf das hinauslief. »Und deine«, fragte er leise, »was war mit deinen?«

Jane stieß ein kurzes Schluchzen aus. »Meine ... meine lagen ganz still, vollkommen entspannt. Ich fühlte nichts außer diesem Haferschleim im Magen. Du lieber Gott, meine Schwester war tot, und meine Eltern, die doch so gefühllos waren, wie es überhaupt möglich ist, waren betroffen. Und ich? Nichts. Ich weiß noch, dass ich dachte, Hannah hätte bestimmt geweint, wenn ich dort in dem Sarg läge. Sie hätte für mich geweint. Aber ich, ich konnte nicht.

Als also der Priester dann mit seiner Reklame fertig war, wie toll Gott doch sei und was für ein Glück Hannah habe, bei ihm zu sein, und das ganze Blabla, donnerte die Orgel los. Das Vibrieren der Basspfeifen stieg durch den Fußboden hinauf durch die Sitzbank und traf genau die richtige Frequenz. Beziehungsweise die falsche, müsste ich wohl sagen. Ich spuckte den ganzen Haferschleim über meinen Vater.«

Ach, verdammt, dachte V. Er nahm ihre Hand. »Verdammt ...«

»Ja. Meine Mutter stand auf, um mich rauszubringen, aber mein Vater wies sie an, zu bleiben. Er ging mit mir zu einer der Küsterinnen und sagte ihr, sie solle mich auf die Toilette bringen, dann ging er selbst in den Waschraum. Ich wurde zehn Minuten lang allein in einer Kabine gelassen, dann kam die Küsterin zurück, steckte mich in ihr Auto und fuhr mich nach Hause. Das Begräbnis habe ich verpasst.« Sie schluckte. »Als meine Eltern wieder zu Hause waren, kam keiner von ihnen, um nach mir sehen, obwohl ich die ganze Zeit darauf wartete, dass jemand ins Zimmer treten würde. Ich hörte sie im Haus herumlaufen, aber schließlich wurde es ganz still. Dann ging ich nach unten, holte mir etwas aus dem Kühlschrank und aß im Stehen, weil es uns nicht gestattet war, Essen mit nach oben zu nehmen. Noch immer weinte ich nicht, obwohl es eine windige Nacht war, was mir normalerweise Angst einjagte, und das Haus dunkel war, und ich das Gefühl hatte, die Beerdigung meiner Schwester ruiniert zu haben.«

»Du standest sicherlich unter Schock.«

»Ja. Komisch ... ich machte mir Sorgen, sie könnte frieren. Du weißt schon, eine kalte Herbstnacht. Kalter Boden.« Jane wedelte mit den Händen. »Am nächsten Morgen verschwand mein Vater, noch bevor ich aufstand, und er kam erst zwei Wochen später zurück. Wieder und wieder rief er an und teilte meiner Mutter mit, er werde sich noch mit einem weiteren komplexen Fall irgendwo im Land befassen.

In der Zwischenzeit stand Mutter jeden Tag auf und zog sich an und brachte mich zur Schule, aber sie war nicht wirklich anwesend. Die einzigen Themen, über die sie sprach, waren das Wetter und was im Haus oder beim Personal schiefgelaufen war, während ich in der Schule gewesen war. Irgendwann kam mein Vater zurück, und weißt du, woher ich wusste, dass seine Ankunft bevorstand? Hannahs Zimmer. Jeden Abend setzte ich mich in ihr Zimmer zu ihren Sachen. Ich konnte einfach nicht begreifen, warum ihre Kleider und Bücher und Bilder noch da sein konnten, sie aber nicht. Die Gleichung ging einfach nicht auf. Ihr Zimmer war wie ein Auto ohne Motor, alles war an seinem Platz, und trotzdem war alles nur theoretisch damit in Ordnung. Nichts davon würde je wieder benutzt werden.

Am Abend, bevor Vater zurückkam, öffnete ich die Tür zu Hannahs Zimmer und … alles war weg. Mutter hatte alle Regale ausgeräumt und die Tagesdecke ausgetauscht und andere Vorhänge aufgehängt. Der Raum wurde von Hannahs Zimmer zum Gästezimmer. Daher wusste ich, dass mein Vater nach Hause käme.«

V rieb mit dem Daumen über Janes Handrücken. »Ach, Jane …«

»So, das war also mein Geheimnis. Ich habe Haferschleim gekotzt, statt zu weinen.«

Er konnte ihr ansehen, dass sie nervös war und sich wünschte, sie hätte sich das Bekenntnis verkniffen, denn ihm war es bei den seltenen Gelegenheiten, bei denen er Persönliches erzählt hatte, ebenso ergangen. Immer weiter streichelte er ihre Hand, bis sie ihn ansah. Die Stille dehnte sich aus, und er wusste, worauf sie wartete.

»Ja«, murmelte er. »Sie haben mich festgehalten.«

»Und du warst die ganze Zeit bei Bewusstsein, hab ich Recht?«

Seine Stimme klang jetzt durchdringend. »Ja.«

Sanft berührte sie sein Gesicht, fuhr ihm mit der Hand über die inzwischen stoppelige Wange. »Hast du sie dafür getötet?«

Er hob die Hand mit dem Handschuh. »Die hier hat das übernommen. Ein Leuchten blitzte in meinem gesamten Körper auf. Alle, die ihre Finger auf mir hatten, sind sang- und klanglos umgekippt.«

»Gut.«

Mist … er war so wahnsinnig in sie verliebt. »Du hättest eine gute Kriegerin abgegeben, weißt du das?«

»Ich bin eine. Der Tod ist mein Feind.«

»Das stimmt.« Natürlich, es leuchtete ihm völlig ein, dass er sich an sie gebunden hatte. Sie war eine Kämpferin – wie er. »Dein Skalpell ist dein Dolch.«

»Genau.«

Sie verharrten so, die Hände und die Blicke ineinander verflochten. Bis sie ihm völlig ohne Vorwarnung mit dem Daumen über die Unterlippe strich.

Als er mit einem Zischen die Luft einsog, flüsterte sie: »Ich muss nicht schlafen, weißt du.«

2

Als John wieder zu Bewusstsein kam, glühte er vor Fieber: Seine Haut stand in Flammen, sein Blut war ein Lavastrom, sein Knochenmark der Ofen, der alles befeuerte. In dem verzweifelten Versuch, sich abzukühlen, rollte er herum und wollte sich die Kleider ausziehen. Nur, dass er weder Hemd noch Hose trug. Nackt wand er sich auf dem Bett.

»Nimm mein Handgelenk.« Die Frauenstimme kam von oben links, und er neigte den Kopf in Richtung des Klanges, Schweiß lief ihm wie Tränen über das Gesicht. Oder vielleicht weinte er?

Tut weh, formten seine Lippen.

»Euer Gnaden, nehmt mein Handgelenk. Die Haut ist schon durchbohrt.«

Etwas wurde an seine Lippen gedrückt und befeuchtete sie mit köstlichem Wein. Instinkte regten sich in ihm wie in einem Tier. Das Feuer war in Wirklichkeit brüllender Hunger, und was ihm dargeboten wurde, war die Nahrung, die er brauchte. Er griff nach dem, was sich als Arm herausstellte, öffnete den Mund weit und trank in gierigen Zügen.

Gütiger ... es schmeckte nach Erde und nach Leben, berauschend und mächtig und süchtig machend. Die Welt begann zu kreiseln, eine Pirouette, ein Karussell, ein Whirlpool, endlos. Und er, im Zentrum der Kreisbewegung, schluckte verzweifelt, wissend, dass das, was ihm da durch die Kehle rann, das einzige Gegenmittel gegen das Sterben war.

Das Nähren dauerte Tage und Nächte, ganze Wochen verstrichen. Oder war es nur ein Wimpernschlag? Es erstaunte ihn, dass es überhaupt je aufhörte.

Er löste seine Lippen und schlug die Augen auf.

Layla, die blonde Auserwählte, saß neben ihm auf dem Bett, ihr Gewand war so strahlend weiß wie das Sonnenlicht für seine wunden Augen. Drüben in der Ecke standen Wrath und Beth, die Arme umeinandergeschlungen, mit besorgten Blicken.

Die Wandlung. *Seine* Wandlung.

Er hob die Hände und fragte mit zittrigen Bewegungen: *Ist es das?*

Wrath schüttelte den Kopf. »Noch nicht, es kommt.«

Kommt?

»Atme tief durch«, sagte der König. »Du wirst es brauchen. Und vergiss nicht, wir sind hier, okay? Wir lassen dich nicht allein.«

Shit, das stimmte ja. Die Transition bestand aus zwei Phasen. Und die härtere von beiden stand ihm noch bevor. Um sich Mut zu machen, erinnerte er sich daran, dass Blay es geschafft hatte. Genau wie Qhuinn.

Wie alle Brüder.

Wie seine Schwester.

Er sah Beth in die dunkelblauen Augen, und aus dem Nichts flog ihn eine verschwommene Vision an. Er war in einem Club … in einem Goth-Club mit … Tohrment. Nein, er beobachtete Tohr im Gespräch mit jemandem, einem großen Vampir, einem Bruder, dessen Gesicht John nicht erkennen konnte.

Er zog die Brauen zusammen, fragte sich, warum um alles in der Welt sein Gehirn ein solches Bild produzieren sollte. Und dann hörte er den Fremden sprechen:

Sie ist meine Tochter, Tohr.

Sie ist ein Mischling, D. Und du weißt, was Wrath von Menschen hält. Tohrment schüttelte den Kopf. *Meine Ur-Urgroßmutter war auch ein Mensch. Und, quatsche ich in seiner Gegenwart darüber? Nein.*

Sie sprachen über Beth, richtig? Was bedeutete, dass der Fremde mit den verschwommenen Zügen Johns Vater war. *Darius.*

John strengte sich an, um das unklare Bild zu schärfen, um wenigstens nur ein einziges Mal das Gesicht seines Vaters zu erkennen. Während Darius die Hand hob, um die Aufmerksamkeit der Kellnerin zu erregen, und danach auf seine leere Bierflasche und Tohrments fast leeres Glas zeigte, betete John um einen deutlichen Blick.

Ich werde nicht noch eines meiner Kinder sterben lassen. Nicht, wenn eine Chance besteht, sie zu retten. Abgesehen davon kann niemand sagen, ob sie überhaupt jemals die Wandlung vollziehen wird. Sie könnte genauso gut ein glückliches Leben als Mensch führen, und nie etwas von dem Erbe erfahren, das ich ihr mitgegeben habe. So was hat es schon gegeben.

Hatte ihr gemeinsamer Vater überhaupt von ihm gewusst? Wahrscheinlich nicht, da John ja an einer Bushaltestelle geboren worden und dann einfach dort auf der Toilette liegengelassen worden war: Ein Mann, der sich so um seine Tochter sorgte, hätte sich auch um einen Sohn gekümmert.

Die Vision verblasste allmählich, und je heftiger sich John bemühte, sie festzuhalten, desto schneller löste sie sich auf. Unmittelbar bevor sie verschwand, warf er einen Blick auf Tohrs Gesicht. Der militärische Haarschnitt, die markanten Züge und die scharfsichtigen Augen versetzten John einen Stich in der Brust. Genau wie die Art und Weise, wie Tohr den Mann ihm gegenüber ansah. Die beiden standen sich nah. Beste Freunde, so schien es.

Wie wunderbar es doch gewesen wäre, dachte John, sie beide in seinem Leben zu haben …

Der Schmerz, der jetzt einsetzte, war von kosmischen Ausmaßen, ein Urknall, der John in Stücke riss und seine Moleküle aus seinem Inneren an die Luft katapultierte. Jeglicher Gedanke, jegliche Vernunft wurden ausgelöscht, und ihm blieb keine andere Wahl, als sich zu unterwerfen. Er öffnete den Mund und schrie ohne einen Laut.

Jane konnte nicht fassen, dass sie einen Vampir anschaute und betete, er möge Sex mit ihr haben. Und doch war sie sich noch nie im Leben einer Sache so sicher gewesen.

»Schließ die Augen«, sagte V.

»Weil du mich küssen wirst?« *Bitte, lieber Gott, lass es so sein.*

V strich ihr mit der unbedeckten Hand über das Gesicht. Seine Handfläche fühlte sich warm an und roch nach dunklen Gewürzen. »Schlaf, Jane.«

Sie sah ihn unwillig an. »Ich möchte lieber dabei wach bleiben.«

»Nein.«

»Warum nicht?«

»So ist es ungefährlicher.«

»Moment, meinst du, ich könnte schwanger werden?« Und was war mit Geschlechtskrankheiten?

»So etwas kann gelegentlich bei Menschen passieren, aber du hast gerade keinen Eisprung. Das würde ich riechen. Was Geschlechtskrankheiten betrifft: Ich habe keine, und du könntest mich sowieso nicht anstecken, aber darum geht es hier gar nicht. Es ist ungefährlicher, dich zu nehmen, wenn du nicht wach bist.«

»Sagt wer?«

Unruhig, rastlos wälzte er sich auf dem Bett herum. Erregt. »Es kann nur im Schlaf passieren.«

Na super, genau bei ihr musste er den Gentleman rauskehren. Mistkerl.

Jane rutschte von ihm ab und stand auf. »Träume interessieren mich nicht. Wenn du nicht möchtest, dass wir real zusammen sind, dann lassen wir es einfach ganz sein.«

Sie warf ihm einen bösen Blick zu, der zum Teil sexueller Frustration geschuldet war und zum Teil weibliches Selbstbewusstsein ausdrückte. »Ich halte mehr aus, als man mir ansieht. Und offen gestanden geht mir dieser ganze männliche Ich-will-doch-nur-dein-Bestes Blödsinn total auf den Zeiger.«

Mit hoch erhobenem Kinn wandte sie sich ab, dann fiel ihr leider ein, dass sie nirgendwohin konnte. *Ganz großer Abgang, Jane.*

Wegen absolutem Mangel an Alternativen ging sie ins Badezimmer. Unschlüssig wanderte sie zwischen der Dusche und dem Waschbecken auf und ab, fühlte sich wie ein Löwe im Zwinger –

Ohne jegliche Vorwarnung wurde sie von hinten gepackt, mit dem Gesicht voraus an die Wand gepresst und mit einem stahlharten Körper, der doppelt so groß war wie ihr eigener, festgeklemmt. Erst keuchte sie vor Schreck, dann vor Lust, als sie spürte, wie V sich an ihren Hintern drängte.

»Ich hab es versucht«, knurrte er, vergrub die Hand in

ihrem Haar und zerrte ihren Kopf zurück. Als sie aufschrie, wurde sie feucht zwischen den Beinen. »Ich hab versucht, nett zu sein.«

»O … Gott –«

»Beten hilft jetzt auch nichts mehr. Zu spät, Jane.« In seiner Stimme schwang Bedauern mit – und erotischer Stahl. »Du hattest die Chance, es zu deinen eigenen Bedingungen zu bekommen. Jetzt machen wir es auf meine Art.«

Sie wollte es. Sie wollte ihn. »Bitte –«

»Sch-sch.« Mit einer Drehung seines Handgelenks riss er ihren Kopf zur Seite und entblößte ihre Kehle. »Wenn ich will, dass du bettelst, dann sage ich es dir.« Seine Zunge war warm und nass, als sie an ihrem Hals emporstrich. »Jetzt frag mich, was ich mit dir machen werde.«

Sie machte den Mund auf, konnte aber nur hecheln.

Er zog fester an ihren Haaren. »Frag mich. Sag: ›Was wirst du mit mir machen?‹«

Sie schluckte. »Was … was wirst du mit mir machen?«

Er schob sie etwas zur Seite, ohne den Druck seiner Hüften auf ihren Hintern zu lockern. »Siehst du das Waschbecken da, Jane?«

»Ja …« Ihr Heiligen, sie hatte fast einen Orgasmus …

»Ich werde dich über das Waschbecken beugen, und du hältst dich an den Seiten fest. Dann ziehe ich dir die Hose runter.«

O Himmel.

»Frag mich, was dann kommt, Jane.« Er leckte ihr wieder über den Hals, dann bohrte er ihr etwas ins Ohr. Sie wusste, es war ein Fangzahn.

»Was … dann?«, hauchte sie.

»Dann gehe ich auf die Knie.« Sein Kopf sank tiefer und er knabberte an ihrem Schlüsselbein. »Sag jetzt zu mir: ›Und was dann, V?‹«

Inzwischen schluchzte sie schon beinahe, sie war so erregt, dass ihre Beine nachgaben. »Und was dann?«

Er zupfte an ihrem Haar. »Du hast den letzten Teil vergessen.«

Den letzten Teil … den letzten Teil … »V.«

»Und jetzt nochmal von vorne. Von Anfang an.« Er schob seine Erregung in sie hinein, ein harter Grat, der ganz unmissverständlich jetzt *sofort* in sie eindringen wollte. »Fang nochmal von vorne an, und diesmal machst du es richtig.«

Aus heiterem Himmel rollte ein Orgasmus heran, angeheizt vom Kratzen seiner Stimme in ihrem –

»O nein, noch nicht.« Er rückte von ihr ab. »Jetzt kommst du nicht. Wenn ich es sage, dann darfst du kommen. Vorher nicht.«

Desorientiert und mit einem undeutlichen Schmerz im Unterleib sackte sie in sich zusammen, als der drängende Höhepunkt sich wieder zurückzog.

»Und jetzt sag die Worte, die ich hören möchte.«

Wie war das noch? »Und was dann, V?«

»Ich gehe auf die Knie und streiche dir mit den Händen hinten über die Oberschenkel, und dann spreize ich sie weit für meinen Mund.«

Der Orgasmus kam wieder angerast und brachte ihre Beine zum Zittern.

»Nein«, knurrte er. »Noch nicht. Und nur, wenn ich es sage.«

Er drückte sie ans Waschbecken und machte exakt das, was er angekündigt hatte. Beugte sie vor, legte ihre Hände seitlich auf das Becken und befahl: »Festhalten.«

Gehorsam umklammerte sie das Porzellan.

Mit beiden Händen fuhr er ihr unter das Shirt, umfing ihre Brüste. Dann glitten sie nach unten auf ihren Bauch und die Hüften.

Mit einem einzigen heftigen Ruck zog er die Hose herunter. »O ja. Genau das will ich.« Seine in Leder gehüllte Hand umfasste ihre Pobacken und massierte sie. »Heb das Bein.«

Sie fügte sich und die Hose rutschte ihr über den Fuß. Dann wurden ihre Oberschenkel auseinandergedrückt und … ja, seine Hände, eine mit Handschuh, eine ohne, wanderten höher. Ihr Zentrum wurde heiß und lüstern, als sie spürte, wie entblößt sie für ihn war.

»Jane …«, flüsterte er ehrfürchtig.

Es gab kein Vorspiel, kein Hinübergleiten in das, was er mit ihr machte. Es war sein Mund und ihre Mitte. Zwei Lippenpaare trafen aufeinander. Gleichzeitig gruben sich seine Finger in ihre Pobacken und hielten sie fest, während er sich an die Arbeit machte, und sie verlor jeden Überblick, was seine Zunge oder sein bärtiges Kinn oder sein Mund war. Zwischen Lecken und Saugen fühlte sie, wie sie penetriert wurde, hörte das Geräusch von Haut auf Haut, erkannte seine Herrschaft über sie.

»Komm für mich«, forderte er, den Mund an ihrem Zentrum. »Jetzt sofort.«

Der Orgasmus traf sie mit vernichtender Wucht, ihre Knie gaben nach, und eine ihrer Hände rutschte ab. Nur Vs Arm, der blitzschnell nach oben schoss und ihr Halt gab, hinderte sie daran, zu Boden zu stürzen.

Sein Mund gab sie frei, und er küsste sie auf beide Seiten ihres Pos, dann ließ er die Hand mit der Innenfläche über ihre Wirbelsäule gleiten, als sie sich wieder auf ihren eigenen Armen abstützte. »Jetzt werde ich in dir kommen.«

Das Rascheln seiner Pyjamahose, die abgestreift wurde, war lauter als ihr Atem, und bei der ersten Berührung ihrer Hüfte durch seine Erektion kam sie beinahe gleich nochmal.

»Ich will das.« Seine Stimme klang kehlig. »Mein Gott … ich will das.«

Mit einem einzigen harten Stoß drang er in sie ein, seine Hüften trafen auf ihr Gesäß. Und obwohl sie es war, die seinen riesigen Umfang aufnehmen musste, war er derjenige, der aufschrie. Ohne jedes Zögern begann er, in sie hineinzupumpen, hielt sie an der Hüfte fest, bewegte sie vor und zurück, um seinen Stößen zu begegnen. Mit offenem Mund, offenen Augen, und begierigen Ohren klammerte sie sich am Waschbecken fest und wieder wurde sie von einem Orgasmus überrollt. Als sie erneut kam, fiel ihr das Haar ins Gesicht, ihr Kopf hüpfte auf und ab, ihre beiden Körper klatschten aneinander.

Nie zuvor hatte sie so etwas erlebt. Es war Sex hoch eine Million.

Und dann spürte sie, wie seine behandschuhte Hand ihre Schulter umklammerte. Er richtete sie auf und ritt sie weiter, heftig, rein und raus, rein und raus. Seine Hand glitt an ihrem Hals hoch, umfasste ihr Kinn und kippte ihren Kopf nach hinten.

»Mein«, knurrte er und stieß weiter zu.

Und dann biss er sie.

3

Johns erster Gedanke beim Aufwachen war, dass er ein Eis mit heißer Karamellsoße und gerösteten Schinkenwürfeln darauf wollte. Was eigentlich ziemlich eklig war.

Aber, was sollte er machen – Schokolade mit Schinken wäre im Augenblick einfach das Paradies.

Er schlug die Augen auf und stellte erleichtert fest, dass sich über ihm die vertraute Zimmerdecke des Zimmers befand, in dem er in letzter Zeit geschlafen hatte. Gleichzeitig war er verwirrt, weil irgendetwas passiert war. Etwas Traumatisches. Etwas Bedeutsames. Aber was?

Mühsam hob er die Hand, um sich die Augen zu reiben ... und schnappte nach Luft.

Das Ding, das da an seinem Arm hing, war gewaltig. Die Hand eines Riesen.

Jetzt reckte er den Kopf und sah an seinem Körper herunter ... beziehungsweise an irgendeinem fremden Körper. Hatte er gestern seinen Kopf gespendet? Denn mit so was war sein Gehirn eindeutig noch nie verkabelt gewesen …

Die Transition.

»Wie geht's dir, John?«

Wraths Stimme. Der König und Beth standen neben dem Bett und sahen wahnsinnig erschöpft aus.

Er musste sich heftig konzentrieren, um mit seinen Händen die Worte zu formen: *Habe ich es geschafft?*

»Ja. Ja, mein Junge, das hast du.« Wrath räusperte sich, und Beth streichelte seinen tätowierten Unterarm, als wüsste sie, dass seine Gefühle ihn zu überwältigen drohten. »Herzlichen Glückwunsch.«

Rasch blinzelte John, seine Brust war wie zugeschnürt. *Bin ich immer noch … ich?*

»Ja. Das bist du immer noch.«

»Soll ich gehen?«, ertönte eine weitere weibliche Stimme.

John wandte den Kopf. Layla stand in einer schwach beleuchteten Ecke, ihr makellos schönes Gesicht und ihr makellos schöner Körper halb im Schatten verborgen.

Ständer. Übergangslos.

Als hätte ihm jemand Stahl in den Schwanz gespritzt.

Hektisch fummelte er herum, um sich zu verstecken, aber Gott sei Dank lag er bereits unter einer Decke. Als er sich wieder in die Kissen sinken ließ, hörte er Wrath sprechen, war aber von dem Pochen zwischen seinen Beinen abgelenkt … und von der Vampirin am anderen Ende des Raums.

»Es wäre mir ein Vergnügen, zu bleiben«, sagte Layla mit einer tiefen Verneigung.

Bleiben war gut, dachte John. Auf jeden Fall war das …

Moment, überhaupt nichts war gut. Er würde doch keinen Sex mit ihr haben, verflucht nochmal.

Sie trat in den Lichtkegel der Nachttischlampe. Ihre Haut war so weiß wie Mondlicht, zart wie ein Seidenlaken. Sicher wäre sie auch weich ... unter seinen Händen, seinem Mund ... unter seinem Körper. Unvermittelt kitzelte es auf beiden Seiten in Johns Oberkiefer und etwas schob sich in seine Mundhöhle. Mit der Zunge strich John schnell über seine Zähne und spürte die scharfen Spitzen seiner Fänge.

Sex brüllte in seinem Körper auf, bis er den Blick von ihr abwenden musste.

Wrath gluckste leise, als wüsste er, was mit John los war. »Dann lassen wir euch beide mal allein, John. Wir sind nur ein paar Türen weiter, falls du irgendwas brauchst.«

Beth beugte sich herunter und streichelte ihm ganz vorsichtig über die Hand, als wüsste sie ganz genau, wie empfindlich seine Haut war. »Ich bin so stolz auf dich.«

Als ihre Blicke sich begegneten, dachte er unwillkürlich: *Und ich auf dich.*

Was vollkommen sinnlos war. Deshalb zeigten seine Hände betont nachlässig: *Danke.*

Einen Augenblick später waren sie weg, die Tür fiel hinter ihnen ins Schloss, und er blieb mit Layla allein. Oh je, das war nicht gut. Er kam sich vor, als säße er auf einem um sich schlagenden, noch nicht eingerittenen Pferd. Ungefähr so viel Kontrolle hatte er über seinen Körper.

Da er sich nicht traute, die Auserwählte anzusehen, schielte er zum Badezimmer. Durch die Türpfosten konnte er die Marmordusche erkennen und empfand plötzlich ein unbezähmbares Bedürfnis.

»Würdet Ihr Euch gerne waschen, Euer Gnaden?«, fragte Layla. »Soll ich das Wasser anstellen?«

Er nickte, um sie irgendwie zu beschäftigen, während er grübelte, was er mit sich anstellen sollte.

Nimm sie. Fick sie. Besorg es ihr in zwölf verschiedenen Stellungen.

Ja, klar, genau das sollte er wohl besser *nicht* tun.

Er hörte das Wasser rauschen. Layla kam zurück, und ehe er wusste, wie ihm geschah, wurde die Decke von seinem Körper gezogen. Hektisch wollte er sich mit den Händen bedecken, aber ihre Augen waren schneller und entdeckten die Erektion.

»Darf ich Euch ins Bad helfen?« Ihre Stimme klang jetzt etwas rauchig, und sie betrachtete seine Hüften offenbar beifällig.

Was dieses Riesengerät unter seinen Händen noch weiter aufpumpte.

»Euer Gnaden?«

Wie sollte er denn in seinem Zustand die Zeichensprache verwenden?

Ach, egal. Sie würde ihn ohnehin nicht verstehen.

John schüttelte den Kopf, dann setzte er sich auf, hielt eine Hand vor die Lendengegend gepresst und stützte sich mit der anderen auf der Matratze ab. Mist, er fühlte sich wie ein Tisch, an dem man alle Schrauben gelockert hatte. Seine Bestandteile passten nicht mehr vernünftig zusammen. Und die Reise ins Badezimmer kam ihm vor wie ein Hindernislauf, obwohl gar nichts im Weg stand.

Wenigstens war er dadurch nicht mehr ausschließlich auf Layla fixiert.

Weiterhin seine Blöße bedeckend stand er auf und schwankte ins Bad, wobei er krampfhaft zu verdrängen versuchte, wie heftig er Layla begehrte. Bilder von neugeborenen Fohlen schoben sich vor sein geistiges Auge, vor allem solche, deren dürre Beinchen verbogen waren wie Drähte, während sie sich abmühten, in der Senkrechten zu bleiben. Das konnte er ja so gut nachvollziehen. Es war, als könnten sich seine Knie jeden Moment in den Urlaub verabschieden, und er würde ungebremst den Fußboden umarmen.

Halleluja. Er hatte es ins Bad geschafft. *Gut gemacht.*

Wenn er jetzt nur vermeiden könnte, auf Tuchfühlung mit dem blanken Marmor zu gehen. Wobei sich wieder sauber zu fühlen ein paar Prellungen durchaus wert wäre. Leider war die Dusche, die er sich so sehnlich wünschte, auch nicht ganz unproblematisch. Sich unter den sanften warmen Strahl zu stellen, fühlte sich an wie ausgepeitscht zu werden, und er machte einen Satz rückwärts – nur um aus dem Augenwinkel zu sehen, wie Layla ihr Gewand abstreifte.

Gütiger Himmel … Sie war wunderschön.

Als sie zu ihm in die Dusche trat, war er absolut sprachlos – und das nicht, weil er keinen Kehlkopf besaß. Ihre Brüste waren voll, und die Nippel lagen rosig inmitten der üppigen, schweren Rundung. Ihre Taille hätte er vermutlich mit seinen Händen umfassen können. Die Hüften bildeten das perfekte Gegengewicht zu ihren schmalen Schultern. Und ihr Geschlecht … ihr Geschlecht präsentierte sich seinen Augen unverhüllt, die Haut glatt und unbehaart, der kleine Schlitz umgeben von zwei Falten, die er unbedingt teilen wollte.

Verbissen umklammerte er sich mit beiden Händen, als könne ihm sein Schwanz sonst aus dem Becken springen.

»Darf ich Euch waschen, Euer Gnaden?«, fragte sie. Dampf wirbelte zwischen ihnen durch die Luft wie dünner Stoff in einer sanften Brise.

Die Erregung hinter seinen Händen zuckte.

»Euer Gnaden?«

Sein Kopf nickte. Sein Körper pochte. Er dachte an Qhuinns Erzählung, was er mit der jungen Vampirin gemacht hatte. *Wahnsinn …* und jetzt passierte es John selbst.

Layla nahm die Seife und rieb sie zwischen ihren Handflächen, drehte sie herum und herum, weißer Schaum bildete sich und tropfte auf die Fliesen. Er stellte sich seinen Ständer zwischen ihren Händen vor und musste durch den Mund atmen.

Sieh dir an, wie ihre Brüste wippen, dachte er und leckte sich die Lippen. Ob sie ihm wohl gestatten würde, sie dort zu küssen? Wie würde sie schmecken? Würde sie ihn zwischen ihre …

Sein Ding machte einen Satz, und er stieß ein klagendes Stöhnen aus.

Jetzt legte Layla die Seife zurück auf den kleinen Teller an der Wand. »Ich werde ganz sanft sein, da Ihr im Augenblick so empfindlich seid.«

Er schluckte heftig und betete, er würde nicht komplett die Beherrschung verlieren, als ihre schaumigen Hände näher kamen und sich schließlich auf seinen Schultern niederließen. Leider war die Vorfreude weit angenehmer als die Realität. Ihre zarte Berührung war wie Schleifpapier auf einem Sonnenbrand … und doch sehnte er sich danach. Nach ihr.

Der Duft französischer Seife zog durch die feuchte, heiße Luft, und Laylas Handflächen wanderten über seine Arme, dann wieder zurück und auf seinen jetzt gewaltigen Brustkorb. Schaum rann ihm über den Bauchnabel und auf die Hände, durch die Finger und schließlich über sein Geschlecht.

Voller Hingabe widmete sie sich seiner Brust, und er starrte sie an, fand es umwerfend erotisch, dass ihre blassgrünen Augen seinen neuen großen Körper abtasteten.

Sie war *begierig,* dachte er. Begierig auf das, was er in seinen Händen verbarg. Begierig auf das, was er ihr geben wollte.

Wieder nahm sie die Seife in die Hand und kniete sich vor ihn auf den Marmor. Ihr Haar war noch hochgesteckt, und er wollte es lösen, wollte sehen, wie es aussehen würde, wenn es nass auf ihren Brüsten klebte.

Als sie ihm eine Hand auf den Unterschenkel legte und diese langsam nach oben wandern ließ, hob sie den Blick. Vor ihm blitzte ein Bild von ihr auf: Sie blies ihm einen, ihr Mund wurde von seiner Erektion weit gedehnt, ihre Wangen bebten, während sie ihn bearbeitete.

John stöhnte, geriet ins Schwanken und stieß sich die Schulter.

»Lasst Eure Arme sinken, Euer Gnaden.«

Obwohl er schreckliche Angst vor dem hatte, was jetzt geschehen würde, wollte er ihr gehorchen. Doch was, wenn er sich zum Trottel machte? Was, wenn er ihr das Gesicht vollspritzte, weil er sich nicht zurückhalten konnte? Was wenn –

»Euer Gnaden, lasst die Arme sinken.«

Langsam ließ er die Hände fallen, und seine Erektion reckte sich senkrecht aus seinen Hüften heraus, sie widersetzte sich nicht nur der Schwerkraft, sie war jenseits ihres Einflussbereichs.

O Himmel, o lieber Himmel … Ihre Hand kam näher …

Sobald sie seinen Schwanz berührte, fiel seine Erektion in sich zusammen: Plötzlich sah er sich selbst in einem schmutzigen Treppenhaus. Ein Messer vor dem Gesicht. Vergewaltigt, während er lautlos weinte.

Ruckartig entriss sich John dem Griff der Auserwählten und taumelte aus der Dusche. Wegen seiner nassen Füße und weichen Knie rutschte er aus. Um nicht zu stürzen, ließ er sich mit dem Hintern auf die Toilette fallen.

Nicht sehr würdevoll. Nicht sehr männlich. Wie verdammt typisch. Endlich hatte er diesen großen Körper, den er sich so sehr gewünscht hatte, aber trotzdem war er auch nicht mehr Mann als vorher.

Das Wasser verstummte, und er hörte, dass Layla sich in ein Handtuch wickelte. Ihre Stimme bebte. »Wünscht Ihr, dass ich gehe?«

Er nickte, zu beschämt, sie auch nur anzusehen.

Als er viel später endlich den Kopf hob, war er allein. Und er fror, da die Hitze der Dusche fehlte, der ganze herrliche Dampf verschwunden, als hätte es ihn nie gegeben.

Sein erstes Mal mit einer Frau … und er hatte seine Erektion verloren. Gott, er wollte kotzen.

V durchbohrte Janes Haut mit seinen Fängen, durchdrang ihren Hals, zapfte ihre Vene an, saugte sich mit den Lippen fest. Da sie ein Mensch war, hatte der Kraftschub beim Trinken nicht mit der Zusammensetzung ihres Blutes zu tun, sondern einfach nur mit der Tatsache, dass sie es war, von der er trank. Ihr Geschmack war es, nach dem er lechzte. Ihr Geschmack … und ein Stück von ihr in sich aufzunehmen.

Er wusste, dass sie nicht vor Schmerz aufschrie. Ihr Körper strahlte Erregung ab, und der Duft wurde sogar noch stärker, als er nahm, was er von ihr begehrte, als er ihr Geschlecht mit seinem Schwanz nahm, und ihr Blut mit seinem Mund.

»Komm mit mir«, sagte er heiser, gab ihren Hals frei und ließ sie wieder die Arme auf dem Waschbecken abstützen. »Komm … mit … mir.«

»O Gott …«

V presste seine Hüfte an sie, als sein Höhepunkt kam, und sie kam mit ihm zusammen, ihr Körper saugte an seiner Erektion, genau wie er an ihrem Hals gesaugt hatte. Der Austausch fühlte sich gerecht und befriedigend an; sie war nun in ihm, und er war in ihr. Es war richtig. Es war gut.

Mein.

Hinterher atmeten sie beide schwer.

»Alles in Ordnung bei dir?«, fragte er keuchend, sich sehr wohl bewusst, dass diese Frage noch nie im Anschluss an Sex über seine Lippen gekommen war.

Als sie keine Antwort gab, rückte er ein wenig von ihr ab. Auf ihrer blassen Haut konnte er die Wunden erkennen, die er ihr zugefügt hatte, Rötungen, wo er sie grob angefasst hatte. Fast jeder, mit dem er je gevögelt hatte, hatte am Ende solche Blessuren gehabt, weil er es rau mochte, rau brauchte. Und nie hatte es ihn gekümmert, was er auf den Körpern der anderen zurückließ.

Doch jetzt kümmerte es ihn. Kümmerte ihn sogar noch mehr, als er sich mit der Hand über den Mund wischte und ihr Blut daran hängen blieb.

Großer Gott ... Er hatte sie zu hart rangenommen. Viel zu hart. »Jane, es tut mir so –«

»Wahnsinn.« Sie schüttelte den Kopf, ihre kurzen blonden Haare umspielten ihre Wangen. »Das war ... Wahnsinn.«

»Bist du sicher, dass ich nicht –«

»Einfach nur Wahnsinn. Obwohl ich ein bisschen Angst habe, das Waschbecken loszulassen, weil ich sonst vielleicht umkippe.«

Erleichterung stieg in seinen Kopf wie ein Rausch. »Ich wollte dir nicht wehtun.«

»Du hast mich überwältigt ... aber auf die Art, die man sofort brühwarm seiner besten Freundin – wenn man eine hätte – erzählen will, im Sinne von: »Du meine Güte, ich hatte gerade den Sex meines Lebens.«

»Gut. Das ist ... gut.« Auf keinen Fall wollte er ihr Geschlecht wieder verlassen, besonders, wenn sie so etwas sagte. Aber trotzdem zog er die Hüfte zurück und seine Erektion aus ihr heraus, damit sie sich erholen konnte.

Von hinten sah sie hinreißend aus. So schön, dass es in seinen Schläfen pochte. Dass er sie unbedingt nehmen wollte. Seine Erektion klopfte wie ein Herz, als er die Pyjamahose hochzog und sein Geschlecht zurück in den Flanell stopfte.

Langsam stellte V Jane auf die Füße und blickte in ihr Gesicht, als es im Spiegel auftauchte. Ihre Augen waren glasig, der Mund stand offen, die Wangen waren gerötet. Auf dem Hals prangten die Bisswunden genau dort, wo er sie haben wollte: Dort, wo jedermann sie gut sehen konnte.

Er drehte sie zu sich um und fuhr ihr mit dem behandschuhten Zeigefinger über die Kehle, fing das Blut auf, das in einem dünnen Rinnsal aus den Löchern floss. Dann leckte er das schwarze Leder sauber, schwelgte in ihrem Geschmack, wollte mehr.

»Ich werde die Wunden versiegeln, okay?«

Sie nickte, und er ließ den Kopf sinken. Als er ganz zart mit der Zunge über die Löcher leckte, schloss er die Augen und vergaß alles um sich herum. Beim nächsten Mal wollte er ihr in die Vene zwischen den Beinen beißen, damit er abwechselnd ihr Blut saugen und ihr Geschlecht lecken konnte.

Er beugte sich zur Seite und stellte das Wasser an, dann zog er ihr das weiße Hemd aus. Ihre Brüste steckten in weißer Spitze, die rosa Spitzen waren durch das hübsche Muster sichtbar. Er nahm eine der Brustwarzen zwischen die Lippen, nuckelte durch das feine Gewebe hindurch daran und wurde mit einer Hand in seinem Haar und einem in ihrer Kehle aufsteigenden Stöhnen belohnt.

Er knurrte leise und schob die Hand zwischen ihre Beine. Der Samen, den er hinterlassen hatte, haftete auf den Innenseiten ihrer Schenkel, und genau dort sollte er auch bleiben. Er wollte das Zeug dort lassen und noch mehr in sie hineinspritzen.

O ja, die Instinkte des gebundenen Vampirs. Er wollte, dass sie ihn an sich trug wie ihre eigene Haut: überall.

Jetzt zog er ihr den BH aus und stellte sie vorsichtig unter die Dusche, hielt sie an den Schultern fest. Dann stieg er auch dazu, seine Pyjamahose wurde nass, unter den Füßen spürte er den glatten Marmorboden. Sanft strich er ihr die Haare aus dem Gesicht und sah ihr in die Augen.

Mein.

»Ich habe dich noch gar nicht geküsst«, sagte er.

Sie drängte sich an ihn und stützte sich an seiner Brust ab, genau, wie er es wollte. »Nicht auf den Mund, nein.«

»Darf ich?«

»Bitte.«

Scheiße, er war nervös, als er ihre Lippen betrachtete. Was echt seltsam war. Im Laufe seines Lebens hatte er so viel Sex gehabt, in allen möglichen Stellungen und Kombinationen, aber die Vorstellung, sie richtig zu küssen, wischte das alles weg: Er war die Jungfrau, die er nie gewesen war, ahnungslos und mit weichen Knien.

»Also, was ist jetzt?«, fragte sie, als er keine Anstalten machte.

Mit einem Lächeln wie die Mona Lisa legte sie ihm die Hände auf die Wangen. »Komm her.«

Sie zog ihn zu sich herunter, kippte seinen Kopf zur Seite und streifte seine Lippen mit ihren. Vishous' Körper erschauerte. Er hatte schon Macht gespürt – seine eigene in seinen Muskeln, die seiner verfluchten Mutter in seinem Schicksal, die seines Königs in seinem Leben, die seiner Brüder in ihrer Arbeit –, doch nie hatte er sich davon bezwingen lassen.

Jane bezwang ihn jetzt. Beherrschte ihn bedingungslos, während sie sein Gesicht in ihren Händen hielt.

Er zog sie dicht an sich und presste seine Lippen fester

auf ihre, bei der Berührung empfand er eine Süße, von der er nie geahnt hätte, dass er sie sich wünschte, geschweige denn sich danach verzehrte. Als sie voneinander abließen, seifte er ihre schlanken Rundungen ein und spülte sie ab. Wusch ihr Haar. Säuberte sie zwischen den Beinen.

Sie mit äußerster Vorsicht zu behandeln war wie Atmen … eine automatische Funktion seines Körpers und Gehirns, über die er nicht weiter nachdenken musste.

Endlich stellte er das Wasser ab, trocknete sie ab, nahm sie dann auf die Arme und trug sie ins Bett. Sie streckte sich auf seiner schwarzen Decke aus, die Arme über dem Kopf, die Beine leicht gespreizt, nichts als wundervoll gerötete weibliche Haut und Muskeln.

Unter gesenkten Lidern musterte sie ihn. »Deine Hose ist nass.«

»Ja.«

»Du bist steif.«

»Mhm.«

Sie bog den Rücken durch, die Wellenbewegung ihres Muskelspiels wanderte von den Hüften bis hinauf zu ihren Brüsten. »Willst du nichts dagegen unternehmen?«

Er fletschte die Fänge und zischte. »Wenn du mich lässt.«

Sie legte ein Bein weiter zur Seite, und seine Augen fingen beinahe an zu bluten. Sie glitzerte in ihrer Mitte, und zwar nicht von der Dusche.

»Sieht das aus wie ein Nein?«, fragte sie.

Innerhalb einer Zehntelsekunde hatte er sich die Hose heruntergerissen und lag auf ihr, küsste sie tief und lange, hob die Hüften an, brachte sich in Position und versenkte sich in ihr. Sie war so viel besser so, in der Wirklichkeit statt in einem Traum. Als sie für ihn kam, einmal … zweimal … immer wieder … brach sein Herz.

Zum ersten Mal in seinem Leben hatte er Sex mit jemandem, den er liebte.

Die eigene Schutzlosigkeit versetzte ihn vorübergehend in blinde Panik. Wie zum Henker hatte das passieren können?

Doch andererseits war das sein letzter – na ja, sein einziger – Versuch in Sachen Liebe, nicht wahr? Und sie würde sich hinterher an nichts erinnern, also war es gefahrlos: Ihr Herz würde am Ende nicht gebrochen werden.

Zudem machte ihre mangelnde Erinnerung es auch für ihn gefahrlos. So in etwa wie in jener Nacht, als er und Wrath sich so dermaßen besoffen hatten und V über seine Mutter gesprochen hatte.

Je weniger Leute über ihn Bescheid wussten, desto besser.

Nur warum zum Teufel versetzte ihm der Gedanke, Janes Gedächtnis zu löschen, einen solchen Stich in der Brust?

Mein Gott, sie müsste so bald schon gehen.

4

Auf der »Anderen Seite« trat Cormia aus dem Tempel des Primals und wartete, während die Directrix die goldenen Pforten schloss. Der Tempel stand auf einer Kuppe, eine vergoldete Krone auf einem kleinen Hügel, und von dort aus war das gesamte Reich der Auserwählten zu überblicken: die weißen Gebäude und die Tempel, das Amphitheater, die Laubengänge. Die Flächen zwischen den Bauten waren von einem Teppich aus weißem, kurzgeschnittenem Gras bedeckt, das niemals wuchs und sich niemals veränderte. Wie gewohnt bot der Blick wenig Weite, nur die weiße Waldgrenze, die in der Ferne schemenhaft verschwamm. Die einzige Farbe in dieser Komposition war das Hellblau des Himmels, und selbst das verblasste an den Rändern.

»So endet deine Lehrstunde«, verkündete die Directrix, während sie ihren Hals von der zarten Schlüsselkette befreite und die Tore verschloss. »Gemäß der Tradition wirst du dich dem ersten der Reinigungsrituale unterziehen, wenn wir dich holen kommen. Bis dahin sollst du über die Gnade nachsinnen, die dir gewährt wurde, und den Dienst, den du um unser aller willen leisten wirst.«

Die Worte wurden in demselben unnachgiebigen Tonfall gesprochen, mit dem die Directrix beschrieben hatte, wie der Primal mit Cormias Leib verfahren würde. Wieder und wieder. Zu jeder Zeit, die ihm genehm war.

Im Blick der Directrix lag etwas Berechnendes, als sie sich die Kette wieder umlegte, ein leises Klingeln ertönte, als sich die Schlüssel zwischen ihren Brüsten trafen. »Gehab dich wohl, Schwester.«

Damit schritt die Directrix den Hügel hinab, ihr weißes Gewand war vom Untergrund und den Gebäuden kaum zu unterscheiden, nichts als ein weiterer Spritzer Weiß, der sich lediglich abhob, weil er sich bewegte.

Cormia legte sich die Hände vors Gesicht. Die Directrix hatte ihr mitgeteilt – nein, ihr versichert –, dass das, was zwischen ihr und dem Primal vorgehen würde, schmerzhaft wäre, und Cormia glaubte ihr. Die anschaulichen Einzelheiten waren schockierend gewesen, und sie befürchtete, es gäbe keinen Weg, die Vereinigungszeremonie durchzustehen, ohne zusammenzubrechen – zur Schande der gesamten Gemeinschaft der Auserwählten. Als ihrer aller Vertreterin musste Cormia die an sie gestellten Erwartungen erfüllen, und das mit Würde, sonst würde sie die ehrwürdige Tradition, in deren Dienst sie stand, beflecken, sie in ihrer Gänze beschmutzen.

Unsicher blickte sie über die Schulter zum Tempel und legte sich eine Hand auf den Unterleib. Sie war fruchtbar, wie alle Auserwählten zu jeder Zeit auf dieser Seite. Sie könnte bei ihrem allerersten Mal mit dem Primal schon ein Kind von ihm empfangen. Gütige Jungfrau im Schleier, warum nur hatte man sie erwählt?

Als sie den Kopf wieder zurückwandte, hatte die Directrix den Fuß des Hügels erreicht – so klein im Vergleich zu den hoch aufragenden Gebäuden, so gewaltig im täglichen Leben. Mehr als alle und alles andere bestimmte sie die Landschaft: Die Jungfrau der Schrift war es, der sie alle dienten; doch es war die Directrix, die über das Leben aller befahl. Zumindest so lange, bis der Primal eintreffen würde.

Die Directrix wollte diesen Mann nicht in ihrer Welt, dachte Cormia.

Und genau das war der Grund gewesen, warum Cormia der Jungfrau der Schrift als Kandidatin vorgeschlagen worden war. Von allen Vampirinnen, die zur Verfügung standen und die entzückt gewesen wären, zeigte sie sich am wenigsten gefällig, am wenigsten entgegenkommend. Ihre Wahl war eine Demonstration des Unwillens gegen den Wechsel in der Vormachtstellung.

Cormia trat den Weg von der Kuppel herunter an, die weiße Grasfläche besaß keine eigene Temperatur unter ihren bloßen Füßen. Nichts außer Essen und Trinken verfügte über Hitze oder Kälte.

Einen flüchtigen Augenblick dachte sie an Flucht. Besser von allem Vertrauten entfernt zu sein, als das zu ertragen, was die Directrix ihr in Aussicht gestellt hatte. Doch ihr mangelte das Wissen, wie man auf die Abgewandte Seite gelangte. Sie wusste, man musste das Innere der privaten Gemächer der Jungfrau der Schrift passieren, doch was dann? Und was, wenn sie von Ihrer Heiligkeit ertappt würde?

Undenkbar. Noch furchteinflößender als die Zusammenkunft mit dem Primal.

Tief versunken in ihre persönlichen, sündhaften Gedanken spazierte Cormia durch die Landschaft, die sie schon ihr gesamtes Leben lang kannte. Man konnte sich auf diesem Gelände leicht verlaufen, da alles gleich aussah und sich gleich anfühlte und gleich roch. Ohne Gegensätze verliefen die Kanten der Wirklichkeit zu glatt, um sich daran festzuklammern, weder physisch noch psychisch. Man war nie geerdet, leicht wie Luft.

Als sie an der Schatzkammer vorbeikam, blieb sie vor den herrschaftlichen Stufen stehen und dachte an die Juwelen darin, die einzig wahren Farben, die sie je erblickt hatte. Jenseits der versperrten Türen gab es ganze Körbe voller Edelsteine, und wenn sie diese auch erst ein oder zwei Mal gesehen hatte, erinnerte sie sich doch ganz deutlich an die Farben. Ihre Augen waren geblendet gewesen von dem lebendigen Blau der Saphire und dem tiefen Grün der Smaragde und der Blutkraft der Rubine. Die Aquamarine hatten die Farbe des Himmels aufgewiesen, daher waren sie ihr weniger fesselnd erschienen.

Ihre Lieblingssteine waren die Zitrine gewesen, die wundervollen gelben Zitrine. Heimlich hatte sie einen davon berührt. Nur ein rasches Ausstrecken ihrer Hand, als niemand aufgepasst hatte, doch o, wie herrlich war das flackernde Licht in seinen fröhlichen Facetten gewesen. Die Steine in der Handfläche zu spüren, hatte eine Zufriedenheit in ihr ausgelöst wie eine anregende Unterhaltung, ein schwärmerischer Rausch der Sinne, der durch das Verbotene ihrer Tat noch an Bedeutung gewonnen hatte.

Die Steine hatten sie gewärmt, wenngleich sie doch in Wahrheit nicht wärmer waren als irgendein anderer Gegenstand.

Und die Juwelen waren nicht der einzige Grund, warum der Eintritt in die Schatzkammer solch ein außergewöhnliches Vergnügen darstellte. In Vitrinen wurden Objekte der Anderen Seite aufbewahrt, Dinge, die entweder gesammelt wurden, weil sie eine zentrale Rolle in der Geschichte ihrer Art spielten, oder weil sie in den Besitz der Auserwählten gelangt waren. Nicht immer hatte Cormia erkannt, was sie da betrachtete, doch es war eine Offenbarung gewesen. Farben. Strukturen. Fremde Gegenstände von einem fremden Ort.

Merkwürdigerweise hatte sie sich jedoch am meisten von einem uralten Buch angezogen gefühlt. Auf dem zerschlissenen Einband hatte sie in undeutlich geprägten Lettern gelesen: DARIUS, SOHN DES MARKLON.

Cormia runzelte die Stirn und stellte fest, dass sie diesen Namen schon einmal gelesen hatte ... in dem Raum der Bibliothek, welcher der Bruderschaft der Black Dagger gewidmet war.

Das Tagebuch eines Bruders. Daher also war es aufbewahrt worden.

Sie wünschte, sie wäre schon damals – in den vergangenen Zeiten – auf der Welt gewesen, als das Gebäude unverschlossen gewesen war und jeder die Schatzkammer so einfach betreten konnte wie die Bibliothek. Doch das war vor dem Angriff gewesen.

Der Angriff hatte alles verändert. Unvorstellbar, dass räuberische Angehörige ihrer eigenen Art mit Waffen von der Abgewandten Seite hierhergekommen waren, um das Heiligtum zu plündern. Sie waren durch eine Pforte hereingelangt, die inzwischen versperrt war, und hatten die Schatzkammer gestürmt. Der frühere Primal hatte den Tod gefunden, weil er seine Frauen beschützte, drei Vampire hatte er besiegt, doch danach war er seinen Wunden erlegen.

Er musste wohl ihr Vater gewesen sein.

Nach diesen entsetzlichen Vorkommnissen hatte die Jungfrau der Schrift diese Pforte versperrt, und jeder, der Einlass begehrte, musste fortan ihren privaten Innenhof passieren. Und als Vorsichtsmaßnahme blieb die Schatzkammer immer verschlossen, außer, die Juwelen wurden für die Eremitage der Jungfrau der Schrift oder für bestimmte Zeremonien benötigt. Nur die Directrix verfügte über einen Schlüssel.

Cormia hörte leise Schritte und wandte den Kopf einem Laubengang zu. Eine vollständig verhüllte Gestalt humpelte über den Weg, ein Bein unter einer schwarzen Robe nachziehend, in den verhüllten Händen einen Stapel Handtücher haltend.

Rasch wandte Cormia sich ab und eilte weiter. Sie wünschte, sowohl zwischen sich und diese Frau als auch zwischen sich und den Primalstempel Abstand zu bringen. Schließlich fand sie sich so weit von beiden entfernt, wie man nur gehen konnte, weit hinten am Spiegelbecken.

Das Wasser darin war klar und vollkommen unbewegt. Es zeigte eine ungetrübte Reflektion des Himmels. Sie wollte ihren Fuß hineintauchen, doch das war verboten –

Da nahm sie ein Geräusch wahr.

Anfangs war sie sich nicht sicher, was sie gehört hatte, und ob überhaupt etwas. Nichts und niemand war in der Nähe, soweit sie sehen konnte, nichts außer dem Grabmal der Söhne und Töchter und dem Wald aus weißen Bäumen, die den Rand des Heiligtums kennzeichneten. Sie wartete. Als das Geräusch sich nicht wiederholte, tat sie es als Einbildung ab und ging weiter.

Obgleich sie sich fürchtete, fühlte sie sich von dem Grabmal angezogen, wo die Kinder, welche die Geburt nicht überlebten, ihre letzte Ruhestätte fanden.

Besorgnis kroch ihre Wirbelsäule empor. Das war der einzige Ort, den sie niemals besuchte, und das galt auch für alle anderen Auserwählten. Jede mied dieses abgelegene quadratische Bauwerk mit der weißen Umzäunung. Trauer umwehte es wie die schwarzen Seidenschleifen, die um die Türgriffe gebunden waren.

Gütige Jungfrau im Schleier, dachte sie, auch ihr eigenes Schicksal würde hier bald bestattet, da selbst unter den Auserwählten eine hohe Kindersterblichkeit herrschte. Ja, Teile ihrer selbst würden hier ruhen, kleine Splitter ihres Wesens hier aufbewahrt werden, bis nur mehr eine Hülse davon übrig blieb. Dass sie ihre Schwangerschaften nicht frei wählen konnte, dass Nein kein Wort oder auch nur Gedanke war, der ihr gestattet war, dass ihre Nachkommen in der gleichen Bestimmung gefangen wären wie sie selbst, all das führte dazu, dass sie sich selbst in diesem verlassenen Grabmal sah, eingeschlossen zwischen den Toten.

Sie zog ihre Robe fester um den Hals zusammen und zitterte, als sie durch das Tor blickte. Früher hatte sie diesen Ort als verstörend empfunden, hatte sich des Gefühls nicht erwehren können, dass die kleinen Geschöpfe einsam waren, obwohl sie sich doch im Schleier befanden und Glück und Frieden gefunden haben sollten.

Nun verursachte ihr diese Stätte regelrechtes Grauen.

Wieder erklang das Geräusch, und sie machte einen Satz rückwärts, wollte schon vor den beklagenswerten Seelen fliehen, die im Inneren wohnten.

Doch nein, das waren nicht die Geister der Kinder. Es war ein Schluchzen. Überhaupt nicht körperlos, sondern sehr greifbar.

Still bog sie um die Ecke.

Layla saß im Gras, die Knie an die Brust gezogen, die Arme um sich geschlungen. Den Kopf hatte sie tief gesenkt, ihre Schultern bebten, ihr Gewand und die Haare waren nass.

»Meine Schwester?«, flüsterte Cormia. »Wie geht es dir?«

Unvermittelt schoss Laylas Kopf empor, und rasch rieb sie sich die Wangen, bis die Spuren von Tränen verschwunden waren. »Geh. Bitte.«

Doch Cormia kniete sich neben sie. »Sprich mit mir. Was ist geschehen?«

»Nichts, was du …«

»Layla, so rede doch mit mir.« Sie wollte ihre Schwester berühren, doch das war nicht gestattet, und sie wünschte nicht, ihren Kummer noch zu vergrößern. So beschränkte sie sich auf sanfte Worte und einen ebensolchen Tonfall. »Meine Schwester, ich möchte dich trösten. Bitte sprich mit mir. Bitte.«

Der blonde Kopf der Auserwählten fiel vor und zurück, ihre zerstörte Frisur löste sich noch weiter auf. »Ich habe versagt.«

»Wobei?«

»Ich … habe versagt. Heute Nacht gelang es mir nicht, einen Krieger zu beglücken. Ich wurde abgewiesen.«

»Von wem?«

»Von dem Vampir, dessen Transition ich begleitet habe. Er war bereit, sich zu vereinigen, und ich berührte ihn – und er verlor seine Triebkraft.« Layla atmete mit einem Schluchzen ein. »Und ich … ich werde dem König zu berichten haben, was vorgefallen ist, wie es die Tradition verlangt. Das hätte ich tun müssen, bevor ich zurück auf diese Seite kam, aber ich war so entsetzt, dass ich es nicht konnte. Wie werde ich es Ihrer Majestät erklären? Und der Directrix?« Wieder sank ihr Kopf herab, als fehle ihr die Willenskraft, ihn aufrecht zu halten. »Ich wurde von den Besten ausgebildet, gefällig zu sein. Und nun habe ich uns alle im Stich gelassen.«

Jetzt ging Cormia das Wagnis ein und legte Layla dennoch eine Hand auf die Schulter. So war es immer. Sobald sie in offizieller Eigenschaft handelte, trug jede Einzelne die Last der gesamten Auserwählten auf ihren Schultern. Daher gab es keine persönliche oder individuelle Schande, nur die schwere Bürde des kollektiven Versagens.

»Meine Schwester –«

»Ich werde in Besinnung gehen, nach meiner Unterredung mit dem König und mit der Directrix.«

O, nein … Besinnung hieß sieben Zyklen ohne Essen, ohne Licht, ohne Umgang mit anderen, vorgesehen als Sühne für die schlimmsten Verstöße gegen die Ordnung. Das Übelste, wenigstens hatte Cormia das gehört, war die mangelnde Helligkeit, waren doch die Auserwählten stets durstig nach Licht.

»Schwester, weißt du bestimmt, dass er dich nicht begehrt hat?«

»In dieser Hinsicht lügt der Leib eines Mannes nicht. Gnädige Jungfrau … vielleicht ist es ja nur gut so. Womöglich hätte ich ihn nicht beglückt.« Hellgrüne Augen wandten sich Cormia zu. »Nur gut, dass nicht ich deine Lehrerin war. Ich bin nur in der Theorie ausgebildet, nicht in der Praxis, deshalb hätte ich dir kein lebendiges Wissen vermitteln können.«

»Lieber hätte ich mich jedoch von dir unterweisen lassen.«

»Dann bist du unklug.« Laylas Gesicht wurde plötzlich alt. »Und ich habe meine Lektion gelernt. Ich werde mich aus dem Kreis der *Ehros* entfernen, da ich offenkundig nicht in der Lage bin, ihre Tradition fortzuführen.«

Cormia gefielen die toten Schatten in Laylas Augen ganz und gar nicht. »Vielleicht lag der Fehler bei ihm?«

»Der Fehler kann nicht bei ihm liegen. Es gelang mir nicht, ihm zu gefallen. Das ist meine Bürde, nicht seine.« Sie wischte eine Träne ab. »Eines will ich dir sagen: kein Versagen ist so schlimm wie das sexuelle. Nichts schmerzt so sehr wie die Ablehnung deiner Nacktheit und deines Drangs nach Gemeinschaft durch jemanden, mit dem du dich zu vereinigen wünschst … In nichts als deiner Haut gemieden zu werden, ist die schlimmste Form von Abweisung. Daher sollte ich die *Ehros* verlassen, nicht nur um ihrer ehrenvollen Tradition willen, sondern um meiner selbst willen. Das möchte ich nicht noch einmal durchleben. Niemals. Und jetzt geh bitte und sprich zu keinem davon. Ich muss mich sammeln.«

Cormia wollte bleiben, doch zu widersprechen kam ihr falsch vor. Also stand sie auf, nahm ihren Umhang ab und legte ihn ihrer Schwester um.

Überrascht blickte Layla auf. »Wahrlich, mir ist nicht kalt.«

Doch zur gleichen Zeit zog sie den Stoff dicht um sich.

»Gehab dich wohl, meine Schwester.« Cormia wandte sich um und lief am Spiegelbecken vorbei.

Als sie in den milchig blauen Himmel aufblickte, hätte sie am liebsten geschrien.

Vishous rollte sich von Jane herunter und drückte sie an seine Brust. Er mochte es, wenn sie dicht an seiner linken Seite lag, so dass er die Kampfhand frei hatte, um für sie zu töten. Nie hatte er sich mehr auf seine innere Mitte ausgerichtet gefühlt, nie war ihm der Sinn des Lebens klarer erschienen: Den größten und einzigen Stellenwert hatte es für ihn, sie am Leben und bei Gesundheit und in Sicherheit zu halten, und durch die Kraft, mit der er sich an dieses Ziel klammerte, fühlte er sich komplett.

Sie machte ihn zu dem, der er war.

In der kurzen Zeit, seit sie sich begegnet waren, hatte Jane sich einen Weg in die Geheimkammer seines Herzens gebahnt, hatte Butch beiseite geschubst und sich selbst tief und fest eingenistet. Und es fühlte sich richtig an. Genau richtig.

Sie ließ ein leises Murmeln ertönen und kuschelte sich

noch dichter an ihn. Während er ihren Rücken streichelte, musste er plötzlich an seinen ersten Kampf denken, eine Konfrontation, der unmittelbar sein erster Sex gefolgt war.

Im Kriegslager gewährte man den Vampiren, die gerade durch die Transition gegangen waren, nur begrenzte Zeit, um wieder zu Kräften zu kommen. Und doch war Vishous, als sein Vater sich vor ihm aufbaute und verkündete, dass er kämpfen müsse, verblüfft. Man hätte ihm doch wenigstens einen Tag der Erholung zugestehen müssen.

Der Bloodletter grinste, zeigte seine Fänge, die immer ausgefahren waren. »Und du wirst Grodht gegenübertreten.«

Der Soldat, dem V den Hirschschenkel gestohlen hatte. Der Dicke, dessen Lieblingswaffe ein Hammer war.

Die Erschöpfung drückte ihn nieder, und sein Stolz war das Einzige, das ihn noch auf den Beinen hielt. Und so begab sich V zum Kampfring, der hinter dem Schlafquartier der Soldaten lag, ein unebener, runder Krater im Höhlenboden, der aussah, als hätte ein Riese zürnend seine Faust in die Erde gerammt. Das Loch war hüfttief, die Seiten und der Boden dunkelbraun vom darin vergossenen Blut. Es wurde erwartet, dass man kämpfte, bis man nicht mehr stehen konnte. Nichts war verboten, und die einzige geltende Regel betraf den Verlierer und wozu er sich zur Verfügung zu stellen hatte, um seine körperliche Unzulänglichkeit öffentlich anzuerkennen.

Vishous wusste, dass er nicht bereit war, zu kämpfen. Gütige Jungfrau im Schleier, er konnte ja kaum in den Ring hinunterklettern, ohne zu stürzen. Doch das genau wurde ja damit bezweckt, nicht wahr? Sein Vater hatte das perfekte Manöver ersonnen. Es gab nur eine entfernte Möglichkeit für V, zu gewinnen; doch wenn er seine Hand einsetzte, würde das gesamte Lager mit eigenen Augen sehen, was bisher nur ein Gerücht gewesen war, und er wäre endgültig ein Ausgestoßener. Und wenn er verlor? Dann würde man ihn nicht als Bedrohung der Herrschaft seines Vaters betrachten. In beiden Fällen also bliebe die Vormachtstellung des Bloodletter unangetastet und unangefochten durch seinen nun erwachsenen Sohn.

Während der dicke Soldat mit herzhaftem Gebrüll und durch die Luft geschwungenem Hammer in den Ring sprang, verharrte der Bloodletter nachdenklich am Rand. »Was für eine Waffe soll ich meinem Sohn geben?«, richtete er die Frage an die versammelte Menge. »Ich glaube, vielleicht ...« Sein Blick fiel auf eine der Köchinnen, die sich auf einen Besen stützte. »Gib mir das.«

Hastig wollte die Frau seinem Befehl nachkommen, ließ dabei aber das Gerät vor die Füße des Bloodletter fallen. Als sie sich bückte, um es wieder aufzuheben, trat er sie zur Seite, wie man einen Ast beseitigen würde, der im Weg ist. »Nimm den hier, mein Sohn. Und bete zur Jungfrau, dass er nicht in dir zum Einsatz kommt, solltest du verlieren.«

Die Zuschauerschar lachte, und V fing den hölzernen Griff auf.

»Los!«, bellte der Bloodletter.

Die Menge jubelte, und jemand schüttete den letzten Schluck seines Biers auf Vishous. Die warme Flüssigkeit landete auf seinem bloßen Rücken und tropfte ihm über den nackten Hintern. Der dicke Soldat ihm gegenüber lächelte und entblößte Fänge, die weit aus seinem Oberkiefer hinausragten. Er beschrieb einen Kreis um V und ließ den an einer Kette hängenden Hammer durch die Luft wirbeln, wodurch ein leises Pfeifen erzeugt wurde.

Behäbig folgte V den Bewegungen seines Gegners, es fiel ihm schwer, seine Beine zu kontrollieren. Er konzentrierte sich hauptsächlich auf die rechte Schulter des Vampirs, denn die würde sich anspannen, bevor er den Hammer nach vorn schleuderte. Gleichzeitig behielt er die Zuschauermenge aus dem Augenwinkel im Blick. Ale wäre noch das Wenigste, womit man ihn möglicherweise bewerfen würde.

Es war weniger ein Kampf denn ein Ausweichwettbewerb. Vs Gegner zeigte prahlerische Angriffslust, während V sich ungeschickt wehrte. Während der Soldat seine Fertigkeiten mit seiner bevorzugten Waffe vorführte, studierte V die Vorhersehbarkeit des Verhaltens seines Gegners wie auch den Rhythmus des Hammers. Selbst ein so starker Mann wie der dicke Soldat musste die Füße fest aufsetzen, bevor er den mit Stacheln versehenen, kinderkopfgroßen Metallhammer nach vorn schleudern konnte. V wartete eine der Pausen zwischen zwei Vorstößen ab, dann schlug er zu: Blitzschnell drehte er den Besen um und rammte dem unförmigen Kerl den Griff genau in die Leistengegend.

Der Vampir brüllte auf, ließ den Hammer fallen, knickte in den Knien ein und hielt sich die Hände vor die Lenden. V verschwendete keinen Augenblick. Er hob den Besen hoch über die Schulter, holte so weit aus, wie er konnte, und traf seinen Widersacher an der Schläfe, so dass er die Besinnung verlor.

Der Jubel versiegte, plötzlich hörte man nur mehr das Knistern des Feuers und Vs keuchenden Atem. Er ließ den Besen fallen und stieg über seinen Gegner hinweg, um den Ring zu verlassen.

Die Stiefel seines Vaters erschienen genau auf dem Rand des Kreises und versperrten ihm den Weg.

Die Augen des Bloodletter waren so schmal wie Klingen. »Du bist noch nicht fertig.«

»Er wird nicht mehr aufstehen.«

»Darum geht es nicht.« Der Bloodletter deutete mit dem Kopf auf den bewusstlosen Soldaten. »Gib ihm den Rest.«

Als der andere stöhnte, betrachtete Vishous seinen Vater prüfend. Wenn er Nein sagte, wäre das Spielchen seines Vaters beendet, wäre die Entfremdung, nach welcher der Bloodletter trachtete, vollständig, wenn auch auf andere Art, als er vermutlich erwartet hatte: V würde allein schon deshalb zur Zielscheibe, weil man ihn als Schwächling ansehen würde, der seinen Gegner nicht bestraft hatte. Wenn er dem anderen allerdings den Rest gäbe, dann wäre seine

Position im Lager so stabil, wie es nur eben ging – bis zur nächsten Prüfung.

Die Erschöpfung überwältigte ihn. Würde sein Leben auf immer von solchen primitiven und unbarmherzigen Machtkämpfen abhängen?

Der Bloodletter lächelte. »Dieser Bastard, der sich mein Sohn nennt, hat kein Rückgrat, will mir scheinen. Vielleicht stammte der Samen, den der Schoß seiner Mutter schluckte, von einem anderen?«

Gelächter breitete sich in der Menge aus, und jemand rief laut: »Kein Sohn von dir würde je in einem solchen Augenblick zögern!«

»Und keine Frucht meiner Lenden wäre so feige, in einem Kampf die verletzlichste Stelle eines Mannes anzugreifen.«

Der Bloodletter blickte seinen Soldaten in die Augen. »Die Schwachen müssen hinterhältig sein, da ihnen keine Kraft zur Verfügung steht.«

Unvermittelt hatte Vishous die Empfindung, seine Kehle würde zusammengedrückt, als lägen die Hände seines Vaters um seinen Hals. Sein Atem beschleunigte sich wieder, Zorn wallte in seiner Brust auf, sein Herz pochte. Er betrachtete den auf dem Boden liegenden dicken Soldaten, der ihn geschlagen hatte … dann dachte er an das Buch, das sein Vater ihn zu verbrennen gezwungen hatte … und an den Jungen, der ihm nachgelaufen war … und an die Tausende von grausamen und gemeinen Dinge, die ihm im Verlaufe seines Lebens angetan worden waren.

Die in ihm brennende Wut beschleunigte Vs Körper, und ehe er noch wusste, was er tat, drehte er den dicken Soldaten auf den fetten Bauch.

Er nahm den Vampir. Vor seinem Vater. Vor dem ganzen Lager.

Und er tat es brutal.

Als es vorbei war, löste er sich und taumelte rückwärts. Sein Widersacher war bedeckt von Vs Blut und Schweiß und den Überresten seines Zorns.

Wie eine Ziege kletterte er aus dem Ring, und wenngleich er nicht wusste, welche Tageszeit es war, rannte er quer durch die Höhle hinaus. Die kalte Nacht bemächtigte sich eben erst dieses Teils der Welt, und ihr schwacher Schein im Westen brannte auf seinem Gesicht.

Er fiel auf die Knie und übergab sich. Wieder und wieder.

»So schwach bist du.« Die Stimme des Bloodletter klang gelangweilt … doch nur an der Oberfläche. In seinen Worten lag eine tiefe Genugtuung, ausgelöst von einer erfüllten Mission: Zwar hatte Vishous dem Soldaten das angetan, was man von ihm erwartet hatte, doch sein Rückzug hinterher zeigte exakt die Art von Feigheit, auf die sein Vater gesetzt hatte.

Die Augen des Bloodletter verengten sich wieder. »Du wirst mich nie übertreffen, Sohn. Genau wie du niemals von mir frei sein wirst. Ich werde dein Leben beherrschen –«

Von Hass beflügelt sprang V auf und stürzte sich frontal auf seinen Vater, die leuchtende Hand voran. Als der elektrische Schock durch seinen massigen Körper strömte, wurde der Bloodletter stocksteif, und beide fielen zu Boden. Vishous landete oben, seinem Instinkt folgend legte er seinem Vater die hellweiße Hand um den kräftigen Hals und drückte zu.

Während das Gesicht des Bloodletter sich hellrot färbte, spürte V ein kurzes Stechen im Auge, und eine Vision schob sich vor die sichtbare Wirklichkeit.

Er sah den Tod seines Vaters. So deutlich, als würde es sich genau vor ihm zutragen.

Worte kamen über seine Lippen, obgleich er sich dessen nicht bewusst war. »Du wirst dein Ende in einer Wand aus Feuer finden, verursacht von einem Schmerz, den du kennst. Du wirst brennen, bis du nichts bist als Rauch, und der Wind wird dich davontragen.«

Die Miene seines Vaters wandelte sich zu kläglichem Entsetzen.

Da zerrte ein anderer Soldat V von seinem Vater herunter und hielt ihn unter den Achseln fest, die Füße über dem verschneiten Boden baumelnd.

Sofort sprang der Bloodletter auf die Füße, das Gesicht noch gerötet, Schweißperlen troffen von seiner Oberlippe. Er atmete wie ein Pferd, das heftig geritten worden war, weiße Wölkchen drangen aus Mund und Nasenlöchern.

V rechnete fest damit, zu Tode geprügelt zu werden.

»Bringt mir meine Klinge«, knurrte sein Vater.

Vishous rieb sich über das Gesicht. Um sich nicht an das zu erinnern, was danach passiert war, dachte er daran, dass er dieses erste Mal mit dem Soldaten nie ganz verkraftet hatte. Noch dreihundert Jahre später empfand er es als Schändung des anderen Vampirs, obwohl das doch im Lager Sitte gewesen war.

Jetzt betrachtete er Jane, die sich an ihn kuschelte. Für ihn zählte ab jetzt diese Nacht als die, in der er schließlich seine Jungfräulichkeit verloren hatte. Auch wenn sein Körper den Akt schon auf die unterschiedlichsten Arten mit den unterschiedlichsten Leuten vollzogen hatte, war es beim Sex immer um einen Austausch von Macht gegangen – Macht, die in seine eigene Richtung floss, Macht, von der er sich nährte, die ihm die Sicherheit gab, dass niemand ihn jemals flach auf den Rücken legen und festbinden und ihm gegen seinen Willen irgendeine Scheiße antun konnte.

Die heutige Nacht hatte nicht in dieses Muster gepasst. Mit Jane hatte ein echter Austausch stattgefunden: Sie hatte ihm etwas gegeben, und er hatte ihr im Gegenzug ein Stück seiner selbst ausgehändigt.

V runzelte die Stirn. Ein Stück, aber nicht alles.

Um das zu tun, müssten sie an einen anderen Ort gehen. Und … verdammt, genau das würden sie tun. Auch wenn ihm beim bloßen Gedanken daran schon der kalte Schweiß ausbrach, schwor er sich, dass er ihr, bevor sie aus seinem Leben verschwand, das Eine gäbe, welches er noch nie jemandem zugestanden hatte.

Und das er niemals jemand anderem zugestehen würde.

Er wollte das Vertrauen erwidern, das sie ihm geschenkt hatte. Sie war so stark als Mensch, als Frau, und doch überließ sie sich seiner sexuellen Obhut – obwohl sie wusste, dass er beinharte SM-Neigungen hatte und sie ihm körperlich unterlegen war.

Ihr Glaube an ihn zwang ihn in die Knie. Und er musste dieses Vertrauen unbedingt beantworten, bevor sie ging.

Blinzelnd öffnete sie die Augen und sah ihn an, und beide sprachen gleichzeitig:

»Ich will nicht, dass du gehst.«

»Ich will dich nicht verlassen.«

5

Als John am kommenden Nachmittag aufwachte, hatte er Angst, sich zu bewegen. Mann, er hatte sogar Angst, die Augen aufzumachen. Was, wenn es ein Traum gewesen war? Er riss sich zusammen, hob den Arm, öffnete die Lider einen Spalt und … *yeah,* das war es. Eine Handfläche so groß wie sein Kopf. Der Arm länger, als sein Oberschenkel vorher gewesen war. Das Handgelenk so dick wie seine Wade früher.

Er hatte es geschafft.

Sofort griff er nach seinem Handy und schickte Qhuinn und Blay SMS, die postwendend antworteten. Sie freuten sich irrsinnig für ihn, und er bekam das fette, fiese Grinsen gar nicht mehr vom Gesicht gewischt … bis ihm bewusst wurde, dass er aufs Klo musste, und er einen Blick durch die offene Badezimmertür warf. Zwischen den Türpfosten erkannte er die Dusche.

O mein Gott. Hatte er da drinnen mit Layla tatsächlich so kläglich versagt?

Er warf das Handy auf die Decke, obwohl es piepsend kundtat, dass neue Nachrichten auf Abruf warteten. Mit seiner neuen Michael-Jordan-Pranke rieb er sich über die merkwürdig breite Brust. Er fühlte sich total mies. Eigentlich müsste er sich bei Layla entschuldigen, aber wofür? Dafür, dass er ein Schlappschwanz war, der keinen hochkriegte? Klar, das war genau die Unterhaltung, die er unbedingt führen wollte. Wobei sie zweifellos sowieso kaum beeindruckt von ihm und seiner Leistung war.

Sollte er es besser bleiben lassen? Sie war so schön und so sinnlich und in jeder Hinsicht so vollkommen, dass sie ganz sicher nicht auf die Idee käme, es wäre ihre Schuld. Er würde sich nur vor lauter Peinlichkeit in ein Aneurysma reinsteigern, wenn er aufschriebe, was er sagen würde, wenn er einen Kehlkopf besäße.

Trotzdem fühlte er sich noch mies.

Da ging sein Wecker los, und es war einfach so wahnsinnig ungewohnt, das Ding mit dieser Männerhand zum Schweigen zu bringen. Als er aufstand, wurde es sogar noch verrückter. Seine Perspektive war eine völlig andere von hier oben, alles wirkte kleiner: die Möbel, die Türen, der Raum. Selbst die Decke.

Wie groß war er jetzt eigentlich?

Bei seinen ersten Schritten kam er sich vor wie einer dieser Stelzenläufer im Zirkus: schlaksig, wackelig, unsicher auf den Beinen. Genau … ein Stelzenläufer nach einem Schlaganfall, denn die Befehle seines Gehirns wurden von den Muskeln und Knochen nicht störungsfrei empfangen. Auf dem Weg zum Badezimmer schlingerte er quer durchs Zimmer, klammerte sich an die Vorhänge, die Fensterrahmen, eine Kommode, den Türstock.

Er musste unwillkürlich daran denken, wie er mit Zsadist früher auf ihren gemeinsamen Spaziergängen den Fluss überquert hatte. Die unbeweglichen Objekte, die er als Krücken benutzte, waren jetzt wie die Steine, auf denen er über das rauschende Wasser balanciert war: kleine Hilfestellungen von großer Bedeutung.

Im Bad war es stockdunkel, da die Rollläden für den Tag geschlossen waren, und er alle Lichter gelöscht hatte, nachdem Layla gegangen war. Er legte eine Hand auf den Schalter, holte tief Luft und machte das Deckenlicht an.

Heftiges Blinzeln war die Folge, da seine Augen superempfindlich und viel schärfer waren als vorher. Nach einer Weile kristallisierte sich sein Spiegelbild heraus wie eine Erscheinung, tauchte aus dem grellen Licht auf wie ein Geist seiner selbst. Er war …

Nein, das wollte er lieber nicht wissen. Noch nicht.

John machte das Licht wieder aus und stieg in die Dusche. Während er auf das heiße Wasser wartete, lehnte er sich an den kalten Marmor und schlang die Arme um sich. Im Augenblick hatte er das absurde Bedürfnis, umarmt zu werden, deshalb war es nur gut, dass er allein war. Eigentlich hatte er ja die Hoffnung gehabt, dass die Wandlung ihn stärker machen würde. Aber es hatte den Anschein, als wäre er jetzt noch verweichlichter.

Er musste daran denken, wie er diese *Lesser* getötet hatte. Unmittelbar, nachdem er ihnen den Nagel in die Brust gerammt hatte, war ihm so klar und deutlich gewesen, wer er war und welche Macht er besaß. Doch das war alles wieder verblasst, so sehr, dass er nicht einmal mehr mit Sicherheit sagen konnte, ob er das wirklich empfunden hatte.

Er stellte sich unter die Dusche.

Verdammt, aua. Der feine Strahl fühlte sich an wie zahllose Nadelspitzen, und als er sich den Arm einseifen wollte, brannte das edle französische Zeug, das Fritz immer kaufte, wie Batteriesäure. Er musste sich dazu zwingen, sich das Gesicht zu waschen, und obwohl es eigentlich cool war, zum ersten Mal überhaupt Bartstoppeln auf dem Kinn zu haben, war die Vorstellung, einen Rasierer damit in Berührung zu bringen, der totale Horror. Als würde man sich eine Käsereibe über die Wangen ziehen.

Dann spülte er den Schaum ab, so sanft es eben ging, und landete bei seinen Weichteilen. Ohne groß darüber nachzudenken, tat er, was er schon sein ganzes Leben getan hatte – ein schnelles Wischen unter dem Sack, dann einmal der Länge nach …

Doch dieses Mal war die Wirkung eine andere. Er wurde steif. Sein … Schwanz wurde steif.

Gott, allein das Wort kam ihm schon so komisch vor, aber … na ja, das Ding war jetzt eindeutig etwas, was ein Mann hatte, was ein Mann benutzte –

Die Erektion stockte. Hörte auf, anzuschwellen und sich zu verlängern. Das kribbelnde Ziehen im Unterleib verschwand ebenfalls wieder.

Also duschte er die Seife ab, wild entschlossen, an das heikle Thema Sex nicht zu denken. Er hatte schon genug Probleme. Sein Körper war wie ein ferngesteuertes Auto mit kaputter Antenne; er musste jetzt in den Unterricht, wo alle ihn anstarren würden; und ihm dämmerte, dass Wrath sicher inzwischen über die Waffe Bescheid wusste, die er im *ZeroSum* dabeigehabt hatte. Irgendjemand musste ihn ja nach Hause geschafft haben, und Blay und Qhuinn hatten bestimmt erklären müssen, was da los gewesen war. So wie er Blay kannte, hätte der sicher versucht, John zu decken und zugegeben, dass die Knarre seine war. Aber was, wenn er deswegen aus dem Programm flog? Niemand von ihnen durfte Waffen tragen, wenn er draußen unterwegs war. Niemand.

Sich mit dem Handtuch nach dem Duschen abzurubbeln, stand nicht zur Debatte. Obwohl es saukalt war, ließ er sich von der Luft trocknen, während er sich die Zähne putzte und die Nägel schnitt. Er konnte jetzt in der Dunkelheit ausgezeichnet sehen, in den Schubladen zu finden, was er brauchte, war daher kein Problem. Den Spiegel zu meiden allerdings schon, also ging er ins Schlafzimmer.

Im Schrank fand er eine Tüte von Abercrombie & Fitch, mit der Fritz schon vor Wochen bei ihm aufgetaucht war. Als John damals die Klamotten inspiziert hatte, war er davon ausgegangen, dass der Butler einen ziemlichen Sprung in der Schüssel haben musste. Eine riesige Jeans, ein Fleecepulli in der Größe eines Schlafsacks, ein XXL-T-Shirt und ein Paar Nikes Größe achtundvierzig in einer glänzenden, nagelneuen Schachtel.

Wie sich herausstellte, hatte Fritz wieder mal Recht behalten. Alles passte. Sogar die kanugroßen Schuhe.

John starrte seine Füße an und dachte sich: Mann, die Dinger müssten eigentlich serienmäßig mit Rettungsweste und Anker geliefert werden, so groß sind die.

Ungelenk stakste er aus seinem Zimmer, die Arme baumelten hilflos an den Seiten, sein Gleichgewicht war völlig gestört.

Am Kopf der Freitreppe angekommen richtete er den Blick nach oben auf die Darstellungen großer Krieger an der Decke. Er betete, selbst einmal einer von ihnen zu werden. Doch im Moment konnte er sich einfach verdammt nochmal nicht vorstellen, wie er das hinkriegen sollte.

Als Phury die Augen aufschlug, sah er die Frau seiner Träume. Oder vielleicht träumte er einfach noch?

»Hi«, sagte Bella.

Er räusperte sich, trotzdem klang seine Stimme noch krächzend, als er entgegnete: »Bist du wirklich hier?«

»Ja.« Sie nahm seine Hand und setzte sich auf die Bettkante. »Ich bin hier. Wie geht es dir?«

Shit, er hatte ihr Sorgen bereitet, und das war nicht gut für das Baby.

Mit dem bisschen Energie, das er in sich spürte, führte er eine schnelle mentale Putzaktion durch, wienerte sein Gehirn, fegte die Schleier des roten Rauchs, den er sich reingepfiffen hatte, zusammen mit der Lethargie von Verletzung und Schlaf heraus.

»Mir geht's prima«, sagte er und hob die Hand, um sich das gesunde Auge zu reiben. Keine so tolle Idee. In seiner Faust lag die Zeichnung von ihr, zusammengeknüllt, als hätte er sie im Schlaf an sich gedrückt. Bevor sie noch fragen konnte, was das war, schob er den Zettel unter die Bettdecke. »Du solltest im Bett sein.«

»Ich darf jeden Tag ein bisschen aufstehen.«

»Trotzdem solltest du –«

»Wann kommen die Verbände ab?«

»Ich vermute mal, jetzt.«

»Möchtest du, dass ich dir helfe?«

»Nein.« Auf gar keinen Fall sollte sie im selben Moment erfahren, dass er blind war, wie er selbst. »Aber danke.«

»Kann ich dir was zu essen bringen?«

Ihre Freundlichkeit traf ihn heftiger als ein Stemmeisen in die Rippen. »Danke, aber ich rufe später Fritz an. Du solltest dich wieder hinlegen.«

»Ich habe noch vierundvierzig Minuten übrig.« Sie sah auf die Uhr. »Dreiundvierzig.«

Phury stützte sich mit den Armen ab und zog die Decke höher, damit weniger von seinem Brustkorb zu sehen war. »Und wie geht es dir?«

»Gut. Ich habe ein bisschen Angst, aber sonst geht es mir gut –«

Ohne Klopfen schwang die Tür weit auf. Als Zsadist hereinkam, heftete sich sein Blick so fest auf Bella, als versuche er, ihre Vitalfunktionen an ihrem Gesicht abzulesen.

»Dachte ich mir doch, dass ich dich hier finde.« Er beugte sich herunter und küsste sie auf den Mund, dann auf beide Seiten des Halses oberhalb der Venen.

Gequält wandte Phury den Blick ab – und musste feststellen, dass seine Hand sich unter die Bettdecke geschlichen und die Zeichnung gefunden hatte. Er zwang sich, loszulassen.

Zs ganze Haltung war viel entspannter. »Also, wie steht es bei dir, Bruderherz?«

»Gut.« Wenn er diese Frage allerdings von einem von beiden noch ein einziges Mal hören müsste, würde ihm der Kopf platzen. »Gut genug, um heute Nacht auf die Jagd zu gehen.«

Sein Zwillingsbruder runzelte die Stirn. »Hat Vs Ärztin dir das Okay gegeben?«

»Das ist allein meine Angelegenheit.«

»Wrath könnte da anderer Ansicht sein.«

»Mag sein, aber wenn er will, dass ich hierbleibe, dann muss er mich schon anketten.« Sofort riss Phury sich wieder etwas zusammen, er wollte in Bellas Anwesenheit keinen Streit provozieren. »Unterrichtest du heute Nacht die erste Hälfte?«

»Ja, ich dachte mir, ich spreche heute noch ein bisschen über Feuerwaffen.« Z strich mit der Hand über Bellas Mahagonihaar und damit gleichzeitig über ihren Rücken. Er schien die Liebkosung gar nicht bewusst auszuführen, und sie nahm sie ebenfalls mit der Selbstverständlichkeit der Liebe hin.

Phurys Brust schmerzte so sehr, dass er den Mund aufmachen musste, um Luft zu bekommen. »Warum treffen wir uns nicht einfach später beim Ersten Mahl? Ich würde jetzt gern duschen, die Verbände abnehmen und mich anziehen.«

Bella stand auf, und Zs Hand legte sich unwillkürlich um ihre Taille und zog sie an sich.

Mein Gott, sie waren jetzt eine Familie, nicht wahr? Die beiden zusammen mit dem Baby in Bellas Bauch. Und in etwas über einem Jahr, wenn es der Jungfrau der Schrift beliebte, würden sie hier mit einem Säugling im Arm stehen. Später, Jahre später, wäre ihr Kind an ihrer Seite. Und dann würde ihr Sohn oder ihre Tochter sich selbst vereinigen, und eine weitere Generation ihres Blutes würde ihre Namen tragen: eine Familie, keine Fantasie.

Um sie schneller aus dem Zimmer zu scheuchen, machte Phury Anstalten, aufzustehen.

»Wir sehen uns dann unten im Esszimmer.« Zs Hand glitt auf den Unterleib seiner *Shellan.* »Bella geht wieder ins Bett, oder, *Nalla?«*

Sie sah auf die Uhr. »Zweiundzwanzig Minuten. Dann lasse ich mir mal lieber schnell mein Bad ein.«

Diverse Abschiedsworte wurden gewechselt, aber Phury passte nicht besonders gut auf, weil er es kaum erwarten konnte, endlich allein zu sein. Als die Tür endlich hinter den beiden ins Schloss fiel, griff er nach seinem Stock und trat unverzüglich vor den Spiegel, der über seiner Kommode hing. Vorsichtig zog er die Klebestreifen des Verbandes ab, dann entfernte er die Mullschichten. Seine Wimpern darunter waren so verfilzt und verklebt, dass er ins Bad gehen und sich das Gesicht mehrmals waschen musste, bis er das Lid öffnen konnte.

Er schlug das Auge auf.

Und konnte perfekt sehen.

Dass er nicht einmal annähernd erleichtert war bei dieser

Erkenntnis, war unheimlich. Es sollte ihm nicht egal sein. Es *durfte* ihm nicht egal sein. Sowohl sein Körper als auch er selbst durften nicht egal sein. So war es aber.

Verstört duschte und rasierte er sich, dann schnallte er seine Prothese um und streifte die Lederhose über. Er war schon mit den Dolch- und Pistolenhalftern auf dem Weg nach draußen, als er am Bett noch einmal stehen blieb. Seine Zeichnung lag immer noch unter der Decke; er konnte die weißen zerknitterten Ecken zwischen den blauen Seidenfalten erkennen.

Wieder sah er die Hand seines Zwillingsbruders auf Bellas Haar liegen. Dann auf ihrem Unterleib.

Kurz entschlossen zog er die Zeichnung heraus und strich sie auf dem Nachttisch glatt. Er warf einen letzten Blick darauf, dann zerriss er sie in kleine Stücke, legte das Häufchen in einen Aschenbecher und riss ein Streichholz an. Mit der aufflackernden Flamme näherte er sich dem Papier.

Als nur noch Asche übrig war, stand er auf und ging aus dem Zimmer.

Es wurde Zeit, loszulassen, und er wusste auch wie.

6

V schwebte auf Wolke sieben. Er fühlte sich vollständig. Ein zusammengesetztes Puzzle. Er hatte die Arme um seine Frau gelegt und seinen Körper dicht an sie gepresst. Ihr Duft hing in seiner Nase. Obwohl Nacht war, schien es ihm, als stünde er im hellsten Sonnenlicht.

Dann hörte er den Schuss.

Er befand sich in dem Traum. Er schlief und befand sich in dem Traum.

Der Horror des Alptraums entfaltete sich wie immer, und doch traf er ihn diesmal so heftig wie beim ersten Mal, als er ihn erlebt hatte: Blut auf seinem Shirt. Schmerz in der Brust. Er stürzte zu Boden, lag auf den Knien, sein Leben vorbei –

Mit einem Ruck setzte sich V im Bett auf und schrie.

Jane warf sich auf ihn, um ihn zu beruhigen, und eine Zehntelsekunde später flog die Tür auf, und Butch stürmte mit gezogener Waffe herein.

Ihre Stimmen vermischten sich, ein rasant gesprochener Wortsalat.

»Was zum Henker?«

»Alles in Ordnung?«

V fummelte an der Decke herum, riss sie von seinem Oberkörper herunter, um seine Brust sehen zu können. Die Haut war unversehrt, aber trotzdem strich er mit der Hand darüber. »Gütiger ...«

»War das ein Flashback? Die Schießerei?«, fragte Jane und zog ihn wieder in ihre Arme.

»Ja, verdammt ...«

Butch senkte den Lauf seiner Pistole und zog sich die Boxershorts hoch.

»Du hast mir und Marissa einen Mordsschrecken eingejagt. Willst du einen Schluck Goose zum Runterkommen?«

»Ja.«

»Jane? Für dich irgendwas?«

Sie schüttelte den Kopf, doch V fuhr dazwischen. »Heiße Schokolade. Sie hätte gern heiße Schokolade. Fritz hat eine Mischung besorgt, sie steht in der Küche.«

Als Butch gegangen war, rubbelte sich V über das Gesicht. »Tut mir leid.«

»Meine Güte, du brauchst dich doch nicht zu entschuldigen.« Sie streichelte ihm mit der Hand über die Brust. »Alles klar bei dir?«

Er nickte. Und dann küsste er sie und sagte wie der letzte Waschlappen: »Ich bin froh, dass du hier bist.«

»Ich auch.« Sie schlang die Arme um ihn und hielt ihn fest wie etwas sehr Kostbares.

Sie schwiegen, bis Butch kurze Zeit später mit einem Glas in der einen und einem Becher in der anderen Hand zurückkam. »Ich will ein ordentliches Trinkgeld. Ich hab mir den kleinen Finger am Herd verbrannt.«

»Soll ich ihn mir mal ansehen?« Jane klemmte sich die Decke unter die Achseln und streckte die Hand nach dem Kakao aus.

»Ich glaube, ich werde es überleben. Aber danke, Doktor Jane.« Butch gab V den Wodka. »Was ist mit dir, Großer? Alles wieder im grünen Bereich?«

Wohl kaum. Nicht nach dem Traum. Nicht, wenn Jane ihn verlassen musste. »Ja.«

Butch schüttelte den Kopf. »Du bist ein ziemlich schlechter Lügner.«

»Leck mich.« Vs Worten fehlte jeder Nachdruck. Und jede Überzeugung, als er daran festhielt: »Mir geht's gut.«

Der Ex-Cop ging zur Tür. »Ach, apropos stark: Phury hat sich beim Ersten Mahl blicken lassen, abmarschbereit und kampfklar für heute Nacht. Z kam vor einer halben Stunde auf dem Weg zum Unterricht hier vorbei, um sich bei dir zu bedanken, Doktor Jane, für alles, was du getan hast. Phurys Gesicht sieht gut aus, und das Auge funktioniert einwandfrei.«

Jane pustete auf ihre Schokolade. »Mir wäre wohler, wenn er zur Sicherheit nochmal zu einem Augenarzt gehen würde.«

»Z meinte, er habe versucht, ihn dazu zu bringen, aber ohne Erfolg. Selbst Wrath hat einen Versuch gestartet.«

»Ich bin froh, dass unser Junge das heil überstanden hat«, sagte V und meinte es auch ehrlich. Das Blöde war nur, dass sich Janes einzige Ausrede, noch länger hierzubleiben, soeben in Luft aufgelöst hatte.

»Ja, ich auch. Und jetzt lass ich euch beide mal allein. Bis dann.«

Die Tür wurde zugezogen und V lauschte dem Atem von Jane, die wieder in ihren Becher blies.

»Ich werde dich heute Nacht nach Hause bringen«, sagte er.

Sie hörte auf zu pusten. Lange erwiderte sie nichts, dann nahm sie einen vorsichtigen Schluck Schokolade. »Ja. Es wird Zeit.«

Er schluckte den halben Inhalt seines Glases auf einmal hinunter. »Aber vorher möchte ich dich noch an einen bestimmten Ort bringen.«

»Wohin?«

Er wusste nicht genau, wie er ihr erklären sollte, was er sich wünschte, bevor er sie gehen ließ. Er wollte nicht, dass sie die Flucht ergriff – besonders nicht in Anbetracht all der Jahre und Jahre des unaufrichtigen, gleichgültigen Sexes, die sich vor ihm ausbreiteten.

Er trank seinen Wodka aus. »An einen sehr persönlichen Ort.«

Sie trank aus ihrem Becher, die Lider tief über die Augen gesenkt. »Du wirst mich also wirklich gehenlassen, ja?«

Er betrachtete ihr Profil und wünschte, sie wären sich unter anderen Umständen begegnet. Wobei er keinen blassen Schimmer hatte, wie das hätte passieren sollen.

»Ja«, sagte er leise. »Das werde ich.«

Drei Stunden später vor seinem Spind wünschte sich John, Qhuinn würde endlich den Mund zumachen. Trotz des ganzen Lärms von zugeschlagenen Metalltüren und wedelnden Klamotten und fallen gelassenen Schuhen im Umkleideraum kam es ihm vor, als hätte sich sein Kumpel ein Megafon an die Oberlippe getackert.

»Du bist einfach echt riesig, J.M. Im Ernst. Total … gigantal.«

Das Wort gibt es nicht. John stopfte seinen Rucksack in den Spind, wie er es immer tat, und überlegte sich gleichzeitig, dass ihm die Sachen darin sowieso nicht mehr passen würden.

»Und wie es das gibt. Hilf mir mal, Blay.«

Blay nickte, während er sich seinen Gi anzog. »Das stimmt. Wenn du jetzt noch an Masse zunimmst, dann kriegst du Bruderschaftsausmaße.«

»Gigossal.«

Das gibt es auch nicht, du Schwachkopf.

»Von mir aus: Sehr, sehr, sehr groß. Zufrieden?«

Kopfschüttelnd legte John seine Bücher auf den Boden und versenkte die Kinderklamotten im nächsten Mülleimer. Als er wieder zurückkam, musterte er seine Freunde und stellte fest, dass er beide um mindestens zehn Zentimeter überragte. Zum Henker, er war so groß wie Z.

Dann schielte er durch die Bankreihe zu Lash. *Yup,* den hatte er auch abgehängt.

Als hätte Lash Johns Blick auf sich gespürt, wandte er den Kopf. Demonstrativ ließ er seine Schultermuskeln spielen, die sich unter der Haut deutlich abzeichneten. Er trug eine Tätowierung über dem Bauch, die vor zwei Tagen noch nicht da gewesen war, ein Wort in der Alten Sprache, das John nicht erkannte.

»John, schieb deinen Hintern mal für eine Sekunde raus in den Flur.«

Alles verstummte, und Johns Kopf schnellte herum. Im Türrahmen stand Z mit ernster Miene.

»Ach du Scheiße«, flüsterte Qhuinn.

John verstaute seinen Rucksack wieder, schloss die Spindtür und zog sein T-Shirt herunter. Dann marschierte er, so schnell er konnte, auf den Bruder zu, wich den anderen Jungs aus, die so taten, als kümmerten sie sich überhaupt nicht um Zs Anwesenheit.

Z hielt die Tür weit auf, und John trat hinaus in den Flur.

Als sie unter sich waren, begann Z: »Heute Nacht treffen wir beide uns kurz vor dem Morgengrauen, wie gehabt. Nur, dass wir heute keinen Spaziergang machen. Du kommst in den Gewichteraum, während ich trainiere. Wir müssen uns unterhalten.«

Ach du Scheiße traf den Nagel auf den Kopf. John fragte per Gebärdensprache: *Die übliche Uhrzeit?*

»Vier Uhr. Was den Unterricht heute betrifft, erwarte ich von dir, dass du beim Training auf der Bank sitzt, am Schießstand aber mitmachst. Alles klar?«

John neigte den Kopf, dann hielt er Z am Arm fest, als der sich abwandte. *Geht es um letzte Nacht?*

»Ganz genau.«

Damit ging der Bruder und schob die Flügeltür zur Turnhalle auf. Die beiden Hälften machten ein schepperndes Geräusch, als sie sich wieder schlossen.

Blay und Qhuinn traten hinter John.

»Was geht ab?«, wollte Blay wissen.

Ich krieg einen drauf, weil ich diesen Lesser *umgenietet habe,* sagte John.

Unglücklich fuhr sich Blay mit der Hand durch das rote Haar. »Ich hätte besser aufpassen müssen.«

Qhuinn schüttelte den Kopf. »John, wir nehmen die Schuld auf uns, Mann. Ich meine, es war doch meine Idee, in diesen Club zu gehen.«

»Und meine Knarre.«

Doch John gab sich lässig. *Das kommt schon wieder ins Lot.*

Zumindest hoffte er das. Wie die Dinge lagen, stand er ganz kurz davor, aus dem Trainingsprogramm zu fliegen.

»Übrigens ...« Qhuinn legte John die Hand auf die Schulter. »Ich hatte noch gar keine Gelegenheit, mich bei dir zu bedanken.«

Blay nickte. »Ich auch nicht. Du warst gestern Nacht der

Hammer. Der absolute Hammer. Du hast uns verflucht noch mal gerettet.«

»Echt, du wusstest genau, was zu tun war.«

John spürte, wie er rot anlief.

»Ist das nicht allerliebst«, ließ sich da Lash vernehmen. »Sagt mal, zieht ihr drei Strohhalme, wer unten liegen muss? Oder ist es immer John?«

Qhuinn lächelte und fletschte seine Fänge. »Hat dir eigentlich schon mal jemand so richtig den Arsch versohlt? Falls nicht, würde ich das gern übernehmen. Wir können gleich anfangen.«

John trat vor seinen Freund, Nase an Nase mit Lash. Er sagte nichts, sondern blickte nur auf ihn herab.

Lash lächelte. »Willst du mir was mitteilen? Nein? Ach, sag bloß, hast du immer noch keine Stimme? So ein Mist aber auch.«

John konnte spüren, wie Qhuinn hinter ihm Schwung sammelte, spürte die Hitze und die Aggression, die sein Freund verströmte. Um ihn zu bremsen, legte er hinter sich eine Hand auf Qhuinns Bauch.

Wenn irgendjemand sich Lash vorknöpfte, dann war das John.

Jetzt lachte Lash und zog den Gürtel seines Gi fester. »Tu bloß nicht so, als hättest du plötzlich was drauf, John-Boy. Die Transition verändert dich nicht innerlich oder repariert deine körperlichen Defekte. Stimmt's Qhuinn?« Im Umdrehen stieß er zwischen den Zähnen hervor: »Erbärmliche Missgeburt.«

Noch ehe Qhuinn sich auf den Kerl stürzen konnte, wirbelte John herum und schlang ihm die Arme um die Taille, im selben Moment wie Blay einen seiner Arme umklammerte. Selbst mit ihrem vereinten Gewicht war es, als ob sie versuchten, einen wütenden Bullen festzuhalten.

»Ganz ruhig«, knurrte Blay. »Mach dich einfach locker.«

»Eines Tages werde ich ihn umbringen«, zischte Qhuinn. »Das schwöre ich bei Gott.«

John blickte Lash nach, der lässig in die Turnhalle schlenderte.

Im Stillen gelobte er, dass er dem Typen eine Tracht Prügel verabreichen würde, und wenn er dafür endgültig aus dem Trainingsprogramm flog.

Wenn man sich mit seinen Freunden anlegte, dann bekam man die Quittung, der Meinung war er schon immer gewesen. Schluss, Ende, aus.

Die Sache war nur die: Jetzt hatte er endlich auch die nötigen Voraussetzungen, um das durchzuziehen.

7

Gegen Mitternacht fand Jane sich auf dem Rücksitz eines schwarzen Mercedes wieder. Sie war auf dem Weg nach Hause. Vorne auf dem Fahrersitz, jenseits der Trennscheibe, saß in Livree dieser Butler, der älter als Gott war und so fröhlich wie ein Terrier. Neben ihr saß V, in schwarzes Leder gekleidet, so schweigsam und düster wie ein Grabstein.

Zwar sagte er nichts. Aber er ließ auch ihre Hand nicht los.

Die Autoscheiben waren so stark getönt, dass sie sich fühlte wie in einem Tunnel, und um sich selbst zurück auf den Boden der Realität zu bringen, drückte sie auf einen Knopf an der Tür. Ihr Fenster glitt nach unten und ein heftiger Schwall kalter Luft fuhr herein und vertrieb die Wärme, wie ein Rowdy die netten Kinder auf dem Spielplatz vertreibt.

Sie hielt ihren Kopf hinaus in den Wind und betrachtete die Lichtkegel der Scheinwerfer. Die Landschaft war verschwommen, wie ein unscharfes Foto. Wobei sie am Neigungswinkel der Straße erkennen konnte, dass sie einen Berg hinunterfuhren. Doch sie hatte einfach keinerlei Gefühl dafür, wo sie hinfuhren oder wo sie herkamen.

Auf eine seltsame Art war diese Orientierungslosigkeit angemessen. Das hier war das *Dazwischen* – zwischen der Welt, in der sie gewesen war, und der, in die sie zurückkehrte, und die Räume, die weder hier noch dort waren, mussten undeutlich sein.

»Ich kann nicht erkennen, wo wir sind«, murmelte sie, während sie das Fenster wieder zumachte.

»Das nennt sich *Mhis*«, erklärte V. »Stell es dir als Schutzillusion vor.«

»Einer von deinen Tricks?«

»Ja. Was dagegen, wenn ich mir eine anzünde, solange ich frische Luft reinlasse?«

»Schon okay.« Sie würde sowieso nicht mehr lange in seiner Nähe sein.

Verdammt.

V drückte ihre Hand, dann öffnete er sein Fenster einen Spaltbreit. Das sanfte Raunen des Windes übertönte das leise Brummen des Motors. Seine Lederjacke knarrte, als er eine Selbstgedrehte und ein goldenes Feuerzeug hervorholte. Es klickte, als er es aufschnappen ließ, dann kitzelte sie ein schwacher Duft von türkischem Tabak in der Nase.

»Dieser Geruch wird mich –« Sie brach ab.

»Was denn?«

»Ich wollte sagen, ›an dich erinnern‹. Aber das wird er nicht, oder?«

»Vielleicht in einem Traum.«

Sie legte die Fingerspitzen auf die Scheibe. Das Glas war kalt. Dasselbe Gefühl wie in ihrer Brust.

Weil sie die Stille nicht aushielt, sagte sie: »Wer genau sind eure Feinde?«

»Ursprünglich sind sie Menschen. Dann werden sie in etwas anderes verwandelt.«

Als er inhalierte, konnte sie sein Gesicht im orangefarbenen Schein der Glut erkennen. Er hatte sich rasiert, mit eben der Klinge, die sie gegen ihn hatte wenden wollen, und sein Gesicht war irrsinnig attraktiv: arrogant, maskulin, so eisern wie sein Wille. Die Tätowierungen an der Schläfe wirkten immer noch kunstvoll, aber inzwischen hasste Jane sie, weil sie wusste, dass sie ihm gewaltsam zugefügt worden waren.

Sie räusperte sich. »Also, erzähl mir mehr davon.«

»Die Gesellschaft der *Lesser* – unsere Feinde – wählt ihre Mitglieder über ein sorgfältiges Prüfverfahren aus. Sie suchen systematisch nach Soziopathen, Mördern, amoralischen Jeffrey-Dahmer-Typen. Dann tritt Omega auf den Plan –«

»Omega?«

Er betrachtete die glühende Spitze seiner Zigarette. »Man könnte wohl sagen, das christliche Äquivalent dazu wäre der Teufel. Jedenfalls macht sich Omega an ihnen zu schaffen ... in mehrerlei Hinsicht ... und schwuppdiwupp, dreimal schwarzer Kater, wachen sie auf und sind tot, aber putzmunter. Sie sind stark, praktisch unzerstörbar und können nur durch eine Stichwunde in die Brust, die mit einem Metallgegenstand zugefügt wird, getötet werden.«

»Warum sind sie eure Feinde?«

Wieder inhalierte er Rauch, seine Brauen senkten sich. »Ich schätze mal, es könnte etwas mit meiner Mutter zu tun haben.«

»Deiner Mutter?«

Das harte Lächeln, das seine Lippen umspielte, war mehr eine Grimasse. »Ich bin der Sohn von etwas, das du vermutlich als Gottheit bezeichnen würdest.« Wie zur Bestätigung hob er die Hand mit dem Handschuh. »Das ist von ihr. Ich persönlich hätte als Geschenk eine von diesen Silberrasseln bevorzugt oder vielleicht einen Lolli. Aber man kann sich nun mal nicht aussuchen, was man von seinen Eltern bekommt.«

Jane betrachtete das schwarze Leder, das sich über seiner Hand dehnte. »Jesus ...«

»Nicht nach unserem Sprachgebrauch oder meinem Wesen. Ich bin nicht der Retter-Typ.« Er steckte sich die Zigarette zwischen die Lippen und zog den Handschuh ab. Im Halbdunkel des Rücksitzes leuchtete seine Hand mit der sanften Schönheit von Mondlicht, das von frisch gefallenem Schnee reflektiert wird.

Ein letztes Mal zog er an seiner Kippe, dann drückte er sie mit dem glühenden Ende mitten in seine Handfläche.

»Nein«, zischte sie. »Warte ...«

Mit einem Aufflackern zerfiel der Zigarettenstummel zu Asche, dann blies er die Überreste fort, ein feines Pulver, das sich in der Luft vollständig auflöste. »Ich würde alles geben, um dieses Stück Dreck loszuwerden. Obwohl ich zugeben muss, dass es verdammt praktisch ist, wenn man gerade keinen Aschenbecher zur Hand hat.«

Aus einer ganzen Reihe von Gründen war Jane leicht benommen, ganz besonders, wenn sie an seine Zukunft dachte. »Zwingt deine Mutter dich, zu heiraten?«

»Mhm. Freiwillig würde ich das mit Sicherheit nicht tun.« V sah sie an, und für den Bruchteil einer Sekunde hätte sie schwören können, dass er sagen wollte, sie wäre die Ausnahme von dieser Regel. Aber dann wandte er den Blick schnell wieder ab.

Gütiger, die Vorstellung, dass er mit einer anderen zusammen sein würde, selbst wenn sie sich nicht an ihn erinnerte, war wie ein Schlag in die Magengrube.

»Wie viele?«, fragte Jane heiser.

»Das willst du nicht wissen.«

»Sag es mir.«

»Denk nicht dran. Ich jedenfalls vermeide das, so gut ich kann.« Wieder blickte er sie an. »Sie werden mir nichts bedeuten. Das wollte ich dir nur sagen. Auch wenn du und ich nicht … Ist ja auch egal, sie werden mir völlig gleichgültig sein.«

Es war furchtbar von ihr, sich darüber zu freuen.

Nun zog er den Handschuh wieder an, und sie schwiegen, während der Wagen durch die Nacht sauste. Schließlich hielten sie an. Fuhren wieder los. Blieben stehen. Fuhren weiter.

»Jetzt müssen wir wohl in der Innenstadt sein, oder?«, fragte sie. »Das fühlt sich an wie haufenweise Ampeln.«

»Ja.« Er beugte sich vor, drückte einen Knopf, und die Trennscheibe glitt nach unten, so dass sie durch die Windschutzscheibe sehen konnte.

Genau. Das gute alte Caldwell. Sie war zurück.

Tränen brannten in ihren Augen, und sie blinzelte sie weg und starrte auf ihre Hände.

Kurze Zeit später hielt der Mercedes vor dem Lieferanteneingang eines Ziegelbaus: Da waren eine stabile Metalltür mit der Aufschrift PRIVAT in weißer Farbe und eine Betonrampe, die hinauf zu einem Ladedock führte. Das Gebäude war auf die typisch städtische Art und Weise sauber. Was bedeutete, es war dreckig, aber es lag kein Müll herum.

V machte seine Tür auf. »Steig noch nicht aus.«

Sie legte die Hand auf die kleine Reisetasche mit ihren Sachen. Vielleicht hatte er beschlossen, sie einfach zurück zum Krankenhaus zu bringen? Doch das hier war kein Eingang zum St. Francis, der ihr bekannt vorkam.

Kurz darauf öffnete er ihre Tür von außen und streckte

die Hand herein. »Lass deine Sachen hier. Fritz, wir kommen bald zurück.«

»Es ist mir ein Vergnügen, auf Euch zu warten«, sagte der alte Mann lächelnd.

Jane stieg aus dem Auto und folgte V zu ein paar Betonstufen neben der Rampe. Er klebte an ihr wie ein Schonbezug, schirmte sie von allen Seiten ab. Irgendwie öffnete er die Metalltür ohne Schlüssel; er legte einfach nur seine Hand auf die Druckstange und starrte sie an.

Seltsamerweise entspannte er sich überhaupt nicht, als sie im Haus waren. Rasch führte er sie über einen Korridor zu einem Lastenaufzug, wobei er sich ständig nach rechts und links umsah. Sie hatte keine Ahnung, dass sie sich im luxuriösen Commodore-Bau befanden, bis sie einen Aushang der Hausverwaltung an der kahlen Wand entdeckte.

»Hast du hier eine Wohnung?«, fragte sie, obwohl das offensichtlich war.

»Der oberste Stock gehört mir. Beziehungsweise die Hälfte davon.« Sie stiegen in einen der Warenaufzüge und standen unter vergitterten Deckenleuchten auf ausgetretenem Linoleum. »Ich wünschte, ich könnte dich durch den Vordereingang hereinbringen, aber das wäre zu öffentlich.«

Der Lift fuhr mit einem Ruck an, und Jane wollte sich an der Wand abstützen, doch V war schneller, hielt sie am Oberarm fest und ließ sie nicht mehr los. Was sie auch nicht wollte.

V blieb weiterhin angespannt, als der Lift zum Stehen kam und die Türen sich öffneten. Der schmucklose Flur war nichts Besonderes, einfach nur zwei Wohnungstüren, plus eine zum Treppenhaus. Die Decke war hoch, aber ohne jeden Schmuck, und der Teppich erinnerte sie mit seinem bunten Muster und dem kurzen Flor an die Wartezimmer des Krankenhauses.

»Ich bin hier.«

Sie folgte ihm zum Ende des Korridors und war überrascht, dass er einen goldenen Schlüssel aus der Tasche zog, um die Tür zu öffnen.

Was auch immer dahinter lag, war stockdunkel, doch sie trat ohne Angst ein. Ach was, sie hatte das Gefühl, mit ihm an ihrer Seite könnte sie sogar unversehrt an einem Exekutionskommando vorbeimarschieren. Außerdem roch es angenehm, nach Zitrone, als wäre erst kürzlich geputzt worden.

Er machte kein Licht an. Nahm sie einfach nur bei der Hand und zog sie sanft weiter.

»Ich kann nichts sehen.«

»Keine Sorge. Dir kann hier nichts passieren, und ich finde mich auch so zurecht.«

Sie hängte sich an sein Handgelenk und tappte hinter ihm her, bis er stehen blieb. Dem Echo der Schritte nach zu urteilen, musste es ein großzügiger Raum sein, aber sie hatte keine Vorstellung von dem Grundriss des Penthouses.

Jetzt drehte er sie zur rechten Seite und machte einen Schritt von ihr weg.

»Wo gehst du hin?« Sie schluckte heftig.

Eine Kerze flackerte in einer Zimmerecke auf, gute zehn Meter von ihr entfernt. Sie gab aber nicht besonders viel Licht ab. Die Wände … die Wände und die Decke und … der Fußboden … alles war schwarz. Genau wie die Kerze.

V trat in den schwachen Lichtschein, nicht mehr als ein hoch aufragender Schatten.

Janes Herz hämmerte.

»Du hast mich nach den Narben zwischen meinen Beinen gefragt«, sagte er. »Wie das passiert ist.«

»Ja …«, flüsterte sie. Deshalb also wollte er alles so finster wie die Nacht haben. Sie sollte sein Gesicht nicht sehen.

Eine weitere Kerze flammte auf, dieses Mal auf der gegenüberliegenden Seite des, wie sie jetzt feststellte, riesigen Raums.

»Mein Vater hat mir das antun lassen. Unmittelbar nachdem ich ihn beinahe umgebracht hatte.«

Jane keuchte leise. »O mein Gott.«

Obwohl Vishous Blick auf Jane gerichtet war, sah er nur die Vergangenheit und was geschehen war, nachdem er seinen Vater zu Boden geworfen hatte.

»Bringt mir meine Klinge«, befahl der Bloodletter.

V wehrte sich gegen den Soldaten, der seine Arme festhielt, konnte aber nichts gegen ihn ausrichten. Zwei weitere Männer tauchten auf. Dann noch zwei. Und noch drei.

Der Bloodletter spie auf den Boden, als ihm jemand einen schwarzen Dolch in die Hand legte, und V machte sich innerlich bereit, durch die Klinge zu sterben … doch der Bloodletter zog sie nur über seine Handfläche, dann steckte er den Dolch in den Gürtel. Er rieb die Hände aneinander und schlug daraufhin V seine Rechte mitten auf die Brust. Verwundert blickte V auf den Abdruck auf seiner Haut. Verbannung. Nicht der Tod. Aber warum nur?

Mit harter Stimme verkündete der Bloodletter: »Auf ewig sollst du ein Fremder jenen sein, die hier weilen. Und der Tod soll jeden ereilen, der dir Hilfe gewährt.«

Schon wollten die Soldaten Vishous loslassen.

»Noch nicht. Bringt ihn ins Lager.« Der Bloodletter wandte sich ab. »Und holt den Schmied. Uns obliegt es, andere vor dem bösen Wesen dieses Mannes zu warnen.«

Wie wild bäumte V sich auf, als ein anderer Soldat seine Beine aufhob und man ihn wie ein erlegtes Wild in die Höhle trug.

»Dort hinten«, wies der Bloodletter den Schmied an. »Wir werden dies vor der Wand mit den Malereien tun.«

Der Vampir erbleichte, trug aber sein hölzernes Tablett mit dem Werkzeug hinter die Trennwand. Währenddessen wurde V auf den Rücken gelegt, an allen vier Gliedmaßen einen Soldaten und einen zusätzlich, um ihn an der Hüfte festzuhalten.

Breitbeinig stand der Bloodletter vor V, aus seinen Händen tropfte es hellrot. »Kennzeichne ihn.«

Der Schmied blickte auf. »Auf welche Weise, großer Krieger?«

Daraufhin sagte der Bloodletter die Warnungen in der Alten Sprache auf, und die Soldaten ließen V nicht los, solange seine Schläfe und seine Lenden und seine Oberschenkel tätowiert wurden. Die ganze Zeit über wehrte er sich, doch die Tinte sickerte in seine Haut und verlieh den Zeichen Ewigkeit. Als es vorbei war, fühlte er sich ganz und gar aufgezehrt, schwächer noch als unmittelbar nach seiner Transition.

»Seine Hand. Schreib es auch auf seine Hand.« Der Schmied schüttelte den Kopf. »Du wirst es tun, oder ich werde einen anderen Schmied ins Lager holen, da du tot sein wirst.«

Am ganzen Körper bebend gehorchte der Schmied, gab aber Acht, Vs Haut nicht zu berühren, so dass Vs Kennzeichnung ohne weiteren Vorfall zu Ende gebracht wurde.

Endlich war auch das vorbei. Der Bloodletter starrte auf V herab. »Mich dünkt, es gibt noch eines zu erledigen. Spreizt seine Beine weit. Ich werde unserer Rasse einen Gefallen tun und dafür sorgen, dass er keine Nachkommen zeugt.«

V spürte, wie seine Augen hervortraten, als seine Knöchel und Schenkel mit Gewalt auseinandergerissen wurden. Einmal mehr zückte sein Vater den schwarzen Dolch aus dem Gürtel, hielt dann jedoch inne. »Nein, wir brauchen etwas anderes.«

Also befahl er dem Schmied, die schändliche Tat mit einer Zange zu verrichten.

Vishous schrie, als er das Metall an der zartesten Stelle seiner Haut spürte. Ein scharfer Schmerz und ein Reißen und dann –

»Allmächtiger«, sagte Jane.

Sich schüttelnd kehrte V in die Gegenwart zurück. Wie viel davon er laut ausgesprochen hatte, wusste er nicht genau, aber dem Entsetzen auf Janes Miene nach zu urteilen, offenbar praktisch alles.

Er betrachtete den Widerschein der Kerzen in ihren dunkelgrünen Augen. »Sie konnten es nicht zu Ende bringen.«

»Aber nicht aus Anstand«, sagte sie leise.

Er schüttelte den Kopf und hob die Hand mit dem Handschuh. »Obwohl ich kurz davorstand, die Besinnung zu verlieren, leuchtete mein gesamter Körper auf. Die Soldaten, die mich festhielten, waren sofort tot. Genau wie der Schmied – er benutzte eine Metallzange, wodurch die Energie direkt in ihn hineingeleitet wurde.«

Kurz schloss sie die Augen. »Und was geschah dann?«

»Ich habe mich auf den Bauch gedreht, noch eine Weile gekotzt und mich dann zum Ausgang der Höhle geschleppt. Das gesamte Lager hat mir nur schweigend zugesehen. Nicht einmal mein Vater stellte sich mir in den Weg oder sagte auch nur ein Wort.« In Erinnerung an den unmenschlichen Schmerz legte V sich die Hand um die Taille. »Der, äh, der Höhlenboden war mit einer pulverigen Art von Staub bedeckt, in dem sich diverse Mineralien befanden – eines davon muss Salz gewesen sein. So wurde die Wunde versiegelt, und ich verblutete nicht, aber deshalb blieben die Narben.«

»Es … tut mir so leid.« Sie hob die Hand, als wollte sie ihn berühren, ließ sie dann aber wieder sinken. »Es ist ein Wunder, dass du überlebt hast.«

»Die erste Nacht habe ich nur mit knapper Not überstanden. Es war so kalt. Mit Hilfe eines Stocks hielt ich mich aufrecht und lief, so weit ich nur konnte, in irgendeine Richtung. Am Ende brach ich einfach zusammen. Der Wille, weiterzugehen, war durchaus da, aber mein Körper versagte. Ich hatte viel Blut verloren, und der Schmerz laugte mich völlig aus.

Irgendwelche Vampire fanden mich unmittelbar vor dem Morgengrauen. Sie nahmen mich auf, wenn auch nur für einen Tag. Die Warnungen …« Er tippte sich an die Schläfe. »Die Warnungen auf meinem Gesicht und dem Körper erfüllten den Zweck, den mein Vater im Sinn gehabt hatte. Sie machten mich zu einem Monster, vor dem man Angst haben muss. Bei Anbruch der Nacht ging ich fort. Jahrelang wanderte ich allein umher, hielt mich im Verborgenen, ging anderen Leuten aus dem Weg. Eine Zeit lang nährte ich mich von Menschen, aber das reichte auf Dauer nicht aus. Ein Jahrhundert später landete ich in Italien, wo ich als Handlanger und bezahlter Schläger für einen Kaufmann arbeitete, der mit Menschen Handel trieb. In Venedig gab es Huren von meiner Art, an denen habe ich mich dann genährt.«

»So einsam.« Jane legte sich die Hand an den Hals. »Du musst so einsam gewesen sein.«

»Eher nicht. Ich wollte keine Gesellschaft. Ungefähr zehn Jahre lang war ich schon bei dem Kaufmann, da stolperte ich eines Nachts in Rom über einen *Lesser,* der im Begriff stand, eine Vampirin zu töten. Dem habe ich das Licht ausgeblasen, allerdings nicht, weil mich die Frau sonderlich interessiert hätte. Es ging … Weißt du, es ging um ihren Sohn. Ihr Sohn kauerte in der dunklen Gasse neben einem Karren. Er war eindeutig ein Prätrans, und noch dazu ein ziemlich junger. Ich hatte ihn schon vorher entdeckt, und dann erst fiel mir das Handgemenge auf der anderen Straßenseite auf. Ich musste an meine eigene Mutter denken, zumindest an das Bild, das ich mir von ihr gemacht hatte, und … ich wollte einfach nicht zulassen, dass der kleine Junge die Frau, die ihm das Leben geschenkt hatte, sterben sähe.«

»Hat sie überlebt?«

Gequält zuckte er zusammen. »Sie war schon tot, als ich mich um sie kümmern konnte. An einer Wunde am Hals verblutet. Aber ich kann dir versprechen, dieser *Lesser* wurde in Fetzen gerissen. Hinterher wusste ich nicht, was ich mit dem Jungen machen sollte. Schließlich nahm ich ihn mit zu dem Kaufmann, in dessen Diensten ich stand, und er stellte den Kontakt zu einer Familie her, die den Jungen aufnahm.« Kurz lachte V auf. »Wie sich herausstellte, war die tote Mutter eine gefallene Auserwählte, und dieser Prätrans wurde später der Vater meines Bruders Murhder. Unsere Welt ist ganz schön klein, was?

Weil ich also ein Kind von Kriegerblut gerettet hatte, sprach sich die Sache herum, und mein Bruder Darius fand mich schließlich und brachte mich zu Wrath. D ... D und mich verband etwas ganz Besonderes, und er war vermutlich der Einzige, der zu diesem Zeitpunkt zu mir durchdringen konnte. Als ich Wrath kennenlernte, hatte er überhaupt keinen Bock darauf, König zu sein, und er hatte genauso wenig Interesse an emotionalen Bindungen wie ich. Was bedeutete, dass wir beide auf einer Wellenlänge lagen. Am Ende wurde ich in die Bruderschaft eingeführt. Und so ... tja, das ist die ganze Geschichte.«

In der folgenden Stille konnte er nur ahnen, was in ihr vorging, und allein bei der Vorstellung, sie könnte ihn bemitleiden, wollte er ihr irgendwie beweisen, dass er trotz allem stark war.

Er könnte zum Beispiel ein Auto mit bloßen Armen stemmen.

Doch statt vor Anteilnahme zu zerfließen und ihn dadurch noch mehr aus dem Konzept zu bringen, sah Jane sich einfach nur um, obwohl sie außer den beiden brennenden Kerzen ja nichts erkennen konnte. »Und dieser Ort … was genau bedeutet der für dich?«

»Nichts. Er bedeutet mir auch nicht mehr als jeder andere.«

»Und warum sind wir dann hier?«

Vs Herzfrequenz schnellte hoch.

Verdammt … Jetzt, nachdem er sein Innerstes vor ihr ausgebreitet hatte, wusste er nicht, ob er seinen Plan wirklich durchziehen konnte.

8

Während Jane auf Vs Antwort wartete, hätte sie ihn am liebsten in die Arme genommen. Sie wollte ihn mit sehr ernst gemeinten, aber letztlich nichtssagenden Worten überschütten. Sie wollte wissen, ob sein Vater gestorben war und auf welche Weise. Sie hoffte, der verdammte Dreckskerl hatte einen schlimmen, schmerzvollen Tod erlitten.

Als die Stille weiter andauerte, sagte sie: »Ich weiß nicht, ob dir das weiterhilft … wahrscheinlich nicht, aber eines muss ich sagen. Ich kann Haferschleim nicht vertragen. Bis zum heutigen Tag wird mir schlecht davon.« Sie betete darum, nichts Falsches zu sagen. »Es ist völlig okay, dass du immer noch nicht verarbeitest hast, was dir angetan wurde. Das würde jedem so gehen. Es bedeutet nicht, dass du schwach bist. Jemand, der dich eigentlich hätte beschützen und umsorgen sollen, hat dich gewaltsam verstümmelt. Dass du überhaupt noch am Leben bist, grenzt an ein Wunder. Dafür besitzt du meinen Respekt.«

Vs Wangen färbten sich rosa. »So, äh … so sehe ich das eigentlich nicht.«

»Mag ja sein. Ich schon.« Um ihm nicht zu sehr zuzusetzen, räusperte sie sich und fragte: »Sagst du mir jetzt, warum wir hier sind?«

Er rubbelte sich über das Gesicht, als wollte er sein Hirn sauber schrubben. »Ich möchte mit dir zusammen sein. Hier.«

Vor Erleichterung und Traurigkeit stieß sie ein Seufzen aus. Auch sie wünschte sich einen Abschied. Einen Abschied, der sexuell und persönlich war und nicht in dem Zimmer stattfand, in dem sie zusammen eingeschlossen gewesen waren. »Ich möchte auch mit dir zusammen sein.«

Eine weitere Kerze erwachte neben einer Vorhangwand zum Leben. Dann eine vierte über einer Theke. Und eine fünfte neben einem großen Bett mit schwarzer Satinbettwäsche.

Ein Lächeln schlich sich auf ihr Gesicht … bis die sechste aufleuchtete. Da hing etwas an der Wand, etwas, das aussah wie … Ketten?

Noch mehr Kerzen flackerten auf. Masken. Peitschen. Rohrstöcke. Knebel.

Ein schwarzer Tisch mit Fesseln, die bis auf den Boden hingen.

Fröstelnd schlang sie die Arme um sich. »Hier finden also deine Fesselspiele statt.«

»Genau.«

Ach du lieber Himmel … Diese Art von Abschied wollte sie nicht. Um Ruhe bemüht sagte sie: »Weißt du, das leuchtet ein, nach allem, was dir passiert ist. Dass du so was magst.« Aber dennoch konnte sie damit nur schwer umgehen. »Also … sind es Männer oder Frauen? Oder beides zusammen?«

Sie hörte das Knarren von Leder und wandte ihm den Kopf wieder zu. Er zog seine Jacke aus und legte sie ab, gefolgt von zwei Pistolen, die sie vorher gar nicht gesehen hatte. Dann kamen zwei schwarze Messer zum Vorschein, die ebenfalls versteckt gewesen waren. Hilfe, er war bis an die Zähne bewaffnet gewesen.

Noch fester umklammerte Jane sich selbst. Sie wollte ja bei ihm sein, aber nicht gefesselt und maskiert, während er die *9 1/2-Wochen*-Nummer bei ihr abzog und ihr die Seele aus dem Leib peitschte. »Hör mal, V, ich glaube nicht –«

Wortlos zog er das Shirt aus. Seine Rückenmuskulatur umspielte die Wirbelsäule. Er schüttelte die Stiefel ab.

Ach du … Scheiße, dachte sie, als ihr allmählich dämmerte, worauf das in Wirklichkeit hinauslief.

Socken und Lederhose kamen als Nächstes. Eine Unterhose hatte er gar nicht erst getragen. Ohne einen Mucks tapste er über den schimmernden Marmorfußboden und legte sich ordentlich auf den Tisch. Ausgestreckt sah er einfach prachtvoll aus, die schweren Muskeln, die eleganten, maskulinen Bewegungen. Er holte tief Luft, sein Brustkorb hob und senkte sich.

Ein schwaches Zittern züngelte über seine Haut … oder war das der Kerzenschein?

Dann schluckte er heftig.

Nein, es war die Angst, die ihn erbeben ließ.

»Such eine Maske für mich aus«, sagte er leise.

»V … nein.«

»Eine Maske und einen Knebel.« Er wandte ihr den Kopf zu. »Tu es. Und dann leg mir Handschellen an.« Da sie sich nicht rührte, deutete er mit dem Kopf auf die Gegenstände an der Wand. »Bitte.«

»Warum?«, fragte sie.

Schweiß brach ihm am ganzen Körper aus.

Er schloss die Augen, seine Lippen bewegten sich kaum. »Du hast mir so viel gegeben – und zwar nicht nur ein Wochenende deines Lebens. Deshalb habe ich überlegt, was ich dir als Gegenleistung anbieten könnte – du weißt schon, Fair Trade. Ausgespuckter Haferschleim gegen Infos über meine Narben. Das Einzige, was ich habe, bin ich – und das ...« Er klopfte mit den Fingerknöcheln auf das Holz der Folterbank unter sich. »Stärker kann ich mich nicht ausliefern, und genau das möchte ich dir schenken.«

»Ich möchte dir nicht wehtun.«

»Das weiß ich.« Seine Augenlider klappten hoch. »Aber du sollst mich haben, wie mich noch niemand sonst hatte oder je haben wird. Also, such eine Maske aus.«

Er schluckte, und sie beobachtete den Adamsapfel in seinem massigen Hals. »Das ist nicht das Geschenk, das ich mir wünsche. Oder auch die Art von Abschied.«

Ein langes Schweigen folgte. Bis er schließlich sagte: »Weißt du noch, was ich dir über diese arrangierte Ehe erzählt habe?«

»Ja.«

»In ein paar Tagen ist es so weit.«

Na toll, jetzt hatte sie wirklich keine Lust mehr auf das hier. Wenn er schon mit einer anderen verlobt war ...

»Ich habe die Frau noch nie gesehen. Sie mich auch nicht.« Er sah Jane an. »Und sie ist die Erste von ungefähr vierzig.«

»*Vierzig?*«

»Ich soll all ihre Kinder zeugen.«

»O mein Gott.«

»Die Sache ist also die: Ab jetzt geht es beim Sex für mich nur noch um die biologische Funktion. Und dieser Situation habe ich mich noch nie ausgesetzt. Ich möchte das mit dir machen, weil ... Ist ja egal, ich will es einfach.«

Sie betrachtete ihn. Was es ihn kostete, sich so preiszugeben, stand in seinen weit aufgerissenen, unruhigen Augen und seinem bleichen Gesicht und den Schweißperlen auf seiner Brust geschrieben. *Nein* zu sagen hieße, seinen Mut herabzuwürdigen.

»Was …« *Du liebe Güte.* »Was genau soll ich mit dir machen?«

Als V ihr alles erzählt hatte, wandte er sich von ihr ab und starrte die Decke an. Der Kerzenschein zuckte über die breite schwarze Fläche und ließ sie aussehen wie ein Becken voller Öl. Schwindel erfasste ihn, als hätte sich der Raum auf den Kopf gestülpt, und er hinge nun an der Zimmerdecke und liefe Gefahr, abzustürzen und von der zähen Masse verschluckt zu werden.

Jane sagte kein Wort.

Verdammt … Sich roh auf dem Silbertablett anzubieten und abgewiesen zu werden, war das Heftigste überhaupt.

Andererseits mochte sie vielleicht einfach kein Vampirsushi.

Erschrocken zuckte er zusammen, als sie ihre Hand auf seinen Fuß legte. Und dann hörte er das metallische Klirren einer Schnalle. Er sah an seinem nackten Körper herab, als sich eine zehn Zentimeter lange Lederfessel um seinen Knöchel schlang. Beim Anblick ihrer blassen Hände, die ihn fixierten, bäumte sich sein Schwanz zu einer Erektion auf.

Voll konzentriert fädelte Jane die Lederzunge in die Schnalle und zog sie nach links. »Ist das okay?«

»Fester.«

Ohne aufzublicken zerrte sie noch einmal mit aller Kraft. Die Fessel grub sich in seine Haut, und V ließ den Kopf in den Nacken fallen und stöhnte.

»Zu fest?«

»Nein …« Beim anderen Bein zitterte er schon deutlich, gleichzeitig panisch und wahnsinnig erregt. Die Gefühle wurden noch intensiver, als sie ihm erst das eine Handgelenk festband, dann das zweite.

»Und jetzt den Knebel und die Maske.« Seine Stimme klang heiser, weil sein Blut abwechselnd heiß und eiskalt floss und seine Kehle so zugeschnürt war wie die Fesseln um seine Gliedmaßen.

Sie sah ihn an. »Ganz sicher?«

»Ja. Eine der Masken bedeckt nur die Augen, die sollte mir passen.«

Mit einem Knebel und der Maske in der Hand kam sie zurück.

»Zuerst den Knebel«, wies er sie an und öffnete den Mund weit. Einen kurzen Moment lang schloss sie die Augen, und er fragte sich, ob sie einen Rückzieher machen würde, doch dann beugte sie sich nach unten. Der Ballknebel schmeckte nach Latex, ein stechender, bitterer Geschmack breitete sich auf seiner Zunge aus. Als er den Kopf hob, damit sie den Knebel mit dem Riemen festzurren konnte, kam sein Atem pfeifend durch die Nase.

Jane schüttelte den Kopf. »Die Maske kann ich dir nicht aufsetzen. Ich muss deine Augen sehen. Ich kann nicht … Nein, ohne Augenkontakt mache ich das nicht. In Ordnung?«

Wahrscheinlich war das keine schlechte Idee. Der Knebel erfüllte seine Aufgabe, gab ihm das Gefühl, zu ersticken … und die Fesseln erfüllten ebenfalls ihre Aufgabe, gaben ihm das Gefühl, in der Falle zu sitzen. Wenn er sie nicht sehen und sich davon überzeugen könnte, dass sie es war, würde er womöglich völlig durchdrehen.

Also nickte er, und sie ließ die Maske auf den Boden fallen und zog sich den Mantel aus. Dann holte sie eine der schwarzen Kerzen. Vs Lungen brannten, als sie auf ihn zukam.

Tief atmete Jane ein. »Bist du dir ganz sicher?«

Wieder nickte er, obwohl seine Oberschenkel zuckten und die Augen noch weiter aufgerissen waren. Mit einer Mischung aus Entsetzen und Erregung sah er zu, wie sie ihren Arm über seine Brust streckte … und die Kerze kippte.

Schwarzes Wachs tropfte auf einen seiner Nippel, und er grub die Zähne in den Knebel, zerrte an dem, was ihn auf dem Tisch festhielt, bis das Leder ächzte. Sein Schwanz hüpfte auf seinen Bauch, er musste den Orgasmus mit Mühe zurückdrängen.

Sie tat exakt, was er ihr erklärt hatte, wanderte tiefer und tiefer auf seinem Oberkörper entlang, überging dann seinen Intimbereich, um sich den Knien zu widmen und sich aufwärts zu arbeiten. Der Schmerz steigerte sich kumulativ. Zunächst waren es nur einzelne Stiche, dann wurde er immer intensiver. Schweiß floss ihm über die Schläfen und die Rippen, er keuchte durch die Nase, bis sein gesamter Körper sich vom Tisch aufbäumte.

Das erste Mal kam er, als sie die Kerze wegstellte, einen Rohrstock zur Hand nahm und die Spitze seiner Erektion damit berührte. Durch den Knebel stieß er ein Bellen aus und ejakulierte über das erhärtete schwarze Wachs auf seinem Bauch.

Jane erstarrte, als würde sie diese Reaktion überraschen. Dann zog sie den Stock durch die Mischung und bedeckte seine Brust mit seinem Samen. Der Bindungsduft überflutete das Penthouse, begleitet von seinem Stöhnen der Unterwerfung, während sie über seinen Oberkörper fuhr, dann hinab auf seine Hüften.

Ein zweites Mal kam er, als sie den Rohrstock zwischen seine Beine schob und ihm damit über die Innenseiten der

Schenkel strich. Angst und Sex und Liebe erfüllten ihn von innen, wurden zu den Muskeln und Knochen, aus denen er bestand; er war nur mehr Gefühl und Sehnsucht, und sie seine Triebkraft.

Und dann hieb sie mit einer schnellen Armbewegung den Stock quer über seine Oberschenkel.

Jane konnte es nicht fassen, dass sie heiß wurde, bei dem, was sie da tat. Aber bei Vs Anblick, ausgestreckt und festgeschnallt und in höchster Erregung, musste sie sich zusammenreißen, um ihn nicht zu bespringen.

Sie schlug mit dem Stock nicht fest zu, mit Sicherheit leichter, als er es wollte, aber doch heftig genug, um Spuren auf Brust, Beinen und Bauch zu hinterlassen. Dass ihm das gefiel, war für sie schwer zu begreifen, wenn man bedachte, was er erlitten hatte. Aber man sah, dass er es fantastisch fand. Seine Augen klebten an ihr und leuchteten so hell wie Glühbirnen, warfen weiße Schatten auf das weiche Licht der Kerzen. Als er wieder einen Orgasmus hatte, wallte dieser dunkle, würzige Geruch, den sie mit ihm verband, wieder neu auf.

Mein Gott, sie war beschämt und fasziniert zugleich, dass sie mit dem, was ihr hier zur Verfügung stand, sogar noch weitergehen wollte … dass ihr die Schachtel Metallklammern und die Peitschen an der Wand nicht mehr abartig vorkamen, sondern als Verheißung ungezählter erotischer Möglichkeiten. Nicht, dass sie ihm Schmerzen zufügen wollte. Sie wollte einfach nur, dass er so intensiv empfand wie jetzt im Augenblick. Es ging darum, ihn an seine sexuellen Grenzen zu führen.

Schließlich war sie so geil, dass sie ihre Hose und Unterhose auszog. »Jetzt werde ich dich ficken«, teilte sie ihm mit.

Ein verzweifeltes Stöhnen entrang sich ihm, die Hüften

kreisten und schoben sich nach vorn. Seine Erektion war immer noch steinhart, trotz der vielen Ejakulationen, und sie pochte, als ginge es gleich wieder los.

Als sie auf die Streckbank kletterte und die Beine über seinem Becken spreizte, atmete er so heftig durch die Nase, dass sie beunruhigt war. Seine Nasenflügel bebten, und sie wollte ihm schon den Knebel abschnallen, doch er zog den Kopf zurück und schüttelte ihn.

»Sicher?«, fragte sie.

Seine Zustimmung kam so stürmisch, dass sie sich auf seine von Samenflüssigkeit feuchten Hüften herabsenkte und auf dem harten Grat seiner Erregung niederließ. Ihre Mitte öffnete sich über ihm, umschloss ihn. Seine Augen rollten in die Höhlen zurück, die Lider flatterten, als würde er gleich ohnmächtig, er stieß von unten zu, so gut er konnte.

Während sie ihn ritt, zog sie ihre Bluse aus und schob die Körbchen des BHs zur Seite, so dass ihre Brüste nach oben und nach vorn gedrückt wurden. Es knarrte laut, als V an den Fesseln zerrte. Wäre er frei gewesen, dann hätte er sie innerhalb von Sekunden unter sich auf den Rücken geworfen, das wusste sie.

»Sieh mir zu, wie ich dich nehme.« Sie fuhr mit der Hand zu ihrem Hals. Als ihre Finger die Spuren seines Bisses betasteten, zog V knurrend die Lippen zurück, und seine Fänge verlängerten sich über dem Knebel, bohrten sich in den roten Latex.

Immer weiter berührte sie sich an den Stellen, an denen er sie gebissen hatte, erhob sich dann auf die Knie und richtete seine Erektion auf. Dann setzte sie sich hart und kräftig auf ihn, und er kam im selben Moment, als er in sie eindrang, zuckte tief in ihr, überflutete sie. Hinterher war er immer noch steif, selbst als das Zucken aufgehört hatte.

Noch nie in ihrem Leben hatte Jane sich sinnlicher gefühlt als jetzt, da sie auf ihm ritt. Sie liebte das Wachs und das Ergebnis seiner Orgasmen auf ihm, die vor Schweiß glänzende und stellenweise flammendrote Haut. All das hatte sie ihm angetan, und er betete sie dafür an, und deshalb fühlte es sich richtig an.

Als ihr eigener Höhepunkt angerast kam, blickte sie ihm in die großen, wilden Augen.

Sie wünschte, sie müsste ihn niemals verlassen.

9

Als Fritz den Mercedes in die kurze Einfahrt einer Wohnanlage lenkte und anhielt, sah V durch die Windschutzscheibe.

»Sieht nett aus«, sagte er zu Jane.

»Danke.«

Er verstummte wieder, verlor sich in Erinnerungen an die vergangenen zwei Stunden. Was sie mit ihm gemacht hatte … Himmel, nichts war jemals so erotisch gewesen. Und nichts war jemals so wundervoll gewesen wie das, was danach geschah. Nach der Session hatte sie ihn von den Fesseln befreit und in die Dusche gebracht. Der warme Wasserstrahl hatte seine Samenflüssigkeit fortgespült und das Wachs war abgeblättert, doch vor allem war die Reinigung innerlich gewesen.

Er wünschte, die roten Stellen, die sie auf seinem Körper hinterlassen hatte, würden bleiben. Er wollte sie für immer auf seiner Haut behalten.

Gott, er ertrug es nicht, sie gehenzulassen.

»Wie lange wohnst du schon hier?«, fragte er.

»Seit ich im Krankenhaus arbeite, also seit zehn Jahren.«

»Gute Gegend. Nahe an der Klinik. Wie sind die Nachbarn?« Welch braves, belangloses Partygeplauder. Und währenddessen stand das Haus, in dem die Party stattfand, in Flammen.

»Die Hälfte der Leute sind junge Akademiker, die andere Hälfte Senioren. Der Witz ist, hier zieht man entweder weg, weil man heiratet, oder weil man ins Pflegeheim kommt.« Sie deutete mit dem Kopf auf die Wohnung links neben ihrer. »Mr Hancock ist vor zwei Wochen ins betreute Wohnen gezogen. Der neue Nachbar wird sehr wahrscheinlich genau wie er sein, denn die Wohnungen ohne Treppen werden tendenziell an ältere Menschen vermietet. Ach, ich fasele dummes Zeug.«

Und er wollte Zeit schinden. »Wie gesagt, ich liebe deine Stimme, also tu dir keinen Zwang an.«

»Das mache ich nur, wenn ich mit dir zusammen bin.«

»Gut für mich.« Er warf einen Blick auf die Uhr. Mist, die Zeit verflüchtigte sich wie Wasser aus der Badewanne, und zurück blieb nur Kälte. »Also, zeigst du mir deine Wohnung?«

»Klar, gern.«

Er stieg zuerst aus und suchte die Umgebung ab, dann trat er zur Seite und ließ sie vorbei. Er schickte Fritz nach Hause, da er sich auf dem Rückweg einfach dematerialisieren würde.

Sie öffnete die Wohnungstür mit einem einzigen Schlüssel. Keine Alarmanlage. Nur ein Schloss. Und innen weder Riegel noch Kette. Auch wenn sie keine Feinde besaß wie er, war das doch nicht sicher genug. Er würde –

Nein, er würde nichts dagegen unternehmen. Denn in

wenigen Minuten wäre er ein Fremder. Um nicht durchzudrehen, sah er sich um. Ihre Möbel passten nicht zu ihr. Die Wände waren cremeweiß, aber all das Mahagoni und die Ölgemälde vermittelten den Eindruck eines Museums. Aus der Ära Eisenhower.

»Deine Möbel ...«

»Gehörten meinen Eltern«, erklärte sie, während sie Tasche und Mantel ablegte. »Nach ihrem Tod habe ich alles, was reinpasste, aus dem Haus in Greenwich geholt. Das war ein Fehler – ich fühle mich wie in einem Museum.«

»Ähm ... das kann ich gut nachvollziehen.«

Interessiert spazierte er durch ihr Wohnzimmer, nahm die Dinge in Augenschein, die eigentlich in ein gepflegtes Arztheim in einem Nobelstadtteil gehörten. Das Zeug ließ die Wohnung schrumpfen, erstickte die Räume, die ansonsten luftig gewirkt hätten.

»Weiß auch nicht, warum ich das alles eigentlich behalte. Ich mochte es schon nicht, als ich noch ein Kind war.« Sie drehte sich einmal um die eigene Achse, dann verstummte sie.

Er wusste auch nicht, was er sagen sollte.

Was er tun sollte allerdings schon. »Und die Küche ist da hinten, richtig?«

Sie machte ein paar Schritte nach rechts. »Ist nichts Besonderes.«

Aber sie war hübsch, befand V beim Eintreten. Wie der Rest der Wohnung war die Küche in Weiß und Creme gehalten, aber wenigstens hatte man hier nicht das Gefühl, einen Ausstellungskatalog zu brauchen: Der Tisch und die Stühle in der kleinen Frühstücksnische waren aus Kiefer und hatten die richtige Größe für den Raum. Die Granitarbeitsfläche war glatt. Die Gerätschaften aus Edelstahl.

»Ich habe sie letztes Jahr renoviert.«

Noch mehr Smalltalk, während sie beide hartnäckig das auf ihrem Bildschirm aufblitzende GAME OVER ignorierten.

Aufs Geratewohl öffnete V den linken Hängeschrank. Bingo. Da stand die Fertigmischung für heiße Schokolade.

Er holte sie heraus, stellte sie auf die Arbeitsfläche, dann ging er zum Kühlschrank.

»Was machst du da?«, wollte sie wissen.

»Hast du einen Becher? Einen Topf?« Er fand eine Tüte Milch, machte sie auf, schnüffelte daran.

Als er damit zum Herd zurückmarschierte, raunte sie ihm leise zu, wo was stand, als könnte sie plötzlich nur mit Mühe die Fassung bewahren. Es machte ihn froh, dass sie so traurig war, auch wenn er sich dafür schämte. Aber wenigstens fühlte er sich dadurch weniger armselig und einsam während dieses grauenhaften letzten Akts.

Mann, er war ja so ein Arschloch.

In den Schränken fand er einen rustikalen Kaffeebecher und eine emaillierte Kasserolle, die er auf kleiner Flamme aufsetzte. Verloren starrte er auf den ganzen Kram vor sich auf der Arbeitsfläche und spürte, wie sein Gehirn sich eine kleine Auszeit nahm: Die Situation wirkte wie ein Werbespot für Nestlé, in dem die Supermutti die Stellung hält, während die lieben Kleinen im Schnee spielen, bis sie mit roten Nasen und kalten Händchen ins Haus gestürmt kommen. Er sah es geradezu vor sich: Kreischend käme die frierende Rasselbande genau in dem Augenblick hereingestürmt, in dem der selbstgefällige Maminator ein heißes Menü servierte, das Norman Rockwell zu einem kariessüßen Bild inspiriert hätte.

Ihm klang schon die Stimme aus dem Off im Ohr: Nestlé machte die beste Schokolade.

Tja, hier gab es weder Kinder noch eine Mami. Auch keinen fröhlichen heimischen Herd, obwohl die Wohnung ja nicht hässlich war. Dieser Kakao hier stammte aus dem realen Leben. Es war die Sorte, die man jemandem zubereitete, den man liebte, weil einem nichts Besseres einfiel und man völlig verzweifelt war. Die Sorte, in der man rührte, während der Magen ein einziger Klumpen und der Mund ausgetrocknet war und man ernsthaft mit dem Gedanken spielte, zu weinen, wäre man nicht zu sehr Mann für so einen Auftritt gewesen.

Es war die Art, in die man all die Liebe hineinlegte, die man vorher nicht zum Ausdruck gebracht hatte und die auszusprechen einem womöglich für immer die Stimme oder die Gelegenheit fehlen würde.

»Und ich werde mich an nichts erinnern?«, fragte sie schroff.

Er fügte noch eine Prise Pulver hinzu und ließ den Löffel kreisen, beobachtete, wie der Strudel Schokoladenmischung von der Milch aufgenommen wurde. Er konnte nicht antworten, konnte es einfach nicht sagen.

»Nichts?«, bohrte sie nach.

»Soweit ich gehört habe, hat man gelegentlich Empfindungen, die von einem Gegenstand oder einem Geruch ausgelöst werden, aber man kann sie nicht zuordnen.« Um die Temperatur zu testen, steckte er einen Zeigefinger in den Topf, leckte ihn ab und rührte weiter. »Du wirst allerdings wahrscheinlich undeutliche Träume haben, weil du innerlich so stark bist.«

»Was ist mit dem fehlenden Wochenende?«

»Du wirst nicht das Gefühl haben, als hättest du es verpasst.«

»Wie ist das möglich?«

»Ich werde dir ein Ersatzwochenende geben.«

Als sie daraufhin nichts weiter sagte, blickte er sie über

die Schulter an. Sie lehnte am Kühlschrank, die Arme um sich geschlungen, die Augen glänzend.

Scheiße. Okay, er nahm alles zurück. Es kam nicht infrage, dass sie sich so mies fühlte wie er, unbedingt musste er ihr ein gebrochenes Herz ersparen, dafür würde er alles tun.

Und es lag ja in seiner Macht, sie zu heilen.

Als er mit der Temperatur der Schokolade zufrieden war, machte er die Flamme aus. Dann goss er sie in den Becher, das sanfte Plätschern verhieß genau die Entspannung und Zufriedenheit, die er sich für seine Frau wünschte. Er brachte ihr den Becher, und da sie ihn nicht annahm, löste er einen ihrer Arme von ihrem Rücken. Sie legte die Hand nur um den Becher, weil er sie dazu zwang, und dann trank sie nicht. Hielt die warme Tasse nur ans Schlüsselbein, drehte das Handgelenk, drückte ihren Arm darum.

»Ich will nicht, dass du gehst«, flüsterte sie, Tränen lagen in dem gepeinigten Tonfall.

Er legte ihr die Hand auf die Wange und spürte die Weichheit und Wärme ihres Gesichts. Wenn er die Wohnung verließe, dann ließe er auch sein eigenes verfluchtes Herz bei ihr zurück, das wusste er. Klar, das Organ würde auch weiterhin in seinem Brustkorb schlagen und sein Blut in Bewegung halten, doch das wäre von heute an nichts weiter als eine rein mechanische Funktion.

Wobei – genau so war es vorher auch gewesen. Einzig Jane hatte dem Ding für kurze Zeit Kraft und Leben verliehen.

Jetzt zog er sie in die Arme und ließ das Kinn auf ihrem Kopf ruhen. Niemals wieder würde er Schokolade riechen, ohne an sie zu denken, sich nach ihr zu sehnen.

Gerade, als er die Augen schloss, wanderte ein Kribbeln seine Wirbelsäule empor, zitterte in seinem Nacken und schoss ihm in den Kiefer. Die Sonne ging auf, und sein Körper teilte ihm mit, dass der Abschied nicht mehr in der

Zukunft lag, sondern im Hier und Jetzt … im drängenden Hier und Jetzt.

Er zog den Kopf zurück und presste seine Lippen auf ihre. »Ich liebe dich. Und ich werde dich weiter lieben, wenn du schon nicht mehr weißt, dass es mich gibt.«

Ihre Wimpern flatterten, fingen die Tränen auf, bis es zu viele waren, um sie aufzuhalten. Er strich ihr mit dem Daumen über das Gesicht.

»V … ich …«

Er wartete einen Herzschlag lang. Als sie den Satz nicht beendete, nahm er ihr Kinn in die Hand und sah ihr in die Augen.

»O mein Gott, du tust es wirklich«, sagte sie. »Du tust es –«

10

Jane blinzelte und blickte in die Tasse heiße Schokolade, die sie in der Hand hielt. Etwas tropfte hinein.

Gütiger … Tränen strömten ihr über das Gesicht, in den Becher, durchnässten ihre Bluse. Sie zitterte am ganzen Körper, ihre Knie waren weich, ihre Brust brannte vor Schmerz. Aus irgendeinem verrückten Grund wollte sie auf den Boden sinken und schluchzen.

Sie wischte sich die Tränen ab und sah sich in der Küche um. Da standen Milch und die Kakaomischung, und ein Löffel lag auf der Arbeitsfläche. Aus dem Topf auf dem Herd stieg noch Dampf auf. Der Schrank links davon war nicht ganz geschlossen. Sie konnte sich gar nicht erinnern, die Sachen herausgeholt oder Kakao zubereitet zu haben, doch andererseits war das ja häufig der Fall bei Gewohnheitshandlungen. Man erledigte sie wie ferngesteuert –

Was war das denn? Durch die Fenster hinter dem Küchentisch sah sie jemandem vor ihrem Haus stehen. Einen Mann. Einen Hünen. Er hielt sich genau außerhalb des Lichtscheins der Straßenlaterne, so dass sie sein Gesicht nicht erkennen konnte, aber sie wusste, dass er sie ansah.

Ohne ersichtlichen Grund begannen ihre Tränen schneller und heftiger zu fließen. Und der Strom wurde noch stärker, als der Fremde sich umdrehte und die Straße hinunterlief.

Jane schleuderte den Becher schon fast auf den Tisch und stürzte aus der Küche. Sie musste ihn einholen. Sie musste ihn aufhalten.

Doch gerade als sie die Wohnungstür erreichte, schleuderte sie ein gemeiner Kopfschmerz buchstäblich zu Boden, als hätte ihr jemand ein Bein gestellt und sie wäre mit voller Wucht an eine Kante geprallt. Alle viere von sich gestreckt lag sie auf den kalten Fliesen, dann krümmte sie sich auf die Seite, bohrte die Finger in die Schläfen und keuchte.

Sehr lange blieb sie dort liegen, einfach nur atmend und betend, dass der Schmerz nachlassen möge. Als er es schließlich tat, drückte sie den Oberkörper vom Boden hoch und lehnte sich gegen die Wohnungstür. Sie fragte sich, ob das ein Schlaganfall gewesen war, doch da waren keine kognitiven Aussetzer oder Sehstörungen gewesen. Nur ein höllischer, anfallartiger Kopfschmerz.

Mussten Nachwehen der Grippe sein, die sie das ganze Wochenende gehabt hatte. Dieser Virus, der schon seit Wochen in der Klinik umging, hatte sie total auf den Rücken geworfen. Da sie lange nicht mehr krank gewesen war, war das wohl überfällig gewesen.

Apropos überfällig … Mist, hatte sie überhaupt das Vorstellungsgespräch an der Columbia verschoben? Sie hatte keine Ahnung mehr … was bedeutete, dass sie das vermutlich nicht getan hatte. Sie konnte sich ja nicht einmal mehr daran erinnern, am Donnerstag das Krankenhaus verlassen zu haben.

Wie lange sie den Türstopper spielte, wusste sie später nicht mehr, aber irgendwann ertönte die Uhr auf dem Kaminsims. Sie stammte aus dem Arbeitszimmer ihres Vaters in Greenwich, eine altmodische Hamilton aus massivem Messing, die – das hätte sie schwören mögen – mit englischem Akzent die Stunde schlug. Sie hasste das verdammte Ding aus vollem Herzen, aber es war zuverlässig.

Sechs Uhr morgens. Zeit, zur Arbeit zu gehen.

Guter Plan, aber als sie aufstand, war ihr sonnenklar, dass sie nicht ins Krankenhaus konnte. Ihr war schwindlig, sie fühlte sich schwach und erschöpft. Ausgeschlossen, in ihrem Zustand Patienten zu pflegen; sie fühlte sich immer noch sterbenselend.

Sie musste sich krankmelden. Wo waren nur ihr Pieper und das verdammte Telefon?

Sie runzelte die Stirn. Ihr Mantel und die Tasche, die sie für die Fahrt nach Manhattan gepackt hatte, lagen neben dem Garderobenschrank.

Aber kein Handy. Kein Pieper.

Mühsam schleppte sie sich die Treppe hoch und sah neben dem Bett nach, aber dort war nichts. Auch in der Küche war nichts zu finden. Und ihre Schultertasche, die sie immer mit zur Arbeit nahm, fehlte auch. Konnte sie das Ding das ganze Wochenende im Auto vergessen haben?

Sie öffnete die Tür, die von der Wohnung direkt in die Garage führte. Das Licht ging automatisch an.

Komisch. Ihr Auto stand vorwärts in der Garage. Normalerweise parkte sie rückwärts ein.

Was nur bewies, wie sehr sie neben sich gestanden haben musste.

Tatsächlich lag ihre Tasche auf dem Vordersitz, und Jane

fluchte unterdrückt vor sich hin, während sie zurück in die Wohnung ging und gleichzeitig eine Nummer in ihr Handy tippte. Wie konnte sie nur so lange nicht im Krankenhaus angerufen haben? Auch wenn es genug andere Ärzte gab, die sie vertreten konnten, ließ sie nie mehr als fünf Stunden verstreichen, ohne sich zu melden.

Sie hatte eine Reihe von Nachrichten auf der Mailbox, aber glücklicherweise nichts Dringendes. Die wichtigen Neuigkeiten, die die Patientenversorgung betrafen, waren auf den jeweils Diensthabenden umgeleitet worden, um den Rest konnte sie sich also später kümmern.

Schon wollte sie die Küche verlassen und sich schleunigst auf den Weg ins Schlafzimmer machen, als ihr der Becher mit der Schokolade ins Auge fiel. Ohne ihn zu berühren wusste sie, dass der Inhalt kalt war, also konnte sie das Zeug ebenso gut wegschütten. Doch mit der Tasse in der Hand hielt sie über dem Spülbecken inne. Aus irgendeinem Grund konnte sie sich nicht überwinden, die Schokolade auszugießen. Also stellte sie den Becher einfach auf der Arbeitsfläche ab, räumte aber immerhin die Milch zurück in den Kühlschrank.

Oben im Schlafzimmer warf sie die Klamotten von sich, zog ein T-Shirt über und legte sich ins Bett.

Als sie sich zwischen die Laken kuschelte, stellte sie fest, dass ihr Körper ganz steif war, vor allem die Oberschenkel und der untere Rücken. Unter normalen Umständen hätte sie gesagt, dass sie eine Menge großartigen Sex gehabt hatte … entweder das, oder sie hatte einen Berg bestiegen. Aber es war nur die Grippe.

Mist. Die Columbia. Das Vorstellungsgespräch.

Später am Vormittag würde sie Ken Falcheck anrufen, sich – hoffentlich zum zweiten Mal – entschuldigen und einen neuen Termin vereinbaren. Er wollte sie zwar unbedingt an Bord haben, aber zu einem Vorstellungsgespräch mit dem Leiter der Abteilung nicht zu erscheinen, war extrem unhöflich. Selbst wenn man krank war.

Sie fand einfach keine bequeme Stellung. Ihr Hals fühlte sich straff an, und sie wollte ihn ein wenig massieren, hielt aber inne. Da war eine wunde Stelle rechts vorne, ein richtiger … Was war das denn? Da war ein Muster, mehrere Erhebungen.

Ach, egal. Ein Ausschlag war nichts Ungewöhnliches bei einer Grippe. Oder vielleicht ein Insektenstich.

Sie schloss die Augen und mahnte sich zur Ruhe. Ruhe war gut. Ruhe würde dieses Virus schnell verjagen. Ruhe würde sie wieder normal werden lassen, ihrem Körper einen Neustart verschaffen.

Schon im Halbschlaf schob sich ein Bild vor ihr geistiges Auge, das Bild eines Mannes mit einem Ziegenbärtchen und Diamantaugen. Sein Mund bewegte sich, formte die Worte … *Ich liebe dich.*

Jane versuchte krampfhaft, das Bild festzuhalten, doch sie glitt rasch in die dunklen Arme des Schlafs hinüber. So sehr sie sich dagegen wehrte, die Fantasie loszulassen, verlor sie doch den Kampf. Das Letzte, was sie vor dem Einschlafen noch wahrnahm, waren Tränen, die auf ihr Kissen flossen, während die Schwärze sie mit sich fortnahm.

O Mann, war das unangenehm.

John saß auf der Hantelbank im Gewichteraum und beobachtete Zsadist beim Bizepstraining ihm gegenüber. Die schweren Hanteln machten ein leise klirrendes Geräusch, sonst war nichts zu hören. Bisher war noch kein Wort gesprochen worden; genau wie auf ihren Spaziergängen, nur waren sie diesmal eben nicht im Wald. Aber das Gespräch war im Anrollen. Das konnte John spüren.

Jetzt legte Z die Hanteln auf der Matte ab und trocknete sich das Gesicht ab. Seine nackte Brust glänzte, die Nippelringe hoben und senkten sich im Rhythmus seines Atems.

Seine gelben Augen wanderten zu ihm herüber.

Jetzt kommt's, dachte John.

»Was deine Transition betrifft.«

Hmmmm … also ging es nicht um diese *Lesser*-Sache. *Was ist damit?,* fragten seine Hände.

»Wie geht es dir?«

Gut. Wacklig. Anders. Er zuckte die Achseln. *Kennst du das, wenn du dir die Nägel mit dem Knipser schneidest und die Fingerspitzen dann den ganzen Tag hyperempfindlich sind? So ist es am ganzen Körper.*

Was erzählte er da eigentlich? Z hatte selbst die Wandlung erlebt. Er wusste, wie das war.

Jetzt ließ Zsadist das Handtuch fallen und hob die Hanteln wieder auf. »Hast du irgendwelche körperlichen Probleme?«

Nicht, dass ich wüsste.

Z heftete den Blick auf die Matten, während er abwechselnd den linken Unterarm hob, dann den rechten. Links. Rechts. Links. Seltsam, dass so schwere Gewichte so ein leises Geräusch machen konnten.

»Also, Layla hat ihren Bericht abgeliefert.«

Ach du Scheiße.

Was hat sie gesagt?

Bitte … nicht die Dusche …

»Sie sagte, ihr beide hättet keinen Sex gehabt. Obwohl es zwischendurch so aussah, als wolltest du.«

Während Johns Kopf sich ausklinkte, glotzte er stumpfsinnig weiter auf Zs Arme. Rechts. Links. Rechts. Links. *Wer weiß davon?*

»Wrath und ich. Sonst niemand. Und sonst geht es auch

niemanden etwas an. Aber ich fange davon an, weil es möglicherweise irgendwelche körperlichen Beschwerden gibt, die du vielleicht mal untersuchen lassen solltest.«

John stand auf und lief auf seine neue, schlaksige Art auf und ab – viel zu lange Arme und Beine und der Gleichgewichtssinn eines Besoffenen.

»Warum hast du aufgehört, John?«

Er warf dem Bruder einen Seitenblick zu, kurz davor, eine pseudo-coole, banale Antwort zu geben, als er zu seinem Entsetzen erkannte, dass er das nicht schaffen würde.

Zs gelbe Augen leuchteten wissend.

Verdammt nochmal. Havers hatte geplaudert. Diese Therapiesitzung damals in der Klinik, als John über das gesprochen hatte, was ihm damals in dem dunklen Treppenhaus passiert war, hatte sich herumgesprochen.

Du weißt es, sagte John wütend. *Du weißt Bescheid, oder?*

»Ja.«

Diese Schwanzlutscherin von einer Therapeutin hat mir gesagt, es sei vertraulich –

»Eine Kopie deiner Krankenakte wurde hierhergeschickt, als du ins Trainingsprogramm eingestiegen bist. Das ist Standard bei allen Schülern, falls mal ein Unfall beim Training passiert oder die Transition einsetzt, während ihr hier seid.«

Wer hat meine Akte gelesen?

»Nur ich. Und sonst wird sie auch niemand lesen, nicht einmal Wrath. Ich habe sie weggesperrt und bin der Einzige, der weiß, wo sie ist.«

John sackte in sich zusammen. Das war zumindest ein kleiner Trost. *Wann hast du sie gelesen?*

»Ungefähr vor einer Woche, als mir klarwurde, dass deine Wandlung jederzeit losgehen kann.«

Und was … stand drin?

»So ungefähr alles.«

Scheiße.

»Deshalb gehst du nicht zu Havers, richtig?« Z legte die Hanteln wieder ab. »Du glaubst, der Typ wird dich wieder auf die Couch schicken.«

Ich spreche nicht gern darüber.

»Das kann ich dir nicht verübeln. Und ich bitte dich nicht darum.«

John verzog den Mund zu einem Lächeln. *Heißt das, du willst mich nicht mit dem üblichen Reden-tut-dir-gut-Mist nerven?*

»Nee. Ich bin selbst kein großer Freund des Redens. Dann kann ich es ja wohl schlecht anderen empfehlen.« Z stützte die Ellbogen auf die Knie und beugte sich vor. »Jetzt hör mir mal zu, John. Du kannst mir hundertprozentig vertrauen, dass niemand etwas erfährt, okay? Sollte jemand deine Akte einsehen wollen, dann sorge ich dafür, dass das nicht passiert, und wenn ich sie zu Asche verbrennen muss.«

John musste schlucken, plötzlich hatte er einen Kloß im Hals. Mit steifen Händen zeigte er: *Danke.*

»Wrath wollte, dass ich mit dir über Layla spreche, weil er sich Sorgen gemacht hat, dass mit dir nach der Transition irgendwas nicht in Ordnung ist. Ich werde ihm erzählen, dass du nervös warst und deshalb nichts lief, abgemacht?«

John nickte.

»Hast du dir schon mal einen runtergeholt?«

John errötete von der Stirn bis zu den Zehen und spielte mit dem Gedanken, in Ohnmacht zu fallen. Zwar kam ihm der Abstand zum Boden ziemlich weit vor – gefühlte hundert Meter – aber im Prinzip wäre der Ort nicht schlecht gewählt, um umzukippen. Reichlich Matten für eine weiche Landung.

»Und, hast du?«

Langsam schüttelte er den Kopf.

»Mach es ein Mal, nur um sicherzugehen, dass nichts kaputt ist.« Z stand auf, trocknete sich den Oberkörper ab und zog das T-Shirt an. »Ich erwarte von dir, dass du dich in den kommenden vierundzwanzig Stunden darum kümmerst. Ich werde dir keine Fragen stellen. Wenn du nichts sagst, gehe ich davon aus, dass alles prima ist. Wenn es das nicht ist, dann kommst du zu mir, und wir unternehmen was. Einverstanden?«

Ähm, nicht so ganz. Was, wenn er es nicht schaffte? *Von mir aus.*

»Eine Sache noch. Was war das mit der Waffe und den *Lessern?*«

Mist, in seinem Kopf drehte sich ohnehin schon alles, und jetzt musste er sich auch noch mit dieser bescheuerten Neunmillimeter befassen. Er hob die Hand, um eine Ausrede zu erfinden –

»Mir ist egal, dass du bewaffnet warst. Offen gestanden möchte ich sogar, dass du eine Waffe mitnimmst, wenn du ins *ZeroSum* gehst.«

Völlig entgeistert starrte John den Bruder an. *Aber das ist gegen die Regeln.*

»Sehe ich aus, als würde mich so was interessieren?«

John musste lächeln. *Eigentlich nicht.*

»Wenn du wieder ins Fadenkreuz eines dieser miesen Untoten gerätst, dann machst du mit ihm genau das, was du neulich gemacht hast. Soweit ich gehört habe, hast du die Sache da ganz schön cool durchgezogen, und ich bin stolz auf dich, weil du die Jungs nicht im Stich gelassen hast.«

John errötete, sein Herz tanzte in seiner Brust: Abgesehen von Tohrs Rückkehr gab es nichts auf diesem Planeten, was ihn froher gemacht hätte.

»Ich vermute mal, dass du inzwischen weißt, was ich mit

Blaylock ausgemacht habe? Die Sache mit dem Brief und dem Ausweis, und dass ihr nur ins *ZeroSum* geht?«

John nickte.

»Mindestens einen Monat lang möchte ich, dass ihr nur in diesen Club geht, wenn ihr in der Stadt unterwegs seid. So lange, bis du stärker bist. Und obwohl ich dich für das loben muss, was du da letzte Nacht geschafft hast, will ich nicht, dass du auf die Jagd nach *Lessern* gehst. Wenn ich davon Wind bekomme, kriegst du Hausarrest wie ein Zwölfjähriger. Du hast noch eine Menge Training vor dir und noch keinen blassen Schimmer, wie du mit diesem neuen Körper umgehen musst. Wenn du Blödsinn machst und dich umbringen lässt, dann werde ich ernsthaft sauer. Deshalb musst du mir dein Wort geben, John. Jetzt sofort. Du lässt die Kerle in Ruhe, bis ich dir sage, dass du bereit bist. Klar?«

John holte tief Luft und suchte nach dem stärksten Eid, den er anzubieten hatte. Alles, was ihm einfiel, kam ihm dürftig vor, also entgegnete er nur: *Ich schwöre, ich werde sie nicht jagen.*

»Gut. Dann sind wir für heute Nacht fertig. Geh dich aufs Ohr hauen.«

Als Z sich abwandte, pfiff John, um seine Aufmerksamkeit zu erregen. Der Bruder sah sich über die Schulter. »Ja?«

John musste sich zwingen, seine Hände formulieren zu lassen, was ihm auf der Seele lag … denn er bezweifelte, dass er jemals wieder den Mut dazu fände.

Bin ich jetzt in deiner Achtung gesunken? Wegen dem, was damals passiert ist … du weißt schon, in dem Treppenhaus? Und sei ehrlich.

Z blinzelte einmal. Zweimal. Ein drittes Mal. Und dann antwortete er mit einer merkwürdig dünnen Stimme: »Niemals. Es war *nicht* deine Schuld, und du hattest es *nicht* verdient. Hast du mich verstanden? Es war *nicht* deine Schuld.«

John zuckte zusammen, Tränen brannten in seinen Augen, und er musste den Kopf abwenden, an seinem neuen großen Körper herab auf die Matte starren. Aus irgendeinem Grund fühlte er sich kleiner als je zuvor.

»John«, sagte Z eindringlich, »hast du mich verstanden? Nicht deine Schuld. Du hattest es nicht verdient.«

Da John keine Entgegnung einfiel, zuckte er mit den Schultern. Dann sagte er: *Danke nochmal, dass du es nicht weitererzählt hast. Und dass du mich nicht zwingst, darüber zu sprechen.*

Da Z nicht reagiert, hob er den Kopf. Und machte einen Schritt rückwärts.

Zsadists gesamtes Gesicht hatte sich verändert, und zwar nicht nur, weil seine Augen schwarz geworden waren. Seine Knochen schienen stärker hervorzustehen, die Haut war gestrafft, die Narben erschreckend sichtbar. Ein kalter Hauch entströmte seinem Körper, kühlte die Luft ab, verwandelte die Turnhalle in einen Gefrierschrank.

»Niemandem sollte die Unschuld mit Gewalt geraubt werden. Aber wenn es doch passiert – dann hat man das Recht, sich selbst auszusuchen, wie man damit umgeht. Denn das geht niemanden etwas an. Und wenn du nie wieder ein verdammtes Wort über diese Sache verlieren willst, bekommst du von mir nichts darüber zu hören.«

Damit verließ Z steif die Halle, der Temperatursturz ließ leicht nach, als die Tür hinter ihm ins Schloss fiel.

John holte tief Luft. Nie hätte er gedacht, dass Z am Ende der Bruder wäre, dem er am nächsten stand. Immerhin hatten sie beide eigentlich nichts gemeinsam.

Aber er würde den Teufel tun, einen neuen Freund abzuweisen.

11

Ein paar Stunden später lehnte sich Phury auf dem Sofa in Wraths schnöseligem Arbeitszimmer zurück und schlug die Beine übereinander. Die Bruderschaft traf sich zum ersten Mal seit V angeschossen worden war, und bisher war die Sitzung etwas verkrampft verlaufen. Was möglicherweise auch daran liegen mochte, dass ein fetter rosa Elefant mitten im Raum stand, der bisher noch nicht thematisiert worden war.

Phury schielte zu Vishous. Der Bruder lehnte an der Flügeltüre und starrte vor sich hin, der leere Gesichtsausdruck erinnerte an jemanden, der einen alten Western im Fernsehen anschaut. Oder sein Leben wie einen Film an sich vorbeiziehen sieht.

Der Zombiezustand war deshalb so leicht zu erkennen, weil er in diesem Raum schon diverse Male zur Schau gestellt worden war. Rhage hatte den lebenden Leichnam gegeben, als er glaubte, Mary für immer verloren zu haben.

Genau wie Z, als er fest entschlossen gewesen war, Bella gehenzulassen.

O ja … gebundene Vampire ohne ihre Partnerinnen waren leere Gefäße, nichts als Muskeln und Knochen, zusammengehalten von einer dünnen Haut. Und obwohl man jeden bemitleiden musste, der so etwas erlebte, schien der Verlust Janes in Anbetracht der ganzen Primalsbürde, die auf Vs Schultern lastete, besonders grausam. Doch wie um alles in der Welt hätte es langfristig zwischen den beiden funktionieren sollen? Menschliche Ärztin. Vampirkrieger. Keine Schnittmenge.

Wraths Stimme machte sich bemerkbar. »V? Hey, Vishous?«

Ruckartig hob V den Kopf. »Was?«

»Du gehst heute Nachmittag zur Jungfrau der Schrift, oder?«

Vs Mund bewegte sich kaum wahrnehmbar. »Ja.«

»Du wirst einen Repräsentanten der Bruderschaft brauchen, um dich zu begleiten. Ich nehme mal an, das wird Butch sein, richtig?«

V warf einen Blick auf den Bullen, der auf einem kleinen blassblauen Sofa saß. »Was dagegen?«

Butch, der sich ganz offensichtlich Sorgen um seinen Freund machte, riss sich zusammen. »Natürlich nicht. Was habe ich zu tun?«

Da V keine Antwort gab, füllte Wrath die Lücke. »Das menschliche Äquivalent dazu wäre wohl der Trauzeuge bei einer Hochzeit. Heute geht ihr zur Besichtigung, dann kommt die Zeremonie, die findet morgen statt.«

»Besichtigung? Ist die Frau ein Gemälde oder so was?« Butch zog eine Grimasse. »Diese ganze Auserwählten-Sache ist mir echt nicht so ganz geheuer, das muss ich ehrlich sagen.«

»Alte Regeln. Alte Traditionen.« Wrath rieb sich unter der Sonnenbrille die Augen. »Da muss sich einiges ändern, aber das ist das Territorium der Jungfrau der Schrift, nicht meins. Also gut … äh … Einsatzplan. Phury, du setzt heute Nacht bitte mal aus. Ja, ich weiß, dass du Hummeln im Hintern hast, seitdem es dir wieder bessergeht, aber mir ist aufgefallen, dass du die letzten beiden Rotationspausen nicht eingehalten hast.«

Als Phury einfach nur nickte, verzog Wrath den Mund zu einem schiefen Lächeln. »Keine Widerworte?«

»Nö.«

Er hatte sowieso etwas zu erledigen. Deshalb passte das perfekt.

Auf der Anderen Seite, in der heiligen marmornen Badekammer, wünschte sich Cormia, sie könnte aus ihrer Haut schlüpfen. Was ein bisschen absurd war, weil diese doch so sorgfältig für den Primal vorbereitet worden war. Man mochte meinen, dass sie ihre Haut gerne mochte, jetzt, da sie so gereinigt war. Man hatte Cormia in ein Dutzend ritueller Bäder getaucht … hatte ihr das Haar gewaschen und noch einmal und noch einmal … hatte ihr Masken aus Rosenduftsalben auf das Gesicht gelegt, dann solche, die nach Lavendel dufteten, dann wieder andere aus Salbei und Hyazinthe. Mit Ölen hatte man sie eingerieben, während gleichzeitig zu Ehren des Primal Räucherwerk brannte und Gebete gesungen wurden. Die ganze Prozedur hatte ihr das Gefühl gegeben, Teil eines zeremoniellen Buffets zu sein. Sie war ein Stück Fleisch, gut gewürzt, appetitlich angerichtet und für den Verbrauch zubereitet.

»Er wird zur vollen Stunde hier sein«, sagte die Directrix. »Vergeude keine Zeit.«

Cormias Herz setzte einen Schlag aus. Dann pochte es

plötzlich wie wild. Der leicht benommene Zustand, hervorgebracht von dem ganzen Dampf und dem warmen Wasser, verflüchtigte sich, und ihr wurde schmerzlich und grausig bewusst, dass die letzten Augenblicke des Lebens, wie sie es immer gekannt hatte, bald vorüber sein würden.

»Ah, die Gewänder sind hier«, rief eine der Auserwählten aufgeregt.

Cormia blickte über die Schulter. Durch goldene Türen schritten zwei ihrer Schwestern über den weißen Marmorboden auf sie zu, eine weiße Robe zwischen sich tragend. Das Kleidungsstück war mit Diamanten und Gold bestickt, und es schimmerte im Kerzenlicht in allen Farben. Hinter ihnen brachte eine weitere Auserwählte ein Stück durchsichtigen Stoffs.

»Tritt mit dem Schleier vor«, befahl die Directrix. »Und verhüll sie damit.«

Das zarte Gewebe wurde über Cormias Kopf drapiert, und es fiel auf sie mit dem Gewicht von tausend Felsbrocken herab. Die Welt versank im Nebel.

»Erhebe dich«, wies man sie an.

Sie stand auf und musste sich abstützen, ihr Herz schlug heftig gegen die Rippen, ihre Handflächen wurden feucht. Noch stärker wurde die Panik, als die schwere Robe von den beiden Schwestern aufgehalten wurde. Von hinten legte man das zeremonielle Kleid um sie, es krallte sich in ihre Schultern, umhüllte ihre Statur weniger als es sie umklammerte. Es war, als stünde ein Riese hinter ihr, der sie mit schweren Pranken niederdrückte.

Die Kapuze wurde über ihren Kopf gehoben und alles wurde schwarz.

Zum Schluss wurde die Robe vorne zugeknöpft, und Cormia versuchte, nicht daran zu denken, wann und auf welche Weise diese Befestigung wieder gelöst würde. Angestrengt atmete sie tief ein und aus. Frische Luft drang durch einige Löcher am Hals, aber das war nicht genug. Nicht annähernd.

Jegliches Geräusch klang unter der Robe gedämpft, und es würde schwierig sein, ihre Worte zu vernehmen. Doch ihr stand ohnehin keine eigene Rolle in der Besichtigungszeremonie oder im bevorstehenden Vereinigungsritual zu. Sie war ein Symbol, keine Frau, daher wäre eine Reaktion ihrerseits weder erforderlich noch erwünscht. Die Traditionen herrschten uneingeschränkt.

»Vollkommen«, sagte eine ihrer Schwestern.

»Exquisit.«

»Unserer würdig.«

Cormia öffnete den Mund und flüsterte vor sich hin: »Ich bin ich. Ich bin ich. Ich bin ich …«

Tränen stiegen auf und rollten über ihre Wangen, doch sie konnte ihr Gesicht nicht anfassen, um sie abzuwischen, also rannen sie ihr über den Hals und verloren sich in ihrem Gewand.

Jäh verselbstständigte sich ihre Panik, wie ein wildes Tier, das aus dem Käfig gelassen wird. Cormia wirbelte herum, zwar behindert von der schweren Robe, doch getrieben von einem Drang zu fliehen, den sie nicht im Zaum halten konnte. Blind stürmte sie in die Richtung, in der sie die Tür vermutete, das schwere Kleid mit sich zerrend. Spitze Schreie der Überraschung hallten durch die Badekammer, neben dem Geräusch zersplitternder Flaschen und Schalen und Tiegel.

Sie schlug wild um sich, versuchte, die Robe abzuschütteln, sich in ihrem verzweifelten Wunsch nach Erlösung von ihrem Schicksal zu befreien.

12

In Caldwells Innenstadt, im nordöstlichen Winkel des Krankenhauskomplexes von St. Francis, legte Dr. Manuel Manello den Hörer auf seinem Schreibtisch auf, ohne eine Nummer gewählt oder einen Anruf entgegengenommen zu haben. Er starrte die Telefonanlage an. Das Gerät strotzte vor Knöpfen, mit seinen ganzen Tasten und Hebeln der feuchte Traum eines Elektronikjunkies.

Er wollte es quer durch den Raum schmeißen.

Wollte er, tat er aber nicht. Das Werfen von Tennisschlägern, Fernbedienungen, Skalpellen und Büchern hatte er eingestellt, als er beschloss, der jüngste Chefarzt in der Geschichte des St. Francis zu werden. Seit damals beschränkten sich seine Geschosse auf leere Flaschen oder Schokoriegelpapier, die er in Mülleimern versenkte. Und das auch nur, um sein Augenmaß zu trainieren.

Jetzt rutschte er auf seinem Ledersessel zurück und drehte sich zum Fenster um. Er hatte ein hübsches Büro. Groß, sehr edel, Mahagoniverkleidung und Orientteppiche. Der Thronsaal, wie er genannt wurde, diente seit fünfzig Jahren dem Chefarzt als Residenz. Seit drei Jahren hockte Manny schon brav in dieser Bude, und wenn er jemals einen Augenblick Pause hätte, würde er das Zimmer sofort renovieren. Dieser ganze Spießerschick bescherte ihm regelmäßig Gänsehaut.

Wieder dachte er an das bescheuerte Telefon und wusste, er würde sich einen Anruf nicht verkneifen können, den er lieber sein ließe. Es war einfach so verdammt schwach von ihm, und genau so würde es auch rüberkommen, selbst wenn er seine übliche Machoarroganz raushängen ließe.

Trotzdem würde er seinen Fingern im Endeffekt freien Lauf lassen.

Um das Unausweichliche hinauszuzögern, schaute er eine Zeit lang aus dem Fenster. Von hier oben konnte er den ordentlich angelegten Eingangsbereich des Krankenhauses sehen, ebenso wie auch die Stadt dahinter. Das war eindeutig der beste Ausblick auf dem ganzen Gelände. Im Frühling blühten Kirschbäume und Tulpen auf dem Streifen zwischen den Zufahrten. Und im Sommer grünten zu beiden Seiten der Anfahrt Ahornbäume wie Smaragde, bis sie sich im Herbst pfirsichfarben und gelb färbten.

Normalerweise nahm er sich nicht die Zeit, die Aussicht zu genießen, wenn er auch durchaus zu schätzen wusste, dass sie da war. Aber manchmal musste ein Mann seine Gedanken ordnen.

Das hier war einer dieser Momente.

Gestern Abend hatte er Jane auf dem Handy angerufen, da er davon ausging, dass sie von ihrem Vorstellungsgespräch zurück sein müsste. Sie hatte nicht abgehoben. Dann hatte er sie heute Morgen angerufen. Nichts.

Na schön. Wenn sie nichts von diesem verdammten Termin an der Columbia erzählen wollte, würde er eben direkt die Quelle anzapfen. Also rief er eben den dortigen Chefarzt selbst an. Sein ehemaliger Mentor würde sich bestimmt nicht lange bitten lassen, ein paar Einzelheiten preiszugeben, so wie er ihn kannte, aber Mannomann, kotzte ihn das an, dass er zu solchen Mitteln greifen musste.

Manello drehte den Stuhl herum, tippte zehn Ziffern ein und wartete, mit seinem Montblanc-Füller auf seinen Block tippend.

Als das Klingeln unterbrochen wurde, gab er dem Angerufenen gar nicht erst die Gelegenheit, sich zu melden. »Falcheck, du räuberisches Sackgesicht.«

Ken Falcheck lachte. »Manello, wie du dich ausdrücken kannst. Vor allem als der Ältere von uns beiden bin ich schockiert.«

»Na, was macht das Leben auf der Kriechspur, alter Mann?«

»Alles prima. Aber sag schon, mein Kleiner, kriegst du schon feste Nahrung oder hängst du noch am Fläschchen?«

»Ich bin inzwischen beim Haferschleim. Was bedeutet, dass ich hinlänglich gestärkt bin, um dir eine künstliche Hüfte einzusetzen, falls dich dein Gehwagen mal langweilen sollte.«

Das war natürlich totaler Blödsinn. Mit seinen zweiundsechzig war Ken Falcheck in großartiger Form und ein ähnlich harter Knochen wie Manny selbst. Die beiden hatten sich von Anfang an gut verstanden, seit Manello vor fünfzehn Jahren seine Ausbildung bei Falcheck absolviert hatte.

»Also, bei allem Respekt für Senioren«, fuhr Manny fort, »warum schmeißt du dich an meine Ärztin ran? Und was hältst du von ihr?«

Eine kurze Pause folgte. »Wovon sprichst du überhaupt? Am Donnerstag rief hier ein Typ an und meinte, sie müsste den Termin verschieben. Ich dachte, du rufst deshalb an. Um dich damit zu brüsten, dass sie mir abgesagt hat und du sie behalten darfst.«

Ein unangenehmes Gefühl machte sich in Mannys Nacken breit, als hätte ihm jemand eine Ladung kalten Schlamm in den Kragen geklatscht.

Bedächtig hielt er seine Stimme neutral. »Komm schon, das würde ich doch nie tun.«

»O doch, das würdest du. Ich habe dich ausgebildet, schon vergessen? All deine schlechten Angewohnheiten hast du von mir.«

»Nur die beruflichen. Hey, der Kerl, der dich angerufen hat – wie hieß der?«

»Keine Ahnung. Ich dachte mir, das muss ihr Assistent sein oder so. Du warst es jedenfalls nicht. Deine Stimme kenne ich, außerdem war der Mann höflich.«

Manny musste heftig schlucken. Okay, er musste diesen Anruf so schnell wie möglich beenden. Du lieber Himmel, wo war Jane bloß?

»Also, Manello, muss ich davon ausgehen, dass du sie behältst?«

»Seien wir doch realistisch, ich habe ihr einiges zu bieten.« Unter anderem sich selbst.

»Nur nicht die Leitung einer eigenen Abteilung.«

Mein Gott, im Augenblick spielte diese ganze blöde Klinikpolitik überhaupt keine Rolle. Jane war wie vom Erdboden verschluckt, und er musste sie unbedingt finden.

Mit perfektem Timing steckte sein Assistent den Kopf zur Tür herein. »O, Verzeihung –«

»Nein, warten Sie. Hör mal Falcheck, ich muss Schluss machen.« Er legte schon auf, während Ken sich noch verabschiedete und fing sofort an, Janes Festnetznummer einzutippen. »Ich muss schnell einen Anruf …«

»Dr. Whitcomb hat sich gerade krankgemeldet.«

Manny blickte vom Telefon auf. »Haben Sie mit ihr gesprochen? Hat sie selbst angerufen?«

Sein Assistent warf ihm einen fragenden Blick zu. »Natürlich. Sie lag das ganze Wochenende mit Grippe flach. Goldberg springt heute für sie ein. Ist alles in Ordnung bei Ihnen?«

Manello legte den Hörer auf und nickte, obwohl ihm total schwindlig war. *Shit,* die Vorstellung, dass Jane etwas zustoßen könnte, verdünnte sein Blut zu Wasser.

»Ganz sicher, Dr. Manello?«

»Ja, alles bestens. Danke für die Info.« Als er aufstand, schwankte der Boden nur ein bisschen. »Ich muss in einer Stunde in den OP, deshalb besorge ich mir lieber mal was zu essen. Haben Sie sonst noch was für mich?«

Sein Assistent besprach ein paar Dinge mit ihm und ging dann.

Als die Tür zugezogen wurde, ließ Manny sich wieder in seinen Sessel fallen. Auwei, er musste sich schnellstens wieder einkriegen. Jane Whitcomb hatte ihn schon immer aus dem Konzept gebracht, aber diese zittrige Erleichterung darüber, dass es ihr tatsächlich gutging, überraschte ihn doch.

Genau. Er musste etwas essen.

Er trat sich innerlich selbst in den Hintern, stand wieder auf und klemmte sich einen Stapel Bewerbungen für Assistenzarztstellen unter den Arm, um sie beim Essen zu lesen. Dabei glitt etwas von seinem Schreibtisch auf den Boden. Er bückte sich danach und runzelte die Stirn. Es war der Ausdruck eines Fotos von einem Herzen … mit sechs Kammern.

Etwas flackerte durch seinen Hinterkopf, eine Art unruhiger Schatten, ein Gedanke am Rande der Vergegenständlichung, eine Erinnerung kurz vor der Manifestierung. Doch dann spürte er plötzlich einen scharfen, beißenden Schmerz in den Schläfen. Fluchend überlegte er, wo zum Teufel dieses Foto hergekommen war und überprüfte Datum und Zeit unten auf dem Blatt. Es war hier aufgenommen worden, in seinem Krankenhaus, in seinem OP, und der Ausdruck stammte aus seinem Büro: Sein Drucker hatte eine Art Schluckauf, der in der linken unteren Ecke immer einen Tintenfleck hinterließ. Er suchte in den Dateien seines Computers. Es gab kein solches Foto. *Was ist hier los?*

Er blickte auf die Uhr. Keine Zeit, weiterzuwühlen, denn er musste wirklich etwas essen, bevor er operierte.

Als er sein Angeberbüro verließ, nahm er sich vor, heute Abend mal ein ganz altmodischer Arzt zu sein.

Heute Abend würde er einen Hausbesuch machen, den ersten seiner beruflichen Karriere.

Vishous zog sich eine weite schwarze Seidenhose und ein dazu passendes Oberteil an, das aussah wie eine Hausjacke aus den Vierzigern. Mit dem verwünschten Primalsamulett um den Hals verließ er sein Zimmer und zündete sich eine Zigarette an. Auf dem Weg über den Flur hörte er Butch im Wohnzimmer schimpfen, die ausgedehnte, durch die Zähne ausgestoßene Litanei durchsetzt von diversen S-Worten und einer interessanten Variante von A-loch, die V sich unbedingt merken musste.

V fand seinen Kumpel auf der Couch, Marissas Laptop böse anfunkelnd. »Was ist los, Bulle?«

»Ach, ich glaube, die Festplatte hat sich gerade verabschiedet.« Butch hob den Kopf. »Du lieber Himmel … du siehst aus wie Hugh Hefner.«

»Sehr witzig.«

Butch zuckte zusammen. »Sorry, entschuldige ... V, es t–«

»Halt die Klappe und lass mich mal ran.« V nahm Butch den Laptop vom Schoß und machte einen schnellen Wartungscheck. »Tot.«

»Ich hätte es wissen müssen. Das Refugium ist ein Katastrophengebiet, was die IT-Ausrüstung betrifft. Der Server ist zusammengebrochen. Und jetzt das. Marissa und Mary tüfteln gerade drüben im Haus aus, wie sie mehr Personal einstellen können. Das hat ihr gerade noch gefehlt.«

»Ich habe im Vorratsschrank vor Wraths Arbeitszimmer vier nagelneue PCs deponiert. Sag ihr doch, sie soll sich einen nehmen, klar? Ich würde ihn ja für sie einrichten, aber ich muss los.«

»Danke, Mann. Und ich mach mich jetzt sofort fertig, um dich zu begleiten –«

»Du musst nicht mitkommen.«

Butch zog die Brauen zusammen. »Was soll denn das? Du brauchst mich.«

»Ein anderer kann für dich einspringen.«

»Aber ich lasse dich nicht im Stich ...«

»Das hat doch mit im Stich lassen nichts zu tun.« Vishous spazierte zum Tischkicker und drehte an einer der Stangen. Als die Reihe kleiner Fußballer Rückwärtssaltos schlug, seufzte er. »Es ist fast ... Ich weiß auch nicht, wenn du dabei bist, dann kommt es mir zu verdammt real vor.«

»Also möchtest du lieber jemand anderen zu deiner Unterstützung dabei haben?«

Wieder drehte V an dem Griff, bis ein Brummen ertönte. Er hatte Butch aus Reflex ausgesucht, aber in Wahrheit war der Mann eine Komplikation. V und er standen sich so verflucht nahe, dass es dadurch noch härter für ihn sein würde, die Besichtigung und das Ritual durchzustehen.

V starrte ins Leere. »Ja. Ja, ich glaube, ich möchte lieber einen anderen.«

In dem kurzen Schweigen, das folgte, bekam Butch den Gesichtsausdruck von jemandem, der einen zu heißen Teller in der Hand hält. »Tja, also … Hauptsache du weißt, dass ich für dich da bin, egal was passiert.«

»Keine Sorge, ich weiß, dass ich mich auf dich verlassen kann.« Damit ging V zum Telefon und wog kurz seine Optionen ab.

»Bist du si–«

»Ja.« Er wählte. Als Phury abhob, sagte V: »Was dagegen, mich heute zu begleiten? Butch kommt nicht mit. Ja. Mhm. Danke, Mann.« Er legte auf. Vielleicht war das eine merkwürdige Konstellation, weil die beiden einander nie sonderlich nahegestanden hatten. Aber andererseits ging es genau darum. »Phury springt ein, kein Problem. Ich mache mal schnell einen Abstecher in sein Zimmer.«

»V–«

»Halt den Mund, Bulle. Ich bin in ein paar Stunden zurück.«

»Ich wünschte ehrlich, du müsstest nicht …«

»Ja, ja. Das würde nichts ändern.« Jane wäre immer noch weg; er wäre immer noch ein gebundener Vampir ohne seine Partnerin. Also: alles unverändert, alles scheißegal.

»Bist du dir hundertprozentig sicher, dass ich nicht mitkommen soll?«

»Stell du nur schon mal den Wodka kalt. Danach werde ich einen kräftigen Schluck brauchen.«

V verließ die Höhle durch den unterirdischen Tunnel, und auf dem Weg ins große Haus, bemühte er sich, die Sache nüchtern zu betrachten.

Diese Auserwählte, mit der er sich vereinigen würde, war nicht mehr als ein Körper. Genau wie er. Sie beide würden tun, was getan werden musste, wann es getan werden musste. Es waren nur männliche Körperteile, die auf weibliche Körperteile trafen. Dann würde so lange gestoßen werden, bis der Mann ejakulierte. Und sein totaler, absoluter Mangel an Erregung? Kein Problem. Die Auserwählten hatten Salben, um eine Erektion sicherzustellen, und Räucherwerk, das einen Orgasmus auslöste. Also selbst wenn er nicht das geringste Interesse an Sex hätte, würde sein Körper leisten, wozu er auf die Welt gekommen und erzogen worden war: das Fortleben der besten Blutlinien ihrer Art zu sichern.

Ach, Mist, er wünschte, die Sache könnte mit Reagenzgläsern und Pipetten geregelt werden. Aber die Vampire hatten es schon früher mit IVF probiert, ohne Erfolg. Kinder mussten auf die gute altmodische Art gezeugt werden.

Er wollte gar nicht daran denken, mit wie vielen Frauen er schlafen müsste. Sonst würde er –

Mitten im Tunnel blieb Vishous stehen.

Öffnete den Mund.

Und schrie, bis ihm die Stimme versagte.

13

Als Vishous und Phury zusammen die Andere Seite erreichten, nahmen sie in einem von einem weißen Bogengang aus korinthischen Säulen umgebenen weißen Innenhof Gestalt an. In der Mitte des Hofs befand sich ein Marmorspringbrunnen, der kristallklares Wasser in ein tiefes weißes Becken plätschern ließ. In einer Ecke stand ein weißer Baum mit weißen Blüten, ein Schwarm regenbogenfarbener Singvögel hatte sich dort versammelt, wie Zuckerstreusel auf einem Kuchen. Das liebliche Rufen der Finken und Meisen harmonierte mit dem sanften Klingen des Brunnens, als hätten beide Melodien dieselbe Tonart der Freude.

»Krieger.« Die Stimme der Jungfrau der Schrift ertönte in ihrem Rücken, und Vs Haut zog sich über seinen Knochen zusammen wie angeschmortes Plastik. »Kniet nieder und ich werde euch begrüßen.«

V befahl seinen Knien, sich zu beugen, und nach einem kurzen Zögern knickten sie ab wie die rostigen Beine eines

Klapptischs. Wohingegen Phury nicht unter einem Anfall plötzlicher Steifheit zu leiden schien, sondern geschmeidig hinsank. Andererseits musste er sich auch nicht vor einer Mutter, die er verachtete, beugen.

»Phury, Sohn des Ahgony, wie ist dein Befinden?«

Äußerst gewandt entgegnete der Bruder in der Alten Sprache: »Es geht mir gut, denn ich stehe vor Euch mit Reinheit und Hingabe des Herzens.«

Die Jungfrau der Schrift gluckste. »Eine gebührende Antwort in gebührender Form. Sehr schön von dir. Und sicherlich mehr, als ich von meinem Sohn zu erwarten habe.«

V spürte mehr, als er sah, dass Phurys Kopf zu ihm herumschnellte. *O, Verzeihung,* dachte V. *Diese lustige kleine Neuigkeit hatte ich wohl vergessen zu erwähnen, mein Bruder.*

Nun schwebte die Jungfrau der Schrift näher heran. »Ah, mein Sohn berichtete dir nicht von seiner mütterlichen Abstammung? Aus Anstand etwa, frage ich mich? Besorgnis um die Aufrechterhaltung der allgemein angenommenen Tatsache meiner sogenannten jungfräulichen Existenz? Ja, das muss der Grund sein, nicht wahr, Vishous, Sohn des Bloodletter?«

V hob den Blick, obwohl man ihn nicht dazu aufgefordert hatte. »Oder vielleicht weigere ich mich auch einfach, dich anzuerkennen.«

Genau diese Entgegnung hatte sie von ihm erwartet, und er wusste das nicht, indem er ihre Gedanken las, sondern weil sie beide auf einer gewissen Ebene ein und dieselbe Person waren, unteilbar.

Juchhu.

»Deine Zurückhaltung, meine Mutterschaft anzuerkennen, ändert nichts«, sagte sie in hartem Tonfall. »Ein ungeöffnetes Buch ändert nichts an der Tinte auf den Seiten. Was da ist, ist da.«

Ohne Erlaubnis erhob sich V und schob sich vor das verhüllte Gesicht seiner Mutter, Auge um Auge, Kraft um Kraft.

Zweifellos wurde Phury gerade weiß wie die Wand, aber egal. Dann passte er wenigstens zur Einrichtung. Außerdem würde die Jungfrau der Schrift ihren künftigen Primal oder ihren kostbaren kleinen Jungen bestimmt nicht so ohne weiteres rösten. Ausgeschlossen. Also war es ihm schnurz.

»Bringen wir's hinter uns, *Mama.* Ich will zurück in mein echtes Leben –«

Innerhalb von Sekundenbruchteilen fand sich V flach auf dem Rücken, atemlos. Obwohl nichts auf ihm lag, und sein Körper nicht zusammengedrückt wirkte, kam es ihm vor, als hätte er einen Konzertflügel auf der Brust.

Während V noch die Augen aus dem Kopf traten und er sich abmühte, Luft in seine Lungen zu saugen, schwebte die Jungfrau der Schrift zu ihm heran. Wie aus eigenem Antrieb hob sich die Kapuze vor ihrem Gesicht, und sie starrte mit einem gelangweilten Ausdruck auf ihrem geisterhaften, leuchtenden Gesicht auf ihn herab.

»Du wirst mir dein Wort geben, dass du dich mir gegenüber respektvoll verhältst, solange wir uns in Gegenwart meiner versammelten Auserwählten befinden. Ich will dir zugestehen, dass du per definitionem einige Freiheiten besitzt, doch ich werde nicht zögern, dir ein schlimmeres Schicksal zuzumessen als jenes, welchem du zu entrinnen wünschst, wenn du sie in der Öffentlichkeit zur Schau stellst. Sind wir uns einig?«

Einig? *Einig?* Klar, so was würde doch wohl einen freien Willen voraussetzen, und aus allem, was er im Laufe seines Lebens gelernt hatte, schloss er eindeutig, dass er keinen besaß.

Scheiß. Auf sie.

Sehr langsam atmete Vishous aus. Entspannte seine Muskeln. Und stellte das Atmen ein.

Er wich ihrem Blick nicht aus … während er zu sterben begann.

Nach etwa einer Minute Luftanhalten schaltete sich das vegetative Nervensystem ein, seine Lungen drückten gegen den Brustkorb, versuchten, Sauerstoff einzuziehen. Er verkeilte die Kiefer, presste die Lippen aufeinander und spannte den Hals an, so dass der Reflex nicht greifen konnte.

»O Gütiger«, hauchte Phury mit zitternder Stimme.

Das Brennen in Vs Lungen breitete sich in seinem gesamten Oberkörper aus, seine Sicht verschwamm, sein Körper bebte im Kampf zwischen mentalem Willen und dem biologischem Imperativ zu atmen. Schließlich ging es nicht mehr so sehr darum, seiner Mutter eins auszuwischen, als zu erreichen, was er sich wünschte: Frieden. Ohne Jane in seinem Leben war der Tod eigentlich seine einzige Option.

Allmählich verlor er die Besinnung.

Urplötzlich wurde das nicht vorhandene Gewicht hochgehoben; Luft schoss ihm daraufhin durch die Nase in die Lungen, als wäre sie eine feste Substanz und eine unsichtbare Hand hätte sie ihm mit Gewalt in den Hals geschoben.

Sein Körper übernahm die Kontrolle und drängte machtvoll die Selbstbeherrschung zurück. Gegen seinen Willen schluckte er Sauerstoff wie Wasser, krümmte sich auf einer Seite zusammen, atmete in langen Zügen. Sein Blick wurde nach und nach wieder klar, bis er ihn auf den Saum der Robe seiner Mutter richten konnte.

Als er endlich sein Gesicht von dem weißen Fußboden hob und sie ansah, war sie nicht länger die helle Gestalt, an die er gewöhnt war. Sie war trüber geworden, als hätte sie jemand mit einem Dimmer heruntergeregelt.

Ihr Gesicht allerdings war unverändert. Durchscheinend und wunderschön und hart wie ein Diamant.

»Sollen wir uns zur Präsentation hineinbegeben?«, fragte sie. »Oder möchtest du vielleicht deine Partnerin auf meinem Marmorboden liegend empfangen?«

V setzte sich auf, noch etwas benommen. Aber es war ihm egal, ob er umkippte. Wahrscheinlich hätte er eine Art von Triumphgefühl empfinden sollen, weil er den Kampf mit ihr gewonnen hatte, aber das tat er nicht.

Er schielte zu Phury. Der Arme war völlig fertig, seine gelben Augen waren so rund wie Weintrauben, die Haut wirkte fahl. Er sah aus, als stünde er mitten in einem Alligatorbecken und trüge Steaks als Schuhe.

Mann, der Reaktion seines Bruders auf diesen kleinen familiären Zwist nach zu urteilen, konnte V sich ungefähr vorstellen, wie die Auserwählten mit einem offenen Konflikt zwischen ihm und seinem Joan-Crawford-Alptraum von einer Mutter umgehen würden. Und auch, wenn V keine besondere Verbundenheit mit diesem Frauenhaufen empfand, so gab es doch keinen Anlass, sie absichtlich zu ärgern.

Also stand er auf, und Phury kam ihm gerade rechtzeitig zu Hilfe. Als V Schlagseite bekam, fing ihn der Bruder auf und stützte ihn unter der Achsel.

»Ihr werdet mir jetzt folgen.« Die Jungfrau der Schrift führte sie zu dem Bogengang, über den Marmor gleitend, ohne ein Geräusch oder auch nur eine sichtbare Bewegung.

Die drei gingen weiter durch die Arkade zu einer goldenen Flügeltür, durch die V noch nie getreten war. Sie war massiv und mit einer frühen Version der Alten Sprache verziert, die noch ausreichend Ähnlichkeit mit der derzeitigen Schriftsprache hatte, dass V übersetzen konnte:

Siehe, das Heiligtum der Auserwählten, geheiligte Stätte der Vergangenheit, Gegenwart und Zukunft unserer Art.

Die Türen öffneten sich ohne äußeres Zutun und gaben den Blick frei auf eine prachtvolle Idylle, die unter normalen Umständen selbst V im Grunde beruhigt hätte. Abgesehen davon, dass alles weiß war, erinnerte es ihn an den typischen Campus einer amerikanischen Eliteuniversität, mit neoklassizistischen Gebäuden, weit ausgedehnt über sanfte Hügel, milchigem Gras und schneeweißen Eichen und Ulmen.

Ein Läufer aus weißer Seide war ausgelegt worden, und Vishous und Phury liefen weiter, während die Jungfrau der Schrift etwa dreißig Zentimeter darüber schwebte wie ein Gespenst. Die Luft hatte die perfekte Temperatur und war so vollkommen still, dass man keinerlei Regung auf der nackten Haut spürte. Obwohl die Schwerkraft ihn noch auf dem Boden hielt, fühlte V sich zusehends leichter und irgendwie federnd … als könnte er mit etwas Anlauf über den Rasen hüpfen wie die Männer auf den Bildern vom Mond.

Oder aber diese Mondassoziation kam daher, dass bei ihm gerade eine kleine Gehirnwäsche im Gange war.

Als sie einen Hügel erklommen, entdeckten sie unter sich ein Amphitheater. Und die Auserwählten.

Ach du lieber Himmel … Die etwa vierzig Frauen waren alle in identische weiße Roben gekleidet, das Haar war aufgesteckt, die Hände steckten in Handschuhen. Alle Haarfarben waren vertreten, von Blond über Brünett bis hin zu Rot, doch wegen ihrer großen, schlanken Statur und den einheitlichen Gewändern sahen sie alle aus wie ein und dieselbe Person. In zwei Gruppen aufgeteilt säumten sie beide Seiten des Amphitheaters und präsentierten sich in einem Dreiviertelwinkel, den rechten Fuß leicht ausgestellt. Sie erinnerten V an die Karyatiden griechischer Architektur, diese weiblichen Statuen, die Giebel oder Gebälk auf ihren hoheitsvollen Häuptern trugen.

Bei ihrem Anblick fragte er sich unwillkürlich, ob sie Herzen hatten, die schlugen, und Lungen, die atmeten. Denn sie waren so unbeweglich wie die Luft.

Genau das war doch das Problem mit der Anderen Seite, dachte er. Nichts bewegte sich hier jemals. Es gab Leben … ohne Leben.

»Tretet vor«, befahl die Jungfrau der Schrift. »Die Besichtigung wartet.«

O Gott … Wieder blieb ihm die Luft weg.

Da landete Phurys Hand auf seiner Schulter. »Brauchst du eine Minute Pause?«

Von wegen Minute; er bräuchte Jahrhunderte – wobei, selbst wenn er so viel Zeit hätte, am Ergebnis würde sich nichts ändern. Er dachte an den Vampir, den er auf der Straße gefunden hatte, in jener Nacht, als er angeschossen worden war; denjenigen, zu dessen Vergeltung er diesen *Lesser* getötet hatte. Schicksal.

Sie brauchten mehr Krieger in der Bruderschaft, dachte er, als er wieder weiterlief. Und es war nun nicht so, als könne der Storch die Arbeit erledigen.

Unten im Theater stand nur ein einziger Stuhl, ein goldener, einem Thron ähnlich, der ganz nah am Rand der Bühne platziert worden war. Von seinem erhöhten Blickwinkel aus stellte V fest, dass der Hintergrund, den er als glatte weiße Wand wahrgenommen hatte, in Wirklichkeit ein riesiger weißer Samtvorhang war, der so unbewegt hing, als wäre er aufgemalt.

»Setz dich hin«, sagte die Jungfrau der Schrift, eindeutig wahnsinnig angenervt von ihm.

Lustig, ihm ging es mit ihr ganz genauso.

Trotzdem gehorchte V, und Phury schlug hinter dem Thron Wurzeln wie ein Baum.

Die Jungfrau der Schrift schwebte nach rechts und nahm eine Position seitlich der Bühne ein, eine Shakespeare'sche Regisseurin, die treibende Kraft dieses ganzen Dramas.

Mann, was gäbe er nicht in diesem Moment für eine Natter.

»Fahrt fort«, rief sie knapp.

Der Vorhang teilte sich in der Mitte und zog sich dann zu beiden Seiten zurück. Sichtbar wurde eine Frau, die von Kopf bis Fuß in reich geschmückte Gewänder gehüllt war. Flankiert von zwei ihrer Schwestern hielt sich seine Zukünftige in einem merkwürdigen Winkel. Oder vielleicht stand sie auch gar nicht von allein. Gütiger, es wirkte, als wäre sie auf einer Art Tafel befestigt, die nur zur Besichtigung aufrecht gestellt worden war. Wie ein aufgespießter Schmetterling.

Sie wurde nach vorn gerollt und man konnte erkennen, dass sie tatsächlich festgebunden war. Um ihre Oberarme lagen Bänder, die mit zu ihrer Robe passenden Juwelen getarnt waren, und die sie aufrecht hielten.

Musste wohl zur Zeremonie gehören. Denn was da unter diesem Gewand steckte, war nicht nur für die Präsentation und die darauf folgende Vereinigungszeremonie vorbereitet worden, sondern zweifellos auch entzückt, die Nummer eins aller Frauen zu werden: Die erste Auserwählte des Primals genoss besondere Rechte, und er konnte sich ungefähr ausmalen, wie fantastisch das Leben für sie sein würde.

Obwohl das vielleicht unfair war, hasste er das, was sich unter all der Pracht befand, aus tiefster Seele.

Die Jungfrau der Schrift nickte, und die Auserwählten zu beiden Seiten seiner Zukünftigen begannen, das Gewand zu lösen. Während sie ihrer Aufgabe nachgingen, schwappte eine Welle von Energie durch die Stille des Amphitheaters, der Höhepunkt jahrzehntelangen Wartens der Auserwählten darauf, dass die alten Gebräuche wiederbelebt würden.

Ohne jegliches Interesse beobachtete V, wie die schwere Robe abgenommen wurde und eine überwältigend schöne weibliche Gestalt, gekleidet in ein hauchdünnes Gewand, zum Vorschein kam. Das Gesicht seiner Zukünftigen blieb unter der Kapuze verhüllt, wie es der Tradition entsprach, denn es war nicht sie allein, die dem Primal übergeben wurde, sondern alle Auserwählten.

»Gereicht sie dir zum Gefallen?«, fragte die Jungfrau der Schrift trocken, als wüsste sie genau, dass diese Vampirin äußerste Vollkommenheit darstellte.

»Geht schon.«

Ein unruhiges Murmeln erhob sich unter den Auserwählten, wie eine kühle Brise, die durch steifes Schilfrohr fuhr.

»Vielleicht möchtest du deine Wortwahl neu überdenken?«, zischte die Jungfrau der Schrift.

»Sie ist in Ordnung.«

Nach einer unangenehmen Pause trat eine Auserwählte mit Räucherwerk und einer weißen Feder vor. Während sie sang, wedelte sie Rauch über die Gestalt, vom verhüllten Kopf bis zu den bloßen Füßen, umkreiste sie einmal für die Vergangenheit, einmal für die Gegenwart und einmal für die Zukunft.

Das Ritual schritt fort, und V runzelte die Stirn und beugte sich vor. Die Vorderseite des hauchzarten Gewandes war nass.

Wahrscheinlich durch die Öle, mit der man sie für ihn vorbereitet hatte.

Er lehnte sich wieder zurück. Mist, er hasste die alten Gebräuche. Hasste diese ganze verfluchte Prozedur.

Unter der Kapuze befand sich Cormia in einem Zustand der Verzweiflung. Die Luft, die sie einatmete, war heiß und feucht und erstickend, schlimmer noch als gar keine. Ihre Knie waren so nachgiebig wie Grashalme, die Handflächen triefend nass. Ohne die Bänder wäre sie in sich zusammengesackt.

Im Anschluss an ihren kopflosen Fluchtversuch in der Badekammer und ihre Ergreifung bald darauf hatte man ihr auf Befehl der Directrix einen bitteren Trank die Kehle hinab gezwungen. Er hatte sie ein Weilchen beruhigt, doch nun ließ die Wirkung des Elixiers nach, und ihre Angst brach erneut hervor.

Wie auch die Erniedrigung. Als sie Hände auf ihrem Gewand gespürt hatte, welche die goldenen Schleifen lösten, hatte sie geweint ob der Schändung durch den Blick eines Fremden auf ihrer eigenen Haut. Dann war die Robe zur Seite gezogen worden und sie hatte eine Kühle auf der Haut gespürt, was keineswegs eine Erleichterung von dem Gewicht bedeutete, das vorher auf ihr gelastet hatte.

Die Augen des Primals hatten auf ihr geruht, als die Stimme der Jungfrau der Schrift gerufen hatte: »Gereicht sie dir zum Gefallen?«

Cormia hatte auf die Antwort des Bruders gewartet, um etwas Wärme darin gebetet.

Doch davon war keine Spur zu merken gewesen: »Geht schon.«

»Vielleicht möchtest du deine Wortwahl neu überdenken?«, zischte die Jungfrau der Schrift.

»Sie ist in Ordnung.«

Bei dieser Entgegnung hatte Cormias Herz ausgesetzt, die Angst wurde von Entsetzen abgelöst. Vishous, Sohn des Bloodletter, hatte eine kalte Stimme, eine, die noch viel schlimmere Vorlieben verriet, als selbst der Ruf seines Vaters verhieß.

Wie sollte sie die Vereinigung überleben, geschweige denn die ehrwürdigen Auserwählten währenddessen gebührend vertreten? In der Badekammer hatte die Directrix erbarmungslose Worte gefunden, um zu beschreiben, auf welche Weise Cormia ihnen allen Schande brächte, sollte sie sich nicht mit der angemessenen Würde verhalten. Sollte sie nicht ihre Verantwortung auf sich nehmen. Sollte sie keine gebührende Vertreterin ihrer aller sein.

Wie sollte sie das alles ertragen?

Wieder hörte Cormia die Jungfrau der Schrift das Wort ergreifen: »Vishous, deinem Bruder wurde noch kein Blick gewährt. Phury, Sohn des Ahgony, du musst die angebotene Auserwählte als Zeuge des Primals begutachten.«

Cormia zitterte, der Blick eines weiteren unbekannten Mannes auf ihrer Gestalt flößte ihr Furcht ein. Sie fühlte sich unrein, obgleich sie doch so sorgfältig gereinigt worden war; schmutzig, obgleich doch kein Schmutz an ihr klebte. Unter ihrer Kapuze wünschte sie sich, sie wäre ganz klein, kleiner als einen Stecknadelkopf.

Denn wäre sie klein, könnten die fremden Augen sie nicht finden. Wäre sie winzig, könnte sie sich hinter größeren Dingen verstecken … und aus all dem hier verschwinden.

Phurys Blick war starr auf den Rücken des goldenen Throns geheftet, und da sollten sie eigentlich auch bleiben, wenn es nach ihm ginge. Diese ganze Sache war falsch. Völlig falsch.

»Phury, Sohn des Ahgony?« Die Art und Weise, wie die Jungfrau der Schrift seines Vaters Namen aussprach, klang, als ruhte das gesamte Gewicht seiner Abstammungslinie darauf, ob Phury brav im Programm weitermachte.

Er hob den Blick zu der Frau –

Jeder einzelne seiner geistigen Prozesse kam knirschend zum Stillstand.

Sein Körper war es, der reagierte. Übergangslos. Er schwoll in seiner Seidenhose an, die Erektion war so schnell da wie ein Atemzug, obwohl er sich dafür in Grund und Boden schämte. Wie konnte er nur so grausam sein? Er ließ die Lider wieder sinken, verschränkte die Arme vor der Brust und überlegte krampfhaft, wie er sich selbst in den Hintern treten konnte, ohne hinzufallen.

»Wie findest du sie, Krieger?«

»Exquisit.« Das Wort kam einfach aus seinem Mund. Dann fügte er hinzu: »Würdig der holdesten Tradition der Auserwählten.«

»Ah, nun, das ist die geziemende Antwort. Da die Anerkennung gewährt wurde, erkläre ich diese Frau zur Wahl des Primals. Vollendet ihre Duftreinigung.«

Aus dem Augenwinkel nahm Phury wahr, dass zwei Auserwählte mit Stöcken kamen, die rauchige weiße Spuren hinter sich herzogen. Während sie mit ihren kristallklaren Stimmen zu singen begannen, atmete er tief ein, durchsiebte den blühenden Garten weiblicher Düfte.

Er fand den der Zukünftigen. Das musste ihrer sein, denn es war der einzige weit und breit, der blankes Entsetzen ausdrückte –

»Stoppt die Zeremonie«, forderte V mit harter Stimme.

Der Kopf der Jungfrau der Schrift wandte sich ihm zu. »Sie werden sie beenden.«

»O nein, das werden sie nicht.« Der Bruder stand von seinem Thron auf und marschierte auf die Bühne, offenbar hatte auch er den Duft aufgeschnappt. Als er näher kam, quiekten die Auserwählten bestürzt und brachen aus ihren Reihen aus. Der Anblick der aufgeregt herumlaufenden Frauen und ihrer flatternden weißen Roben erinnerte

Phury an einen Stapel Papierservietten bei einem Picknick, die einfach weggeweht werden und hilflos über die Wiese taumeln.

Nur, dass das hier kein Sonntagnachmittag im Park war.

Rasch zerrte Vishous die schwere Robe seiner Zukünftigen vorne wieder zusammen, dann riss er die Haltebänder ab. Als sie zusammensackte, hielt er sie am Arm fest und stützte sie. »Phury, wir treffen uns zu Hause.«

Ein Wind erhob sich mit Macht, eine Bö, die der Jungfrau der Schrift entströmte, doch V wich nicht zurück, konfrontierte seine … tja, offenbar ja seine Mutter.

Mutter. Gütiger, damit hätte ich niemals gerechnet.

V hielt die arme Auserwählte in einem gnadenlosen Griff fest, mit hasserfüllter Miene betrachtete er die Jungfrau der Schrift. »Phury, verzieh dich gefälligst.«

Obwohl Phury normalerweise immer darauf bedacht war, Frieden zu schaffen, hütete er sich, in diese Art von Familienstreit einzugreifen. Er konnte nur beten, dass sein Bruder nicht in einer Urne zurückkommen würde.

Bevor er ging, warf er einen letzten Blick auf die verhüllte Gestalt der Auserwählten. V hielt sie jetzt mit beiden Händen fest, da sie offenbar in Ohnmacht gefallen war. *Du lieber Himmel …* was für eine Katastrophe.

Dann drehte er sich um und rannte über den weißen Seidenläufer zurück in den Innenhof. Nächster Halt: Wraths Arbeitszimmer. Der König musste erfahren, was hier los war. Obwohl der größte Teil der Geschichte ganz offenbar noch ausstand.

14

Als Cormia wieder zu sich kam, lag sie flach ausgestreckt auf dem Rücken, noch immer in die Robe gekleidet, die Kapuze über dem Kopf. Auf dem Brett, an das man sie geschnallt hatte, befand sie sich jedoch nicht mehr, glaubte sie. Nein … sie war nicht –

Da fiel ihr alles wieder ein: Der Primal hatte die Zeremonie unterbrochen und sie befreit. Ein heftiger Wind hatte durch das Amphitheater geweht. Der Bruder und die Jungfrau der Schrift hatten sich gestritten.

An dieser Stelle hatte Cormia die Besinnung verloren und das Folgende versäumt. Was war mit dem Primal geschehen? Gewiss hatte er nicht überlebt, denn niemand trotzte der Jungfrau der Schrift.

»Willst du was davon ausziehen?«, hörte sie eine harte männliche Stimme.

Furcht kroch ihr den Rücken empor. Gnädige Jungfrau, er war hiergeblieben.

Instinktiv rollte sie sich zu einer Kugel zusammen, um sich zu schützen.

»Entspann dich. Ich werde dir nichts tun.«

Seinem harschen Tonfall nach durfte sie seinen Worten nicht vertrauen: Wut kennzeichnete die Silben, die er aussprach, verwandelte sie in verbale Klingen, und wenn sie auch seine Gestalt nicht sehen konnte, so spürte sie doch eine beängstigende Macht in ihm. Er war fürwahr der Sohn des Bloodletter.

»Hör mal, ich nehme dir mal die Kapuze ab, damit du besser Luft bekommst, okay?«

Sie versuchte, sich ihm zu entziehen, versuchte, fortzukriechen, doch die Robe wickelte sich um ihre Beine und hielt sie gefangen.

»Immer mit der Ruhe, Frau. Ich will dir nur einen Gefallen tun.«

Sie wurde völlig reglos, als sie seine Hände auf sich spürte. Sicherlich würde er sie schlagen. Doch er lockerte nur die beiden obersten Schleifen und hob die Kapuze an.

Süße, reine Luft traf durch den dünnen Schleier auf ihr Gesicht, ein Luxus wie Nahrung für den Hungrigen, doch sie konnte nicht viel davon aufnehmen. Von Kopf bis Fuß war sie stocksteif, die Augen zugepresst, der Mund zur Grimasse verzogen, da sie sich innerlich für das wappnete, was auch immer ihr nun bevorstünde.

Doch nichts geschah. Er war immer noch bei ihr … sie konnte seinen furchteinflößenden Duft riechen … und doch berührte er sie nicht, sprach kein Wort.

Da vernahm sie ein Rascheln und ein scharfes Einsaugen von Luft. Roch etwas Würziges und Rauchiges. Wie Räucherwerk.

»Mach die Augen auf.« Seine Stimme klang befehlend.

Zaghaft hob sie die Lider und blinzelte einige Male. Sie

lag auf der Bühne des Amphitheaters, das Gesicht einem leeren goldenen Thron und einem weißen Seidenläufer zugewandt, der die Anhöhe emporführte.

Schwere Schritte traten heran.

Und da war er. Über ihr ragend, größer als jedes Lebewesen, das sie bislang erblickt hatte, die hellen Augen und das harte Gesicht so kalt, dass sie schauderte.

Er führte eine dünne weiße Rolle an die Lippen und zog daran. Beim Sprechen entströmte seinem Mund Rauch. »Ich hab's dir schon gesagt. Ich tu dir nichts. Wie heißt du?«

Durch ihre zugeschnürte Kehle hauchte sie: »Auserwählte.«

»Das *bist* du«, fauchte er. »Ich will wissen, wie du heißt. *Deinen* Namen.«

War es ihm gestattet, sie so etwas zu fragen? War es ihm – aber was dachte sie denn da? Er konnte tun, was immer er wünschte. Er war der Primal. »C-C-Cormia.«

»Cormia.« Wieder zog er an dem weißen Ding, die orangefarbene Spitze glühte hell auf. »Jetzt hör mir mal zu. Du brauchst keine Angst vor mir zu haben, Cormia.«

»Bist du –« Ihre Stimme versagte. Sie wusste nicht, ob sie ihm eine Frage stellen durfte, aber sie musste es einfach wissen. »Bist du ein Gott?«

Seine schwarzen Augenbrauen senkten sich tief über die weißen Augen. »Um Himmels willen, nein.«

»Aber wie konntest du –«

»Sprich lauter. Ich kann dich nicht hören.«

Gehorsam bemühte sie sich um eine kräftigere Stimme. »Wie konntest du dich dann der Jungfrau der Schrift widersetzen?« Als seine Miene sich verfinsterte, beeilte sie sich, um Verzeihung zu bitten. »Bitte, ich wünschte Euch nicht zu beleidigen ...«

»Schon gut. Sag mal, Cormia, du hast keine Lust auf diese

Vereinigung mit mir, oder?« Da sie keine Antwort gab, verzog sich sein Mund ungeduldig. »Jetzt komm schon, sprich mit mir.«

Sie klappte den Mund auf. Nichts kam heraus.

»Ach, verdammt nochmal.« Er schob sich eine behandschuhte Hand durch das dunkle Haar und wanderte auf und ab.

Gewiss war er eine Gottheit. Er sah so grimmig aus, es hätte sie nicht erstaunt, wenn er einen Blitz vom Himmel hätte rufen können.

Nun blieb er stehen und beugte sich über sie. »Wie oft muss ich es denn noch sagen, ich werde dir nichts tun. Verflucht, für was hältst du mich eigentlich? Für ein Monster?«

»Ich habe noch nie einen Mann gesehen«, platzte sie heraus. »Ich weiß nicht, was Ihr seid.«

Das verschlug ihm die Sprache.

Jane wachte nur auf, weil sie ein Garagentor quietschen hörte, das hohe Geräusch kam aus dem Nebengebäude. Sie drehte sich herum und sah auf den Wecker: Fünf Uhr nachmittags. Sie hatte fast den ganzen Tag verschlafen.

Na ja, mehr oder weniger verschlafen. Größtenteils war sie in einer bizarren Traumlandschaft gefangen gewesen, in der die quälenden Bilder nur halb gegenständlich und verschwommen waren. Ein Mann spielte darin eine Rolle, ein großer Mann, den sie gleichzeitig als Teil von sich und als extrem fremd empfand. Sein Gesicht hatte sie nicht erkennen können, doch seinen Geruch kannte sie: dunkle Gewürze, ganz nah, in ihrer Nase, um sie herum, auf ihrem ganzen Körper –

Wieder flammte dieser massive Kopfschmerz auf, und sie ließ das, an was sie gerade dachte, fallen wie einen heißen Schürhaken, den sie am falschen Ende angefasst hatte. Glücklicherweise ließ der Schmerz hinter den Augen schnell nach.

Beim Klang eines Motorengeräuschs hob sie den Kopf. Durch das Fenster neben dem Bett sah sie einen Minivan rückwärts in die Einfahrt setzen. Nebenan war jemand neu eingezogen, und sie hoffte inständig, dass es keine Familie war. Die Mauern zwischen den Wohnungen waren zwar nicht so dünn wie in normalen Mietshäusern, aber sie waren bei weitem nicht tresordick. Und auf schreiende Kinder konnte sie gut verzichten.

Beim Aufsetzen fühlte sie sich miserabel, völlig fertig. In ihrer Brust spürte sie ein schmerzhaftes Ziehen, und sie glaubte nicht, dass es etwas mit den Muskeln zu tun hatte. Sie drehte sich hin und her, sie wurde das Gefühl nicht los, dass sie sich schon einmal so gefühlt hatte, konnte aber nicht einordnen, wann oder wo.

Duschen war eine Tortur. Zum Teufel, allein schon ins Badezimmer zu kommen war Schwerstarbeit. Die gute Nachricht war, dass das Einseifen und Abwaschen sie etwas belebte, und ihr Magen war dem Gedanken an Nahrung nicht länger völlig abgeneigt. Sie ließ die Haare von selbst trocknen, ging nach unten und setzte Kaffee auf. Der Plan lautete, den ersten Gang im Kopf einzulegen und wenigstens einige Rückrufe zu erledigen. Komme was da wolle, morgen würde sie wieder zur Arbeit gehen, deshalb wollte sie klar Schiff machen, so gut es ging, bevor sie ihren Dienst in der Klinik antrat.

Mit einem Kaffeebecher in der Hand setzte sie sich im Wohnzimmer auf die Couch. Hoffentlich würde Käpt'n Koffein sie wieder zum Menschen machen. Beim Blick auf die Seidenpolster zuckte sie zusammen. Das waren genau die, die ihre Mutter so oft glattgestrichen hatte, dass sie als Wasserwaage hätten dienen können, ob der Haussegen gerade schief hing oder nicht. Jane überlegte, wann sie zuletzt darauf gesessen hatte. Wahrscheinlich überhaupt noch nie. Es war nicht ausgeschlossen, dass das letzte Gesäß, das sich hier niedergelassen hatte, das eines ihrer Elternteile gewesen war.

Nein, vermutlich eher der eines Gastes. Ihre Eltern hatten immer nur auf den Sesseln in der Bibliothek gesessen, ihr Vater mit der Pfeife und seiner Zeitung auf dem rechten, ihre Mutter mit einer Stickarbeit auf dem linken Sessel. Die beiden hätten gut in Madame Tussauds Wachsfigurenkabinett gepasst, als Teil einer Ausstellung über wohlhabende Eheleute, die nie miteinander sprachen.

Jane dachte an die Gesellschaften, die ihre Eltern gegeben hatten, an all diese Leute, die sich in ihrem großen Haus drängten, von uniformierten Kellnern mit Crêpes und gefüllten Pasteten versorgt. Jedes Mal war es dieselbe Runde mit denselben Gesprächen und denselben schwarzen Kleidern und Anzügen gewesen. Der einzige Unterschied hatte in der Jahreszeit gelegen, und die einzige Unterbrechung hatte Hannahs Tod verursacht. Nach ihrer Beerdigung hatten auf Anweisung ihres Vaters sechs Monate lang keine Soireen stattgefunden, doch dann war man wieder zur Tagesordnung übergegangen. Die Partys wurden wieder abgehalten, und wenn auch ihre Mutter so zerbrechlich wirkte, als könnte sie jeden Moment in ihre Einzelteile zerfallen, legte sie doch ihr Make-up auf und zog ihr kleines Schwarzes an und stand an der Eingangstür, mit aufgesetztem Lächeln und adretter geschlungener Perlenkette.

Mein Gott, Hannah hatte diese Veranstaltungen geliebt.

Jane runzelte die Stirn und legte sich eine Hand aufs Herz. Jetzt wusste sie wieder, woher sie diese Art von Schmerz in der Brust kannte. Hannah nicht mehr um sich zu haben, hatte denselben merkwürdig quälenden Druck geschaffen.

Seltsam, aufzuwachen und aus heiterem Himmel Trauer zu empfinden. Sie hatte doch niemanden verloren.

Beim ersten Schluck Kaffee wünschte sie sich, sie hätte heiße Schokolade gemacht –

Das undeutliche Bild eines Mannes mit einem Becher in der Hand flog sie an. In der Tasse war heißer Kakao, und er hatte ihn für sie gemacht, weil er … weil er sie verließ. O mein Gott, er ging fort –

Im selben Moment, als ihr ein schneidender Schmerz in den Kopf schoss und die wackelige Vision abbrach, klingelte es an der Tür. Sie rieb sich den Nasenrücken und warf einen Blick in den Flur. Ihr war ja so überhaupt nicht nach Gesellschaft im Augenblick.

Wieder klingelte es.

Mühsam zwang sie sich auf die Füße, schlurfte zur Wohnungstür. Wenn das die Zeugen Jehovas wären, dann könnte die sich aber auf was –

»Manello?«

Ihr Chef stand, wie üblich in die Brust geworfen, vor ihrer Tür, als gehörte er dort auf die Fußmatte, einfach nur, weil er es sagte. Über seinem OP-Kittel und den Gummiclogs trug er einen edlen Wildledermantel, der das gleiche satte Braun hatte wie seine Augen. Sein Porsche blockierte die halbe Einfahrt.

»Ich wollte mal nachsehen, ob du tot bist.«

Jane musste lächeln. »Meine Güte, Manello, du bist so ein Romantiker.«

»Du siehst schlimm aus.«

»Und jetzt auch noch Komplimente. Hör auf, ich werde gleich rot.«

»Ich komme jetzt rein.«

»Natürlich«, murmelte sie und trat beiseite.

Während er den Mantel auszog, sah er sich um. »Weißt

du, jedes Mal, wenn ich hier reinkomme, denke ich mir, dass diese Wohnung überhaupt nicht zu dir passt.«

»Würdest du eher was in Rosa mit Rüschen erwarten?« Sie schloss die Tür. Drehte den Schlüssel herum.

»Nein, beim ersten Mal hatte ich damit gerechnet, dass sie leer wäre. So wie meine.«

Manello wohnte drüben im Commodore-Hochhaus, diesem Nobelbau, aber sein Heim war eher eine Art teurer Spind. Darin gab es nur seine Sportausrüstung, ein Bett und eine Kaffeemaschine.

»Stimmt«, sagte sie. »Deine schafft es auch nicht in die *Schöner Wohnen.*«

»Also, sag schon, wie geht es dir, Whitcomb?« In Manellos Miene war keine Emotion zu erkennen, als er sie ansah, aber seine Augen brannten, und sie musste an ihre letzte Unterhaltung denken, in der er ihr mitgeteilt hatte, was er für sie empfand. Die Einzelheiten dieses Gesprächs waren ihr nur noch vage im Gedächtnis, und sie glaubte sich zu erinnern, dass es zuerst um einen Patienten auf der Intensivstation ging –

Wieder schmerzte ihr Kopf, und als sie sich leicht krümmte, sagte Manello: »Setz dich hin. Sofort.«

Vielleicht war das keine schlechte Idee. Sie ging wieder zur Couch. »Willst du Kaffee?«

»In der Küche, richtig?«

»Ich hol–«

»Das kann ich selbst. Jahrelange Übung. Du machst es dir bequem.«

Jane gehorchte, zog den Bademantel vorne zusammen und rieb sich die Schläfen. Verdammt nochmal, würde sie jemals wieder sie selbst werden?

Gerade, als sie sich vorbeugte und den Kopf in die Hände stützte, kam Manello ins Zimmer. Woraufhin er selbstverständlich sofort auf Arzt schaltete. Er stellte seine Tasse ab und kniete sich auf den Teppich.

»Sprich mit mir. Was ist hier los?«

»Kopf«, stöhnte Jane.

»Lass mich mal deine Augen sehen.«

Sie versuchte, sich wieder aufzurichten. »Jetzt lässt es nach –«

»Ruhe.« Sanft nahm Manello ihre Handgelenke und zog ihr die Hände vom Gesicht. »Ich will nur mal deine Pupillen überprüfen. Leg den Kopf in den Nacken.«

Jane gab auf, gab einfach auf und lehnte sich mit dem Rücken an die Couch. »So furchtbar habe ich mich seit Jahren nicht mehr gefühlt.«

Mit Daumen und Zeigefinger schob Manny vorsichtig die Lider an einem Auge zurück und hob eine kleine Stablampe. Er war so nah, dass sie seine langen Wimpern und die feinen Bartstoppeln und die kleinen Poren seiner Haut erkennen konnte. Er roch gut. Eau de Cologne.

Was für eins ist das?, überlegte sie leicht benebelt.

»Gut, dass ich ausgerüstet bin.« Er knipste das kleine Licht an.

»Ja, du bist ein echter Pfadfinder – hey, pass ein bisschen auf mit dem Gerät.«

Sie versuchte zu blinzeln, als er den Strahl in ihr Auge richtete, aber er ließ sie nicht.

»Macht das den Kopfschmerz schlimmer?«, fragte er und wandte sich der linken Seite zu.

»Aber nein. Das fühlt sich super an. Kann es kaum erwarten, bis du – verdammt, ist das hell.«

Er schaltete die Lampe aus und steckte sie zurück in die Brusttasche seines Kittels. »Die Pupillen reagieren normal.«

»Da bin ich aber erleichtert. Das heißt wohl, dass ich unter der Nachttischlampe lesen darf, oder?«

Wortlos nahm er ihr Handgelenk, legte den Finger auf den Puls und hob seine Rolex.

»Muss ich bei dieser Untersuchung was zuzahlen?«, fragte sie.

»Sch-sch.«

»Weil ich nämlich, glaube ich, kein Bargeld im Haus habe.«

»*Sch-sch.*«

Es war komisch, wie eine Patientin behandelt zu werden, und nicht reden zu dürfen, machte die Sache noch schlimmer. Offenbar war da was dran, dass man seine Verlegenheit durch Reden überspielen –

Ein dunkles Zimmer. Ein Mann in einem Bett. Sie sprach … sprach über … Hannahs Beerdigung.

Der nächste Stich raste ihr in den Schädel, und sie musste nach Luft schnappen. »Verdammt nochmal.«

Manello ließ ihr Handgelenk los und befühlte ihre Stirn. »Du bist gar nicht heiß.« Dann legte er seine Hände seitlich auf ihren Hals, unmittelbar unter den Kiefer.

Während er die Stirn runzelte und abtastete, bemerkte sie: »Ich habe kein Halsweh.«

»Deine Drüsen scheinen auch nicht geschwollen zu sein.« Seine Finger wanderten über den Hals nach unten, bis Jane leicht zusammenzuckte und er den Kopf schief legte. »Was zum Henker ist das denn?«

»Was?«

»Da ist ein blauer Fleck. Oder so was. Moment mal, was hat dich denn gebissen, gottverdammt?«

Sie hob die Hand. »Ach das, keine Ahnung, was das ist.«

»Scheint aber gut abzuheilen.« Forschend tastete er ihren Hals über dem Schlüsselbein ab. »Ja, hier auch keine Schwellung. Ich sag es dir ja nur ungern, aber du hast keine Grippe.«

»Natürlich hab ich die Grippe.«

»Nein.«

»Du bist ein Knochenheini, von ansteckenden Krankheiten hast du keinen Schimmer.«

»Aber du zeigst keine Immunreaktion, Whitcomb.«

Sie befühlte ihren Hals. Überlegte, dass sie weder nieste noch hustete noch sich übergab. Aber was zur Hölle war dann mit ihr los?

»Ich will ein CT von deinem Kopf machen.«

»Das sagst du doch zu jeder.«

»Wenn sie mit deinen Symptomen ankommt? Klar.«

»Und ich dachte schon, ich wäre was Besonderes.« Sie versuchte ein Lächeln und schloss die Augen. »Ich komm schon wieder auf die Füße, Manello. Ich muss nur wieder arbeiten.«

Eine lange Stille folgte, während der sie bemerkte, dass seine Hände auf ihren Knien lagen. Und er war immer noch ganz nah bei ihr, über sie gebeugt.

Sie hob den Blick. Manuel Manello sah sie nicht wie ein Arzt an, sondern wie ein Mann, dem sie etwas bedeutete. Er war attraktiv, ganz besonders so wie jetzt … aber irgendetwas stimmte nicht. Nicht mit ihm – mit ihr.

Ja, was wohl. Sie hatte Kopfschmerzen.

In Zeitlupe kam er näher und strich ihr das Haar zurück. »Jane …«

»Was?«

»Lässt du mich ein CT machen?« Als sie ablehnen wollte, ließ er sie nicht zu Wort kommen. »Betrachte es als Gefallen für mich. Ich könnte mir nie verzeihen, wenn etwas nicht in Ordnung wäre und ich nicht nachgeforscht hätte.«

Ach, Scheiße. »Okay. Von mir aus. Aber ich brauche kei–«

»Danke.« Eine kurze Pause entstand. Und dann beugte er sich vor und küsste sie auf den Mund.

15

Auf der Anderen Seite starrte Vishous Cormia unverwandt an und wollte sich am liebsten selbst in den Fuß schießen. Nach ihrer zittrigen Enthüllung, dass sie noch nie zuvor einen Mann gesehen hatte, fühlte er sich hundeelend. Ihm war nie der Gedanke gekommen, dass sie bisher nur Frauen gekannt hatte, aber wenn sie nach dem Tod des letzten Primals geboren war, wie hätte sie einen Angehörigen des anderen Geschlechts treffen können?

Natürlich hatte er sie zu Tode erschreckt.

»Du meine Güte«, murmelte er, heftig an seiner Selbstgedrehten saugend, dann die Asche abklopfend. Er benutzte die Marmorbühne des Amphitheaters als Aschenbecher, aber das war ihm jetzt auch egal. »Ich habe total unterschätzt, wie schwer das für dich sein würde. Ich war davon ausgegangen …«

Er war davon ausgegangen, dass sie scharf auf ihn wäre. Stattdessen ging es ihr kein bisschen besser als ihm.

»Jedenfalls tut mir das sehr leid.«

Als sie überrascht die Augen aufriss, leuchten sie jadefarben auf.

Mit, wie er hoffte, sanfterem Tonfall fragte er: »Willst du diese …?« Er deutete mit der Hand, in der er die Zigarette hielt, zwischen ihnen beiden hin und her. »Diese Vereinigung?« Da sie weiter schwieg, schüttelte er den Kopf. »Ich kann es in deinen Augen lesen. Du willst vor mir weglaufen, und zwar nicht nur, weil du Angst hast. Du willst vor dem weglaufen, was wir beide werden tun müssen. Stimmt's?«

Sie hob die Hände vors Gesicht, die schweren Falten der Robe rutschten ihr über die dünnen Arme hinab in die Ellbogenbeuge. Mit kläglicher Stimme entgegnete sie: »Ich könnte es nicht ertragen, die Auserwählten im Stich zu lassen. Ich … ich werde tun, was ich muss, zum Wohle des Ganzen.«

Tja, das war wohl für sie beide die Erkennungsmelodie.

»Genau wie ich«, murmelte er.

Keiner von ihnen sagte ein weiteres Wort, und er wusste nicht, was er tun sollte. Er war generell schon mies im Umgang mit Frauen, aber seit er Jane hatte aufgeben müssen, war er völlig geschädigt.

Unvermittelt drehte er den Kopf herum, sie waren nicht allein. »Du da hinter der Säule. Komm raus. *Sofort.*«

Eine Auserwählte trat in ihr Blickfeld, den Kopf geneigt, den Körper unter dem traditionellen weißen Wickelgewand angespannt. »Sire.«

»Was machst du hier?«

Als die Auserwählte demütig zu Boden blickte, dachte V: Herr, verschone mich vor der Unterwürfigkeit. Komisch, beim Sex hatte er das immer verlangt. Jetzt nervte ihn der Quatsch zu Tode.

»Ich will mal hoffen, dass du gekommen bist, um sie zu

trösten«, knurrte er. »Ansonsten kannst du dich gleich wieder verkrümeln.«

»Zum Trost kam ich«, gab die Auserwählte sanft zurück. »Ich mache mir Sorgen um sie.«

»Wie heißt du?«

»Auserwählte.«

»Verflucht nochmal!« Als sowohl sie, als auch Cormia vor Schreck einen Satz machten, zwang er sich, seinen Jähzorn zu zügeln. »Wie ist *dein* Name?«

»Amalya.«

»Gut, dann, Amalya. Ich möchte, dass du dich um sie kümmerst, bis ich zurück bin. Das ist ein Befehl.« Während die Angesprochene sich eifrig verneigte und ein Versprechen abgab, nahm er einen letzten Zug von seiner Zigarette, leckte sich Daumen und Zeigefinger und drückte sie aus. Dann steckte er die Kippe in die Tasche und fragte sich unmotiviert, warum eigentlich alle auf der Anderen Seite immer Schlafanzüge tragen mussten.

An Cormia gewandt sagte er: »Wir sehen uns in zwei Tagen.«

Ohne sich noch einmal umzusehen, lief er die Anhöhe hoch, mied aber den Seidenläufer. Im Innenhof der Jungfrau der Schrift angekommen sprach er ein Stoßgebet, dass er ihr nicht in die Arme liefe, und dankte Gott, dass sie nicht da war. Das Letzte, was er jetzt brauchen konnte, war ein Nachkarten mit Momzilla.

Unter den wachsamen Augen der Singvögel stürzte er sich zurück in die reale Welt. Aber nicht zum Anwesen der Vampire.

Sondern er ging schnurstracks dahin, wo er nichts verloren hatte: Gegenüber von Janes Wohnung nahm er Gestalt an. Das war eine gigantisch blöde Idee, aber er war halbtot vor Kummer und konnte nicht klar denken, und außerdem war ihm sowieso alles total egal. Sogar die Grenzen zwischen Menschen und Vampiren, die nicht überschritten werden durften.

Es war eine kalte Nacht, und seine Zeremonienmontur war dünn, aber das interessierte ihn nicht. Er war so betäubt und kaputt, er hätte auch nackt im Schneeregen stehen können, ohne es zu bemerken –

Was war das denn?

Da stand ein Auto in der Einfahrt. Ein Porsche Carrera 4S. Derselbe, den Z hatte, nur, dass der von Z eisengrau war, und das Teil hier silberfarben.

Eigentlich hatte V nicht vorgehabt, näher als auf die gegenüberliegende Straßenseite zu kommen, aber der Plan landete im Müll, als er einatmete und den Geruch eines Mannes aus dem Cabrio aufnahm. Es war dieser Arzt, der damals im Krankenhaus den Don Juan gespielt hatte.

V materialisierte sich neben dem Ahorn in Janes Vorgarten und blickte durchs Küchenfenster. Die Kaffeemaschine war an. Zucker stand auf der Ablage. Zwei Löffel.

Nein, nicht das. Verdammt nochmal: nicht das.

Vom Rest der Wohnung konnte V nicht besonders viel erkennen, deshalb trabte er um die Ecke, seine nackten Füße schrien auf, als sie auf vereiste Schneereste trafen. Eine alte Frau aus der Wohnung nebenan linste aus dem Fenster, als hätte sie ihn bemerkt, deshalb warf er ein *Mhis* über die Gegend, als Vorsichtsmaßnahme – und um wenigstens irgendetwas nicht vollkommen Hirnloses zu tun.

Diese Stalker-Nummer jedenfalls war nicht gerade eine intellektuelle Meisterleistung.

Als er das rückwärtige Fenster erreichte und einen Blick ins Wohnzimmer werfen konnte, sah er den Tod eines anderen so deutlich vor sich, als hätte er den Mord in Echtzeit begangen: Dieser Mensch, dieser Arzt, lag auf den

Knien und drückte sich ganz nah an Jane, die auf dem Sofa saß. Der Kerl hatte eine Hand auf ihrem Gesicht liegen, die andere auf ihrem Hals und war mit ihrem Mund beschäftigt.

Vs Konzentration ließ nach, er ließ das *Mhis* heruntersacken und setzte sich in Bewegung, ohne nachzudenken. Ohne seinen Verstand zu benutzen. Ohne zu zögern. Übrig blieb nichts als der brüllende männliche Instinkt eines gebundenen Vampirs, während er zur Terrassentür stürmte, bereit zu töten –

Aus dem Nichts tauchte Butch vor ihm auf und vereitelte die Attacke, indem er ihn um die Taille packte und ihn von dem Haus wegschleifte. Ein gefährliches Manöver, selbst unter besten Kumpels. Wenn man nicht gerade ein Bulldozer war, sollte man sich tunlichst nicht zwischen einen gebundenen Vampir und das Zielobjekt seiner Aggression stellen: Vs Angriffsinstinkt verschob postwendend den Fokus. Er fletschte die Fänge, schwenkte ab und donnerte seinem teuersten Freund einen Schlag seitlich auf den Kopf.

Sofort ließ der Ire V los, zog die Faust zurück und landete einen schwungvollen Haken unter Vs Kinn. Als dessen Kiefer unter die Schädeldecke knallte, und sein Gebiss ein Halleluja trällerte, fing er Feuer wie eine trockene Wiese. Er brannte sofort lichterloh.

»Ein *Mhis,* du Penner«, zischte Butch. »Schmeiß gefälligst erst ein *Mhis* über uns, bevor wir das austragen.«

V ließ sich nicht zweimal bitten, und dann legten die beiden los, ohne Rücksicht, ohne Regeln. Das Blut spritzte ihnen aus Nasen und Mündern, während sie einander die Seele aus dem Leib prügelten. Mittendrin dämmerte V die Erkenntnis, dass es gar nicht nur um den Verlust von Jane ging. Sondern darum, dass er vollkommen allein war. Trotz

Butchs Freundschaft würde es ohne sie nie wieder sein wie vorher, deshalb kam es V vor, als wäre ihm überhaupt nichts mehr geblieben.

Als es endlich vorbei war, lagen er und der Ex-Cop nebeneinander flach auf dem Rücken, die Brustkörbe hoben und senkten sich, der Schweiß trocknete weniger als er gefror. Mist, V konnte die Schwellungen schon spüren: seine Fingerknöchel und das Gesicht machten bereits auf Michelin-Männchen.

Er hustete etwas. »Ich brauche eine Kippe.«

»Und ich einen Eisbeutel und Desinfektionsspray.«

V rollte sich auf die Seite, spuckte ein bisschen Blut aus und ließ sich dann wieder in seine Ausgangsposition fallen. Mit dem Handrücken wischte er sich über den Mund. »Danke. Das hab ich gebraucht.«

»Kein Pr–« Butch stöhnte. »Kein Problem. Verdammt, musstest du so auf meine Leber einprügeln? Als hätte die nicht schon genug Ärger mit dem ganzen Scotch.«

»Woher wusstest du, wo ich war?«

»Wo solltest du denn sonst hin? Phury kam allein zurück und erwähnte, dass die Sache da drüben aus dem Ruder gelaufen ist, also dachte ich mir, dass du bestimmt hier landen würdest.« Fluchend ließ Butch sein Schultergelenk knacken. »Der Bulle in mir funktioniert nun mal wie ein Radargerät für blöde Schwachköpfe. Und nichts für ungut, aber du bist momentan nicht gerade ein Anwärter auf den Nobelpreis.«

»Ich glaube, ich hätte den Mann umgebracht.«

»Das hättest du mit Sicherheit.«

V hob den Kopf. Da er aus dieser Perspektive durch Janes Fenster nichts erkennen konnte, stützte er sich auf die Ellbogen. Das Sofa war leer.

Er ließ sich wieder ins Gras fallen. Liebten sich die beiden gerade oben in ihrem Bett? In dieser Sekunde? Während er völlig zerstört in ihrem Garten lag?

»Scheiße. Ich komm damit nicht klar.«

»Es tut mir leid, V. Ganz ehrlich.« Butch räusperte sich. »Hör mal ... es wäre vielleicht eine gute Idee, nicht mehr hierherzukommen.«

»Sagt der Trottel, der wie viele Monate lang heimlich um Marissas Haus geschlichen ist?«

»Es ist gefährlich, V. Für sie.«

Wütend sah V seinen besten Freund an. »Wenn du darauf bestehen willst, vernünftig zu sein, dann hab ich keinen Bock mehr auf deine Gesellschaft.«

Butch verzog den Mund zu einem schiefen Lächeln – schief hauptsächlich wegen eines Risses in der Oberlippe. »Sorry, Kumpel, mich wirst du nicht los, da kannst du machen, was du willst.«

V blinzelte ein paar Mal, entsetzt über das, was er gleich sagen würde.

»Mein Gott, du willst wirklich heiliggesprochen werden, oder? Du warst immer für mich da. Immer. Sogar als ich ...«

»Sogar als du was?«

»Du weißt schon.«

»Was denn?«

»Ach, Scheiße. Sogar als ich in dich verliebt war. Oder was auch immer.«

Butch umklammerte seine Herzgegend. »War? *War?* Soll das etwa heißen, du hast das Interesse verloren?« Theatralisch warf er sich einen Arm über die Augen. »Mein Traum von einer gemeinsamen Zukunft, in tausend Scherben zersprungen –«

»Klappe, Bulle.«

Butch linste unter dem Arm hervor. »Machst du Witze?

Ich hatte eine fantastische Idee für eine Reality-Show. *Doppelt gebissen hält besser.* Wir hätten Millionen verdient.«

»Du verdammte Nervensäge.«

Butch rollte sich zur Seite und wurde ernst. »Ich will dir mal was sagen, V. Du und ich: Wir stehen zusammen in diesem Leben, und nicht nur wegen meines Fluchs. Ich weiß nicht genau, ob ich an göttliche Vorsehung und diesen Quatsch glaube, aber es gibt einen Grund, warum wir beide uns begegnet sind. Und was dieses Verliebtheitsding betrifft – ich glaube, es ging bei dir mehr darum, dass dir zum ersten Mal jemand echt was bedeutet hat.«

»Okay, es reicht jetzt. Ich krieg Ausschlag von diesem ganzen Gefühlsscheiß.«

»Du weißt, dass ich Recht habe.«

»Leck mich, Herr Professor.«

»Gut, ich find's toll, dass wir uns verstehen.« Butch runzelte die Stirn. »Hey, vielleicht könnte ich ja eine Talkshow moderieren, jetzt wo du nicht mehr meine First Lady sein willst. Ich könnte sie *Die Stunde O'Neal* nennen. Klingt wichtig, oder?«

»Zuallererst mal: *Du* wärst die Lady gewesen.«

»Vergiss es. Für dich lieg ich auf keinen Fall unten.«

»Und zweitens glaube ich nicht, dass es für diese spezielle Sorte von Psychologie einen Markt gibt.«

»Da irrst du dich gewaltig.«

»Butch, du und ich haben uns gerade windelweich geprügelt.«

»Du hast angefangen. Und außerdem wäre das perfekt für MTV. Hulk Hogan *meets* Oprah Winfrey. Mein Gott, ich bin ein Genie.«

»Einer muss ja an dich glauben.«

Butchs Gelächter brach abrupt ab, als eine kalte Windbö durch den Garten wehte. »Also gut, Großer, so gemütlich das hier auch ist, aber ich glaube nicht, dass meine Sonnenbräune hier große Fortschritte macht. Wenn man bedenkt, dass es stockdunkel ist.«

»Du hast gar keine Sonnenbräune.«

»Siehst du? Das führt doch zu nichts. Wie wäre es, wenn wir uns einfach zusammen auf den Heimweg machen?« Langes Schweigen folgte. »Du kommst nicht mit, oder?«

»Ich hab keine Lust mehr, jemanden umzubringen.«

»Na, toll. Wenn du den Kerl vielleicht nur verkrüppelst, dann kann ich dich ja getrost alleine lassen.« Mit einem unterdrückten Fluch setzte Butch sich auf. »Was dagegen, wenn ich zumindest nachsehe, ob er weg ist?«

»Gott, will ich das wirklich wissen?«

»Bin gleich wieder da.« Butch ächzte und stand auf, als hätte er einen Autounfall gehabt, knirschend und steif. »Mann, das wird ein Weilchen wehtun.«

»Du bist jetzt ein Vampir. Dein Körper ist in null Komma nichts wieder bestens in Schuss.«

»Darum geht es nicht. Marissa wird uns beiden den Kopf abreißen, weil wir uns geprügelt haben.«

V zuckte zusammen. »Verfluchter Mist. Das lässt sie nicht durchgehen, was?«

»O nein.« Butch humpelte los. »Sie wird uns in die Mangel nehmen.«

V betrachtete das Fenster im oberen Stockwerk und konnte sich nicht entscheiden, ob es ein gutes oder ein schlechtes Zeichen war, dass kein Licht brannte. Mit geschlossenen Augen betete er, dass der Porsche weg wäre ... obwohl er wenig Hoffnung hatte. Mann, Butch hatte völlig Recht. Es schrie geradezu nach Ärger, wenn er hier vor dem Haus herumlungerte. Er müsste das einstellen –

»Er ist weg«, verkündete Butch.

V stieß die Luft aus wie ein angestochener Reifen, dann

aber wurde ihm klar, dass er nur eine Gnadenfrist bekommen hatte. Früher oder später würde sie jemanden finden.

Früher oder später käme sie vermutlich mit diesem Arzt zusammen.

V hob kurz den Kopf und ließ ihn wieder zurück auf den gefrorenen Rasen knallen. »Ich glaube, ich kann das nicht. Ich glaube, ich kann nicht ohne sie leben.«

»Hast du eine Wahl?«

Nein, dachte er. *Überhaupt keine Wahl.*

Bei näherer Betrachtung sollte man dieses Wort überhaupt nicht auf das Schicksal anwenden. Niemals. Eine *Wahl* zu haben, war auf Essen und Fernsehen beschränkt: Man konnte wählen, ob man CBS oder NBC einschaltete, oder ob man Steak oder Hühnchen aß. Aber wenn man das Konzept über Herd oder Fernbedienung hinaus ausdehnen wollte, funktionierte es einfach nicht mehr.

»Geh nach Hause, Butch. Ich mache schon keinen Blödsinn.«

»Keinen noch größeren Blödsinn, meinst du.«

»Haarspalterei.«

Butch holte tief Luft und wartete ab. »Dann sehen wir uns also später in der Höhle?«

»Genau.« V erhob sich. »Ich komme dann später.«

Jane drehte sich im Bett herum, von ihren Instinkten geweckt.

Jemand war im Zimmer. Mit pochendem Herzen setzte sie sich auf, sah aber nichts. Gleichzeitig boten die Schatten, die das Flurlicht warf, ausreichend Verstecke hinter der Kommode und der halb geöffneten Tür und dem Sessel am Fenster.

»Wer ist da?«

Keine Antwort, aber sie war definitiv nicht allein.

Sie wünschte, sie hätte sich nicht nackt ins Bett gelegt.

»*Wer ist da?*«

Nichts. Nur das Geräusch ihres eigenen Atems.

Sie krallte die Hände fest um die Bettdecke und atmete tief ein. Meine Güte ... da lag ein wundervoller Duft im Raum ... üppig und leidenschaftlich, sinnlich und besitzergreifend. Erneut holte sie Luft, und ihr Gehirn flimmerte, sie erkannte den Geruch. Er gehörte zu einem Mann. Nein ... das war mehr als ein Mann.

»Ich kenne dich.« Unvermittelt erwärmte sich ihr Körper, erblühte – doch dann traf sie ein Stich ins Herz, ein Schmerz, der so heftig war, dass sie keuchte. »O Gott ... du ...«

Das Kopfweh kehrte zurück, zermalmte ihren Schädel, ließ sie innerlich schwören, dieses CT machen zu lassen, und zwar so schnell wie möglich. Mit einem Stöhnen griff sie sich an den Kopf, bereitete sich auf stundenlange Quälerei vor.

Doch fast sofort schwand der Schmerz. Eine Decke von Schlaf legte sich über sie, umhüllte sie, beruhigte sie.

Unmittelbar danach berührte eine Männerhand ihr Haar. Ihr Gesicht. Ihren Mund.

Seine Wärme und Liebe heilten den bodenlosen Abgrund in ihrer Brust: Es war, als hätte ihr Leben einen Totalschaden gehabt, aber nun wurden die Teile wieder zusammengesetzt, der Motor repariert, die Stoßstange neu befestigt, die zerbrochene Windschutzscheibe ersetzt.

Doch dann verschwand die Berührung.

Im Traum tastete sie blind herum: »Bleib bei mir. Bitte bleib bei mir.«

Eine große Hand umschloss die ihre, doch die Antwort würde *Nein* lauten. Obwohl der Mann kein Wort sagte, wusste sie, dass er nicht bei ihr bleiben würde.

»Bitte ...« Tränen stiegen auf. »Geh nicht.«

Als er ihre Hand losließ, schrie sie leise auf und reckte den Arm …

Die Decke raschelte, und kalte Luft strömte herein, zusammen mit einem riesenhaften männlichen Körper. Verzweifelt heftete sie sich an die Wärme und vergrub das Gesicht an einem Hals, der nach diesen dunklen Gewürzen roch. Kräftige Arme legten sich um sie und hielten sie fest.

Als sie noch näher kam … spürte sie eine Erektion. In ihrem Traum handelte Jane rasch und entschlossen, als hätte sie alles Recht der Welt, zu tun, was sie eben tat. Sie schob ihre Hand zwischen sich und den Mann und umklammerte das harte Glied.

Als der große Körper neben ihr heftig zusammenzuckte, sagte sie: »Gib mir, was ich will.«

Na, wenn das so war.

Sie wurde auf den Rücken geworfen, dann wurden ihre Beine gespreizt, eine schwere Hand legte sich auf ihre Mitte. Sie kam sofort, bäumte sich von der Matratze auf, schrie. Noch bevor die Empfindungen verebbt waren, wurde die Decke vom Bett gezerrt und ein Mund fand den Weg zwischen ihre Beine. Sie klammerte sich an dichtes, üppiges Haar und ergab sich dem, was mit ihr geschah.

Während sie ihren zweiten Orgasmus hatte, zog er sich zurück. Man hörte Klamotten rascheln und dann –

Jane fluchte, als sie fast bis zur Schmerzgrenze ausgefüllt wurde, aber sie liebte es … besonders, als ein Mund sich auf ihre Lippen legte, und die Erektion in ihr anfing, sich zu bewegen. Sie klammerte sich an einen starken Rücken und folgte dem Rhythmus.

Mitten in ihrem Traum hatte sie den flüchtigen Gedanken, dass sie genau darum getrauert hatte. Dieser Mann war die Ursache des Schmerzes in ihrer Brust.

Beziehungsweise, sein Verlust war es.

Vishous wusste, dass es falsch war, was er tat. Der Sex lief auf Diebstahl hinaus, denn Jane wusste nicht wirklich, wer er war. Aber er konnte nicht aufhören.

Er küsste sie fordernder, bewegte sich machtvoller in ihr. Sein Orgasmus kam angedonnert wie ein Feuersturm, eine Hitzewelle, die ihn mit einem Brennen verzehrte, das erst nachließ, als sein Schwanz zuckte und sich in ihr ergoss. Sie kam gleichzeitig mit ihm, molk ihn, dehnte die Empfindungen aus, bis er erschauerte und reglos auf ihr erschlaffte.

Dann stützte er sich auf und betrachtete ihre geschlossenen Augen, versetzte sie in einen noch tieferen Schlaf. Sie würde glauben, das alles wäre nur ein erotischer Traum gewesen, eine verlockende Fantasie. Doch sie wüsste nicht, wer er war. Durfte es nicht wissen. Ihr Geist war stark, und sie könnte leicht den Verstand verlieren in dem Tauziehen zwischen den Erinnerungen, die er verborgen hatte, und dem, was sie fühlte, wenn er in ihrer Nähe war.

Sanft zog sich V aus ihrem Körper heraus und glitt vom Bett. Während er die Decke glattstrich und seine Seidenhose hochzog, kam er sich vor, als hobelte er seine eigene Haut ab.

Er bückte sich und drückte ihr die Lippen auf die Stirn. »Ich liebe dich. Für immer.«

Bevor er ging, sah er sich noch in ihrem Schlafzimmer um, dann wanderte er ins Bad. Er konnte einfach nicht anders. Er hatte nicht die Absicht, jemals hierher zurückzukehren, und brauchte eine Vorstellung von ihrer Umgebung.

Das obere Stockwerk entsprach ihr viel mehr. Alles war schlicht und schnörkellos, die Möbel unaufdringlich, die Wände frei von überflüssigen Bildern. Es gab nur einen Luxus, und das war einer, den er liebte und dem er ebenfalls frönte: Bücher. Überall waren Bücher. In ihrem Schlafzimmer verliefen die Regale bis zur Decke, jedes Brett gefüllt mit Bänden über Naturwissenschaften und Philosophie und Mathematik. Im Flur stand ein Schrank mit Glasfront, hinter der sich Shelley und Keats, Dickens, Hemingway, Marchand und Fitzgerald drängten. Selbst im Badezimmer standen ein paar Taschenbücher neben der Wanne, als wollte sie ihre Lieblinge immer in der Nähe haben.

Auch Shakespeare mochte sie ganz offensichtlich. Was er guthieß.

Das war eine Wohnungseinrichtung nach seinem Geschmack. Ein aktiver Geist brauchte keine Ablenkungen in seiner physischen Umgebung. Er brauchte eine Sammlung herausragender Bücher und eine gute Lampe. Vielleicht noch was zum Knabbern.

Als er sich umdrehte, erhaschte V einen Blick auf den Spiegel über den beiden Waschbecken. Er stellte sich vor, wie sie hier stand und sich das Haar kämmte. Die Zähne putzte. Sich die Nägel schnitt.

Ganz normale Dinge, die Millionen jeden Tag überall auf der Welt machten, Vampire wie Menschen: ein Beweis, dass die beiden Spezies in gewissen prosaischen Aktivitäten gar nicht so unterschiedlich waren.

Er hätte dafür getötet, sie noch einmal dabei zu beobachten.

Oder noch besser, er wollte es mit ihr zusammen machen. Ihr Waschbecken. Sein Waschbecken. Vielleicht würden sie darüber streiten, dass er die Zahnseide halb neben den Mülleimer geworfen hatte.

Zusammen. Leben.

Jetzt streckte er die Hand aus, legte eine Fingerspitze auf den Spiegel und strich über das Glas. Danach zwang er sich dazu, sich zu dematerialisieren, ohne noch einmal an ihr Bett zu treten.

Als er dieses Mal endgültig verschwand, dachte er sich,

wäre er ein Mann, der weinte, würde er jetzt hemmungslos heulen. Doch er dachte an den Grey Goose, der in der Höhle auf ihn wartete. Er hatte den festen Vorsatz, sich die nächsten zwei Tage eine Volldröhnung zu verabreichen.

Für diese verwünschte Primalszeremonie würden sie ihn mit vereinten Kräften wieder in die Hugh-Hefner-Hose stecken und senkrecht halten müssen.

16

Um Mitternacht lag John auf dem Bett und starrte die Zimmerdecke an.

Es war eine hohe, noble Decke, mit viel Stuck und Verzierungen in den Ecken, daher gab es einiges anzustarren. Genau genommen erinnerte sie ihn an eine Geburtstagstorte. Nein … eine Hochzeitstorte. Besonders, weil in der Mitte eine Lampe mit lauter Verschnörkelungen hing, wie die oberste Kuchenschicht, auf der die kleinen Braut- und Bräutigampüppchen befestigt wurden.

Aus irgendeinem seltsamen Grund gefiel ihm das. Er hatte zwar keinen blassen Schimmer von Architektur, aber die Üppigkeit zog ihn an, die edle Symmetrie, die Balance zwischen den Ornamenten und der Glätte …

Na gut, vielleicht trödelte er hier auch absichtlich herum.

Mist.

Vor ungefähr einer halben Stunde war er aufgewacht, ins

Bad gegangen, und hatte sich danach zurück ins Bett gelegt. Heute Abend war kein Training, und eigentlich müsste er lernen, bevor er ausging, aber diese ganze Hausaufgabensache ging heute einfach nicht.

Er hatte etwas zu erledigen.

Was im Augenblick steinhart auf seinem Bauch lag.

Die ganze Zeit lag er jetzt schon rum und überlegte hin und her, ob er das schaffen würde. Wie es sich wohl anfühlte. Ob es ihm überhaupt Spaß machen würde. Was, wenn er zwischendurch schlaff wurde? Mann, dieses Gespräch mit Z schwebte die ganze Zeit über ihm. Wenn er nicht ... erfolgreich wäre, dann hieß das, dass mit ihm etwas nicht stimmte.

Mein Gott nochmal, er musste endlich einfach von der Brücke springen.

Zaghaft legte John seine Hand auf seinen Brustkorb, fühlte wie die Lungen sich ausdehnten und wieder zusammenzogen. Sein Herz klopfte heftig. Mit zusammengekniffenen Augen schob er die Hand tiefer, auf dieses Pochen zu, das praktisch mit ihm redete, so laut war es. Das ganze Ding lechzte nach Berührung, bettelte darum, sich zu entladen. Und darunter? Seine Eier waren so prall, dass er das Gefühl hatte, sie könnten jeden Moment durch den Druck platzen. Er musste es tun, und nicht nur, um sich zu überzeugen, dass alles ordnungsgemäß funktionierte. Der Drang nach Erleichterung war schon jenseits eines leichten inneren Ziehens und bei regelrechtem Schmerz angelangt.

Er erreichte seinen Bauch und schob die Hand noch weiter nach unten. Seine Haut war warm und glatt und unbehaart und dehnte sich über harten Muskeln und schweren Knochen. Immer noch konnte er nicht fassen, wie riesig er jetzt war. Sein Bauch schien ungefähr die Größe eines Fußballfelds zu haben.

Kurz bevor er sich berührte, hielt er inne. Dann stieß er einen Fluch aus, packte das Gerät und zog daran.

Ein Stöhnen entrang sich seiner Brust und sprang ihm über die Lippen, als seine Erektion in seiner Hand zuckte. *Ach du Scheiße,* das fühlte sich gut an. Er wiederholte die langsame Ziehbewegung. Schweiß brach ihm auf der Brust aus. Er fühlte sich wie unter einer Höhensonne – nein, mehr als würde die Wärme aus seinem Inneren abstrahlen.

Er bog den Rücken durch, während er sich selbst streichelte, gleichzeitig schuldbewusst, verlegen und sündhaft erregt. *O ... so gut ...* Allmählich fand er einen Rhythmus, schob die Decke mit dem Fuß nach unten und sah an sich herab. Mit verbotenem Stolz betrachtete er sich, ihm gefiel seine dicke Spitze, die schockierende Größe, der feste Griff seiner Hand.

O Gott ... schneller. Schneller mit der Hand. Ein leises schnalzendes Geräusch ertönte, Folge der durchsichtigen Flüssigkeit, die aus der Spitze auf seine Handfläche tropfte. Das Zeug rann über seinen Schaft und brachte die Erektion zum Glänzen.

Wahnsinn.

Aus heiterem Himmel sah er das Bild einer Frau vor sich ... *Shit,* es war diese beinharte Sicherheitschefin aus dem *ZeroSum,* er sah sie gestochen scharf vor sich – mit ihrem Männerhaarschnitt, den muskulösen Schultern, dem klugen Gesicht und der kraftvollen Ausstrahlung. Mit ungewohnter Kühnheit stellte er sich sie beide in dem Club vor. Sie presste ihn gegen die Wand, die Hand in seiner Hose, und sie küsste ihn fordernd, ihre Zunge in seinem Mund.

Du lieber ... Himmel ... seine Hand bewegte sich jetzt mit schwindelerregendem Tempo, sein Schwanz war hart wie Marmor, sein Kopf erfüllt von der Vorstellung, in dieser Frau zu sein.

Die Belastungsgrenze war erreicht, als er sich vorstellte, dass sie den Kuss abbrach und auf die Knie ging. Er sah, wie sie seinen Reißverschluss aufzog, ihn herausholte und in ihren Mund saugte –

O mein Gott!

John drehte sich blitzschnell auf die Seite, das Kissen landete auf dem Fußboden, die Knie schossen nach oben. Er brüllte, ohne ein Geräusch zu machen, und zuckte hin und her, während ein warmer Strahl sich überallhin ergoss, auf seine Brust, seine Oberschenkel, seine Hand. Immer weiter streichelte er sich, die Augen fest zugepresst, die Venen am Hals hervortretend, die Lungen brennend.

Als nichts mehr in ihm übrig war, schluckte John heftig, kam langsam wieder zu Atem und schlug die Augen auf. Er war nicht sicher, aber er glaubte, zweimal gekommen zu sein. Vielleicht dreimal.

Mist. Die Bettwäsche. Er hatte alles eingesaut.

Aber das war es wert gewesen. Das war großartig. Das war echt … der Hammer.

Allerdings hatte er ein schlechtes Gewissen wegen seiner Fantasie. Er würde sterben, wenn sie das jemals herausbekäme …

Sein Handy klingelte. Rasch wischte er die Hand am Laken ab und tastete nach dem Gerät. Es war eine SMS von Qhuinn mit der Anweisung, seinen Hintern in einer halben Stunde zu Blay zu schaffen, damit sie es ins *ZeroSum* schafften, solange dort noch was los wäre.

Beim Gedanken an die Sicherheitschefin wurde John sofort wieder hart.

Autsch, das könnte sich zum Problem entwickeln, dachte er mit Blick auf seine Erektion. Besonders, wenn er in den Club käme und dort diese Vampirin sähe und … eine fette Latte in der Hose hätte.

Andererseits sollte er das Gute an der Sache sehen: Wenigstens war seine Apparatur funktionstüchtig.

John fühlte sich etwas ernüchtert. Ja, schon, es hatte geklappt, und er hatte es auch genossen … allein. Aber die Vorstellung, das mit jemand anderem zu machen?

Ließ ihn immer noch kalt.

Als Phury gegen ein Uhr morgens ins *ZeroSum* marschierte, war er froh, nicht mit seinen Brüdern unterwegs zu sein. Er brauchte ein bisschen Privatsphäre für das, was er vorhatte.

Mit grimmiger Entschlossenheit suchte er den VIP-Bereich auf, setzte sich an den Stammtisch der Bruderschaft und bestellte sich einen Martini. Er hoffte inständig, dass keiner seiner Brüder sich spontan zu einer Stippvisite entschloss. Am liebsten wäre er in einen anderen Club gegangen, aber das *ZeroSum* war der einzige Laden in der Stadt, der das bot, wonach er suchte. Also blieb ihm nichts anderes übrig.

Der erste Martini war gut. Der zweite noch besser.

Nacheinander kamen Frauen an seinen Tisch. Die erste war brünett, das ging also schon mal nicht. Zu viel Ähnlichkeit mit Bella. Als nächstes kam eine Blonde, was okay war … aber das war die mit den kurzen Haaren, von der V einmal getrunken hatte, also fühlte sich das einfach nicht richtig an. Dann noch eine Blonde, die so fertig aussah, dass er Schuldgefühle bekam, gefolgt von einer Schwarzhaarigen, die aussah wie Xena, die Kriegerprinzessin, und ihm ein bisschen Angst machte.

Aber danach … blieb eine Rothaarige vor ihm stehen.

Sie war winzig, trotz ihrer Stripperstilettos nicht größer als eins fünfundsechzig, aber ihre Frisur war riesig. In ihrem Bustier, so rosa wie Kaugummi, und dem Mikromini sah sie aus wie eine Zeichentrickfigur.

»Willst du spielen, Süßer?«

Er rutschte auf seinem Sitz herum und ermahnte sich still, nicht so wählerisch zu sein und es hinter sich zu bringen. Es war nur Sex, du meine Güte. »Kann schon sein. Was kostet mich denn eine Runde?«

Sie hob die Hand und legte sich zwei Finger auf die Lippen. »Für ein ganzes Match.«

Zweihundert Mäuse, um seine Unschuld loszuwerden. Umgerechnet weniger als einen Dollar pro Jahr. Ein echtes Schnäppchen.

Phury fühlte sich halbtot, als er aufstand. »Klingt gut.«

Als er der Prostituierten in den hinteren Bereich der VIP-Lounge folgte, hatte er die undeutliche Vorstellung, dass er in einem Paralleluniversum das erste Mal mit einer Frau erleben würde, die er liebte. Oder zumindest mochte. Oder wenigstens kannte. Es hätte nichts mit zwei grünen Lappen und einer öffentlichen Toilette zu tun.

Aber leider war er, wo er war.

Die Frau stieß eine glänzende schwarze Tür auf, und er folgte ihr. Als sie die Tür hinter ihnen beiden schloss, wurde der Techno von draußen etwas gedämpft.

Er war irrsinnig nervös, als er ihr das Geld vor die Nase hielt.

Lächelnd nahm sie es entgegen. »Mit dir wird mir das kein bisschen schwerfallen. Gott, diese Haare. Sind das Extensions?«

Er schüttelte den Kopf.

Als sie die Hand nach seinem Gürtel ausstreckte, machte er hektisch einen Schritt rückwärts und knallte gegen die Tür.

»Sorry«, sagte er.

Sie bedachte ihn mit einem komischen Blick. »Kein Problem. Dein erstes Mal mit jemandem wie mir?«

Das erste Mal, Punkt. »Ja.«

»Keine Sorge, ich werde mich gut um dich kümmern.« Sie trat ganz nah an ihn heran, und ihre großen Brüste drückten gegen seinen Bauch. Er blickte auf ihren Kopf herab. Dunkle Ansätze waren zu erkennen.

»Du bist aber ein Großer«, murmelte sie, steckte eine Hand in seinen Hosenbund und zog ihn an sich.

Er folgte ihr mit der Anmut eines Roboters, völlig benommen und fassungslos, dass er das wirklich tat. Aber mal ehrlich, wie sollte es denn sonst passieren?

Sie schob sich rückwärts zum Waschbecken und hüpfte mit einem schnellen routinierten Satz auf die Platte des Waschtischs. Als sie die Beine spreizte, rutschte der Rock nach oben. Ihre schwarzen Seidenstrümpfe waren oben am Oberschenkel mit Spitze abgesetzt. Mehr Unterwäsche trug sie nicht.

»Küssen ist natürlich nicht«, sagte sie und zog seinen Reißverschluss herunter. »Auf den Mund, meine ich.«

Er spürte kalte Luft, dann wanderte ihre Hand in seine Boxershorts. Er zuckte, als sie seinen Schwanz umschloss.

Deshalb war er hergekommen, sprach er sich Mut zu. Dafür hatte er bezahlt. Er würde das schon schaffen.

Es wurde Zeit, einen Schritt nach vorn zu machen. Weg von Bella. Weg vom Zölibat.

»Entspann dich, Schätzchen«, sagte die Frau mit rauchiger Stimme. »Deine Frau wird nichts merken. Mein Lippenstift ist absolut abriebfest, und Parfüm trage ich nicht. Du kannst dich also verwöhnen lassen.«

Phury schluckte. *Ich schaffe das schon.*

In einer funkelnagelneuen schwarzen Hose, einem schwarzen Seidenhemd und einem cremefarbenen Wildlederblazer stieg John aus dem dunkelblauen BMW aus. Die Klamotten gehörten ihm nicht. Wie der Wagen, der ihn und Qhuinn in die Stadt gebracht hatte, gehörten sie Blay.

»Wir sind ja so was von bereit«, verkündete Qhuinn, als sie über den Parkplatz liefen.

John schielte zu der Stelle zurück, an der er die beiden *Lesser* ins Jenseits befördert hatte. Er erinnerte sich an die Macht, die er gespürt hatte, die Überzeugung, ein Kämpfer, ein Krieger zu sein … ein Bruder. Das war jetzt alles wieder verschwunden, als wäre damals etwas Fremdes in ihm am Werk gewesen, als wäre er so etwas wie besessen gewesen. Als er jetzt neben seinen Freunden herlief, fühlte er sich wie ein riesengroßes Nichts, aufgemotzt in den schicken Klamotten seines Kumpels, ein Beutel Wasser, der bei jedem Schritt hin und her schwappte.

Als sie an der Tür des *ZeroSum* ankamen, wollte John sich hinten in der Schlange anstellen, aber Qhuinn hielt ihn fest. »Wir dürfen sofort rein, schon vergessen?«

Und ob sie das durften. Sobald Qhuinn den Namen Xhex erwähnte, stand der Kleiderschrank am Eingang stramm und nuschelte etwas in seinen Ohrstöpsel. Den Bruchteil einer Sekunde später trat er zur Seite. »Sie will, dass ihr direkt in den VIP-Bereich geht. Kennt ihr den Weg?«

»Aber sicher«, sagte Qhuinn und schüttelte dem Kerl die Hand.

Der Türsteher ließ etwas in die Tasche gleiten. »Beim nächsten Mal lasse ich euch gleich rein.«

»Danke, Mann.« Qhuinn klopfte dem Mann auf die Schulter und verschwand lässig im Club.

John folgte ihm, ohne auch nur zu versuchen, Qhuinns prahlerischen Gang nachzuahmen. Was auch gut war. Denn auf dem Weg durch die Tür traf er die Stufe falsch, bekam Schlagseite und fiel rückwärts auf einen Mann in der Warteschlange. Der stand mit dem Rücken zur Tür, weil er gerade eine Braut anquatschte, und wirbelte stinksauer herum.

»Was zum –« Als er John sah, erstarrte er, die Augen fielen ihm fast aus dem Kopf. »Äh, ja, mein Fehler. Verzeihung.«

Bei dieser Reaktion stockte John, bis er Blays Hand in seinem Nacken spürte. »Komm schon, Alter. Gehen wir.«

Willig ließ sich John ins Gebäude führen, sich innerlich für den Ansturm des Clubs stählend, bereit, sich im dichten Gedränge zu verlieren. Doch es war komisch. Alles wirkte weniger überwältigend heute. Wobei er natürlich jetzt auch von satten zwei Metern herunter auf die Menge schaute.

Qhuinn sah sich um. »Nach hinten. Wo zum Teufel ist hinten?«

»Ich dachte, du wüsstest das?«, meinte Blay.

»Nö. Ich wollte nur nicht wie ein Idiot rüberkommen – Moment mal, ich glaube, da drüben.« Er deutete mit dem Kopf auf einen mit einem Seil abgetrennten Bereich, vor dem zwei Hünen Wache hielten. »Das schreit doch geradezu nach VIP. Also, meine Damen, sollen wir?«

Qhuinn schlenderte los, als wüsste er ganz genau, was er tat, sprach zwei Worte mit dem Türsteher, und Abrakadabra, das Seil wurde aufgehakt, und die drei spazierten herein.

Soll heißen Blay und Qhuinn spazierten. John gab sich größte Mühe, nicht mit irgendjemandem zusammenzustoßen. Er hatte Glück gehabt, dass der Typ am Eingang ein Weichei gewesen war. Beim nächsten Mal geriete er wahrscheinlich an einen bewaffneten Berufskiller.

Im VIP-Bereich gab es eine eigene Theke und einen Barkeeper, und die Kellnerinnen waren gekleidet wie Edelstripperinnen, zeigten ziemlich viel Haut und bewegten sich auf ziemlich hohen Hacken. Die männliche Kundschaft trug samt und sonders Anzüge, die Frauen einen teuren Hauch von Nichts. Es war ein schnelles, schrilles Publikum … neben dem John sich vorkam wie ein totaler Poser.

Auf beiden Seiten des Raums standen Bänke, von denen drei frei waren. Qhuinn suchte sich die Bank in der hintersten Ecke aus.

»Das hier ist der beste Platz«, erklärte er. »Direkt neben dem Notausgang. Schön schummrig.«

Auf dem Tisch vor der Bank standen zwei Martinis, aber sie setzten sich trotzdem, und bald kam eine Kellnerin und räumte den Tisch ab. Blay und Qhuinn bestellten sich ein Bier, John verzichtete, weil er heute Nacht seine fünf Sinne beisammen haben wollte.

Sie saßen noch keine fünf Minuten dort, Blay und Qhuinn hatten gerade mal einen Schluck Corona getrunken, als sie eine weibliche Stimme hörten: »Hallöchen, meine Lieben.«

Alle drei starrten die blonde *Wonder Woman* vor ihnen an. Sie war ein Knüller, auf eine Pamela-Anderson-Art, mehr Brüste als alles andere.

»Hey, Baby«, grüßte Qhuinn. »Wie heißt du denn?«

»Ich heiße Sweet Charity.« Sie legte beide Hände auf den Tisch, beugte sich vor und gewährte ihnen freien Blick auf ihre perfekten Brüste und die im Sonnenstudio gebräunte Haut und die glänzenden weißen Zähne. »Wollt ihr wissen, warum?«

Sie beugte sich noch weiter nach unten. »Weil ich süß schmecke und sehr großzügig bin.«

In Qhuinns Lächeln lag purer Sex. »Dann setz dich doch zu mir –«

»Jungs«, ertönte da eine tiefe Stimme.

Ach, du Scheiße. Ein riesiger Kerl war an ihren Tisch getreten, und John glaubte nicht, dass das gut war. Mit seinem fantastischen schwarzen Anzug und den harten

Amethystaugen und dem kurzgeschorenen Irokesen sah er gleichzeitig wie ein Berufsschläger und wie ein Gentleman aus.

Alles klar, das war ein Vampir, dachte John. Woher genau er das wusste, war ihm nicht ganz klar, aber er war sich hundertprozentig sicher, und zwar nicht nur wegen seiner Größe. Er strahlte einfach dasselbe aus wie die Brüder: mühsam beherrschte Kraft.

»Charity, geh du doch mal woanders graben, verstehst du mich?«, sagte der Mann.

Die Blonde machte einen etwas missmutigen Eindruck, als sie sich wieder aufrichtete. Qhuinn sah stinksauer aus. Doch dann trollte sie sich und ... na ja, zog dieselbe Show ein paar Tische weiter ab.

Als Qhuinns Miene sich etwas lockerte, beugte sich der Mann mit dem Irokesen tief über den Tisch und sagte: »Ja, ich fürchte, es ging ihr nicht nur um das Vergnügen deiner Gesellschaft, mein Großer. Sie ist eine Professionelle. Wie die meisten Frauen, die hier in diesem Bereich unterwegs sind. Wenn du also nicht dafür bezahlen willst, dann geh lieber in den offenen Teil, such dir dort ein paar aus, und bring sie mit hierher, klar?« Bei diesen Worten lächelte der Typ und entblößte gewaltige Fänge. »Übrigens, mir gehört der Laden hier, solange ihr hier seid, trage ich also die Verantwortung für euch. Erleichtert mir doch die Arbeit und benehmt euch anständig.« Bevor er sich umdrehte, sah er John an. »Zsadist lässt schön grüßen.«

Dann war er weg. Auf seinem Weg zu einer unbeschrifteten Tür im hinteren Teil überprüfte er alles und jeden.

John fragte sich, woher der Kerl Z wohl kannte, und kam zu dem Schluss, dass, egal welcher Art die Verbindung war, man diesen Eisenfresser definitiv auf seiner Seite haben wollte.

Ansonsten sollte man sich vielleicht besser einen Ganzkörperanzug aus Kevlar besorgen.

Oder eben einfach das Land verlassen.

»Tja«, meinte Qhuinn. »Das war ein wichtiger Hinweis. Shit.«

»Ähm, ja.« Als die nächste Blonde vorbeispazierte, rutschte Blay unruhig herum. »Also, äh … habt ihr Lust, raus auf die Tanzfläche zu gehen?«

»Blay, du kleine Schlampe.« Qhuinn quetschte sich am Tisch vorbei. »Klar hab ich Lust. John?«

Ich bleib hier, zeigte er. *Ihr wisst schon, Plätze frei halten.*

Qhuinn schlug ihm aufs Schulterblatt. »Okay. Wir bringen dir was vom Buffet mit.«

Hektisch schüttelte John den Kopf, aber seine Freunde drehten sich einfach um. *O Gott.* Er hätte zu Hause bleiben sollen. Er hätte sich das *wirklich* ersparen sollen.

Als eine Brünette vorbeikam, blickte er rasch zu Boden, doch sie blieb nicht stehen, genau wie die anderen – als hätte der Eigentümer alle Frauen hier angewiesen, sie in Ruhe zu lassen. Was eine große Erleichterung war. Denn diese Brünette sah aus, als könnte sie einen Mann lebendig zum Frühstück verspeisen, und zwar nicht unbedingt auf eine angenehme Art und Weise.

Die Arme vor der Brust verschränkt lehnte sich John mit dem Rücken an die Lederbank und hielt den Blick auf die Biere gerichtet. Er konnte spüren, dass die Leute ihn anstarrten … und zweifellos fragten sie sich, was zum Teufel er hier eigentlich wollte. Was nicht überraschte. Er war einfach nicht wie Blay und Qhuinn und konnte auch nicht so tun. Die Musik und der Alkohol und der Sex stimulierten ihn nicht; am liebsten wollte er sich in Luft auflösen.

Schon überlegte er ernsthaft abzuhauen, als ihn wie aus heiterem Himmel eine Hitzewelle traf. Er schaute zur Decke, ob er vielleicht direkt unter einem Belüftungsschacht saß und die Heizung angesprungen war.

Nein.

Er sah sich um –

O, no. Die Sicherheitschefin kam gerade durch die Absperrung in den VIP-Bereich.

Als die trübe Deckenbeleuchtung auf sie fiel, musste John heftig schlucken. Sie trug das gleiche Outfit wie beim letzten Mal – ein enges Shirt, das ihre kräftigen Arme freigab und eine eng an den Hüften und den langen Oberschenkeln sitzende Lederhose. Die Haare waren geschnitten worden, seit er sie zuletzt gesehen hatte, der Bürstenschnitt schimmerte.

Als ihre Blicke sich begegneten, wandte John sich blitzschnell ab, sein Gesicht hatte die Farbe eines Feuerwehrautos. Panisch glaubte er für einen Augenblick, dass sie genau wusste, was er getan hatte, als er vorhin an sie gedacht hatte. Sie wusste Bescheid, dass er … gekommen war, während er sie vor Augen hatte.

Verdammt, er wünschte sich, er hätte ein Getränk, um damit herumzuspielen. Und einen Eisbeutel für seine Wangen.

Also schnappte er sich einfach Blays Bier und nahm einen Schluck, als er spürte, dass sie auf ihn zukam. Mann, er konnte sich nicht entscheiden, ob es schlimmer wäre, wenn sie stehen bliebe … oder eben nicht.

»Wieder da, aber ziemlich verändert.« Ihre Stimme war leise, wie ein kontrolliertes Feuer. Und intensivierte noch seine Röte. »Glückwunsch.«

Er räusperte sich. Was dämlich war. Als könnte er überhaupt etwas sagen.

Er kam sich vor, wie ein Volltrottel und formte mit den Lippen das Wort: *Danke.*

»Sind deine Freunde auf Fischzug?«

Er nickte und nahm noch einen Schluck Bier.

»Aber du nicht? Oder bringen sie dir was mit?« Ihre umwerfende Stimme war reinster Sex, sein Körper kribbelte … und sein Schwanz wurde steif. »Falls du es noch nicht wusstest, in den Klos gibt es extra Séparées.« Sie lachte kurz auf, als wüsste sie, dass er erregt war. »Viel Spaß mit den kleinen Mädels, aber bleib sauber. Dann musst du dich nicht mit mir rumärgern.«

Mit diesen Worten ging sie weg. Die Menge vor ihr teilte sich, Männer so groß wie Footballspieler beeilten sich, ihr aus dem Weg zu gehen. Als John ihr nachsah, spürte er einen heftigen Stich vorne in der Hose und sah nach unten. Er war bretthart. So dick wie sein Arm. Und als er hin und her rutschte, musste er sich wegen der Reibung seiner Hose auf die Unterlippe beißen.

In der Absicht, die Sachen da unten etwas zurechtzuschieben, um mehr Platz hinterm Reißverschluss zu bekommen, steckte er die Hand unter den Tisch … doch bei der geringsten Berührung mit seiner Erektion schoss ihm das Bild der Sicherheitschefin wieder in den Kopf, und er wäre beinahe gekommen. Er riss die Hand so heftig zurück, dass er von unten gegen den Tisch knallte.

Hilflos rutschte er hin und her, um eine angenehmere Position zu finden, machte das Brennen dadurch aber nur noch schlimmer. Er war zappelig und unbefriedigt, seine Stimmung verschlechterte sich immer mehr. Er dachte an die Erleichterung, die er sich vorhin im Bett verschafft hatte, und kam zu dem Schluss, dass er das nochmal gebrauchen konnte. Im Sinne von: jetzt sofort.

Jetzt sofort, bevor er nochmal kam, ohne Hand anzulegen.

Vielleicht konnte er das hier erledigen. Mit einem Stirnrunzeln warf er einen Blick in den Korridor, der nach hinten führte und auf beiden Seiten von Türen gesäumt war.

Von denen eine zufällig geöffnet war.

Eine kleine rothaarige Frau, die aussah wie eine Professionelle, kam heraus, sich die Haare aufplusternd und das grellrosa Outfit zurechtzupfend. Direkt hinter ihr kam … *Phury?*

Ja, das war er eindeutig, und er stopfte sich das Hemd in den Hosenbund. Die beiden wechselten kein Wort miteinander. Die Frau ging nach links und sprach ein Grüppchen Männer an; der Bruder lief geradeaus, als wäre er auf dem Weg nach draußen.

Als Phury den Kopf hob, stellte John Blickkontakt mit ihm her. Nach einem verlegenen Moment hob der Krieger die Hand zum Gruß, dann verschwand er durch einen Seitenausgang. John trank noch einen Schluck, völlig verblüfft. Die Frau war ja wohl kaum mit ihm auf der Toilette gewesen, um ihm den Rücken zu kratzen. Aber er lebte doch angeblich im Zöli–

»Und das hier ist John.«

Johns Kopf schnellte herum. *Wow.* Blay und Qhuinn hatten den Jackpot geknackt. Die drei Frauen waren alle sehr hübsch und nur äußerst spärlich bekleidet.

Qhuinn zeigte auf eine nach der anderen. »Das sind Brianna, CiCi und Liz. Und das ist unser Freund John. Er spricht in Gebärdensprache, deshalb werden wir übersetzen.«

Frustriert trank John Blays Bier aus, weil die Kommunikationsbarriere mal wieder ihre böse Fratze zeigte. Schon legte er sich seine Ich-bin-dann-mal-weg-Ansprache zurecht, als eines der Mädels sich neben ihn auf die Bank setzte, wodurch er in der Falle saß.

Eine Kellnerin kam und nahm ihre Bestellung auf, und

danach sprudelte das Geplauder und Gekicher, die hohen Stimmen der Frauen mischten sich mit Qhuinns tiefer Stimme und Blays schüchternem, leisem Lachen. John hielt den Blick gesenkt.

»Du siehst ja so gut aus«, sagte eines der Mädchen. »Bist du ein Model?«

Urplötzlich stockte die Unterhaltung.

Qhuinn klopfte vor John mit den Fingerknöcheln auf den Tisch. »Hey, J, sie meint dich.«

Verwirrt hob John den Kopf und begegnete dem zweifarbigen Blick seines Freundes. Betont deutete Qhuinn mit dem Kopf auf die Frau neben John, seine aufgerissenen Augen schienen zu sagen: *Machst du jetzt mal voran hier, Kumpel?*

John holte tief Luft und schielte nach links. Das Mädchen starrte ihn … *Wahnsinn,* total begeistert an.

»Weil, du bist so schön«, sagte sie zu ihm.

Großer Gott, was sollte er denn damit anfangen?

Als ihm das Blut in den Kopf schoss und sein Körper sich verspannte, sagte er rasch in Zeichensprache zu Qhuinn: *Ich lasse mich von Fritz abholen. Muss los.*

Damit stürmte er los, das Mädchen neben sich auf der Bank halb zerquetschend. Er konnte es nicht erwarten, nach Hause zu kommen.

17

Als um fünf Uhr Janes Wecker klingelte, musste sie nochmal auf die Snoozetaste drücken. Zweimal. Normalerweise stand sie schon unter der Dusche, bevor sie die Augen richtig offen hatte, als würde das *Piep-Piep* sie nicht wecken, sondern eher aus dem Bett katapultieren, wie ein Toaster eine Scheibe Weißbrot auswirft. Nicht heute. Heute lag sie nur da und starrte die Zimmerdecke an.

Gott, die Träume, die sie vergangene Nacht gehabt hatte … Träume von diesem gespenstischen Liebhaber, der zu ihr kam und sie nahm, sie heftig bestieg. Sie konnte ihn immer noch auf sich, in sich fühlen.

Schluss damit. Je mehr sie daran dachte, desto stärker schmerzte ihre Brust. Also riss sie sich mit herkulischer Anstrengung zusammen und wandte ihre Aufmerksamkeit der Arbeit zu. Was sie natürlich nur zu Manello führte. Sie konnte nicht fassen, dass er sie geküsst hatte, doch das hatte er … mitten auf den Mund. Und da sie irgendwo im Hinterkopf schon immer neugierig gewesen war, wie es wohl mit ihm wäre, hatte sie den Kopf nicht weggezogen. Also hatte er sie nochmal geküsst.

Er küsste gut, was sie nicht sonderlich überraschte. Das Erstaunliche daran war gewesen, dass es sich falsch anfühlte. Als wäre sie jemandem untreu.

Wieder klingelte der blöde Wecker, fluchend brachte sie ihn mit der Hand zum Schweigen. Verdammt, sie war müde, obwohl sie eigentlich dachte, sie wäre früh ins Bett gegangen. Wobei sie nicht mehr genau sagen konnte, wann Manny gegangen war. Sie konnte sich erinnern, dass er ihr die Treppe hoch geholfen und sie ins Bett gebracht hatte, aber in ihrem Kopf herrschte so ein Chaos, dass sie nicht mehr wusste, wie spät es gewesen war oder wie lange sie gebraucht hatte um einzuschlafen.

Egal.

Sie warf die Decke von sich, tappte ins Bad und stellte die Dusche an. Dampf stieg auf und trübte die Luft. Sie machte die Tür zu, wollte in die Dusche steigen und …

Als sie etwas Feuchtes zwischen den Beinen spürte, runzelte Jane die Stirn. Rasch zählte sie nach und kam zu dem Ergebnis, dass ihr Zyklus durcheinander sein musste –

Nein, das war nicht ihre Periode. Sie hatte Sex gehabt.

Ein eiskalter Schreck vertrieb die Hitze des Dampfes. O mein Gott … was hatte sie getan? Was hatte sie nur getan?

Sie wirbelte herum, ohne zu wissen, wohin sie eigentlich wollte – und schlug sich entsetzt die Hand auf den Mund.

Vom Dampf sichtbar gemacht standen auf dem Spiegel die Worte: Ich liebe dich, Jane.

Sie taumelte rückwärts, bis sie gegen die Tür stieß.

Mistmistmist. Sie hatte mit Manny Manello geschlafen. Und konnte sich an nichts erinnern.

Phury ließ sich in Wraths Arbeitszimmer nieder, diesmal auf einem filigranen hellblauen Ohrensessel am Kamin. Sein Haar war noch nass vom Duschen, und er hatte eine Tasse Kaffee in der Hand.

Er brauchte einen Joint.

Während der Rest der Bruderschaft langsam eintrudelte, sah er Wrath an. »Was dagegen, wenn ich mir einen anzünde?«

Der König schüttelte den Kopf. »Ich würde das eher als Dienstleistung betrachten. Wir können heute alle ein bisschen Passivkiffen gebrauchen.«

Wie wahr. Heute war jeder neben der Spur. Zsadist stand zappelig am Bücherregal. Butch war von dem Laptop auf seinem Schoß abgelenkt. Wrath saß erschöpft hinter einem Berg von Papierkram. Rhage tigerte auf und ab, konnte nicht stillsitzen – ein sicheres Zeichen, dass er in den Nachtstunden keinen Kampf hatte auftreiben können.

Und Vishous … V war der Schlimmste von allen. Er stand an der Tür und starrte ins Leere. War er früher schon eisig gewesen, dann hatte er sich jetzt in einen Gletscher verwandelt. Er wirkte noch verbissener als in der vergangenen Nacht.

Als Phury sich seinen Joint anzündete, dachte er an Jane und V und überlegte, wie der Sex zwischen den beiden wohl gewesen war. Er stellte sich vor, dass sie zwar sicher reichlich gerammelt, aber bestimmt auch wunderschöne Augenblicke der Nähe erlebt hatten. Bestimmt nicht so, wie er in dieser Toilette. Mit dieser Prostituierten.

Er fuhr sich mit der Hand durch die Haare. War man eigentlich immer noch Jungfrau, wenn man zwar in einer Frau gesteckt hatte, aber nicht zum Ende gekommen war? Er war sich nicht ganz sicher. Trotzdem würde er niemanden danach fragen. Es war einfach zu widerlich.

Er hatte gehofft, mit jemandem zu schlafen, würde ihm weiterhelfen, aber das hatte es nicht. Jetzt steckte er noch mehr in der Falle, besonders weil sein erster Gedanke, als er durch die Tür des großen Hauses marschiert war, Bella gegolten hatte: Er hatte gebetet, sie würde ihn nicht erwischen, solange er noch nach dieser Frau roch.

Um Abstand zu gewinnen, brauchte es offenbar etwas anderes.

Wobei … vielleicht bräuchte er dazu eben einfach Abstand. Er sollte wahrscheinlich aus dem Haus ausziehen.

»Fangen wir an«, sagte Wrath und begann die Sitzung. In schneller Abfolge besprach er einige Themen, die die *Glymera* betrafen; dann lieferten Butch, Rhage und Z ihren Bericht von der Jagd ab. Viel gab es nicht zu berichten. Die *Lesser* verhielten sich in letzter Zeit relativ still, vermutlich, weil der Haupt-*Lesser* vor zwei Wochen von Butch getötet worden war. Das war typisch. Jede Verschiebung in der Führungsriege der Gesellschaft hatte eine Auszeit im Krieg zur Folge, obwohl der Waffenstillstand nie lange andauerte.

Als Phury sich den zweiten Joint anzündete, räusperte sich Wrath. »Und jetzt zu dieser Primalszeremonie.«

Phury nahm einen tiefen Zug, als Vs Diamantblick sich hob. Krass, der Mann wirkte, als wäre er in der letzten Woche um hundertfünfzig Jahre gealtert, die Haut war fahl, die Augenbrauen tief nach unten gezogen, die Lippen verkniffen. Er war noch nie ein Spaßvogel gewesen, aber jetzt sah er regelrecht verhärmt aus.

»Was ist damit?«, fragte V.

»Ich bin dabei.« Wrath blickte zur Seite. »Phury, du auch. Wir gehen heute um Mitternacht, okay?«

Phury nickte, dann wappnete er sich innerlich, weil es aussah, als wollte Vishous etwas sagen. Der Körper des Bruders verspannte sich, die Augen flitzten hin und her, der Kiefer mahlte … doch es kam nichts aus seinem Mund.

Phury stieß eine Rauchwolke aus und zerdrückte den Joint in einem Kristallaschenbecher. Es war grausam, den Bruder bluten zu sehen, zu wissen, dass er litt, während man nichts dagegen tun konnte –

Er erstarrte, eine unheimliche Ruhe überkam ihn, eine, die nichts mit dem roten Rauch zu tun hatte.

»Himmelherrgott nochmal.« Wrath rieb sich die Augen. »Raus hier, und zwar alle. Beruhigt euch ein bisschen. Wir drehen noch alle durch …«

Da ergriff Phury das Wort. »Vishous, wenn der Primalsquatsch nicht wäre, dann wärst du mit Jane zusammen, oder?«

Vs Diamantaugen verengten sich zu Schlitzen. »Was zum Henker hat das jetzt damit zu tun?«

»Du wärst mit ihr zusammen.« Phury blickte zu Wrath. »Und du würdest ihn lassen, richtig? Ich meine, sie ist zwar ein Mensch, aber du hast ja auch Mary –«

V schnitt ihm das Wort ab, die Stimme so eisig wie sein Blick, als könnte er nicht glauben, dass Phury so dummes Zeug redete. »Es kann niemals funktionieren. Also lass das Thema besser stecken.«

»Doch … das könnte es.«

Jetzt flackerten Vishous' Augen brutal weiß auf. »Nimm's mir nicht übel, aber meine Nerven stehen kurz vor dem Zerreißen. Mich jetzt in Ruhe zu lassen, wäre eine ausgezeichnete Idee.«

Unmerklich schob sich Rhage näher an V heran, während Zsadist sich neben Phury aufbaute.

Wrath stand auf. »Wie wär's, wenn wir die Sache ruhen lassen?«

»Nein, ihr sollt mich anhören.« Phury erhob sich ebenfalls aus seinem Sessel. »Die Jungfrau der Schrift will einen Angehörigen der Bruderschaft, richtig? Für den Zweck der Fortpflanzung, auch richtig, oder? Warum musst du das sein?«

»Wer sollte es denn sonst sein, zum Teufel?«, knurrte V, und ging allmählich in Angriffsposition.

»Warum nicht … ich?«

In der darauf folgenden Stille hätte eine Granate unter Wraths Schreibtisch losgehen können, ohne dass es jemand bemerkt hätte: Die versammelte Bruderschaft starrte Phury an, als wären ihm plötzlich gigantische Hörner gewachsen.

»Na ja, warum denn nicht? Sie braucht doch nur DNS, oder? Also könnte jeder Bruder das übernehmen. Meine Abstammungslinie ist stark. Mein Blut ist gut. Warum kann ich es nicht machen?«

Zsadist raunte: »Himmel ….«

»Es gibt keinen vernünftigen Grund, warum ich nicht Primal sein sollte.«

Vs Aggression floss förmlich aus ihm heraus, und zurück blieb ein Gesichtsausdruck, als hätte ihm jemand mit voller Wucht eine gusseiserne Pfanne auf den Hinterkopf geschlagen. »Warum solltest du das tun?«

»Du bist mein Bruder. Wenn ich etwas in Ordnung bringen kann, was falsch läuft, warum sollte ich es nicht tun? Es gibt keine Frau, die ich liebe.« Bei diesen Worten zog sich seine Kehle zusammen, und er massierte sie. »Du bist der Sohn der Jungfrau der Schrift, richtig? Also könntest du ihr den Wechsel vorschlagen. Jeden anderen würde sie vermutlich dafür töten, aber dich nicht. Vielleicht könntest du es ihr sogar einfach mitteilen.« Er ließ die Hand sinken. »Und du könntest ihr versichern, dass ich die Aufgabe besser erfüllen würde, weil ich in niemanden verliebt bin.«

Vs Diamantaugen starrten Phury unverwandt an. »Es ist falsch.«

»Die ganze Sache ist falsch. Aber das ist irrelevant, oder?« Phury wandte seinen Blick dem König an seinem zarten französischen Schreibtisch zu. »Wrath, was meinst du dazu?«

»Scheiße«, kam als Entgegnung.

»Sehr passende Wortwahl, Herr, aber nicht wirklich eine Antwort.«

Da wurde Wraths Stimme leise, sehr, sehr leise. »Das kannst du nicht ernst meinen –«

»Ich habe zweihundert Jahre Zölibat aufzuholen. Gibt es einen besseren Weg, um den Druck abzubauen?« Das war als Scherz gemeint, aber leider lachte niemand. »Kommt schon, wer könnte es denn sonst tun? Ihr seid alle schon vergeben. Der einzige andere Kandidat wäre John Matthew, wegen Darius' Linie, aber John ist kein Mitglied der Bruderschaft, und wer weiß, ob er das jemals werden wird.«

»Nein.« Zsadist schüttelte den Kopf. »Nein ... das würde dich umbringen.«

»Vielleicht, wenn ich zu Tode gevögelt werde. Aber abgesehen davon käme ich schon klar.«

»Du wirst nie ein eigenes Leben haben, wenn du das machst.«

»Natürlich werde ich das.« Phury wusste genau, worauf Z hinauswollte, deshalb wandte er seine Aufmerksamkeit absichtlich wieder Wrath zu. »Du wirst V doch erlauben, Jane zu sich zu holen, oder? Wenn ich das tue, lässt du die beiden zusammen sein.«

Das war selbstverständlich nicht so geschickt. Denn dem König erteilte man keine Befehle, das verboten Gewohnheit und Gesetz – und außerdem das Wissen, dass er einen sonst höchstpersönlich quer durch den Staat New York treten würde. Doch im Augenblick kümmerte sich Phury herzlich wenig um die Etikette.

Wrath schob die Hand unter seine Sonnenbrille und rieb sich mal wieder die Augen. Danach stieß er hörbar den Atem aus. »Wenn irgendjemand die Sicherheitsrisiken, die eine Beziehung mit einem Menschen birgt, in den Griff kriegen könnte, dann V. Also … ja, verdammt, ich würde es erlauben.«

»Dann lässt du mich für ihn einspringen. Und er geht zur Jungfrau der Schrift.«

Die Standuhr in der Ecke legte los, das gleichmäßige Schlagen war wie ein Herzschlag. Als sie wieder verstummte, sahen alle Wrath an.

Nach einer Weile sagte der König: »So sei es.«

Zsadist fluchte. Butch pfiff durch die Zähne. Rhage steckte sich einen Lolli in den Mund.

»Also gut, dann …«, sagte Phury.

Verfluchter Mist, was habe ich da gerade getan?

Offenbar dachten alle anderen dasselbe, denn niemand rührte sich oder sagte ein Wort.

Vishous war es, der schließlich den Bann brach. Wie eine Dampfwalze raste er quer durch den Raum, Phury wusste kaum, wie ihm geschah. Im einen Moment wollte er sich gerade einen neuen Joint anzünden; im nächsten kam V angetrampelt, warf ihm zwei massige Arme um den Oberkörper und quetschte ihm die Luft aus dem Leib.

»Danke«, sagte V heiser. »Danke. Selbst wenn sie dich nicht lässt, ich danke dir, mein Bruder.«

18

»Du gehst mir aus dem Weg, Jane.«

Jane blickte von dem Computermonitor auf, vor dem sie saß. Manello hatte sich vor ihrem Schreibtisch aufgebaut wie ein Haus, die Hände in den Hüften, die Augen zusammengekniffen, unverrückbar. An sich war ihr Büro ziemlich geräumig, aber seine Gegenwart ließ es zu einer Brieftasche schrumpfen.

»Ich gehe dir nicht aus dem Weg. Ich habe einiges nachzuholen, weil ich ein ganzes Wochenende nicht da war.«

»Ach, Blödsinn.« Er verschränkte die Arme vor der Brust. »Es ist vier Uhr nachmittags, normalerweise hätten wir inzwischen zweimal zusammen gegessen. Was ist los?«

Sie lehnte sich im Stuhl zurück. Im Lügen war sie nicht besonders gut, aber es war eine Fähigkeit, die sie in Zukunft mit Sicherheit auszubauen versuchen würde.

»Mir geht es immer noch furchtbar, Manello, und ich stecke bis zum Hals in Arbeit.« Okay, das war jedenfalls beides nicht gelogen. Aber dennoch sollte es nur über das Nichtgesagte hinwegtäuschen.

Lange schwiegen beide. »Geht es um letzte Nacht?«

Mit einer Grimasse knickte sie ein. »Ähm, hör mal, was das betrifft. Manny … es tut mir leid. Ich kann so was mit dir nicht wiederholen. Ich finde dich toll, wirklich. Aber ich bin …« Sie ließ den Satz in der Luft hängen. Irgendetwas in ihr drängte sie dazu, etwas von einem anderen zu erzählen, aber das war absurd. Es gab niemanden, von dem sie erzählen könnte.

»Ist es wegen unserer Arbeit?«, wollte er wissen.

Nein, es fühlte sich einfach nicht richtig an. »Du weißt, dass es unpassend ist, selbst wenn wir es nach außen nicht zeigen würden.«

»Und wenn du nicht mehr hier arbeitest, was dann?«

Sie schüttelte den Kopf. »Nein. Ich … kann einfach nicht. Ich hätte letzte Nacht nicht mit dir schlafen sollen.«

Seine Augenbrauen schnellten hoch. »Wie bitte?«

»Ich finde einfach, wir hätten nicht –«

»Moment mal. Wie zum Teufel kommst du auf die Idee, wir hätten miteinander geschlafen?«

»Ich … ich bin davon ausgegangen.«

»Ich habe dich geküsst. Was ein bisschen seltsam war. Dann bin ich gegangen. Es gab keinen Sex. Wie kommst du darauf?«

Du lieber Himmel … Jane wedelte unsicher mit der Hand. »Müssen wohl Träume gewesen sein. Extrem lebhafte Träume. Ähm … würdest du mich kurz entschuldigen?«

»Jane, was ist denn los, um Gottes willen?« Er kam um den Schreibtisch herum. »Du siehst zu Tode verängstigt aus.«

Sie wusste, dass verzweifelte Furcht in ihrem Blick lag, aber sie konnte sie nicht verbergen. »Ich glaube … es liegt im Bereich des Möglichen, dass ich den Verstand verliere. Ganz im Ernst, Manny. Wir sprechen hier von Schizophrenie. Halluzinationen und verzerrter Wahrnehmung und ... Gedächtnislücken.«

Obwohl die Tatsache, dass sie vergangene Nacht Sex gehabt hatte, keine Einbildung gewesen war. *Scheiße* ... oder etwa doch?

Manny beugte sich herunter und legte ihr die Hände auf die Schultern. Leise sagte er: »Wir finden jemanden, der dich untersucht. Wir kümmern uns darum.«

»Ich habe Angst.«

Jetzt nahm Manny ihre Hände, zog sie auf die Füße und nahm sie fest in den Arm. »Ich bin für dich da.«

Als sie seine Umarmung erwiderte, sagte sie: »Du bist ein guter Mann, Manello. Ehrlich.«

»Ich weiß.«

Sie lachte kurz, das erstickte Geräusch verlor sich in seiner Halsbeuge. »Und so was von arrogant.«

»Sagen wir lieber akkurat.«

Er zog den Kopf zurück und legte ihr die Hand auf die Wange, seine tiefbraunen Augen waren ernst. »Ich sage dir das wirklich nicht gern ... aber im Augenblick möchte ich dich nicht im OP stehen haben, Jane. Nicht bei allem, was dir gerade im Kopf herumgeht.«

Ihr erster Impuls war, sich dagegen zu sträuben, aber dann seufzte sie. »Was sollen wir den Leuten sagen?«

»Hängt davon ab, wie lange es dauert. Für den Anfang hast du erstmal eine Grippe.« Er strich ihr eine Haarsträhne hinters Ohr. »Wir machen es folgendermaßen. Du unterhältst dich mit einem Freund von mir, einem Psychiater. Er lebt in Kalifornien, also wird niemand etwas erfahren, und ich rufe ihn jetzt sofort an. Außerdem vereinbare ich einen Termin für ein CT. Das machen wir nach Dienstschluss am anderen

Ende der Stadt bei *Imaging Associates*. Niemand wird was davon mitbekommen.«

In Manellos Blick lag etwas Tieftrauriges, als er sich umdrehte und ging, und plötzlich blitzte eine seltsame Erinnerung in ihr auf.

Vor drei oder vier Jahren im Winter hatte sie das Krankenhaus spätabends verlassen. Sie war unruhig gewesen, irgendetwas, eine Art Bauchgefühl, hatte ihr gesagt, sie solle lieber bleiben und auf der Couch in ihrem Büro schlafen, doch sie schob es auf das ekelhafte Wetter. Nach einem eisigen Regen, der stundenlang gefallen war, hatte sich ganz Caldwell in eine einzige Schlittschuhbahn verwandelt. Warum sollte jemand bei so einem Wetter vor die Tür gehen?

Doch das nagende Gefühl ließ nicht nach. Den ganzen Weg in die Tiefgarage hatte sie sich gegen die Stimme in ihrem Kopf gewehrt, bis sie schließlich, als sie den Schlüssel ins Zündschloss steckte, eine Vision hatte. Und zwar so glasklar, als wäre das Ereignis bereits passiert und eine Erinnerung statt einer Ahnung: Sie sah ihre Hände ums Lenkrad geklammert, während ein Paar Scheinwerfer frontal auf ihre Windschutzscheibe traf. Sie spürte den stechenden Schmerz des Aufpralls, die rüttelnde Drehbewegung, als ihr Auto herumgeworfen wurde, das Brennen in ihren Lungen, als sie schrie.

Verstört, aber entschlossen, hatte sie den Wagen vorsichtig in den Eisregen hinausgelenkt. Ein Musterbeispiel an defensivem Fahren. Jedes andere Auto betrachtete sie als potenziellen Unfallgegner. Wenn sie gekonnt hätte, wäre sie auf dem Bürgersteig gefahren.

Auf halbem Weg nach Hause hatte sie an einer Ampel gehalten und gebetet, dass niemand sie rammen möge.

Doch als wäre es vorherbestimmt, war ein Auto von hinten angefahren, hatte die Bodenhaftung verloren und war langsam auf sie zugerutscht. Verkrampft hatte sie das Lenkrad umklammert und im Rückspiegel beobachtet, wie die Scheinwerfer immer näher kamen.

Das Auto hatte sie nicht einmal gestreift.

Nachdem sie sich vergewissert hatte, dass niemand verletzt war, hatte Jane in sich hineingelacht, tief Luft geholt und war weitergefahren. Unterwegs hatte sie darüber nachgedacht, wie das Gehirn seine Umgebung analysierte und Schlüsse zog, wie intensive Gedanken und Ängste als Vorahnungen fehlinterpretiert werden konnten, wie Meldungen über schlechte Straßen in die Wahrnehmung sickerten und dazu führten –

Der Transporter des Installateurs war etwa fünf Kilometer von ihrer Wohnung entfernt frontal mit ihr kollidiert. Als sie um die Ecke gebogen war und die Scheinwerfer auf ihrer Spur gesehen hatte, war ihr einziger Gedanke gewesen: Also hatte ich doch Recht. Das Ende vom Lied war ein gebrochenes Schlüsselbein und ein Totalschaden an ihrem Auto gewesen. Der Installateur und sein Transporter waren unversehrt geblieben, Gott sei Dank, aber sie hatte wochenlang nicht operieren können.

Als sie also nun Manello nachsah, wusste sie, was passieren würde, und die Deutlichkeit dieser Erkenntnis entsprach jener Vision des Unfalls: So unveränderlich wie die Farbe ihrer Augen. So unbestreitbar wie das Verstreichen der Zeit. So unaufhaltsam wie der Transporter eines Klempners, der über schwarzes Eis schlittert.

»Meine Karriere ist vorbei«, flüsterte sie mit tonloser Stimme. »Ich bin am Ende.«

Vishous kniete neben seinem Bett, legte sich eine Kette aus schwarzen Perlen um den Hals und schloss die Augen. Als sich sein Geist zur Anderen Seite ausrichtete, dachte er absichtlich an Jane. Die Jungfrau der Schrift konnte ebenso gut von vorneherein wissen, worum es hier eigentlich ging.

Es dauerte eine Weile, bevor er eine Reaktion seiner Mutter empfing, doch dann reiste er durch Antimaterie ins Reich jenseits der Zeit und nahm in dem weißen Innenhof Gestalt an.

Die Jungfrau der Schrift stand vor ihrem Vogelbaum, und einer von seinen Bewohnern, eine Art pfirsichfarbener Fink, saß auf ihrer Hand. Da die Kapuze ihrer schwarzen Robe herabgezogen war, konnte V ihr geisterhaftes Gesicht sehen, und ihn verblüffte die Verehrung in ihrem Blick, mit dem sie das kleine Wesen auf ihrer leuchtenden Hand betrachtete. Solche Liebe, dachte er.

Nie hätte er gedacht, dass sie zu so etwas fähig war.

Sie ergriff zuerst das Wort. »Selbstverständlich liebe ich meine Vögel. Sie sind mein Trost, wenn ich bekümmert bin, vergrößern noch meine Freude, wenn ich heiter bin. Der süße Klang ihres Lieds beglückt mich, wie es sonst nichts vermag.« Sie blickte sich über die Schulter. »Es geht also um diese Menschenärztin?«

»Ja.«

Verflucht. Sie war so still. Er hatte mit Wut gerechnet. Mit einem Streit. Doch stattdessen sah er nur Ruhe.

Was typisch war vor einem Sturm, nicht wahr?

Die Jungfrau der Schrift blies den Vogel an, und er reagierte darauf, indem er zwitscherte und die kleinen Flügel genussvoll ausbreitete. »Darf ich annehmen, dass du, sollte ich den Austausch nicht billigen, die Zeremonie nicht durchführen wirst?«

Es brachte ihn fast um zu sprechen. Buchstäblich. »Ich habe mein Wort gegeben. Also werde ich es auch tun.«

»Tatsächlich? Du überraschst mich.«

Nun setzte die Jungfrau der Schrift den Vogel zurück,

wobei sie einen Ruf pfiff. Er stellte sich vor, dass man das Geräusch in etwa übersetzen konnte mit: *Ich liebe dich.* Der Vogel erwiderte den Pfiff.

»Diese Vögel«, sagte seine Mutter mit seltsamer, entrückter Stimme, »sind wahrlich meine einzige Freude. Weißt du, warum?«

»Nein.«

»Sie bitten mich um nichts und geben mir so viel.«

Damit wandte sie sich ihm zu und begann mit ihrer tiefen Stimme: »Dies ist der Tag deiner Geburt, Vishous, Sohn des Bloodletter. Du hast den Zeitpunkt sorgfältig gewählt.«

Oh, eigentlich nicht. Gütiger, er hatte völlig vergessen, was für ein Tag heute war. »Ich –«

»Und da ich dich am heutigen Tag vor dreihundertunddrei Jahren auf diese Welt brachte, fühle ich mich geneigt, dir den Gefallen zu gewähren, um den du mich ersuchst, wie auch den, der bislang noch unausgesprochen blieb, wenngleich er so augenfällig ist wie der aufgehende Mond an einem leeren Himmel.«

Vs Augen flackerten. Hoffnung, eine gefährliche Empfindung selbst in den besten Momenten, regte sich mit einem Funken Wärme in seiner Brust. Im Hintergrund zwitscherten die Vögel und sangen fröhlich, als erahnten sie sein Glück.

»Vishous, Sohn des Bloodletter, ich werde dir die Erfüllung der beiden Wünsche schenken, nach der du dich so sehr sehnst. Ich werde die Einsetzung deines Bruders Phury in die Zeremonie gestatten. Er wird ein guter Primal sein, sanft und gütig zu den Auserwählten, und er wird eine gute Blutlinie für die Spezies sicherstellen.«

V schloss die Augen, Erleichterung durchflutete ihn mit einer solch mächtigen Welle, dass er ins Schwanken geriet. »Danke …«, flüsterte er, mehr an den Wandel seines Schicksals gerichtet als an sie, auch wenn sie die Lenkerin dieses Wandels war.

»Deine Dankbarkeit ist gebührend.« Die Stimme seiner Mutter verriet nicht die mindeste Regung. »Gleichzeitig erscheint sie mir eigenartig. Doch sind nicht Geschenke wie die Schönheit, und ihre Wirkung liegt in den Augen des Betrachters? Das habe ich nun gelernt.«

V warf ihr einen Seitenblick zu, um Selbstbeherrschung bemüht. »Er wird kämpfen wollen. Mein Bruder – er wird kämpfen und auf der Abgewandten Seite leben wollen.« Denn es käme für Phury auf keinen Fall infrage, Bella niemals wiederzusehen.

»Und das werde ich gestatten. Zumindest, bis die Reihen der Bruderschaft sich wieder füllen.«

Mit leuchtenden Händen hob die Jungfrau der Schrift ihre Kapuze und bedeckte ihr Gesicht damit. Dann schwebte sie lautlos über den Marmor zu einer kleinen weißen Tür, von der er immer angenommen hatte, sie führe in ihre Privatgemächer.

»Wenn ich es wagen darf«, rief er ihr nach. »Die zweite Bitte?«

Sie verharrte vor dem kleinen Tor. Ohne ihn anzusehen, sagte sie: »Ich sage mich von mir los. Du bist frei von mir und ich von dir. Lebe wohl, Krieger.«

Damit verschwand sie durch die Tür und schloss ihn aus, er hörte einen Riegel zuschnappen. Ohne sie verstummten die Vögel, als hätte nur ihre Anwesenheit sie zum Singen veranlasst.

V stand im Hof und lauschte dem leisen, plätschernden Wasser im Springbrunnen.

Ganze sechs Tage hatte er eine Mutter gehabt.

Er konnte nicht behaupten, dass er sie vermisste. Oder dass er ihr dankbar dafür war, ihm sein Leben zurückgegeben zu haben. Immerhin war sie es gewesen, die ihm alles wegzunehmen versucht hatte.

Als er sich wieder auf dem Anwesen materialisierte, um seinen Bericht abzuliefern, stellte er fest, dass er sich in jedem Fall für Jane entschieden hätte, selbst wenn seine Mutter *Nein* gesagt hätte. Gleich, was es ihn gekostet hätte.

Und das hatte die Jungfrau der Schrift von Anfang an gewusst. Weshalb sie ihn auch aufgegeben hatte.

Egal. Das Einzige, was ihm wirklich etwas bedeutete, war Jane. Die Lage wurde langsam wieder rosiger, aber noch war er nicht über den Berg. Sie konnte immer noch ablehnen. Sie konnte gut und gerne das Leben, das sie kannte, der gefährlichen Halbexistenz an der Seite eines Vampirs vorziehen.

Aber verdammt nochmal, er wollte, dass sie sich für ihn entschied.

Gerade nahm V in seinem Zimmer Gestalt an und dachte an die letzte Nacht mit Jane … als ihm plötzlich bewusst wurde, dass er das Unverzeihliche getan hatte: Er war in ihr zum Ende gekommen. *O nein.* Er war so in seine eigenen Gedanken verstrickt gewesen und hatte dabei völlig vergessen, dass er etwas von sich selbst zurückgelassen hatte. Sie musste inzwischen halbwahnsinnig sein.

Er war so ein Scheißkerl. Ein rücksichtsloser, selbstsüchtiger Scheißkerl.

Und er glaubte tatsächlich, er hätte ihr etwas zu bieten?

19

Als die Nacht hereinbrach, zog Phury seine weiße Seidenhose für die Primalszeremonie an. Er spürte sie nicht auf der Haut, und das lag nicht an dem zarten Stoff. Seit zwei Stunden hatte er durchgehend geraucht, deshalb war er ziemlich betäubt.

Wenn auch nicht so bedröhnt, dass er, als es an der Tür klopfte, nicht sofort gewusst hätte, wer das war.

»Komm rein«, sagte er, ohne sich vom Spiegel über der Kommode abzuwenden. »Solltest du nicht im Bett sein?«

Bella stieß ein Lachen aus. Oder vielleicht war es auch ein Schluchzen. »Eine Stunde pro Tag, schon vergessen? Ich habe noch zweiundfünfzig Minuten.«

Er hob das goldene Primalsamulett auf und band es sich um. Der Anhänger legte sich schwer auf seine Brust, wie der feste Druck einer Hand.

»Bist du dir ganz sicher, dass du das willst?«, fragte sie sanft.

»Ja.«

»Ich vermute mal, Z kommt mit dir?«

»Er ist mein Zeuge.« Heftig drückte Phury den Joint aus. Nahm einen neuen in die Hand und zündete ihn an.

»Wann wirst du zurück sein?«

Er schüttelte den Kopf, während er Rauch ausstieß. »Der Primal lebt auf der Anderen Seite.«

»Vishous wollte das nicht.«

»Sonderregelung. Ich werde trotzdem kämpfen, aber ich möchte drüben bleiben.«

Als sie hörbar die Luft einsog, starrte er sein Spiegelbild an. Sein Haar war feucht und an den Enden verfilzt, also schnappte er sich eine Bürste und fing an, daran zu zerren.

»Phury, was machst du denn … du kannst doch nicht mit einer Glatze zu der Zeremonie gehen – *hör auf.* Mein Gott, du reißt dir ja alle Haare aus.« Sie stellte sich hinter ihn, nahm ihm die Bürste aus der Hand und deutete damit auf die Chaiselongue am Fenster. »Setz dich hin. Lass mich das machen.«

»Nein, danke, ich –«

»Du bist viel zu hart zu dir selbst. Jetzt mach schon.« Sie gab ihm einen leichten Stoß. »Lass mich das machen.«

Aus keinem guten Grund und aus vielen schlechten gehorchte er und setzte sich hin, verschränkte die Arme vor der Brust und hielt die Luft an. Bella fing unten an seiner Mähne an, die Borsten strichen zunächst durch die Spitzen, dann immer höher, bis sie oben auf seinem Scheitel ansetzten und langsam bis ganz nach unten glitten. Mit der freien Hand folgte sie jedem Strich, glättend, besänftigend. Das Knistern in seinem Haar und das Zupfen an seiner Stirn und ihr Duft in seiner Nase waren bittersüße Glücksgefühle, die ihn schutzlos auslieferten.

Tränen benetzten seine Wimpern. Es kam ihm so grausam vor, dass er ihr begegnet war; zu erkennen, was er sich wünschte, aber es nie haben zu können. Obwohl das eigentlich auch ganz passend war. Er hatte sein Leben schon immer mit Dingen verbracht, die außerhalb seiner Reichweite lagen. Zuerst hatte er Jahrzehnte damit verbracht, nach seinem Zwilling zu suchen, weil er gespürt hatte, dass Zsadist am Leben war. Dann hatte er seinen Bruder endlich befreit, nur um festzustellen, dass längst nicht alles in Ordnung war. Das Jahrhundert, das auf die Flucht vor Zs Herrin folgte, war eine andere Form von Hölle gewesen, unentwegt hatte er damit gerechnet, dass Z durchdrehte, hatte eingegriffen, wenn es so war, und sich Sorgen gemacht, wann das Drama in die nächste Runde ginge.

Und dann war Bella aufgetaucht, und sie hatten sich beide in sie verliebt.

Bella war die alte Folter in neuem Gewand. Denn sein Schicksal war die Sehnsucht, immer stand er draußen und blickte durchs Fenster, sah das Feuer, konnte aber nicht nah genug herankommen, um sich daran zu wärmen.

»Wirst du jemals zurückkommen?«, fragte sie.

»Das weiß ich nicht.«

Die Bürste hielt inne. »Vielleicht wirst du sie mögen.«

»Vielleicht. Bitte hör nicht auf. Bitte … noch nicht.«

Phury rieb sich die Augen, als Bella das Kämmen wieder aufnahm. Dieser stille Moment war ihr Abschied, und sie wusste es. Sie weinte auch. Er konnte das frische, salzige Aroma in der Luft riechen.

Allerdings weinte sie aus einem anderen Grund als er. Sie weinte, weil sie ihn bemitleidete, nicht weil sie ihn liebte und ihr das Herz bei der Vorstellung brach, dass sie ihn niemals wiedersehen würde. Sie würde ihn vermissen, das schon. Sich um ihn sorgen, natürlich. Aber sie würde sich nicht nach ihm sehnen. Das hatte sie nie getan.

Eigentlich hätte ihn all das auf den Boden der Realität holen und seiner Rührseligkeit ein Ende bereiten müssen, aber es ging einfach nicht. Er ertrank in seiner Traurigkeit.

Selbstverständlich würde er Zsadist auf der Anderen Seite sehen. Aber sie ... er konnte sich nicht vorstellen, dass sie ihn besuchen käme. Und es wäre auch nicht angemessen, da er der Primal wäre. Da würde es keinen guten Eindruck machen, wenn er einer Frau aus der Außenwelt private Audienzen gab – selbst wenn sie die *Shellan* seines Zwillingsbruders war. Absolute Ausschließlichkeit gegenüber seinen Auserwählten in Gedanken, Taten und Erscheinung lautete sein Gebot als Primal.

Dann fiel ihm plötzlich etwas ein. Das Baby. Er würde nie das Kind sehen, das sie von Z erwartete. Außer vielleicht auf Bildern. Die Bürste strich unter seine Haare und in den Nacken hinauf. Mit geschlossenen Augen gab er sich dem rhythmischen Ziehen auf seinem Kopf hin.

»Ich wünsche mir, dass du dich verliebst«, sagte sie.

Ich bin verliebt. »Ist schon okay.«

Doch sie hielt inne und trat vor ihn. »Ich möchte, dass du jemanden ganz real liebst. Nicht so, wie du glaubst, mich zu lieben.«

Er runzelte die Stirn. »Nimm mir das nicht übel, aber du kannst nicht wissen, was ich –«

»Phury, du liebst mich nicht wirkl–«

Er stand auf und sah ihr direkt in die Augen. »Bitte gewähre mir den Respekt, dir nicht anzumaßen, meine Gefühle besser zu kennen als ich selbst.«

»Du warst noch nie mit einer Frau zusammen.«

»Doch, letzte Nacht.«

Das machte sie vorübergehend sprachlos. Dann sagte sie: »Nicht dort im Club. Bitte nicht ...«

»In einer der Toiletten im hinteren Bereich. Und gut war

es auch. Andererseits war sie natürlich ein Profi.« Okay, jetzt benahm er sich wie ein Arschloch.

»Phury ... nein ...«

»Kann ich meine Bürste zurückhaben? Ich glaube, meine Haare sind jetzt glatt genug.«

»Phury –«

»Die Bürste. Bitte.«

Nach einem Augenblick, der ihm vorkam wie ein Jahrhundert, streckte sie ihm die Hand entgegen. Als er ihr die Bürste abnehmen wollte, waren sie für einen Atemzug durch den hölzernen Griff miteinander verbunden, dann ließ sie den Arm sinken.

»Du verdienst etwas Besseres als das«, flüsterte sie. »Du bist besser als das.«

»Nein, bin ich nicht.« O Mann, ihren todunglücklichen Blick konnte er wirklich nicht länger ertragen. »Dein Mitleid verwandelt mich nicht in einen Prinzen, Bella.«

»Das ist Selbstzerstörung. Das alles.«

»Wohl kaum.« Er ging zur Kommode, hob seinen Joint auf und zog daran. »Ich will es so.«

»Ehrlich? Zündest du dir deshalb schon den ganzen Nachmittag roten Rauch an? Das gesamte Haus riecht danach.«

»Ich rauche, weil ich süchtig bin. Ich bin ein Drogensüchtiger mit einem schwachen Willen, Bella, der gestern Nacht in einer Disco bei einer Prostituierten war. Du solltest mich verurteilen, nicht bemitleiden.«

Sie schüttelte den Kopf. »Versuch nicht, dich vor mir hässlich zu machen. Das klappt nicht. Du bist ein Mann von Wert ...«

»Ach, verflucht nochmal –«

»... der für seinen Bruder viel geopfert hat. Wahrscheinlich zu viel.«

»Bella, hör auf damit.«

»Ein Mann, der sein Bein gab, um seinen Zwillingsbruder zu retten. Der tapfer für seinesgleichen gekämpft hat. Der seine Zukunft für das Glück eines anderen Bruders opfert. Viel tapferer kann man nicht sein.« Ihr Blick wich seinem nicht aus. »Sag du mir nicht, wer du bist. Ich sehe dich viel deutlicher als du dich selbst.«

Unstet wanderte er im Zimmer herum, bis er sich wieder vor der Kommode fand. Er hoffte, es gäbe auf der Anderen Seite keine Spiegel. Er hasste seinen Anblick. Das hatte er schon immer getan.

»Phury –«

»Geh«, forderte er heiser. »Bitte geh einfach.« Als sie keine Anstalten dazu machte, drehte er sich um. »Um Gottes willen, willst du, dass ich vor dir zusammenbreche? Ich brauche meinen Stolz. Das ist das Einzige, was mich jetzt noch aufrecht hält.«

Erschrocken legte sie sich die Hand auf den Mund und blinzelte. Dann straffte sie die Schultern und sprach in der Alten Sprache. *»Dir sei ein glückliches Schicksal beschieden, Phury, Sohn des Ahgony. Mögen deine Füße einem ruhigen Pfad folgen und die Nacht sanft auf deine Schultern fallen.«*

Er verneigte sich. *»Wie auch dir, Bella, geliebte* Nalla *meines Bruders von Fleisch und Blut Zsadist.«*

Als die Tür sich hinter ihr schloss, ließ Phury sich auf das Bett sinken und hob den Joint an die Lippen. Dann sah er sich in dem Zimmer um, das er bewohnt hatte, seit die Bruderschaft auf dieses Anwesen gezogen war. Es war ihm kein Heim, stellte er fest. Es war nur ein Gästezimmer … ein luxuriöses, anonymes Gästezimmer … vier Wände voller hübscher Ölgemälde und teurer Teppiche und Vorhänge, so üppig wie das Ballkleid einer Frau.

Es wäre schön gewesen, ein Heim zu haben.

Doch er war noch nie wirklich irgendwo zu Hause gewesen. Seit Zsadist als Säugling entführt worden war, hatte ihre *Mahmen* sich unter der Erde eingeschlossen, und ihr Vater war auf die Jagd nach der Kinderfrau gegangen, die Z mitgenommen hatte. Phury war zwischen den vor sich hin vegetierenden Schatten des Haushalts aufgewachsen. Alle, selbst die *Doggen,* hatten nur die Notwendigkeiten des Lebens verrichtet. Es hatte kein Lachen gegeben. Kein Glück. Keine Zeremonien.

Keine Umarmungen.

Phury hatte gelernt, sich ruhig zu verhalten und nicht aufzufallen. Es war immerhin das Freundlichste gewesen, was er zu tun vermochte. Denn er war das exakte Abbild dessen gewesen, was sie verloren hatten, die allzu deutliche Erinnerung an die große Trauer, die alle empfanden. Also gewöhnte er sich an, Mützen oder Hüte zu tragen, um sein Gesicht zu verbergen, und schlurfte mit eingezogenem Kopf herum, um kleiner, weniger auffällig zu sein.

Sobald er seine Transition überstanden hatte, zog er los, um seinen Zwillingsbruder zu suchen. Niemand hatte ihn verabschiedet, niemand ihm nachgewunken. Zs Verschwinden hatte die Kapazitäten des gesamten Haushalts, jemanden zu vermissen, aufgebraucht, daher war für Phury nichts mehr übrig gewesen.

Was im Prinzip sogar gut gewesen war. Es vereinfachte alles.

Ungefähr zehn Jahre später erfuhr er von einem entfernten Cousin, dass seine Mutter im Schlaf gestorben war. Sofort war er nach Hause zurückgekehrt, doch sie hatten das Begräbnis ohne ihn abgehalten. Sein Vater war dann etwa acht Jahre darauf gestorben. Dieses Mal war Phury rechtzeitig zur Beerdigung da gewesen und hatte eine letzte Nacht in seinem Elternhaus verbracht. Danach war das Anwesen verkauft worden, die *Doggen* hatten sich zerstreut, und es war, als hätte es seine Eltern nie gegeben.

Seine Wurzellosigkeit heute war demnach nichts Neues. Seit seinen frühesten Erinnerungen als Kind hatte er sie empfunden. Er war immer ein Wanderer gewesen, und die Andere Seite würde ihm einen Bezugspunkt bieten. Ein Heim könnte er sich dort nicht schaffen, denn das ginge nicht ohne seinen Zwilling. Oder seine Brüder. Oder –

Er stockte. Weigerte sich, an Bella zu denken.

Als er aufstand und sein Gewicht auf der Prothese spürte, dachte er, was es doch eine Ironie des Schicksals war, dass einem Nomaden wie ihm ein halbes Bein fehlte.

Wieder drückte er einen Joint aus, steckte sich ein paar mehr in die Tasche und war schon fast durch die Tür, als er noch einmal stehen blieb und sich umdrehte. In vier Schritten war er bei dem begehbaren Schrank, drei Drehungen an einem Schloss öffneten einen Metalltresor, zwei Hände griffen hinein. Ein schwarzer Dolch kam zum Vorschein.

Er wog die Waffe in der Handfläche, genoss die perfekte Ausgewogenheit und die Präzision des Griffs, die genau auf seine, und nur seine Brustmuskeln abgestimmt war. Vishous hatte ihn für ihn geschmiedet … wie lange war das jetzt her? Fünfundsiebzig Jahre … genau, diesen Sommer wären es fünfundsiebzig Jahre her, dass er der Bruderschaft beigetreten war.

Im Lichtschein untersuchte er die Klinge. Fünfundsiebzig Jahre getötete *Lesser* und kein Kratzer zu sehen. Er holte seinen anderen Dolch aus dem Tresor. Das gleiche Spiel. V war ein Meister seines Handwerks, ganz ohne Zweifel.

Mit den Waffen in der Hand stellte Phury sich jetzt noch einmal Vishous vor, wie er früher am Abend im Türrahmen von Phurys Zimmer gestanden und erklärt hatte, dass die Jungfrau der Schrift ihnen die Ersetzung des Primals gestattet hatte. Der sonst so eiskalte Bruder hatte Leben in den Augen gehabt. Leben und Hoffnung, neben einer schimmernden Absicht.

Phury steckte sich einen der Dolche in den Seidengürtel um seine Taille, den anderen legte er zurück in den Safe. Dann lief er mit stählerner Wirbelsäule zur Tür.

Liebe war jedes Opfer wert, dachte er, als er sein Zimmer verließ. Selbst wenn es nicht die eigene war.

In genau diesem Augenblick materialisierte sich V auf dem Bürgersteig gegenüber von Janes Wohnung. Es brannte kein Licht, und er war versucht, einfach in ihr Apartment reinzumarschieren, doch er hielt sich im Schatten.

Mannomann, in seinem Kopf herrschte totales Chaos. Er hatte ein wahnsinnig schlechtes Gewissen wegen Phury. Todesangst, was Jane sagen würde. Sorgen, wie er eine Zukunft mit einem Menschen in den Griff bekommen sollte. Er machte sich sogar Gedanken über diese arme Auserwählte, die für all ihre Schwester geradestehen musste.

Er sah auf die Uhr. Acht. Jane müsste doch sicher bald nach Hause kommen –

Das Garagentor im Nachbargebäude rollte mit einem jammernden Geräusch nach oben, und ein gähnend langweiliger Minivan setzte rückwärts heraus. Die Bremsen gaben ein leises Quietschen von sich, als der Fahrer bremste, das Lenkrad einschlug und dann den ersten Gang einlegte.

V legte die Stirn in Falten, seine Instinkte regten sich ohne ersichtlichen Anlass. Er schnüffelte in die Luft, stand aber gegen den Wind zu dem Wagen, weshalb er keinen Geruch aufschnappen konnte.

Na super, jetzt war er auch noch paranoid – was zusätzlich zu seinen allgemeinen Angstzuständen und dem Narzissmus, den er in letzter Zeit an den Tag legte, bedeutete, dass er heute Nacht fast alle Symptome von Geisteskrankheit aufwies.

Wieder sah er auf die Uhr, nur so aus Spaß. Zwei Minuten später. Na großartig.

Als sein Handy klingelte, hob er erleichtert ab, weil er sich dadurch etwas die Zeit vertreiben konnte. »Schön, dass du es bist, Bulle.«

Butchs Stimme klang nicht gut. »Bist du schon bei ihr?«

»Ja, aber sie ist nicht hier. Was ist los?«

»Irgendwas stimmt nicht mit deinen Computern.«

»Nämlich?«

»Nämlich, dass einer der Tracer, die du im Krankenhauscomputer installiert hast, Alarm gegeben hat. Jemand hat die Krankenakte von Michael Klosnick aufgerufen.«

»Macht nichts.«

»Es war der Chefarzt. Manello.«

Mann, wie V den Klang dieses Namens hasste. »Und weiter?«

»Er hat heute auf seinem eigenen Rechner nach den Aufnahmen von deinem Herzen gewühlt. Eindeutig auf der Suche nach der Datei, die Phury zerstört hat, während wir dich evakuiert haben.«

»Interessant.« V fragte sich, wie der Bursche wohl darauf aufmerksam geworden war … vielleicht ein Ausdruck eines Fotos mit Datum und Zeit? Selbst wenn kein Patientenname darauf vermerkt war, wäre dieser Manello bestimmt clever genug, ihn bis in den OP zurückzuverfolgen und auszutüfteln, wer da auf Janes Tisch gelegen hatte. An sich war das keine große Sache, denn die Krankenakte zeigte, dass Michael Klosnick nach der Operation das Krankenhaus auf eigene Gefahr verlassen hatte. Aber trotzdem … »Ich glaube, ich sollte dem guten Onkel Doktor mal einen Besuch abstatten.«

»Äh, tja, ich dachte mir, dass wir diesen Auftrag vielleicht lieber outsourcen sollten. Warum lässt du mich das nicht übernehmen?«

»Weil du nicht weißt, wie man Erinnerungen auslöscht, oder?«

Schweigen. »Leck mich. Aber du hast nicht ganz Unrecht.«

»Ist der Kerl jetzt gerade eingeloggt?«

»Ja, von seinem Büro aus.«

Unschön, eine Konfrontation an einem öffentlichen Ort, selbst nach Dienstschluss, aber Gott allein mochte wissen, wo der Doc sonst noch seine Nase reinstecken würde.

Mist, dachte V. Das genau war es, was er Jane zu bieten hatte: Geheimnisse. Lügen. Gefahr. Er war ein selbstsüchtiger, berechnender Dreckskerl, und was noch schlimmer war: Er ruinierte Phurys Leben, nur um Janes auch ruinieren zu können.

Ein Auto bog in die Straße ein, und im Licht einer Straßenlaterne konnte er erkennen, dass es Janes Audi war.

»Scheiße«, sagte er laut.

»Kommt sie gerade?«

»Ich kümmere mich um Manello. Später.«

Als er auflegte, war er nicht sicher, ob er ihr das antun durfte. Wenn er jetzt ginge, würde er es noch rechtzeitig auf die Andere Seite schaffen, bevor Phury den Eid des Primals ablegte.

Verdammt.

20

Jane parkte rückwärts in ihrer Garage, nahm den Gang heraus und blieb einfach dort sitzen, bei laufendem Motor. Auf dem Beifahrersitz neben ihr lagen die Ergebnisse des CT, das Manello und sie heimlich gemacht hatten. Kristallklar. Kein Anzeichen von einem Tumor oder Aneurysma oder sonstigem Defekt.

Sie hätte erleichtert sein sollen, aber die fehlende Erklärung setzte ihr zu, weil ihre Denkprozesse weiterhin langsam und schwerfällig waren. Es war beinahe, als müssten ihre Nervenbahnen eine Art Hindernis in ihrem Gehirn umgehen. Und ihre Brust schmerzte auch immer noch höllisch.

Ein Mann trat ins Licht ihrer Scheinwerfer … ein riesiger Mann mit dunklem Haar und einem Ziegenbärtchen und Lederklamotten. Hinter ihm verschwamm die Landschaft, als wäre er aus einem Nebel getreten.

Übergangslos brach Jane in Tränen aus.

Dieser Mann … diese Erscheinung … er war der Schatten, der ihr im Kopf herumspukte. Er war, was sie kannte, doch nicht erkennen konnte, um das sie trauerte, und das sie doch nicht zuordnen konnte. Alles passte plötzlich zusammen –

Beim nächsten Atemzug fuhr ihr ein Schmerz in die Schläfen, eine schreckliche, erdrückende Last.

Doch anstatt sich durch ihren Körper zu wälzen, löste er sich auf, schwebte einfach davon, ließ nicht einmal ein Stechen zurück. In seinem Kielwasser trieben Bilder heran, Bilder von sich selbst: wie sie diesen Mann operierte, wie sie entführt wurde und in einem Raum mit ihm gefangen gehalten wurde … von ihnen beiden zusammen … von sich … wie sie sich verliebte … und dann verlassen wurde.

V.

Der Ansturm der Erinnerung waberte und schwankte, während ihr Verstand krampfhaft Halt in einer schlüpfrigen Realität zu finden versuchte. Er konnte nicht zurück sein. Er kam nicht zurück.

Das musste ein Traum sein.

»Jane«, sagte die Erscheinung ihres Geliebten. *O mein Gott* … Seine Stimme war noch dieselbe, tief und wunderschön, sie wand sich wie dunkelrote Seide in ihr Ohr hinein. »Jane …«

Zitternd fummelte sie am Zündschloss herum, machte das Licht aus und stieg aus dem Wagen.

Die Luft war kalt auf ihren feuchten Wangen, und ihr Herz hämmerte, als sie sagte: »Bist du echt?«

»Ja.«

»Woher soll ich das wissen?« Ihre Stimme versagte, und sie griff sich an die Schläfen. »Ich weiß überhaupt nichts mehr. Ich kann nicht mehr klar denken.«

»Jane«, raunte er. »Es tut mir so leid –«

»Mein Kopf ist nicht in Ordnung.«

»Das ist meine Schuld. Das ist alles meine Schuld.« Die Anspannung und der Kummer in seinem stolzen Gesicht durchdrangen ihre Verwirrung, boten ihr festen Boden unter den Füßen.

Sie holte tief Luft und dachte an Russell Crowe in der Schlussszene von *A Beautiful Mind.* Dann nahm sie ihren Mut zusammen, ging auf die Gestalt zu, die offenbar V war, legte ihm zwei Finger an die Schulter und schob.

Er war hart wie Stein. Und er roch noch genauso … nach dunklen Gewürzen. Und seine Augen – dieselben hellen Diamantaugen – leuchteten wie eh und je.

»Ich dachte, du wärst für immer fort«, flüsterte sie. »Warum …«

Sie erhoffte sich nur, wenigstens zu begreifen, was los war, und warum er zurückgekehrt war.

»Ich werde nicht heiraten.«

Ihr stockte der Atem. »Nicht?«

Er schüttelte den Kopf. »Ich konnte es einfach nicht. Ich kann mit niemandem außer mit dir zusammen sein. Ich weiß nicht, ob du mich willst –«

Ohne einen bewussten Gedanken zu fassen, sprang sie hoch und hängte sich an seinen Hals, die Barrieren von Spezies und Umständen waren ihr vollkommen egal. Sie brauchte ihn. Den Rest konnten sie später aushandeln.

»Natürlich will ich dich«, raunte sie ihm ins Ohr. »Ich liebe dich.«

Er stieß ein heiseres Wort aus, und seine Arme pressten sie an sich. Als sie keine Luft mehr bekam, weil er sie so fest hielt, dachte sie: Ja, das ist er wirklich. Und dieses Mal würde er sie nicht wieder gehenlassen.

Gott sei Dank.

Mit Jane im Arm war Vishous durch und durch glücklich. Er fühlte sich *vollständig,* in einer Weise, die den Besitz aller Finger und Zehen um Längen übertraf. Schnell schloss er das Garagentor, bevor er Jane mit einem Triumphgeheul in ihre Wohnung trug.

»Ich dachte, ich werde verrückt«, sagte sie, als er sie auf dem Tisch absetzte. »Wirklich.«

Gebundener Vampir, der er war, konnte er es kaum erwarten, in sie einzudringen, aber er bremste seine niederen Triebe. Meine Güte, sie sollten sich wirklich erstmal unterhalten.

Wirklich. Aber er wollte sie.

»Es tut mir leid – ehrlich Jane, es tut mir so leid, dass ich dein Gedächtnis löschen musste. Ich kann mir vorstellen, dass das wahnsinnig verstörend gewesen sein muss. Und auch unheimlich.«

Ihre Hände wanderten über sein Gesicht, als hätte sie immer noch nicht ganz kapiert, dass er wirklich echt war. »Wie hast du das mit deinen ganzen Ehefrauen abgebogen?«

»Einer meiner Brüder hat meinen Platz eingenommen.« V schloss die Augen, als ihre Finger über seine Wangen und die Nase strichen, über sein Kinn, seine Schläfen.

»Im Ernst?«

»Phury, den du verarztet hast, hat das getan. Ich weiß nicht, wie ich das jemals wiedergutmachen soll.« Urplötzlich gewann der gebundene Vampir in ihm die Oberhand über seinen Verstand, pflügte gute Manieren und gesunden Menschenverstand unter. »Jane, ich möchte, dass du bei mir lebst. Ich will dich bei mir haben.«

Ihr Lächeln leuchtete in ihrer Stimme. »Ich würde dich wahrscheinlich in den Wahnsinn treiben.«

»Ausgeschlossen.« Sein Mund öffnete sich, als sie über seine Unterlippe strich.

»Na ja, wir können es ja probieren.«

Er sah sie an. »Die Sache ist nur die: Wenn du bei mir bleiben würdest, müsstest du diese Welt aufgeben. Du müsstest deine Arbeit aufgeben. Du müsstest … es gibt nur alles oder nichts.«

»O …« Sie runzelte die Stirn. »Ich, äh, ich bin mir nicht sicher –«

»Das verstehe ich. Ich darf das gar nicht von dir verlangen, und offen gestanden, will ich auch gar nicht, dass du dein Leben aufgibst.« Was die absolute Wahrheit war. Trotz seiner Liebe zu ihr. »Lass uns einfach eins nach dem anderen angehen. Ich komme dich besuchen, oder wir kaufen uns eine andere Wohnung, irgendetwas Abgelegenes, wo wir zusammen freie Tage verbringen könnten. Wir machen das schon.« Er sah sich in ihrer Küche um. »Aber in jedem Fall werde ich deine Wohnung verkabeln. Sie sicherer machen. Überwachen.«

»In Ordnung.« Sie zog den Mantel aus. »Tu, was du nicht lassen kannst.

Mhm … Apropos. Sein Blick wanderte an ihrem Kittel hinab. Er sah sie immer nur nackt vor sich.

»V«, sagte sie leise. »Was genau schaust du da an?«

»Meine Frau.«

Sie lachte leise. »Hast du etwas Bestimmtes vor?«

»Kann schon sein.«

»Was könnte das nur sein?« Der taufeuchte Duft von Erregung entströmte ihr, löste in ihm einen Drang aus, sie zu kennzeichnen, als läge sie nackt und offen vor ihm.

Er nahm ihre Hand und legte sie zwischen seine Beine. »Rate mal.«

»Ach … ja … das wieder.«

»Immer.«

Ohne noch länger zu zögern, fletschte er zischend die

Fänge, biss durch den Kragen ihres Kittels und riss den Stoff in der Mitte auf. Ihr BH war aus Baumwolle, weiß und – braves kleines Ding – hatte den Verschluss vorne. Er löste ihn, legte den Mund auf eine ihrer Brustwarzen und zerrte Jane vom Tisch herunter.

Der Weg nach oben in ihr Schlafzimmer war interessant, mit diversen Unterbrechungen, die zur Folge hatten, dass sie schon nackt war, als er sie oben auf die Matratze legte. Seine Lederhose und das Shirt loszuwerden, dauerte nur Sekunden, und als er sie bestieg, stand sein Mund offen, die Fänge waren zu voller Länge ausgefahren.

Sie lächelte ihn an. »Durstig?«

»*Ja.*«

Grazil neigte sie das Kinn zur Seite und gewährte ihm freien Zugang zu ihrem Hals. Mit einem Knurren drang er doppelt in sie ein, zwischen ihre Schenkel und in ihren Hals. Er stieß hart in sie hinein, und sie bohrte ihre kurzen Nägel in seinen Rücken und schlang die Beine um seine Hüften.

Es dauerte gute zwei Stunden, bis der Sex vorbei war, und als sie im Dunklen neben ihm lag, gesättigt und friedvoll, dankte er seinem Schicksal und lachte kurz auf.

»Was denn?«, fragte sie.

»Bei all meinen Visionen hätte ich das doch nie vorhergesehen.«

»Nein?«

»Auf das hier hätte ich niemals zu hoffen gewagt.« Er küsste sie auf die Schläfe, schloss die Augen und gestattete sich, in einen Schlummer zu gleiten.

Doch es sollte nicht sein. Ein schwarzer Schatten schwebte über ihn hinweg, während er noch in den Schlaf hinüberglitt, aktivierte seine Synapsen, gewährte Angst und Panik Einlass in seine Seele. Er redete sich gut zu, dass er sich einfach noch nicht wieder ganz gefangen hatte; denn wenn man so knapp davor stand, die Liebe seines Lebens zu verlieren, brauchte man ein Weilchen, um wieder auf Normalbetrieb zu schalten.

Doch die Erklärung griff nicht. Er wusste, dass da noch etwas anderes war … etwas zu Schreckliches, um darüber nachzudenken, eine Bombe in seinem Briefkasten.

Sein gefürchtetes Schicksal war noch nicht fertig mit ihm.

»Alles okay bei dir?«, fragte Jane. »Du zitterst.«

»Alles ist gut.« Er rutschte noch näher an sie heran. »Solange du bei mir bist, ist alles gut.«

21

Auf der Anderen Seite schritt Phury von Z und Wrath flankiert den Abhang zum Amphitheater hinab. Die Jungfrau der Schrift und die Directrix erwarteten ihn auf der Bühne, beide in Schwarz. Die Directrix wirkte nicht begeistert, ihre Augen waren schmale Schlitze, die Lippen zu einem Strich verzogen, die Hände umklammerten ein Medaillon an ihrem Hals. Die Miene der Jungfrau der Schrift war nicht zu deuten. Ihr Gesicht wurde von ihrer Robe verhüllt, doch selbst wenn sie ihr Antlitz gezeigt hätte, bezweifelte Phury, dass er ihre Gedanken hätte erraten können.

Nun trat er vor den goldenen Thron, setzte sich aber nicht. Wahrscheinlich wäre das an sich eine ganz gute Idee gewesen. Er hatte das Gefühl, zu treiben, sein Körper schwebte praktisch, sein Kopf war irgendwo, nur nicht auf seinen Schultern. Konnte auch an dem Paket roten Rauch liegen, den er sich reingezogen hatte, dachte er. Oder daran, dass er mehr als drei Dutzend Frauen gleichzeitig heiraten sollte.

Du lieber Gott.

»Wrath, Sohn des Wrath«, verkündete die Jungfrau der Schrift. »Tritt vor und grüße mich.«

Gehorsam lief Wrath zur Bühnenkante und kniete nieder. »Euer Gnaden.«

»Du möchtest mich etwas fragen. Tu es jetzt, vorausgesetzt, du formulierst es geziemend.«

»Wenn es erlaubt wäre, möchte ich darum bitten, dass Phury, was den Kampf betrifft, das gleiche Arrangement in Anspruch nehmen darf, das für Vishous vereinbart war. Wir haben Bedarf an Kriegern.«

»Ich bin geneigt, das einstweilen zu gewähren. Er wird bei euch leben –«

Phury fiel ihr mit einem satten »Nein« ins Wort. Als die Köpfe aller Anwesenden zu ihm herumschnellten, sagte er: »Ich werde hierbleiben. Ich werde kämpfen, aber hier wohnen.« Um seine Unhöflichkeit auszugleichen, machte er eine kleine Verbeugung. »Wenn es gestattet wäre.«

Zsadists Mund klappte auf, das vernarbte Gesicht zeigte eine völlig fassungslose Miene – doch das kurze Lachen der Jungfrau der Schrift hinderte ihn am Sprechen. »So sei es. Die Auserwählten würden das bevorzugen, genau wie ich. Nun erhebe dich, Wrath, Sohn des Wrath, und lasst uns beginnen.«

Als sich der König zu voller Größe aufrichtete, hob die Jungfrau der Schrift ihre Kapuze. »Phury, Sohn des Ahgony, ich ersuche dich, die Rolle des Primals anzunehmen. Willigst du ein?«

»Ja, ich willige ein.«

»Tritt vor und knie vor mir nieder.«

Er spürte seine Füße überhaupt nicht, als er nach vorne schritt und ein paar Stufen erklomm, spürte den Marmor nicht unter den Knien, als er vor der Jungfrau der Schrift niedersank. Während ihre Hand auf seinem Kopf lag, zitterte er nicht, dachte nicht, blinzelte nicht. Er fühlte sich, als säße er auf dem Beifahrersitz eines Autos, den Launen des Fahrers in Bezug auf Tempo und Fahrtziel unterworfen. Sich zu fügen, war einfach angeraten.

Seltsam, denn er hatte das hier selbst gewählt. Er hatte sich freiwillig gemeldet.

Schon, aber Gott allein wusste, wohin diese Entscheidung ihn führen würde.

Die Worte, die die Jungfrau der Schrift über seiner gebeugten Gestalt sprach, hatten Ähnlichkeit mit der Alten Sprache, aber er konnte nicht allem folgen.

»Steh auf und hebe deinen Blick«, verkündete die Jungfrau der Schrift schließlich. »Erblicke deine Partnerinnen, über die du herrschen wirst; du wirst ihren Körpern sowohl befehlen als auch dienen.«

Als er wieder aufstand, bemerkte er, dass der Vorhang geöffnet worden war und alle Auserwählten dort aufgereiht standen, ihre Gewänder waren blutrot und leuchteten wie Rubine inmitten des ganzen Weiß. In perfektem Gleichmaß verbeugten sie sich.

Heilige Scheiße … er hatte es wirklich getan.

Plötzlich tauchte Z auf der Bühne auf und fasste ihn am Arm. Was zum – ach so, richtig. Er stand ganz schief. Wäre wahrscheinlich umgekippt. Und das hätte ja nicht so gut ausgesehen.

Die Stimme der Jungfrau der Schrift erzeugte ein mächtiges Echo. »Es ist vollbracht.« Ihre Geisterhand hob sich, und sie deutete auf einen Tempel oben auf dem Hügel. »Geh nun in die Kammer und nimm die Erste unter allen, wie ein Mann es tut.«

Zsadists Hand drückte seinen Arm. »Mein Bruder …«

»Hör auf«, zischte Phury. »Es ist schon in Ordnung.«

Er entwand sich dem Griff seines Zwillingsbruders, verneigte sich vor der Jungfrau der Schrift und Wrath und schwankte dann die Stufen hinunter und den Hügel hinauf. Das Gras fühlte sich weich unter seinen Füßen an, und das eigenartige diffuse Licht der Anderen Seite umgab ihn. Keins von beidem empfand er als tröstlich. Er spürte die Blicke der Auserwählten in seinem Rücken, und ihr Hunger ließ ihn selbst durch den Dunst des roten Rauchs hindurch innerlich gefrieren.

Der Tempel oben auf dem Hügel wirkte römisch und hatte weiße Säulen. Die Klinken an den gigantischen Flügeltüren waren goldene Knoten. Er drehte an dem rechten, drückte dagegen und trat ein.

Übergangslos wurde sein Körper hart, die berauschende Duftmischung aus Jasmin und süßem, schwerem Rauchwerk verlockte, erotisierte ihn. Wie es gedacht war. Ganz vorne hing ein weißer Vorhang, durch dessen Falten strahlendes Licht sickerte, ein flackernder Schein, der von Hunderten von Kerzen stammen musste.

Er zog den Vorhang beiseite. Und wich zurück, wobei seine Erektion halb erschlaffte.

Die Auserwählte, mit der er sich zu vereinigen hatte, lag ausgestreckt auf einem marmornen Podest auf einem Kissen. Ein Vorhang fiel von der Decke herab auf ihren Hals und verhüllte ihr Gesicht. Ihre Beine waren gespreizt und mit weißen Seidenschleifen festgebunden, die Arme ebenso. Ein hauchdünnes Stück Stoff bedeckte ihren nackten Körper.

Die Grundlage des Rituals war offensichtlich. Sie war das Opfergefäß, eine anonyme Vertreterin aller anderen. Er war im Besitz des Weins, war derjenige, der ihren Körper füllen würde. Und obwohl es absolut unverzeihlich von ihm war, hatte er eine Sekunde lang den drängenden Wunsch, sie sofort zu nehmen.

Mein, dachte er. Laut Gesetz und Sitte und allem, was anerkannt war, gehörte sie ihm, so wie ihm seine Dolche gehörten, so wie ihm das Haar auf seinem Kopf gehörte. Und er wollte in sie eindringen. Wollte in ihr kommen.

Doch das kam nicht infrage. Sein Anstand setzte sich mit aller Kraft über seine Triebe hinweg: Sie war völlig verängstigt, weinte lautlos, als unterdrücke sie das Geräusch, indem sie sich auf die Lippe biss, zitterte so stark, dass ihre Gliedmaßen wie Metronome aussahen.

»Sei ganz ruhig«, sagte er mit sanfter Stimme.

Sie zuckte zusammen. Dann setzte das Zittern schlimmer als vorher wieder ein.

Schlagartig wurde er wahnsinnig wütend. Es war abstoßend, dass diese arme Frau ihm wie ein Tier für den Gebrauch dargeboten wurde, und obwohl er auf ähnliche Art und Weise benutzt wurde, war es doch seine freie Entscheidung gewesen, sich in diese Lage zu versetzen: Aber er hatte ernsthafte Zweifel, ob das auch bei ihr der Fall war. Immerhin hatte man sie beide Male festbinden müssen.

Phury griff nach dem Vorhang, der ihr Gesicht verbarg, und riss ihn herunter –

Großer Gott. Das Schluchzen der Auserwählten wurde nicht von ihr selbst unterdrückt, indem sie sich auf die Lippe biss; sie war geknebelt und um die Stirn ans Bett gefesselt. Tränen strömten ihr über das fleckige, gerötete Gesicht, und die Sehnen in ihrem Hals traten starr hervor – sie schrie, wenn sie auch kein Geräusch hervorbrachte, die Augen weit aufgerissen vor Schreck.

Rasch entfernte er den Knebel aus ihrem Mund. »Sei ganz ruhig …«

Sie keuchte, offenbar nicht in der Lage, zu sprechen. Frei nach dem Motto »Taten statt Worte« löste er das Band um ihre Stirn und befreite es aus ihrem langen blonden Haar.

Sobald er ihre dünnen Arme aus den Fesseln gelöst hatte, bedeckte sie ihre Brüste und die Scham damit, und einem Impuls folgend legte er den Vorhang, den er heruntergerissen hatte, über sie, bevor er die Fesseln an ihren Füßen löste. Dann trat er von ihr weg, ging quer durch den Raum und lehnte sich mit dem Rücken an die gegenüberliegende Wand. Er dachte sich, dass sie sich dann bestimmt sicherer fühlen würde.

Er starrte zu Boden und sah nur sie vor sich: Die Auserwählte war blass und blond, ihre Augen jadegrün. Sie hatte feine Gesichtszüge, die ihn an eine Porzellanpuppe erinnerten, und ihr Duft ähnelte Jasmin. Mein Gott, sie war viel zu zart, um so gemartert zu werden. Zu würdig, um die Brunft eines Fremden zu ertragen.

Verflucht nochmal. Was für ein Fiasko.

Phury unterbrach das Schweigen nicht, in der Hoffnung, sie würde sich an seine Anwesenheit gewöhnen, während er sich überlegte, was als Nächstes passieren sollte.

Sex auf jeden Fall nicht, so viel stand fest.

Jane war kein erklärter Fan von *Sound of Music*, aber als sie jetzt im Bett lag und V dabei zusah, wie er seine Klamotten suchte, bekam sie größte Lust auf eine Julie-Andrews-Nummer. Verliebt zu sein konnte einen wirklich dazu bringen, die Arme auszubreiten und mit einem breiten Lächeln auf dem Gesicht im Sonnenschein Pirouetten zu drehen. Außerdem hatte sie die passenden kurzen blonden Haare. Ein Dirndl stand allerdings nicht zur Debatte.

Es gab nur ein kleines Problem.

»Versprich mir, dass du ihm nichts tust«, sagte sie, als V sich die Lederhose hochzog. »Versprich mir, dass mein Chef nicht mit gebrochenen Beinen endet.«

»Keine Sorge.« V zog sich das schwarze Shirt über, das

sich straff über seine Muskeln spannte. »Ich werde nur dafür sorgen, dass er sauber ist und dieses Bild von meiner Pumpe verschwindet.«

»Sagst du mir danach Bescheid, wie es gelaufen ist?«

Unter gesenkten Brauen blickte er sie an, ein bösartiges Lächeln um die Lippen. »Du traust mir wohl nicht über den Weg, was deinen Romeo angeht?«

»Nicht weiter, als ich dich werfen kann.«

»Schlaues Mädchen.« V setzte sich zu ihr auf die Bettkante, die Diamantaugen immer noch leuchtend vom Sex. »Wenn es um dich geht, muss der Herr Doktor gut aufpassen.«

Sie nahm seine unbedeckte Hand, weil sie wusste, dass er es hasste, wenn sie dem Handschuh auch nur nahe kam. »Manny weiß, wo er bei mir steht.«

»Weiß er das?«

»Ich hab es ihm gesagt. Gleich nach dem Wochenende. Obwohl ich mich nicht an dich erinnern konnte, fühlte es sich einfach … falsch an.«

V beugte sich vor und küsste sie. »Ich komme wieder hierher, wenn ich bei ihm war, okay? Dann kannst du mir in die Augen sehen und dich vergewissern, dass der Bursche noch atmet. Und abgesehen davon möchte ich hier Ernst machen. Ich würde gern am kommenden Nachmittag Fritz mit ein bisschen Material herschicken, damit ich die Wohnung verkabeln kann. Hast du einen separaten Garagentoröffner?«

»Ja, in der Küche. In der Schublade unter dem Telefon.«

»Gut. Den nehme ich mit.« Er fuhr ihr mit dem Finger über den Hals und zog einen Kreis um den neuesten Biss. »Jeden Abend, wenn du nach Hause kommst, werde ich hier sein. Und jeden Morgen, bevor ich zurück auf unser Anwesen muss, werde ich hier sein. Jede Nacht, die ich freihabe, werde ich hier sein. Wir werden uns die Zeit stehlen, wann und wo wir können, und wenn wir nicht zusammen sind, bleiben wir über das Telefon in Kontakt.«

Wie eine völlig normale Beziehung, dachte sie, und die Vorstellung, dass das Ganze auch etwas Prosaisches hatte, war angenehm. Es verankerte sie auf dem Boden der Realität: Sie waren zwei Leute, die bereit waren, sich auf eine Beziehung einzulassen und daran zu arbeiten. Mehr konnte man von dem Geliebten nicht verlangen.

»Wie lautet dein voller Name?«, murmelte sie. »Mir fällt gerade auf, dass ich dich nur als V kenne.«

»Vishous.«

Jane drückte seine Hand. »Wie bitte?«

»Vishous. Ja, sicher, für dich ist das natürlich komisch –«

»Moment, Moment, Moment – wie buchstabiert man das?«

»V-i-s-h-o-u-s.«

»Großer … Gott.«

»Was ist denn?«

Unsicher räusperte sie sich. »Äh, vor langer, langer Zeit – das ist eine Ewigkeit her – saß ich mit meiner Schwester zusammen in meinem Kinderzimmer. Wir hatten ein Ouija-Brett zwischen uns liegen und stellten ihm Fragen.« Sie blickte zu ihm auf. »Du warst meine Antwort.«

»Auf welche Frage?«

»Wen ich einmal heiraten würde.«

Ganz langsam verzog V den Mund zu einem Lächeln, einem sehr männlichen, selbstgefälligen Lächeln. »Dann willst du mich also heiraten?«

Sie lachte. »Ja, klar. Steck mich doch schnell in ein weißes Kleid und such uns einen Altar …«

Der neckende Ausdruck auf seiner Miene verflog. »Ich meine das ernst.«

»O Gott.«

»Das ist vermutlich kein Ja?«

Jane setzte sich auf. »Ich hatte nie vor, zu heiraten.«

Er zuckte zusammen. »Alles klar, das war jetzt nicht unbedingt die Antwort, die ich mir erhofft hatte –«

»Nein, ich meine, ich bin nur überrascht, wie … leicht es sich anfühlt.«

»Leicht?«

»Die Vorstellung, deine Frau zu sein.«

Erneut stahl sich ein Lächeln auf sein Gesicht, verschwand aber schnell wieder. »Wir können die Zeremonie nach meiner Tradition abhalten, aber sie wird nicht offiziell sein.«

»Weil ich keine von euch bin?«

»Weil die Jungfrau der Schrift mich nicht ausstehen kann, also können wir dich ihr nicht vorführen. Aber den Rest können wir trotzdem machen.« Jetzt grinste er verschmitzt. »Besonders das Einritzen.«

»Einritzen?«

»Deinen Namen. Auf meinen Rücken. Ich kann es kaum erwarten.«

Jane pfiff durch die Zähne. »Darf ich das machen?«

Sein Lachen klang wie ein Bellen. »Nein!«

»Komm schon. Ich bin Ärztin, ich bin gut mit Messern.«

»Meine Brüder werden das tun – wobei, eigentlich könntest du auch einen Buchstaben übernehmen. Mmm, das turnt mich an.« Er küsste sie. »Junge, Junge, du bist genau die richtige Frau für mich.«

»Muss ich mich auch schneiden lassen?«

»Um Himmels willen, nein. Man macht das nur bei den Männern, damit jeder gleich weiß, wem wir gehören.«

»Wem ihr gehört?«

»Genau. Du kannst über mich befehlen. Über mich

herrschen. Mit mir machen, was du willst. Glaubst du, du kommst damit klar?«

»Bin ich doch schon, weißt du nicht mehr?«

Vs Lider senkten sich, und er stieß ein Knurren aus. »O ja, und wie ich das noch weiß. Wann können wir wieder in mein Penthouse gehen?«

»Nenn mir einen Termin, und ich stehe Gewehr bei Fuß.« Und beim nächsten Mal würde sie vielleicht selbst ein Fetzchen Leder am Leib tragen. »Hey, bekomme ich einen Ring?«

»Wenn du willst, kaufe ich dir einen Diamanten, so groß wie dein Kopf.«

»Ja, klar. Als würde ich jetzt plötzlich meine glamouröse Seite entdecken. Aber woher sollen die Leute dann wissen, dass ich verheiratet bin?«

Er beugte sich über sie und knabberte an ihrem Hals. »Riechst du mich?«

»O ja, ich liebe deinen Geruch.«

Zart streifte er mit den Lippen über ihren Kiefer. »Mein Duft ist überall auf dir. In dir. So werden meine Leute wissen, wer dein Partner ist. Gleichzeitig ist das eine Warnung.«

»Eine Warnung?« Sie bekam ganz weiche Knie.

»Für andere Männer. Damit sie wissen, wer ihnen mit dem Dolch auf die Pelle rückt, wenn sie dich anfassen.«

Okay, das dürfte sie eigentlich nicht so wahnsinnig erotisch finden. Tat sie aber. »Ihr nehmt das mit dem Partner echt ernst, was?«

»Gebundene Vampire sind gefährlich.« Seine Stimme klang in ihrem Ohr wie ein tiefes Schnurren. »Wir töten, um unsere Frauen zu beschützen. So ist das nun mal.« Jetzt zog er die Decke von ihr weg, machte seinen Reißverschluss auf und spreizte ihre Beine mit seiner Handfläche. »Außerdem kennzeichnen wir, was uns gehört. Und da wir uns jetzt zwölf Stunden lang nicht sehen werden, verteile ich, glaube ich, lieber noch ein bisschen mehr von meinem Duft auf dir.«

Mit einem Ruck stieß er seine Hüften nach vorn, und Jane stöhnte auf. Obwohl sie ihn jetzt schon so viele Male gehabt hatte, war seine Größe doch jedes Mal ein Schock. Er zog ihren Kopf an den Haaren in den Nacken, und seine Zunge schoss in ihren Mund, während er sich auf ihr bewegte.

Doch dann hielt er inne. »Heute Nacht werden wir uns vereinigen. Wrath wird der Zeremonie vorstehen. Butch und Marissa sind Zeugen. Möchtest du auch was Christliches?«

Sie musste lachen. Sie waren beide solche Kontrollfreaks. Glücklicherweise verspürte sie in diesem Fall keine Lust, mit ihm zu streiten. »Nein danke, das brauche ich nicht. Ich glaube eigentlich nicht an Gott.«

»Solltest du aber.«

Sie grub ihre Nägel in seine Hüften und bäumte sich auf. »Das ist jetzt nicht der passende Zeitpunkt für eine theologische Diskussion.«

»Du solltest glauben, Jane.«

»Die Welt braucht nicht noch mehr religiöse Fanatiker.«

Er strich ihr das Haar zurück. Als seine Erektion in ihr zuckte, sagte er: »Man muss nicht religiös sein, um zu glauben.«

»Und man kann auch als Atheist ein sehr angenehmes Leben führen. Glaub mir.« Sie steckte die Hände unter sein Shirt und fühlte seinen starken Rücken. »Glaubst du, meine Schwester ist oben im Himmel, sitzt auf einer Wolke und isst ihre Lieblingsschokolade? O nein. Ihr Körper wurde vor Jahren beerdigt, und jetzt ist nicht mehr viel von ihr übrig. Ich habe den Tod gesehen. Ich weiß, was passiert, wenn wir gehen, und es gibt keinen Gott, um uns zu retten, Vishous.

Ich weiß ja nicht, wer oder was eure Jungfrau der Schrift ist, aber ich bin mir verdammt sicher, dass sie es nicht ist.«

Ein Hauch von einem Lächeln umspielte seine Lippen. »Es wird mir großes Vergnügen bereiten, dir zu beweisen, dass du Unrecht hast.«

»Und wie willst du das anstellen? Mich meinem Schöpfer vorstellen?«

»Ich werde dich so lange und so sehr lieben, bis du am Ende davon überzeugt bist, dass nichts Irdisches uns zusammengeführt haben kann.«

Sanft berührte sie sein Gesicht, stellte sich ihre Zukunft vor und fluchte leise. »Ich werde altern.«

»Ich auch.«

»Aber nicht im selben Tempo. Ach, V, ich werde –«

Er küsste sie. »Darüber wirst du jetzt nicht nachdenken. Abgesehen davon gibt es einen Weg, das zu verlangsamen. Wobei ich nicht sicher bin, ob du darauf abfährst.«

»Hmm, lass mich kurz nachdenken ... Ja, okay, ich mach's.«

»Du weißt doch gar nicht, was es ist.«

»Ist mir egal. Wenn es mein Leben mit dir verlängern würde, würde ich überfahrene Tiere von der Straße kratzen und essen.«

Jetzt schoben sich seine Hüften in sie hinein und zogen sich wieder zurück. »Es verstößt gegen die Gesetze meiner Art.«

»Ist es was Unanständiges?«

»Aus Menschensicht? Ja.«

Jane wusste schon Bescheid, bevor er sein Handgelenk an den Mund hob. Als er noch zögerte, sagte sie: »Tu es.«

Er biss hinein, dann legte er ihr die beiden Löcher an die Lippen. Jane schloss die Augen, öffnete den Mund und –

Du lieber Himmel.

Er schmeckte wie Portwein, und es knallte wie zehn Flaschen von dem Zeug, in ihrem Kopf drehte sich schon nach dem ersten Schluck alles. Aber sie hörte nicht auf. Sie trank, als würde sein Blut sie beide zusammenhalten, undeutlich nahm sie wahr, dass er währenddessen heftig in sie hineinstieß und wilde Knurrgeräusche von sich gab.

Jetzt war V auf jede erdenkliche Art in ihr: Mit seinen Worten in ihrem Kopf, mit seiner Erektion in ihrem Körper, mit seinem Blut in ihrem Mund und mit seinem Duft in ihrer Nase. Er hatte sie ganz und gar erobert.

Und er hatte Recht: Es war göttlich.

22

Den Vorhang an die Brust gepresst, richtete Cormia ihren Blick auf die gegenüberliegende Wand des Tempels, völlig sprachlos. Wer auch immer dieser Vampir war, es war nicht Vishous, Sohn des Bloodletter.

Doch ein Krieger war er eindeutig. Er war riesengroß, ein Gigant. Seine Schultern kamen ihr so breit vor wie das Bett, auf dem sie lag. Seine Größe erschreckte sie … bis sie seine Hände bemerkte. Er hatte elegante Hände mit schönen, langen Fingern.

Diese eleganten Hände hatten sie befreit. Und ihr darüber hinaus nichts angetan.

Immer noch wartete sie darauf, dass er sie anschreien würde. Dann wartete sie darauf, dass er etwas sagen würde. Schließlich wartete sie darauf, dass er sie einfach ansehen würde.

Er hatte wunderschöne Haare, dachte sie in der Stille. Sie hingen bis auf die Schultern hinab, und waren voller unterschiedlicher Farben, manche Strähnen goldblond, andere tiefrot oder dunkelbraun. Was für eine Farbe hatten wohl seine Augen?

Immer noch Stille.

Wie schnell die Zeit verstrich, konnte sie nicht genau sagen. Sie wusste nur, dass es so war, selbst auf der Anderen Seite. Doch wie lange verharrten sie nun schon auf diese Weise hier? Gütige Jungfrau, sie wünschte, er würde etwas sagen. Wobei – vielleicht ging es genau darum. Vielleicht wartete er auf sie.

»Ihr seid nicht der …« Ihre Stimme versagte, als er den Blick hob. Seine Augen waren gelb, ein prachtvolles warmes Gelb, das sie an ihre Lieblingsedelsteine gemahnte, an die Zitrine. Wahrlich, sie konnte Wärme in ihrem Leib spüren, als er sie ansah.

»Ich bin nicht der, den du erwartet hast?« O … seine Stimme. Weich und tief und … freundlich. »Haben sie es dir nicht gesagt?«

Sie schüttelte den Kopf, ihr fehlten die Worte. Und nicht, weil sie Angst hatte.

»Die Umstände haben sich verändert, und ich habe den Platz meines Bruders eingenommen.« Er legte sich die Hand auf die breite Brust. »Mein Name ist Phury.«

»Phury. Der Name eines Kriegers.«

»Ja.«

»So erscheint Ihr auch.«

Jetzt streckte er beide Handflächen aus. »Aber ich werde dir nicht wehtun. Ich werde dir niemals wehtun.«

Sie neigte den Kopf zur Seite. Nein, das würde er nicht. Obschon er ihr vollkommen fremd und ungefähr doppelt so groß war wie sie, wusste sie ohne jeden Zweifel, dass er ihr keinen Schaden zufügen würde.

Jedoch würde er sich mit ihr vereinigen. Das war der

Zweck ihrer gemeinsamen Zeit, und sie hatte seine Erregung sofort gespürt, als er in den Tempel eingetreten war. Allerdings ... war er jetzt nicht mehr erregt.

Sie berührte ihr Gesicht. Vielleicht wollte er sie nun, da er wusste, wie sie aussah, nicht mehr? Gefiel sie ihm nicht?

Gütige Jungfrau, worüber sorgte sie sich? Sie wollte sich doch gar nicht mit ihm vereinigen. Mit niemandem. Es würde schmerzen; die Directrix hatte ihr das gesagt. Und gleich, wie schön dieser Bruder war, er war ihr ein völlig Unbekannter.

»Keine Sorge«, sagte er rasch, als könne er in ihrer Miene lesen. »Wir werden nicht ...«

Sie presste den Vorhang noch fester an sich. »Werden wir nicht?«

»Nein.«

Cormia senkte das Kinn. »Aber dann werden alle erfahren, dass ich Euch enttäuscht habe.«

»Du hast mich ... Himmel, du enttäuschst niemanden.« Er fuhr sich mit der Hand durchs Haar, die dicken Strähnen leuchteten im Kerzenschein. »Ich bin einfach nicht ... Also, es kommt mir nicht richtig vor.«

»Aber das ist meine Aufgabe. Mich mit Euch zu vereinigen und die Auserwählten damit an Euch zu binden.« Sie blinzelte schnell. »Wenn wir das nicht tun, ist die Zeremonie unvollständig.«

»Na und?«

»Ich ... verstehe nicht.«

»Was soll's, wenn die Zeremonie heute nicht vollendet wird? Wir haben Zeit.« Dann runzelte er die Stirn und sah sich um. »Hey, hast du Lust, hier abzuhauen?«

Ihre Augenbrauen schnellten nach oben. »Und wohin?«

»Weiß nicht. Einen Spaziergang machen. Oder so was.«

»Man sagte mir, ich darf erst gehen, wenn wir –«

»Die Lage ist doch folgendermaßen: Ich bin der Primal, richtig? Also gilt, was ich sage.« Er sah sie ruhig an. »Ich meine, du kennst dich da besser aus als ich. Liege ich damit falsch?«

»Nein, Ihr habt hier die Oberherrschaft. Nur die Jungfrau der Schrift steht über Euch.«

Er stieß sich von der Wand ab. »Dann gehen wir spazieren. Uns ein bisschen besser kennenzulernen, ist das mindeste, was wir in unserer Situation tun können.«

»Ich ... habe kein Gewand.«

»Nimm den Vorhang. Ich drehe mich solange um.«

Er wandte ihr den Rücken zu, und bald darauf stand sie auf und wickelte den Stoff um ihren Körper. Niemals hätte sie das geahnt, dachte sie, weder dass der Primal ein anderer sein würde, noch seine Freundlichkeit oder seine ... Schönheit. Denn in der Tat war er ihren Augen wohlgefällig. »Ich ... bin so weit.«

Er marschierte zur Tür, und sie folgte ihm. Als sie ihm nahe war, wirkte er sogar noch größer, aber er roch wundervoll. Dunkle Gewürze, die in ihrer Nase kitzelten.

Als er die Tür aufzog, und sie die weiße Aussicht erblickte, zögerte sie.

»Was ist denn?«

Ihre Schmach war schwer in Worte zu kleiden. Ihre Erleichterung kam ihr selbstsüchtig vor. Und sie sorgte sich, dass ihr Makel auf die Gesamtheit der Auserwählten zurückfallen würde.

Ihr Magen zog sich zusammen. »Ich bin meiner Pflicht nicht nachgekommen.«

»Du hast nicht versagt. Wir haben den S- ... ich meine die Vereinigung nur aufgeschoben. Es wird eines Tages passieren.«

Doch sie konnte die Stimmen in ihrem Kopf nicht zum

Verstummen bringen. Und auch nicht ihre Furcht. »Vielleicht solltet Ihr es einfach hinter Euch bringen?«

Er sah sie fragend an. »Gütiger Himmel, du hast wirklich Angst davor, die anderen zu enttäuschen.«

»Sie sind alles, was ich habe. Alles, was ich kenne.« Und die Directrix hatte ihr gedroht, sie auszustoßen, wenn sie die Tradition nicht aufrechterhielte. »Ohne sie bin ich ganz allein.«

Sehr lange sah er sie nur an. »Wie lautet dein Name?«

»Cormia.«

»Gut, Cormia. Du bist jetzt nie mehr allein. Denn jetzt hast du mich. Und weißt du was? Vergiss den Spaziergang. Ich habe eine andere Idee.«

Einbrüche gehörten zu Vishous' Spezialitäten. Er war Experte für Safes, Autos, Schlösser, Häuser … und Büros. Genauso geschickt mit professioneller wie improvisierter Ausrüstung. Alles null Problem.

Die Tür zum feudalen Bürotrakt des St. Francis zu knacken, war also ein Kinderspiel.

Beim Hereinschlüpfen achtete er darauf, sein *Mhis* aufrechtzuerhalten, das die Überwachungskameras vernebelte und dafür sorgte, dass er von den wenigen Leuten, die sich um die Uhrzeit noch in dem Verwaltungsgebäude aufhielten, nicht bemerkt wurde.

Mann, das war ein echt schicker Bau hier. Riesiger Empfangsbereich, alles hochherrschaftlich, mit holzgetäfelten Wänden und Orientteppichen und allem Drum und Dran. Einige Nebenräume mit –

Da drüben war Janes Büro.

V legte seine Finger auf das Namensschild aus Messing an der Tür. Eingraviert in die polierte Platte stand: DR. JANE WHITCOMB, LEITUNG NOTFALLSTATION.

Er steckte den Kopf durch die Tür. Ihr Duft hing in der Luft, und da lag einer ihrer weißen Kittel zusammengefaltet auf einem Besprechungstisch. Auf ihrem Schreibtisch türmten sich Unterlagen, Akten und Post-it-Zettel, der Stuhl war zurückgeschoben, als wäre sie wegen eines Notfalls eilig aufgebrochen. An der Wand hingen einige Zeugnisse und Urkunden, Zeichen ihres steten Strebens nach Perfektion.

Er rieb sich über das Brustbein.

Wie um alles in der Welt sollte das zwischen ihnen funktionieren? Sie machte Überstunden. Er konnte sie nur nachts besuchen. Was, wenn das nicht ausreichte?

Aber das musste es. Er würde sie nicht darum bitten, ein ganzes Leben voller Arbeit und Disziplin und Erfolg für ihn aufzugeben. Das wäre, als verlangte sie, dass er die Bruderschaft im Stich ließe.

Als er ein Murmeln hörte, warf er einen Blick Richtung Empfangsbereich, wo ein Licht brannte.

Zeit, sich um den guten Dr. Manello zu kümmern.

Bring ihn nicht um, ermahnte V sich, während er auf die halboffene Tür zuging. *Das wäre der totale Abturner, Jane anzurufen und ihr gestehen zu müssen, dass ihr Boss jetzt die Pflanzen düngte.*

V blieb stehen und schielte um den Türpfosten herum in das riesige Büro. Der Mensch saß an einem imposanten Schreibtisch und wühlte in irgendwelchen Unterlagen, obwohl es zwei Uhr morgens war.

Jetzt runzelte er die Stirn und blickte auf. »Wer ist da?«

Bring ihn nicht um. Das würde Jane total auf die Palme bringen.

Aber V hätte es so gern getan. Er konnte das Bild von dem Kerl, der vor Jane auf den Knien lag, nicht verscheuchen, und es verbesserte seine Laune kein bisschen. Wenn jemand ihre Frauen anbaggerte, machten gebundene Vampire gern den Deckel drauf. Den Sargdeckel.

Vishous schob die Tür ganz auf, wühlte sich in den Kopf des Mannes und ließ ihn erstarren wie eine gefrorene Rinderhälfte. »Du hast Bilder von meinem Herzen, Doc, und die brauche ich zurück. Wo sind sie?«

Der Kerl blinzelte. »Hier ... auf meinem Schreibtisch. Wer sind Sie?«

Die Frage kam überraschend. Normalerweise verfügten Menschen nicht mehr über unabhängiges Denkvermögen, wenn sie so lahmgelegt wurden.

V stellte sich vor den Schreibtisch und betrachtete das Meer von Papier. »Wo genau?«

Die Augen des Mannes bewegten sich in die linke obere Ecke. »Mappe. Dort. Wer ... sind Sie?«

Janes Mann, mein Bester, hätte V am liebsten gesagt.

Verdammt, er wollte es dem Burschen auf die Stirn tätowieren, damit er niemals vergaß, dass sie absolut und unwiderruflich vergeben war.

V fand die Mappe und klappte sie auf. »Die Computerdateien. Wo sind die?«

»Weg. Wer ... sind –«

»Das geht dich nichts an.« Mann, der Typ war aber auch hartnäckig. Andererseits wurde man auch nicht Chefarzt, weil man ein überzeugter Lahmarsch war. »Wer weiß sonst noch von diesen Bildern?«

»Jane.«

Der Klang ihres Namens aus dem Mund dieses Penners machte V nicht gerade fröhlich, aber er ließ es trotzdem durchgehen. »Wer sonst noch?«

»Niemand, soweit ich weiß. Hab versucht ... sie an die Columbia zu faxen. Ging nicht durch. Wer sind Sie –«

»Der Weihnachtsmann.« Nur um auf Nummer sicher zu

gehen, durchwühlte V den Kopf des Arztes. Da war eigentlich nichts. Zeit, einen Abflug zu machen.

Wobei er eins noch wissen musste.

»Sag mal, Doc. Wenn eine Frau verheiratet wäre, würdest du sie dann angraben?«

Janes Chef legte die Stirn in Falten, dann schüttelte er langsam den Kopf. »Nein.«

»Na, so was aber auch. Das war die richtige Antwort.«

Auf dem Weg zur Tür überlegte V, dass er dem Kerl gern ein Minenfeld von Schlüsselreizen in den Kopf legen und alle möglichen Nervenbahnen verschweißen würde, so dass er jedes Mal, wenn er sexuell an Jane dachte, Übelkeit oder Angst empfinden oder vielleicht wie ein Waschlappen in Tränen ausbrechen würde. Gegenreizkonditionierung war einfach ein Gottesgeschenk, wenn es ums Entwöhnen ging. Aber V war kein Symphath, deshalb würde es ihn beträchtlichen zeitlichen Aufwand kosten, so etwas zu bewerkstelligen. Außerdem konnte so was jemandem den Verstand rauben. Besonders, wenn man einen so starken Geist besaß wie dieser Manello.

V warf einen letzten Blick auf seinen Rivalen. Der Arzt starrte ihn verwirrt, aber nicht verängstigt an, die dunkelbraunen Augen aggressiv und intelligent. Er gab es ungern zu, aber wenn V nicht wäre, hätte der Mann wahrscheinlich einen guten Partner für Jane abgegeben.

Der Bastard.

Gerade als V sich umdrehen wollte, hatte er eine Vision, so glasklar, wie sie früher gewesen waren, bevor seine Vorahnungen versiegt waren.

Eigentlich war es keine Vision. Es war ein Wort. Das überhaupt keinen Sinn ergab.

Bruder.

Seltsam.

V schrubbte das Gedächtnis des Arztes gründlich sauber und dematerialisierte sich.

Manny Manello stützte die Ellbogen auf den Schreibtisch, rieb sich die Schläfen und stöhnte auf. Der Schmerz in seinem Kopf hatte seinen eigenen Pulsschlag, und sein Schädel schien sich in einen Hallraum verwandelt zu haben. Sein innerer Sendersuchlauf spielte total verrückt, unzusammenhängende Gedanken rutschten hin und her, ein gemischter Salat von Bedeutungslosigkeiten: Er musste sein Auto zur Inspektion bringen, die Bewerbungen auf die Assistenzstelle endlich sichten, das Bier war ihm ausgegangen, sein montagabendliches Basketball musste auf Mittwoch verschoben werden.

Komisch, wenn er über dieses Chaos von Nichtigkeiten hinaus nachdachte, bekam er so eine dumpfe Ahnung, dass die hektische Geschäftigkeit … irgendetwas verbarg.

Aus heiterem Himmel sah er die fliederfarbene gehäkelte Decke vor sich, die über der Rückenlehne des fliederfarbenen Sofas im fliederfarbenen Wohnzimmer seiner Mutter hing. Das blöde Ding wurde nie zum Zudecken benutzt, und Gott steh dem bei, der das je versuchen sollte. Der einzige Zweck dieser Decke lag darin, einen Fleck zu verbergen, den sein Vater gemacht hatte, als er einen Teller Spaghetti aus der Dose im ganzen Wohnzimmer verteilt hatte. Selbst das stärkste Fleckenmittel stößt bei Tomatensoße an seine Grenzen. Was auf fliederfarbenem Stoff nicht so toll aussah.

Genau wie diese Decke verstellten seine zerstreuten Gedanken den Blick auf eine Art Fleck in seinem Kopf, wenn er auch beim besten Willen nicht wusste, was das war.

Er rieb sich die Augen und warf einen Blick auf seine Breitling. Nach zwei Uhr.

Zeit, nach Hause zu fahren.

Beim Zusammenpacken wurde er das Gefühl nicht los, etwas Wichtiges vergessen zu haben, und immer wieder wanderte sein Blick in die linke obere Ecke seines Schreibtisches. Da war ein freier Fleck, das Holz der Tischplatte sichtbar, wo sich sonst nur Berge von Papierkram türmten.

Der freie Platz hatte die Größe einer Aktenmappe.

Etwas war von dort entfernt worden. Er wusste es. Er kam nur nicht darauf, was es war, und je angestrengter er sich zu erinnern versuchte, desto stärker hämmerte es in seinem Kopf.

Er ging zur Tür.

Dabei kam er an seinem Privatbadezimmer vorbei, machte einen kurzen Abstecher hinein und holte zwei Ibuprofen aus seiner Fünfhunderter-Dose.

Er war wirklich urlaubsreif.

23

Vielleicht ist das doch keine so tolle Idee, dachte Phury, als er im Haus der Bruderschaft im Türrahmen des Zimmers stand, das neben seinem lag. Wenigstens waren die restlichen Bewohner anderweitig beschäftigt, so dass er bisher noch niemandem begegnet war. Aber Mann, es sah nicht gut aus.

Mist.

Ihm gegenüber saß Cormia auf der Bettkante, den Vorhang vor die Brüste gepresst, die Augen weit aufgerissen. Sie war so verstört, dass er sie am liebsten zurück auf die Andere Seite gebracht hätte, aber was sie dort erwartete, war kein bisschen besser. Er wollte nicht, dass sie dem Erschießungskommando der Directrix gegenübertreten musste.

Das würde er nicht zulassen.

»Wenn du irgendetwas brauchst, ich bin nebenan.« Er drehte sich zum Flur um und zeigte nach links. »Du kannst einfach einen Tag oder zwei hierbleiben und dich ausruhen. Ein bisschen Zeit für dich haben. Klingt das gut?«

Sie nickte, ihr blondes Haar fiel ihr über die Schultern.

Er stellte fest, dass es eine hübsche Farbe hatte, besonders im gedämpften Schein der Nachttischlampe. Es erinnerte ihn an poliertes Kiefernholz, ein sattes glänzendes Gelb.

»Möchtest du etwas essen?«, fragte er. Als sie den Kopf schüttelte, ging er zum Telefon und legte seine Hand auf den Hörer. »Wenn du Hunger bekommst, dann wähl einfach Stern-vier, das ist die Küche. Die bringen dir alles, was du möchtest.«

Ihr Blick wanderte nach links und rechts, dann wieder zu ihm.

»Du bist hier in Sicherheit, Cormia. Hier kann dir nichts zustoßen –«

»Phury? Bist du zurück?« Mit einer Mischung aus Überraschung und Erleichterung ertönte Bellas Stimme aus dem Flur.

Sein Herz blieb stehen. *Erwischt.* Und ausgerechnet von der einen Person, der er die Lage ganz besonders ungern erklären wollte. Noch schlimmer als Wrath, um Himmels willen.

Bevor er sie ansehen konnte, musste er tief Luft holen. »Ja, ich bin doch noch für ein Weilchen hier.«

»Ich dachte, du wärst – o, hallo.« Bella warf Phury einen schnellen Blick zu, bevor sie Cormia anlächelte. »Ich bin Bella. Und du bist …?«

Als keine Antwort kam, sagte Phury: »Das ist Cormia. Die Auserwählte, mit der ich … mich vereinigt habe. Cormia, das hier ist Bella.«

Cormia stand auf und verneigte sich tief, ihr Haar streifte beinahe den Boden. »Euer Gnaden.«

Bella legte sich die Hand auf den Unterleib. »Cormia, wie schön, dich kennenzulernen. Und bitte, wir achten hier im Haus überhaupt nicht auf Förmlichkeit.«

Cormia richtete sich wieder auf und nickte einmal.

Daraufhin dehnte sich Stille aus, breit wie eine sechsspurige Autobahn.

Phury räusperte sich. Autsch, war das peinlich.

Beim Anblick der anderen Frau wusste Cormia Bescheid, ohne ein weiteres Wort hören zu müssen. Das war also der Grund, warum der Primal sich nicht mit ihr vereinigte. Das war die Frau, die er eigentlich begehrte: Sein Verlangen lag in dem Blick, mit dem er sie betrachtete, in der Stimme, die tiefer wurde, wenn er mit ihr sprach, dem Körper, der sich in ihrer Gegenwart erhitzte.

Und sie war schwanger.

Cormias Augen wanderten zum Primal. Schwanger, aber nicht von ihm. Seine Miene drückte Sehnsucht aus, nicht Besitz.

Aha. Deswegen also war er eingesprungen, als sich die Umstände den Sohn des Bloodletter betreffend geändert hatten. Der Primal wollte sich von dieser Frau lösen, weil er sie liebte und nicht haben konnte.

Er trat von einem Fuß auf den anderen, den Blick in den Raum gerichtet. Dann lächelte er zaghaft. »Wie viele Minuten hast du noch?«

Die Frau … Bella … erwiderte das Lächeln. »Elf.«

»Ganz schön weiter Weg den Flur runter. Du solltest lieber aufbrechen.«

»So lange brauche ich auch wieder nicht.«

Die Blicke der beiden kreuzten sich. Zuneigung und Traurigkeit brachten ihre Augen zum Leuchten. Und die zarte Rötung seiner Wangen deutete darauf hin, dass ihn das, was er vor sich sah, mehr als bezauberte.

Cormia zog den Vorhang höher ans Kinn, um ihren Hals zu bedecken.

»Wie wäre es, wenn ich dich zu deinem Zimmer bringe?«, fragte Phury und bot Bella seinen Arm an. »Ich wollte sowieso mit Z sprechen.«

Die Frau verdrehte die Augen. »Das ist doch nur eine Ausrede, um mich ins Bett zu bekommen.«

Cormia zuckte zusammen, als der Primal lachte und murmelte: »Ja, so was in der Art. Und, klappt es?«

Die Frau kicherte und legte ihre Hand in seine Armbeuge. Mit etwas heiserer Stimme sagte sie: »Es klappt wirklich gut. Wie immer bei dir … klappt es wirklich gut. Ich bin so froh, dass du hier bist … wie lange auch immer.«

Dir Röte auf seinen Wangen wurde noch etwas stärker. Dann sah er Cormia an. »Ich begleite sie und danach bin ich in meinem Zimmer, wenn du etwas brauchst, okay?«

Cormia nickte und sah zu, wie sich die Tür hinter den beiden schloss.

Allein gelassen, setzte sie sich wieder auf das Bett.

Gütige Jungfrau … Sie kam sich winzig vor. Winzig auf der großen Matratze. Winzig in dem riesigen Raum. Winzig vor dem wuchtigen Eindruck der ganzen Farben und Formen um sie herum.

Genau das hatte sie sich ja gewünscht. Während der Besichtigungszeremonie hatte sie sich gewünscht, winzig zu sein.

Leider fühlte sie sich dabei nicht so wohl, wie sie gehofft hatte.

Sie konnte nicht erfassen, wo sie sich befand, und sie vermisste die Geborgenheit ihres kleinen weißen Raums auf der Anderen Seite.

Als sie von dort hier angekommen waren, hatten sie in der Schlafkammer nebenan Gestalt angenommen, seiner Kammer, wie er sagte. Ihr erster Gedanke war gewesen, dass sie den Geruch darin liebte. Leicht rauchig, mit diesem dunklen würzigen Duft, den sie als seinen erkannte. Ihr zweiter Gedanke war, dass der Ansturm von Farben und Formen übermächtig war.

Und das war, bevor sie hinaus in den Korridor traten und sie vollständig überwältigt wurde. Denn wahrlich, er lebte in einem Palast. Die Eingangshalle war so groß wie die größten Tempel auf der Anderen Seite. Die Decke war so hoch wie der Himmel, die Gemälde von Kriegern in der Schlacht so strahlend wie die Edelsteine, die sie so sehr liebte. Sie hatte ihre Hände auf das Geländer der Balustrade gelegt und sich vornübergebeugt, der tiefe Blick auf den Mosaikfußboden war schwindelerregend gewesen, atemberaubend.

Dann hatte er sie in das Zimmer geführt, in dem sie jetzt saß, und sie hatte sich verblüfft umgesehen.

Inzwischen empfand sie nicht mehr diese Ehrfurcht. Jetzt stand sie wegen Reizüberflutung unter Schock. Die Luft auf dieser Seite war eigenartig, voller fremder Gerüche, und sie fühlte sich in ihrer Nase trocken an. Zudem bewegte sie sich unentwegt. Hier gab es Strömungen, die um ihr Gesicht und ihre Haare und den Vorhang strichen, den sie noch immer um sich gewickelt hielt.

Sie warf einen Blick zur Tür. Selbst die Geräusche waren hier seltsam. Das Haus um sie herum ächzte, und gelegentlich hörte sie Stimmen.

Sie zog die Füße hoch, dann betrachtete sie den edlen Tisch seitlich des Bettes. Sie war nicht hungrig, hätte aber auch nicht gewusst, worum sie bitten sollte, wenn sie es gewesen wäre. Und sie hatte keine Ahnung, wie man diesen Gegenstand, den er Telefon genannt hatte, bediente.

Vor dem Fenster hörte sie ein Brüllen und drehte blitzschnell den Kopf dem Geräusch zu. Gab es auf dieser Seite Drachen? Sie hatte von diesen Kreaturen gelesen, und wenn sie auch Phury vertraute, was ihre Sicherheit betraf, so sorgte sie sich doch um die Fährnisse, die sie nicht sehen konnte.

Vielleicht war es nur der Wind? Davon hatte sie ebenfalls schon gelesen, aber sicher konnte sie sich nicht sein.

Sie hob ein Satinkissen mit Quasten an allen vier Ecken auf, drückte es sich an die Brust und streichelte über die seidigen Troddeln, versuchte, sich durch das stetige weiche Gefühl an ihren Händen zu beruhigen.

Das ist meine Strafe, dachte sie. Der Raum erdrückte sie und überanstrengte ihre Augen. Das hatte sie davon, dass sie die Andere Seite hatte verlassen wollen, um sich ihren eigenen Weg zu suchen.

Nun war sie an dem Ort, den zu erreichen sie gebetet hatte.

Und sie wollte nur noch nach Hause.

24

Jane saß in ihrer Küche, einen leeren Becher vor sich. Auf der anderen Straßenseite ging die Sonne auf, ihre Strahlen blinzelten durch die Äste der Bäume. Vishous war vor etwa zwanzig Minuten gegangen, und davor hatte er ihr noch den Kakao gemacht, den sie gerade ausgetrunken hatte.

Sie vermisste ihn schmerzlich, was völlig unlogisch war, wenn man bedachte, wie viel Zeit sie in der vergangenen Nacht miteinander verbracht hatten. Nachdem V mit Manny gesprochen hatte, war er zurückgekommen und hatte ihr versichert, dass ihr Chef noch am Leben und unversehrt war. Dann hatte er seine Arme um sie geschlungen und sie festgehalten … und sie geliebt. Zweimal.

Trotzdem war es so, dass er jetzt eben weg war, und sie warten musste, bis die Sonne endlich unterging, bevor sie ihn wiedersehen würde.

Klar, es gab Telefon und E-Mail und SMS, und heute Abend würden sie sich treffen. Trotzdem reichte das nicht aus. Sie wollte neben ihm schlafen, und nicht nur ein paar Stunden lang, bevor er zum Kämpfen loszog oder zurück zu seinem Haus fuhr.

Und apropos Logistik … was sollte sie wegen des Jobs an der Columbia unternehmen? Die Arbeit wäre noch weiter weg von ihm, aber spielte die Entfernung überhaupt eine Rolle? Er konnte jederzeit an jeden beliebigen Ort reisen. Dennoch wäre es keine gute Idee, so weit weg zu sein. Immerhin war er schon einmal angeschossen worden. Was, wenn er sie bräuchte? Sie konnte sich ja schlecht zu ihm … verpuffen.

Aber wie sollte es dann beruflich für sie weitergehen? Der Wunsch nach einer Führungsposition lag in ihrem Wesen, und die Stelle an der Columbia war momentan die beste Option, auch wenn es noch gut und gerne fünf Jahre dauern konnte, bis sie dort die Leitung übernehmen könnte.

Vorausgesetzt, man zog sie dort immer noch in Betracht. Vorausgesetzt, sie bekäme den Posten überhaupt.

Jane betrachtete den leeren Becher mit den Schokoladenschlieren darin.

Die Idee, die ihr kam, war verrückt. Total verrückt. Und sie tat sie als Beweis dafür ab, dass ihr Kopf noch nicht so ganz wiederhergestellt war.

Also stand sie auf, stellte den Becher in die Spülmaschine, ging duschen und zog sich an. Eine halbe Stunde später fuhr sie aus der Garage, und als sie auf die Straße bog, setzte ein Minivan in die kurze Einfahrt nebenan.

Eine Familie. *Na großartig.*

Gott sei Dank verlief die Fahrt in die Stadt reibungslos. Auf der Trade Street war kaum Verkehr, und sie hatte eine grüne Welle, bis sie an der Ampel gegenüber den Büros des *Caldwell Courier Journal* ankam.

Als sie anhielt, klingelte ihr Handy. Sicher ihr Bereitschaftsdienst.

»Whitcomb.«

»Hallo, Frau Doktor. Hier spricht Ihr Mann.«

Sie lächelte. Ein breites, zufriedenes Grinsen. »Hallo.«

»Hi.« Man hörte ein gedämpftes Rascheln von Stoff, als würde V sich im Bett umdrehen. »Wo bist du?«

»Auf dem Weg zur Arbeit. Wo bist du?«

»Ich liege auf dem Rücken.«

Sie konnte sich ungefähr vorstellen, wie gut er unter der schwarzen Bettwäsche aussah.

»Also, Jane.«

»Ja?«

Er wurde leiser. »Was hast du an?«

»Einen Kittel.«

»Mmmmm. Klingt sexy.«

Sie musste lachen. »Das ist nur eine Stufe besser als ein Kartoffelsack.«

»An dir nicht.«

»Und was hast du an?«

»Gar nichts … und rate mal, wo sich meine Hand befindet, Doc.«

Die Ampel schaltete um, und Jane musste kurz überlegen, wie man ein Auto eigentlich steuerte. Atemlos fragte sie: »Wo denn?«

»Zwischen meinen Beinen. Kannst du erraten, wo genau?«

Ach … du lieber Himmel. Während sie aufs Gas trat, sagte sie: »Nämlich?«

Er antwortete, und sie rammte beinahe einen geparkten Wagen. »Vishous …«

»Sag mir, was ich tun soll, Frau Doktor. Sag mir, was ich mit meiner Hand tun soll.«

Jane schluckte heftig, hielt am Straßenrand an … und gab ihm detaillierte Instruktionen.

Phury bröselte roten Rauch in ein Blättchen, leckte es an und drehte den Joint zu. Zündete ihn an und ließ sich in die Kissen sinken. Seine Prothese hatte er abgelegt und an den Nachttisch gelehnt, und er trug einen königsblau-blutroten Morgenmantel. Sein Lieblingsstück.

Sich wieder mit Bella zu vertragen, hatte ihn beruhigt. Wieder zurück in seinem Zimmer zu sein, hatte ihn beruhigt. Noch mehr roter Rauch hatte ihn beruhigt.

Die Directrix wieder von der Decke zu pflücken, hatte ihn nicht beruhigt.

Die Frau war ungefähr eine halbe Stunde nach ihm und Cormia im Haus aufgetaucht, und sie hatte einen Riesenwirbel veranstaltet, weil eine ihrer Auserwählten fehlte. Phury hatte sie in die Bibliothek gebracht und im Beisein Wraths erklärt, dass alles in bester Ordnung war: Er hatte es sich einfach nur anders überlegt und ein bisschen Zeit mit ihr hier verbringen wollten.

In unangenehm hochmütigem Tonfall hatte sie ihn darüber in Kenntnis gesetzt, dass sie als Repräsentantin der Auserwählten verlangte, mit Cormia über das, was im Tempel vorgefallen war, zu sprechen – um zu ermitteln, ob die Primalszeremonie wirklich abgeschlossen war.

An diesem Punkt war Phury zu dem Schluss gekommen, dass er sie nicht leiden konnte. Ihre verschlagenen Augen hatten ihm verraten, dass sie wusste, dass kein Sex stattgefunden hatte; und er hatte deutlich den Eindruck gehabt, dass sie nur deshalb Einzelheiten wollte, weil sie sich schon darauf freute, Cormia zur Schnecke zu machen.

So weit käme es noch. Mit einem Lächeln auf dem Gesicht hatte Phury die P-Bombe gezündet und die Zicke daran erinnert, dass er ihr als Primal keinerlei Rechenschaft schuldig war, und dass er und Cormia dann wieder zurück auf die Andere Seite kämen, wenn ihm verdammt noch mal danach wäre. Und keinen Augenblick früher.

Eingeschnappt beschrieb ihre Reaktion nicht mal annähernd, aber sie hatte gegen ihn nichts in der Hand, und das wusste sie auch. Ihre Augen hatten hasserfüllte Blitze ausgesandt, als sie sich verneigte und dematerialisierte.

Zur Hölle mit ihr, befand er und zog ernsthaft in Betracht, sie vor die Tür setzen zu lassen. Er war sich zwar nicht ganz sicher, wie so was vonstatten ging, aber jemand wie sie sollte lieber nicht das Kommando haben. Sie war bösartig.

Phury inhalierte und atmete den roten Rauch nicht sofort wieder aus. Er wusste nicht, wie lange er Cormia hierbehalten sollte. Vielleicht wollte sie ja jetzt schon wieder zurück. Das Einzige, was er mit Sicherheit wusste, war, dass er sie erst zurückbringen würde, wenn es ihr eigener Wunsch war, nicht, weil diese Auserwählten-Schreckschrauben sie dazu zwangen.

Und was ihn betraf – tja, halb wollte er immer noch Abstand zwischen sich und das Haus bringen. Andererseits war Cormia eine Art Puffer. Außerdem würden sie sowieso irgendwann zurück auf die Andere Seite gehen und dortbleiben.

Er stieß den Rauch aus und rieb sich geistesabwesend über das rechte Bein, dort, wo es unterhalb des Knies endete. Es war wund, aber das war es meistens gegen Ende der Nacht.

Das Klopfen an der Tür überraschte ihn. »Komm rein.«

An der Art und Weise, wie die Tür geöffnet wurde, erriet er, wer es war: zaghaft und nur einen Spaltbreit.

»Cormia? Bist du das?« Er setzte sich auf, wobei er die Decke über seine Beine zog.

Ihr blonder Kopf tauchte auf, aber ihr Körper blieb im Flur.

»Alles okay bei dir?«, fragte er.

Sie schüttelte den Kopf. In der Alten Sprache sagte sie: *»Wenn es gestattet wäre, dürfte ich bitte Eure Kammer betreten, Herr?«*

»Aber natürlich. Und du musst nicht so förmlich fragen.«

Rasch schlüpfte sie herein und schloss die Tür. In all den weißen Stoff gehüllt wirkte sie so zerbrechlich, mehr wie ein Kind als eine Frau, die schon die Wandlung hinter sich hatte.

»Was ist denn?«

Statt zu antworten, schwieg sie, die Augen niedergeschlagen, die Arme um sich geschlungen.

»Cormia, sprich mit mir. Erzähl mir, was los ist.«

Sie verbeugte sich tief und sprach aus dieser Haltung heraus: »Euer Gnaden, ich bin –«

»Nicht so förmlich. Bitte.« Er wollte vom Bett rutschen, da fiel ihm ein, dass er seine Prothese nicht angeschnallt hatte. Also blieb er, wo er war, unsicher, wie sie reagieren würde, wenn sie erführe, dass ihm ein Körperteil fehlte. »Sprich einfach mit mir. Was brauchst du?«

Sie räusperte sich. »Ich bin Eure Partnerin, oder?«

»Äh, ja.«

»Sollte ich mich dann nicht in Eurer Kammer aufhalten?«

Er zog die Augenbrauen hoch. »Ich dachte, es wäre besser, wenn du dein eigenes Zimmer hast.«

»Ach.«

Jetzt runzelte er die Stirn. Sie wollte doch sicher nicht bei ihm sein.

Während die Stille sich ausbreitete, dachte er, offenbar wollte sie das doch.

Er fühlte sich irrsinnig unbeholfen, als er sagte: »Ich meine, wenn du willst … kannst du natürlich hierbleiben. Ich kann noch ein Bett hierherbringen lassen.«

»Was stimmt denn nicht mit dem, das Ihr habt?«

Sie wollte bei ihm *schlafen?* Warum – *ach, klar.*

»Cormia, du musst dir keine Gedanken über die Directrix oder die anderen machen, weil du glaubst, deine Pflicht nicht zu erfüllen. Niemand wird erfahren, was du hier machst.«

Oder nicht machst, in diesem Fall.

»Das ist es nicht. Der Wind … zumindest glaube ich, dass es der Wind ist … er peitscht ums Haus, nicht wahr?«

»Stimmt, im Moment ist es ziemlich stürmisch. Aber wir sind von massiven Steinmauern umgeben.«

Während er noch vergeblich darauf wartete, dass sie fortfuhr, fiel bei ihm endlich der Groschen. O Mann, war er bescheuert. Er hatte sie aus der einzigen Umgebung gerissen, die sie je gekannt hatte, und sie in eine völlig neue Welt verpflanzt. Was für ihn normal war, verwirrte sie. Wie konnte sie sich sicher fühlen, wenn sie nicht unterscheiden konnte, welche Geräusche gefährlich waren und welche nicht?

»Wenn du hier bei mir bleiben möchtest, gern.«

Er sah sich um und überlegte, wo man ein Feldbett aufstellen könnte. »Hier ist ausreichend Platz für eine extra Liege.«

»Das Bett reicht mir vollauf.«

»Ja, ich schlafe auf der Liege.«

»Warum?«

»Weil ich nicht so gerne auf dem Boden schlafe.« Zwischen den beiden Fenstern war genug Platz frei. Er würde Fritz bitten –

»Aber das Bett ist groß genug für uns beide.«

In Zeitlupe wandte Phury ihr den Kopf zu. Dann blinzelte er. »Äh … genau.«

»Wir werden es miteinander teilen.« Immer noch hielt sie den Blick gesenkt, doch aus ihrer Stimme klang eine verblüffende Entschlossenheit heraus. »Dann werde ich zumindest sagen können, dass ich neben Euch gelegen habe.«

Ach, darum ging es also. »Okay.«

Sie nickte und ging um das Bett herum auf die andere Seite. Dort schlüpfte sie unter die Decke und kauerte sich mit dem Gesicht zu ihm zusammen. Was ihn überraschte. Genau wie die Tatsache, dass sie nicht die Augen zukniff und so tat, als schliefe sie.

Phury drückte seinen Joint aus und beschloss, ihnen beiden einen Gefallen zu tun und auf der Decke zu schlafen. Doch vorher musste er noch ins Bad.

Verdammt.

Na ja, früher oder später müsste sie ja von seinem Bein erfahren.

Er schob die Decke zur Seite, legte seine Prothese an und stand auf. Da hörte er ein Zischen, spürte ihren Blick auf sich und dachte sich, *gütige Jungfrau, das muss sie ja zu Tode erschrecken.* Als Auserwählte war sie an Vollkommenheit gewöhnt.

»Mir fehlt ein Unterschenkel.« *Ach nee.* »Ist aber kein Problem.«

Vorausgesetzt, seine Prothese war korrekt angepasst und funktionierte.

»Bin gleich zurück.« Erleichtert machte er die Badezimmertür hinter sich zu und machte sich länger als üblich mit Zahnbürste, Zahnseide und Seife zu schaffen. Als er sich dabei ertappte, wie er die Wattestäbchen neu sortierte und das Medizinschränkchen aufräumte, ermahnte er sich selbst, dass er irgendwann ohnehin wieder raus müssen würde.

Er öffnete die Tür.

Sie lag genau so da wie vorher, ganz an den Rand gequetscht, und hatte ihm das Gesicht mit den offenen Augen zugewandt.

Er wünschte sich, sie würde aufhören, ihn anzustarren. Besonders, als er die Prothese abschnallte und sich auf der Decke ausstreckte. Um das Bein zu verdecken, klappte er eine Ecke der Bettdecke darüber, dann versuchte er, eine bequeme Position zu finden.

So ging das nicht. Ihm war kalt.

Er schielte zur Seite, um den Abstand zwischen ihnen abzuschätzen. Die Matratze hatte die Größe eines Fußballfeldes. Da war so viel Platz, dass sie ebenso gut in einem anderen Zimmer hätte liegen können.

»Ich mache jetzt das Licht aus.«

Als ihr Kopf sich auf dem Kissen einmal hoch und wieder herunter bewegte, schaltete er die Lampe aus … und schlüpfte unter die Decke.

In der schwarzen Leere lag er starr neben ihr. Noch nie hatte er mit jemandem in einem Bett geschlafen. Gut, das eine Mal während Bellas Triebigkeit mit Butch und V, aber nur, weil sie alle praktisch im Koma gelegen hatten. Außerdem waren sie alle Männer, wohingegen … also, Cormia war definitiv kein Mann.

Er atmete tief ein. Ja, ihr Jasminduft verriet sie zweifelsfrei.

Entschlossen machte er die Augen zu. Er hätte wetten mögen, dass sie sich genauso unbeholfen und verlegen fühlte wie er. Mann, das würde ein langer Tag werden. Er hätte wirklich bei dem Plan mit dem Feldbett bleiben sollen.

25

»Vishous, könntest du bitte aufhören, so zu grinsen? Du gehst mir langsam auf den Sack.«

V zeigte Butch über den Küchentisch hinweg den Finger und widmete sich wieder seinem Kaffee. Bald wurde es Abend, was bedeutete in … achtundzwanzig Minuten wäre er frei.

Sobald er hier raus war, würde er in Janes Wohnung gehen und irgendwas Romantisches abziehen. Was, wusste er noch nicht so genau, vielleicht etwas mit Blumen oder so. Also, Blumen und die Überwachungsanlage. Denn was war schon eine schönere Liebeserklärung als ein Haufen Bewegungsmelder?

Er war dieser Frau so was von hörig. Totaler Irrsinn.

Sie hatte ihm gesagt, sie käme gegen neun nach Hause, also hatte er sich überlegt, er würde ihr Schlafzimmer ein bisschen aufhübschen und danach so bis Mitternacht bleiben.

Was ihm allerdings nur fünf Stunden für die Jagd ließe.

Butch raschelte mit dem Sportteil herum, beugte sich zu Marissa, um sie auf die Schulter zu küssen, und wandte sich dann wieder der Zeitung zu. Woraufhin sie von ihrem Papierkram für das Refugium aufblickte, ihm über den Arm streichelte, und dann wieder weiterarbeitete. Am Hals hatte sie eine frische Bisswunde, und auf dem Gesicht das Leuchten einer sehr zufriedenen Frau.

V zog eine kurze Grimasse und starrte in seinen Kaffee, sich über den Bart streichend. So etwas würden Jane und er nie miteinander haben, dachte er, da sie nie zusammen leben könnten. Selbst wenn er nicht für die Bruderschaft im Einsatz war, könnte er wegen dem Problem mit der Sonne nicht tagsüber in ihrer Wohnung bleiben; und dass sie hierherkam, war aus anderen Gründen keine Option: Es war schon riskant genug, dass sie überhaupt von der Existenz seiner Spezies wusste. Noch mehr Kontakt, mehr Einzelheiten, mehr Zeit in Gesellschaft der Bruderschaft wäre weder klug noch sicher.

V legte die Hände um seinen Kaffeebecher und lehnte sich zurück. Er machte sich Sorgen um die Zukunft. Er und Jane passten gut zusammen, aber die erzwungenen Trennungen würden sie zermürben. Er konnte es jetzt schon spüren, wenn er an den Abschied dachte, der unweigerlich später in dieser Nacht stattfinden musste.

Er wollte sie vierundzwanzig Stunden am Tag so nah bei sich haben wie seine eigene Haut. Ihre Stimme am Telefon war zwar besser als nichts, aber nicht genug, um ihn wirklich zufriedenzustellen. Aber was blieb ihnen denn sonst übrig?

Wieder raschelte es, als Butch den *Caldwell Courier* umblätterte. Großer Gott, der Typ hatte wirklich extrem schlechte Zeitungsmanieren, immer zerknitterte er die Seiten und klappte sie nicht ordentlich um. Dasselbe bei Zeitschriften. Das war kein Lesen, das war eher Zernagen.

Während er einen Artikel über Baseball malträtierte, warf Butch immer wieder Seitenblicke zu Marissa hinüber, und V wusste, dass die beiden sich bald verabschieden würden – aber nicht, weil sie ihren Kaffee ausgetrunken hatten.

Komisch, er wusste aus rein analytischen Gründen, was passieren würde, nicht, weil er hellsehen oder ihre Gedanken lesen konnte: Butch verströmte den Bindungsduft, und Marissa liebte es, mit ihrem Mann vereint zu sein. Aber V hatte keine Visionen mehr von ihnen in der Besenkammer oder in ihrem Schlafzimmer in der Höhle.

Janes Gedanken waren die einzigen, die er lesen konnte, und das auch nur manchmal.

Er rieb sich über die Brust und dachte an das, was die Jungfrau der Schrift ihm gesagt hatte – dass seine Visionen und hellseherischen Fähigkeiten getrübt waren, weil er in seinem Leben an einem Scheideweg stand, und dass sie, wenn dies vorbei wäre, wieder zurückkommen würden. Das Komische daran war nur: Er hatte Jane doch jetzt, also müsste die Weggabelung hinter ihm liegen, oder? Er hatte seine Frau gefunden. Er war mit ihr zusammen. Ende der Geschichte.

Er nahm noch einen Schluck Kaffee. Rieb weiter auf seinem Brustbein herum.

Der Alptraum war heute Morgen wieder da gewesen.

Da er diese Schusssequenz nicht mehr als posttraumatische Belastungsstörung verbuchen konnte, hatte er daraus gefolgert, dass es nun eine Allegorie war. Sein Unterbewusstsein meldete sich, weil er immer noch keine Kontrolle über sein Leben zu haben glaubte. Denn das passierte, wenn man sich verliebte.

Das musste die Ursache sein. Musste einfach.

»Zehn Minuten«, flüsterte Butch Marissa ins Ohr. »Schenkst du mir zehn Minuten, bevor du gehst? Bitte, Baby …«

V verdrehte die Augen und war erleichtert, dass ihn diese Turteltäubchennummer nervte. Wenigstens war nicht sein gesamtes Testosteron vertrocknet.

»Baby … bitte?«

V trank einen Schluck. »Marissa, wirf dem Hündchen einen Knochen zu, sei so gut. Das Gejaule geht mir auf den Keks.«

»Na, das können wir ja nicht zulassen.« Lachend räumte Marissa ihre Unterlagen zusammen und sah Butch durchdringend an. »Zehn Minuten. Und du solltest zusehen, dass sie es wert sind.«

Butch war so schnell auf den Beinen, als stünde der Stuhl in Flammen. »Tue ich das nicht immer?«

»Mmm … ja.«

Als die beiden ihre Lippen aufeinanderpressten, schnaubte V. »Viel Spaß, Kinder. Aber nicht hier.«

Sie waren gerade weg, als Zsadist im Galopp angerast kam. »Shit. Shit, Shit.«

»Was ist los, mein Bruder?«

»Ich muss unterrichten und bin spät dran.« Zsadist griff sich einen Bagel, ein Truthahnbein aus dem Kühlschrank und einen Becher Eis aus der Truhe. »Shit.«

»Das soll dein Frühstück sein?«

»Ruhe. Das ist fast ein Truthahnsandwich.«

»Es gibt einen Unterschied zwischen Stracciatella und Mayo, Bruder.«

»Egal.« Er stürmte zur Tür. »Ach, übrigens, Phury ist wieder hier, und er hat diese Auserwählte mitgebracht. Ich dachte mir, du würdest das gern wissen, falls du eine herrenlose Frau hier rumgeistern siehst.«

Wow. Überraschung. »Wie geht's ihm?«

Zsadist zögerte. »Weiß ich nicht. Er ist ein ziemlich verschlossener Typ. Nicht gerade eine Plaudertasche. Der Trottel.«

»Ach, anders als du ist er kein heißer Kandidat für eine Talkshow, oder was?«

»Wer im Glashaus sitzt ...«

»Auch wieder wahr.« V schüttelte den Kopf. »Mann, ich stehe tief in seiner Schuld.«

»Das stimmt. Wir alle tun das.«

»Warte, Z.« V warf den Löffel, mit dem er sich Zucker in den Kaffee gerührt hatte, quer durch den Raum. »Den wirst du brauchen, oder?«

Z fing ihn aus der Luft. »Hätte ich total vergessen. Danke. O Mann, ich hab die ganze Zeit nur Bella im Kopf, verstehst du mich?«

Die Schwingtür klappte zu.

In der plötzlichen Stille trank V noch einen Schluck Kaffee. Er war nicht mehr heiß, die Wärme hatte sich verflüchtigt. In einer Viertelstunde wäre er eiskalt.

Untrinkbar.

O ja, er wusste wie hart es war, ununterbrochen nur an seine Frau zu denken.

Er kannte das jetzt aus eigener Erfahrung.

Cormia fühlte das Bett wackeln, als der Primal sich umdrehte. Schon wieder.

So ging das nun schon seit Stunden. Sie hatte den ganzen Tag nicht geschlafen, und er gewiss auch nicht. Außer, er hätte sich im Schlaf so herumgewälzt.

Er stieß ein Murmeln aus und zuckte zusammen, schlug mit seinen schweren Gliedmaßen um sich. Es war, als könne er keine angenehme Position finden, und sie sorgte sich, dass sie ihn irgendwie störte … wenn ihr auch nicht klar war, wie das sein könnte. Sie hatte sich nicht gerührt, seit sie sich hingelegt hatte.

Doch es war seltsam. Trotz seiner Ruhelosigkeit empfand sie seine Anwesenheit als tröstlich. Es hatte etwas Beruhigendes, zu wissen, dass er auf der anderen Seite des Bettes lag. Bei ihm fühlte sie sich sicher, obschon sie ihn nicht wirklich kannte.

Wieder machte der Primal einen Satz, stöhnte und –

Cormia schrak zusammen, als seine Hand auf ihrem Arm landete.

Und er schien ebenfalls verblüfft. Er stieß eine Art fragendes Knurren aus, dann strich er mit der Handfläche auf und ab, als versuchte er zu ergründen, was da bei ihm im Bett lag.

Sie erwartete, dass er die Hand zurückziehen würde.

Doch stattdessen hielt er ihren Arm fest.

Vor Schreck teilten sich Cormias Lippen, als er tief in der Kehle ein Geräusch machte und sich durch die Laken wühlte. Seine Hand rutschte von ihrem Arm auf ihre Taille. Als hätte sie irgendeine Form von Test bestanden, rollte er sich an sie heran, ein kräftiger Oberschenkel berührte ihren, etwas Hartes drückte gegen ihre Hüfte. Seine Hand begann wieder zu wandern, und ehe sie wusste, wie ihr geschah, war das Behelfsgewand gelockert und von ihrem Körper entfernt worden.

Jetzt knurrte er noch lauter und zog sie dicht an sich heran, so dass das Harte auf ihrem Oberschenkel zu liegen kam. Sie keuchte, doch es blieb keine Zeit zu denken oder zu reagieren. Seine Lippen fanden ihren Hals und saugten an der Haut, und das Gefühl löste eine tiefe Wärme in ihrem Körper aus. Und dann begannen seine Hüften, zu stoßen. Die Vorwärts- und Rückwärtsbewegung verursachten zwischen ihren Beinen ein angenehmes Prickeln, etwas Dunkles und Verlangendes flackerte in ihrem Bauch auf.

Ohne Vorwarnung umklammerte er sie mit beiden Armen und rollte sie auf den Rücken, sein prachtvolles Haar fiel ihr über das Gesicht. Sein kräftiger Oberschenkel schob sich zwischen ihre, und er bestieg sie; durch das abwechselnde Wölben und Durchdrücken seines Rückens rieb er das an ihr, was sie als sein Geschlecht erkannte. Er war riesengroß auf ihr, trotzdem hatte sie keine Angst. Was auch immer da zwischen ihnen geschah, sie wollte es. Hungerte danach.

Zaghaft legte sie ihm die Hände auf den Rücken. Die Muskeln entlang seiner Wirbelsäule waren gewaltig, und ihr Spiel war unter der Seide des Morgenmantels deutlich zu spüren. Erneut knurrte er, als sie ihn berührte, als gefiele es ihm, ihre Hände auf sich zu spüren, und gerade, als sie sich fragte, wie seine bloße Haut sich wohl anfühlen würde, hob er den Oberkörper an und entkleidete sich.

Dann lehnte er sich etwas zur Seite, nahm ihre Hand in seine und legte sie zwischen ihre beiden Leiber. Auf sich selbst.

Beide keuchten sie bei der ersten Berührung auf, und einen Moment lang empfand sie das reinste Erstaunen ob seiner Hitze, seiner Härte und seiner Größe ... wie auch der Weichheit seiner Haut ... und der Kraft, die in diesem Glied zu stecken schien. Aus purem Reflex hielt sie ihn fest, als ein heißer Blitzstrahl durch ihre Schenkel fuhr.

Doch da schrie er auf und seine Hüften stießen nach vorn, und was in ihrer Hand lag, begann zu zucken. Etwas Warmes, Feuchtes schoss von irgendwo hervor und ergoss sich über ihren Bauch.

O, liebe Jungfrau, hatte sie ihn verletzt?

Auf Cormia liegend, ihre Hand um seinen Schwanz und

mitten in einem Orgasmus, wachte Phury auf. Er versuchte, den Höhepunkt zu stoppen, rang um Beherrschung der erotischen Strömungen, die durch ihn hindurchrasten, war aber machtlos dagegen, obwohl er merkte, dass er auf ihr kam.

Sobald die Empfindungen vorbei waren, schnellte er zurück. Und dann wurde alles noch schlimmer.

»Vergib mir.« Mit entsetzter Miene starrte sie ihn an. »Wofür?« Mist, seine Stimme war weg. Und eigentlich sollte er sich bei ihr entschuldigen.

»Ich habe dir wehgetan … du blutest.«

Ach du lieber Himmel. »Ähm, das ist kein Blut.«

Er schob die Decke beiseite, um aufstehen zu können, stellte fest, dass er splitternackt war, und musste unter der Decke nach dem Morgenmantel wühlen. Hektisch zog er das Ding über, schnallte die Prothese an und sprang aus dem Bett, um aus dem Bad ein Handtuch zu holen.

Als er zurück zum Bett kam, konnte er sich ungefähr ausmalen, wie gern sie das Zeug auf sich loswerden würde.

»Lass mich …« Da fiel sein Blick auf den Vorhang auf dem Fußboden. Na, ganz toll, nackt war sie also auch noch. *Fantastisch.* »Am besten wischst du das selbst ab.«

Er wandte den Kopf ab und streckte ihr das Handtuch hin. »Nimm das dazu.«

Aus dem Augenwinkel beobachtete er, wie sie sich verlegen unter der Decke zu schaffen machte, und Abscheu vor sich selbst stieg in ihm auf. *Großer Gott* … Er war ein Wüstling. So über die arme Frau herzufallen.

Als sie ihm das Handtuch zurückgab, sagte er: »Du kannst nicht bei mir bleiben. Es ist nicht richtig. Solange wir hier im Haus sind, bleibst du in dem anderen Zimmer.«

Es entstand eine kurze Pause. Dann sagte sie: »Ja, Euer Gnaden.«

26

Als die Nacht hereinbrach, stand John in der unterirdischen Turnhalle, in einer Reihe mit den restlichen Schülern, einen Dolch in der rechten Hand, die Füße in Angriffsstellung. Dann pfiff Zsadist durch die Zähne, und John und alle anderen begannen die Übung: mit der Waffe einen Bogen über dem Brustkorb beschreiben, blitzschnell zurückziehen, Schritt nach vorn und zustechen unterhalb der Rippen.

»John, aufpassen!«

Scheiße, er vermasselte alles. Schon wieder. Er kam sich blind und nutzlos vor, fand den Rhythmus der einzelnen Positionen nicht. Sein Gleichgewichtssinn war jenseits von Gut und Böse, Arme und Beine wollten einfach nicht gehorchen.

»John – stopp.« Zsadist trat hinter ihn und führte seine Arme. Schon wieder. »Meine Damen, zurück in die Ausgangsstellung.«

John ging in Position, wartete auf den Pfiff … und versagte. Schon wieder.

Als Zsadist erneut auf ihn zukam, konnte John ihm nicht in die Augen sehen.

»Lass uns mal was ausprobieren.« Z nahm John die Klinge ab und legte sie ihm in die linke Hand.

John schüttelte den Kopf. Er war Rechtshänder.

»Probier es einfach mal. Die Damen, das Ganze von vorn.«

Angriffsposition. Pfiff. Wieder –

Aber hallo, dieses Mal nicht. Wie durch ein Wunder bekam John die Bewegungsabfolge so reibungslos hin wie ein Pianist einen Klavierakkord. Alles lief völlig harmonisch, Arme und Beine taten, was sie tun sollten, der Dolch lag perfekt in seiner Hand, die Muskeln spielten geschmeidig zusammen.

Er lächelte. Bis er Zs Blick begegnete. Der Bruder sah ihn komisch an, schien sich dann aber wieder zu fangen. »Besser, John. Viel besser.«

John betrachtete die Klinge in seiner Hand. Kurz und schmerzlich blitzte die Erinnerung daran auf, wie er Sarelle wenige Tage vor ihrer Ermordung zu ihrem Auto gebracht hatte. Damals hatte er sich gewünscht, einen Dolch bei sich zu haben, hatte das Gefühl gehabt, seine Hand wäre ohne das Gewicht darin zu leicht. Das war seine rechte Hand gewesen. Warum hatte sich das durch die Transition verändert?

»Und noch mal, die Herrschaften!«, rief Z.

Noch dreiundzwanzig Mal übten sie die Abfolge. Dann trainierten sie eine andere, bei der sie von den Knien hochspringen mussten. Z schritt die Reihe ab, korrigierte Haltungen, bellte Befehle.

John musste er nicht ein Mal ansprechen. Alles klappte wie von selbst, die Goldader war angezapft.

Nach dem Unterricht steuerte John auf den Umkleideraum zu, doch Z rief ihn zurück und führte ihn in den Ausrüstungsraum vor den verschlossenen Schrank, in dem die Dolche aufbewahrt wurden.

»Von jetzt an benutzt du den hier.« Z reichte ihm eine Klinge mit einem blauen Griff. »Der ist für Linkshänder.«

John probierte ihn aus und fühlte sich noch stärker. Schon wollte er dem Bruder danken, da stutzte er. Z betrachtete ihn mit dem gleichen seltsamen Ausdruck wie vorhin in der Halle.

John steckte sich die Waffe in den Gürtel seines Gi und fragte: *Was ist denn? Ist das nicht gut?*

Z rieb sich mit der Hand über den geschorenen Schädel. »Frag mich mal, wie viele Kämpfer Linkshänder sind.«

John stockte der Atem, ein seltsames Gefühl stieg in ihm auf. *Wie viele?*

»Ich kannte nur einen. Frag mich, wer das war.«

Wer war er?

»Darius. D war Linkshänder.«

John starrte seine linke Hand an. Sein Vater.

»Und du bewegst dich auch wie er«, murmelte Z. »Um ehrlich zu sein, ist das wahnsinnig unheimlich. Es ist, als hätte man ihn vor sich.«

Echt?

»Ja. Er war sehr geschmeidig. Wie du. Ist ja auch egal.« Z klopfte ihm auf die Schulter. »Ein Linkshänder. Wer hätte das gedacht.«

John sah dem Bruder nach, dann betrachtete er wieder seine Hand.

Nicht zum ersten Mal fragte er sich, wie sein Vater wohl ausgesehen hatte. Geklungen hatte. Sich verhalten hatte. Was er nicht alles für ein paar Informationen über diesen Mann gegeben hätte.

Vielleicht konnte er eines Tages Zsadist danach fragen, obwohl er Angst hatte, sich mit seinen Gefühlen auseinanderzusetzen.

Ein Mann sollte sich so etwas nie anmerken lassen. Besonders nicht vor einem Bruder.

Jane setzte den Wagen rückwärts in die Garage und fluchte, als sie den Motor abstellte. Dreiundzwanzig Uhr vierunddreißig. Sie war zweieinhalb Stunden zu spät zu ihrem Treffen mit V in ihrer Wohnung.

Sie war einfach nicht weggekommen. Zwar hatte sie ihren Mantel schon angezogen und die Tasche gepackt gehabt, doch auf dem Weg nach draußen hatten sie noch alle möglichen Kollegen angesprochen und ihr Fragen über Fragen gestellt. Dann hatte sich auch noch der Zustand einer Patientin verschlechtert, und sie hatte die Frau untersuchen und mit den Angehörigen reden müssen.

Sie hatte Vishous eine SMS geschickt, dass sie aufgehalten worden war. Dann wieder, als sie noch länger bleiben musste. Er hatte geantwortet, dass alles in Ordnung sei. Aber dann hatte sie angerufen, als sie auf dem Heimweg in einer Umleitung stecken blieb, und hatte nur die Mailbox erreicht.

Bei geschlossenem Garagentor stieg sie aus dem Auto. Sie war aufgeregt, Vishous zu sehen, aber auch erschöpft. Die ganze vorangegangene Nacht hatten sie alles Mögliche gemacht, nur nicht geschlafen, und sie hatte einen langen Tag hinter sich.

Beim Hereinkommen rief sie: »Tut mir leid, dass ich so spät bin.«

»Kein Problem«, kam es aus dem Wohnzimmer.

Sie ging um die Ecke … und erstarrte. Vishous saß im Dunklen auf der Couch, die Beine übereinandergeschlagen.

Neben ihm lag seine Lederjacke und außerdem ein Strauß Calla-Lilien. Er war so reglos wie ein gefrorener See.

Ach, verdammt.

»Hallo«, sagte sie und ließ Mantel und Tasche auf den Esstisch ihrer Eltern fallen.

»Hey.« Er stellte die Beine nebeneinander und stützte die Ellbogen auf die Knie. »Alles im Lot in der Klinik?«

»Ja. Einfach nur viel los.« Sie setzte sich neben den Blumen aufs Sofa. »Die sind aber schön.«

»Hab ich für dich besorgt.«

»Es tut mir wirklich leid –«

Er unterbrach sie mit erhobener Hand. »Du musst dich nicht entschuldigen. Ich kann mir gut vorstellen, wie das ist.«

Sie sah ihm an, dass er nicht versuchte, ihr ein schlechtes Gewissen zu machen; er war nur enttäuscht. Wodurch sie sich noch schlechter fühlte. Wäre er nicht so vernünftig, wäre das etwas anderes gewesen, aber diese stille Resignation bei einem so kraftvollen Mann wie ihm war schwer zu ertragen.

»Du siehst müde aus«, sagte er. »Ich glaube, das Netteste, was ich für dich tun kann, ist, dich ins Bett zu bringen.«

Sie lehnte sich zurück und streichelte sanft eine der Blumen mit dem Zeigefinger. Es gefiel ihr, dass er nicht stinknormalen Rosen genommen hatte oder auch die weißen Callas. Diese hier hatten einen satten Pfirsichton. Ungewöhnlich. Wunderschön. »Ich habe heute an dich gedacht. Sehr viel.«

»Ehrlich?« Obwohl sie ihn nicht ansah, hörte sie das Lächeln in seiner Stimme. »Woran hast du denn genau gedacht?«

»Alles. Nichts. Wie sehr ich mir wünsche, jede Nacht neben dir zu schlafen.«

Sie erzählte ihm nicht, dass sie die Stelle an der Columbia abgelehnt hatte. Diese Chance nicht zu ergreifen, behagte ihr nicht wirklich, aber andererseits kam es ihr einfach nicht besonders schlau vor, einen Job in New York anzutreten, wenn sie doch mehr, und nicht weniger Zeit mit V verbringen wollte. Sie wollte immer noch eine Führungsposition, aber man musste auch Opfer im Leben bringen, um zu bekommen, was man sich wünschte. Dass man alles gleichzeitig haben konnte, war einfach ein Trugschluss.

Ein Gähnen stieg in ihrer Kehle hoch und zwang ihren Mund auf. Mann, war sie müde.

V stand auf und streckte ihr die Hand entgegen. »Ab mit dir. Du kannst ein bisschen neben mir schlafen.«

Sie ließ sich von ihm nach oben führen, ausziehen und unter die Dusche stellen. Erwartungsvoll sah sie ihn an, aber er schüttelte den Kopf.

»O nein, wenn ich damit anfange, halte ich dich die nächsten zwei Stunden auf den Beinen.« Sein Blick heftete sich auf ihre Brüste und die Augen leuchteten auf. »Ach, verdammt … ich … ich warte einfach draußen.«

Sie lächelte, als er die gläserne Duschtür schloss und seine große schwarze Gestalt ins Schlafzimmer trabte. Zehn Minuten später kam sie aus dem Bad, geschrubbt, Zähne geputzt und in einem ihrer Nachtshirts.

Vishous hatte das Laken geglättet, die Kissen aufgeschüttelt und die Decke zurückgeklappt. »Rein da«, befahl er.

»Ich hasse es, zu gehorchen«, murmelte sie.

»Aber bei mir tust du es. Ab und zu.« Sanft tätschelte er ihr das Hinterteil, als sie ins Bett stieg. »Hinlegen.«

Sie machte es sich gemütlich, und er ging um das Bett herum und legte sich auf die Decke. Als er seinen Arm unter ihren Kopf schob und sie sich an ihn kuschelte, dachte sie, wie gut er doch roch. Und diese Hand, die ihr beruhigend über den Bauch strich, war einfach göttlich.

Nach einer Weile wisperte sie in der Dunkelheit: »Wir haben heute eine Patientin verloren.«

»O, das tut mir leid.«

»Ja … sie war nicht zu retten. Manchmal weiß man es einfach, und bei ihr war es genau so. Trotzdem haben wir getan, was wir konnten, aber die ganze Zeit … tja, die ganze Zeit wusste ich, dass wir sie nicht durchbekommen.«

»Das muss hart sein.«

»Furchtbar. Ich war diejenige, die den Angehörigen mitteilte, dass es zu Ende ging. Aber wenigstens konnten sie dabei sein, als sie starb, was gut war. Meine Schwester Hannah war ganz allein, so was hasse ich.«

Jane sah die junge Frau vor sich, deren Herz heute versagt hatte. »Der Tod ist merkwürdig. Die meisten Leute glauben, es geht einfach um ein An/Aus, aber in Wirklichkeit ist es viel öfter ein Prozess, so als würde man am Abend einen Laden schließen. Normalerweise findet ein vorhersehbares Versagen der Einzelteile statt, bis schließlich sozusagen das letzte Licht verlöscht und die Tür abgeschlossen wird. Als Ärztin kann ich eingreifen und das Fortschreiten stoppen, indem ich Wunden verschließe oder mehr Blut gebe oder den Körper durch Medikamente zwinge, seine eigenen Funktionen zu regulieren. Aber manchmal … manchmal verlässt der Inhaber den Laden einfach, und man kann ihn nicht aufhalten, egal, was man auch tut.« Sie lachte verlegen. »Sorry, ich wollte nicht so trübsinnig klingen.«

Er strich ihr über das Gesicht. »Das tust du nicht. Du bist einfach wunderbar.«

»Du bist nicht objektiv«, sagte sie, dann gähnte sie so herzhaft, dass ihr Kiefer knackte.

»Aber ich habe Recht.« Er küsste sie auf die Stirn. »Und jetzt schlaf.«

Sie musste dem Befehl Folge geleistet haben, denn etwas später merkte sie, dass er von ihr wegrutschte. »Geh nicht.«

»Ich muss. Ich laufe in der Innenstadt Patrouille.«

Er stand auf, dieser Riese von einem Mann – äh, Vampir, das dunkle Haar im trüben Schein der Straßenlaterne vor der Wohnung schimmernd.

Eine Welle von Traurigkeit überrollte sie, und sie schloss die Augen.

»Hey.« Er setzte sich zu ihr aufs Bett. »Nicht doch. Wir sind nicht traurig. Du und ich sind nicht traurig. Das steht uns nicht.«

Sie lachte erstickt. »Woher wusstest du, was in mir vorgeht? Oder sehe ich so jämmerlich aus?«

Er tippte sich auf die Nase. »Ich kann das riechen. Hat den Duft von Frühlingsregen.«

»Ich hasse diesen Abschiedsscheiß.«

»Ich auch.« Damit beugte er sich herunter und strich ihr mit den Lippen sanft über die Stirn. »Hier.« Er zog sein langärmeliges T-Shirt aus, knüllte es zusammen und legte es ihr unter die Wange. »Tu einfach so, als wäre ich da.«

Sie atmete tief ein, erschnupperte den Bindungsduft und war ein bisschen besänftigt. Als er aufstand, sah er so stark aus, unbesiegbar, wie ein Superheld. Und doch war er aus Fleisch und Blut.

»Bitte … sei vorsichtig.«

»Immer doch.« Wieder beugte er sich zu ihr herunter und küsste sie. »Ich liebe dich.«

Er wollte sich aufrichten, doch sie hielt ihn am Arm fest. Auch wenn sie keine Worte fand, das Schweigen sagte genug.

»Ich will nicht gehen.« Seine Stimme klang rau. »Aber ich komme zurück. Versprochen.«

Ein letzter Kuss, dann ging er zur Tür. Während sie seinen Schritten lauschte, drückte sie ihr Gesicht in sein T-Shirt und schloss die Augen.

Mit perfektem miserablem Timing hörte sie das Garagentor der Nachbarwohnung rattern. Auf halbem Weg blieb es hängen, der Mechanismus heulte so laut, dass ihr Bett vibrierte.

Sie boxte ins Kissen und drehte sich um, am liebsten hätte sie geschrien.

Vishous war nicht gerade bester Laune, als er seine Dolche umschnallte. Er war zerstreut, irgendwie wütend, unglücklich und musste dringend eine rauchen und sich am Riemen reißen, bevor er sich auf den Weg in die Innenstadt machte. Er stand total neben sich.

»Vishous! Warte!« Janes Stimme ertönte von oben, als er sich gerade dematerialisieren wollte. »Warte noch kurz!«

Er hörte sie die Treppe hinunterspringen, dann kam sie um die Ecke, sein T-Shirt, das sie rasch übergezogen hatte, ließ sie wie ein Kind aussehen, der Saum reichte fast bis zu den Knien.

»Was –«

»Ich habe eine Idee. Eine verrückte. Aber sie ist auch nicht dumm.« Mit ihren hochroten Wangen und den vor Begeisterung leuchtenden Augen war sie das Schönste, was er jemals gesehen hatte. »Was, wenn ich bei dir einziehen würde?«

Er schüttelte den Kopf. »Das fände ich toll, aber –«

»Und als Privatärztin der Bruderschaft arbeiten würde?«

Ach ... du ... »Was?«

»Ihr bräuchtet eigentlich unbedingt einen Arzt auf dem Anwesen. Du meintest doch, dass es mit diesem Havers

Schwierigkeiten gibt. Tja, da könnte ich aushelfen. Ich könnte eine Krankenschwester anheuern, die mir assistiert, das Equipment aufrüsten und die Krankenstation leiten. Du hast gesagt, dass es mindestens drei bis vier Verletzungen pro Woche innerhalb der Bruderschaft gibt, oder? Zudem ist Bella schwanger und wahrscheinlich wird es in Zukunft noch mehr Babys geben.«

»Gütiger … aber willst du wirklich deinen Job im Krankenhaus aufgeben?«

»Ja, denn ich bekäme ja etwas dafür.«

Er errötete. »Mich?«

Sie lachte. »Das auch. Natürlich. Aber da wäre noch etwas.«

»Nämlich?«

»Die Gelegenheit, eure Spezies systematisch zu erforschen. Meine zweite große Leidenschaft ist ja die Genetik. Wenn ich die nächsten zwanzig Jahre lang euch Jungs zusammenflicken und die Unterschiede zwischen Menschen und Vampiren katalogisieren könnte, dann würde ich sagen, mein Leben hat sich gelohnt. Ich möchte wissen, woher ihr kommt und wie eure Organismen funktionieren und warum ihr keinen Krebs bekommen könnt. Das sind sehr wichtige Erkenntnisse, Vishous. Erkenntnisse, von denen beide Spezies profitieren könnten. Es geht mir nicht darum, euch als Versuchskaninchen zu benutzen … na ja, vielleicht ein bisschen. Aber nicht auf eine boshafte Art. Nicht auf diese nüchterne Art, mit der ich das früher gesehen habe. Ich liebe dich, und ich möchte von dir lernen.«

Er starrte sie an und vergaß völlig, weiterzuatmen.

Unsicher zog sie den Kopf ein. »Bitte sag J–«

Da zog er sie an seine Brust und zerquetschte sie beinahe. »Ja. Ja, wenn Wrath einverstanden ist und du das willst … *ja.*«

Erleichtert schlang sie die Arme um seine Taille.

Einfach der Hammer, er fühlte sich, als würde er fliegen. Er war so ganz, so vollständig, so gefestigt in seinem Kopf und in seinem Herzen und in seinem Körper, alle seine kleinen Schubladen waren ordentlich aufgeräumt, das Puzzle fehlerfrei zusammengesetzt.

Schon wollte er rührselig werden, da klingelte sein Handy. Fluchend bellte er in den Hörer: »Was. Bei Jane. Okay, bis in zwei Minuten, Hollywood.« Er klappte das Gerät wieder zu. »Rhage.«

»Glaubst du, wir kriegen das hin?«

»Ja. Offen gestanden wäre es Wrath bestimmt sowieso lieber, wenn du in unserer Welt leben würdest.« Er strich ihr mit den Fingerknöcheln über die Wange. »Und mir auch. Ich hätte nur niemals gedacht, dass du dein Leben aufgeben könntest.«

»Aber ich gebe es ja nicht auf. Ich führe es nur in Zukunft ein bisschen anders. Ich meine ... viele Freunde habe ich sowieso nicht.« Außer Manello. »Und mich hält nichts hier – ich war ja schon drauf und dran, nach New York zu ziehen. Und abgesehen davon werde ich mit dir zusammen einfach glücklicher sein.«

Zärtlich musterte er ihr Gesicht, er liebte ihre ausgeprägten Züge und das kurze Haar und die durchdringenden waldgrünen Augen. »Weißt du, ich hätte dich niemals darum gebeten ... alles, was du hier hast, für mich wegzuwerfen.«

»Und das ist nur einer der Gründe, warum ich dich liebe.«

»Erzählst du mir die anderen später?«

»Vielleicht.« Sie schob die Hand zwischen seine Beine, was ihn total schockierte und ihm den Atem verschlug. »Ich könnte sie dir auch zeigen.«

Ohne zu zögern legte er seinen Mund auf ihren und stieß seine Zunge in sie hinein, während er sie gleichzeitig mit dem Rücken an die Wand drängte. Es war ihm egal, wenn Rhage da draußen noch ein bisschen warten –

Sein Handy klingelte. Und klingelte. Und klingelte.

V hob den Kopf und sah durch das Fenster neben der Wohnungstür. Rhage stand auf dem Rasen vor dem Haus, das Handy am Ohr, und starrte zurück. Betont schaute er auf seine Uhr, dann zeigte er V den Mittelfinger.

Genervt steckte V eine Faust in den Verputz und rückte von Jane ab. »Ich komme später wieder. Sei nackt.«

»Würdest du mich nicht lieber ausziehen?«

»Nein, denn dann würde ich das T-Shirt in Fetzen reißen, und ich möchte, dass du so lange darin schläfst, bis du bei mir wohnst. Sei. Nackt.«

»Wir werden sehen.«

Sein gesamter Körper pochte bei dieser Befehlsverweigerung. Und sie wusste es genau, ihr Blick war ruhig und erotisch.

»Himmel, ich liebe dich«, sagte er.

»Ich weiß. Und jetzt hau ab und töte etwas. Ich warte hier auf dich.«

Er lächelte sie an. »Ich könnte dich beim besten Willen nicht noch mehr lieben.«

»Dito.«

Er küsste sie und dematerialisierte sich nach draußen neben Rhage, nicht ohne sicherzustellen, dass ein *Mhis* über ihnen hing. *Na super.* Es regnete.

Mann, er würde sich jetzt so viel lieber mit Jane in ihr Bett kuscheln, statt mit seinem Bruder abzuhängen. Er konnte sich einen giftigen Blick Richtung Rhage nicht verkneifen.

»Als hätten dich fünf kleine Minuten umgebracht.«

»Ach, bitte. Wenn du damit erstmal anfängst, dann steh ich hier bis zum Sommer.«

»Bist du –«

Plötzlich runzelte V die Stirn und wandte den Kopf Janes Nachbarwohnung zu. Das Garagentor stand halb auf und klemmte, man konnte Bremslichter sehen. Dann hörte man eine Autotür knallen und der flüchtige Hauch eines süßlichen Geruchs wehte herüber, wie Puderzucker, der im Wind verstreut wird.

»O … verflucht, *nein.*«

Genau in diesem Augenblick riss Jane die Haustür auf und kam herausgerannt, seine Lederjacke in der Hand, sein Shirt hinter sich her wehend. »Die hast du vergessen!«

Es war ein schrecklicher Volltreffer, eine Aufdeckung aller Einzelteile, die er bisher nur als Fragmente gesehen hatte: Der Traum war im realen Leben angekommen.

»Nein!«, schrie er.

Die Szene spielte sich in wenigen Sekunden ab, die jedoch Jahrhunderte zu dauern schienen: Rhage sah ihn an, als hätte er nicht alle Tassen im Schrank. Jane rannte über das Gras. Er ließ das *Mhis* sinken, als die Angst ihn überwältigte.

Ein *Lesser* duckte sich mit gezogener Pistole unter dem Garagentor durch.

Der Schuss machte wegen des Schalldämpfers kein Geräusch. V sprang auf Jane zu, versuchte, sie mit seinem Körper abzuschirmen. Er schaffte es nicht. Sie wurde in den Rücken getroffen, und die Kugel kam auf der anderen Seite wieder heraus, durchbrach ihr Brustbein, bohrte sich in seinen Arm. Er fing sie auf, als sie stürzte, seine eigene Brust brannte vor Schmerz.

Als sie zu Boden sanken, nahm Rhage die Verfolgung des *Lesser* auf, was V nicht bewusst wahrnahm. Er erkannte nur seinen ewigen Alptraum: Blut auf seinem Shirt. Sein Herz brüllend vor Schmerz. Der Tod kam … aber nicht für ihn. Für Jane.

»Zwei Minuten«, stieß sie mühsam hervor und legte die Hand auf die Brust. »Mir bleiben weniger als zwei … Minuten.«

Der Schuss musste eine Arterie getroffen haben, und sie wusste es.

»Ich bringe dich –«

Sie schüttelte den Kopf und hielt sich an seinem Arm fest. »Bleib. Ich … das schaffe …«

Ich nicht … wollte sie sagen. »Doch, verdammt!«

»Vishous!« Ihre Augen schwammen, sie verlor rasch an Farbe. »Halt meine Hand. Verlass mich nicht. Du darfst mich nicht … Lass mich nicht allein gehen.«

»Du wirst wieder gesund!« Er wollte sie aufheben. »Ich bringe dich zu Havers.«

»*Vishous*. Das kann man nicht reparieren. Halt meine Hand. Ich gehe … ach, verflucht …« Sie begann zu weinen, während sie nach Luft rang. »Ich liebe dich.«

»Nein!«

»Ich liebe …«

»*Nein!*«

27

Die Jungfrau der Schrift blickte von dem Vogel auf ihrer Hand auf, ein plötzliches Angstgefühl erschreckte sie.

O elendes Geschick. O grausames Schicksal.

Es war geschehen. Das Ereignis, das sie geahnt und gefürchtet hatte, der Zusammenbruch in der Anordnung ihrer Realität war gekommen. Ihre Bestrafung war nun manifest.

Dieser Mensch … diese Frau, die ihr Sohn liebte, starb in diesem Augenblick. Sie lag in seinem Armen und verblutete.

Mit zitternder Hand setzte sie die kleine Meise zurück auf den weiß blühenden Baum und taumelte zum Springbrunnen. Dort ließ sie sich auf der marmornen Kante nieder, ihr leichtes Gewand fühlte sich an wie schwere Ketten, die um sie geschnürt wurden.

Die Schuld für den Verlust ihres Sohnes lag bei ihr. Wahrlich, sie hatte diese Heimsuchung heraufbeschworen: Denn sie hatte die Regeln gebrochen. Vor dreihundert Jahren hatte sie die Regeln gebrochen.

Zu Anbeginn der Zeit war ihr ein einziger Schöpfungsakt gewährt worden, und entsprechend hatte sie, nachdem sie ihre Reife erlangt hatte, einen Schöpfungsakt gewirkt. Doch dann hatte sie es noch einmal getan. Sie hatte geboren, was sie nicht hätte gebären dürfen, und dadurch hatte sie einen Fluch auf ihren Nachkommen gebracht. Das Schicksal ihres Sohnes – in seiner Gesamtheit, von seiner Misshandlung durch seinen Vater über den harten, kaltherzigen Mann, zu dem Vishous geworden war, bis hin zu diesen seinen Todesqualen – war ja in Wahrheit ihre Züchtigung. Denn wo er Schmerz empfand, litt sie tausendfach. Sie wollte nach ihrem Vater rufen, doch sie wusste, sie konnte es nicht. Die Entscheidung war von ihr getroffen worden, und die Folgen hatte sie allein zu tragen.

Als sie nun die Dimensionen durchdrang und sah, was ihrem Sohn geschah, erfuhr sie Vishous' Qualen wie ihre eigenen, spürte die Betäubung seines Entsetzens, das Feuer seiner Verleugnung. Sie spürte auch den Tod seiner Geliebten, die wachsende Kälte in ihrem Leib, während ihr Blut in ihre Brusthöhle floss und ihr Herz zu flimmern begann. Und dann, ja, dann hörte sie auch die von ihrem Sohn gemurmelten Worte der Liebe und roch die scheußliche, ekelhafte Furcht, die ihm entströmte.

Es gab nichts, was sie tun konnte. Sie, die doch Macht über alles Maß hinaus besaß, war in diesem Augenblick machtlos, da das Schicksal und die Folgen des freien Willens die alleinige Domäne ihres Vaters waren. Er und nur er kannte den Ablauf der Ewigkeit, das Kompendium der gewählten und nicht gewählten Entscheidungen, die sichtbaren und unsichtbaren Pfade. Er war das Buch und die Seite und die unauslöschliche Tinte.

Sie war es nicht.

Das war ihr Los: zu leiden, weil ein Unschuldiger, geboren von einem Leib, den sie nie hätte annehmen dürfen, auf immer Schmerz litt, weil ihr Sohn aufgrund der Entscheidungen, die sie getroffen hatte, als toter Mann auf der Erde wandeln würde.

Mit einem Wehklagen entledigte sich die Jungfrau der Schrift ihrer Gestalt und schlüpfte aus ihrem Gewand, der schwarze Stoff glitt zu Boden. Sie tauchte als Lichtwelle in das Wasser des Brunnens ein, trieb zwischen und mit den Wasser- und Sauerstoffmolekülen, die durch ihren Kummer aufgeladen und zum Sieden gebracht, verdampft wurden. Immer weiter dauerte diese Energieübertragung fort, die Flüssigkeit stieg als Wolke auf, ballte sich über dem Innenhof zusammen und fiel als Tränen wieder herab, die sie nicht zu weinen vermochte.

Drüben auf dem weißen Baum reckten die Vögel ihre Hälse nach den stürzenden Wassertröpfchen, als erforschten sie dieses für sie neue Vorkommnis. Und dann verließen sie zum allerersten Mal als Schwarm ihren Baum und flogen zum Brunnen. Einer neben den anderen hockten sie sich auf den Rand des Beckens, den Rücken dem leuchtenden, brodelnden Wasser zugewandt, welches die Jungfrau bewohnte.

Sie bewachten sie in ihrer Trauer und ihrer Reue, bewachten sie, als wäre jeder Einzelne von ihnen so groß wie ein Adler und ebenso wild.

Sie waren, wie immer, ihr einziger Trost, ihre einzigen Freunde.

Jane war sich bewusst, dass sie tot war.

Sie wusste es, weil um sie ein Nebel lag, und vor ihr jemand stand, der aussah wie ihre tote Schwester.

Deshalb war sie sich ziemlich sicher, dass sie abgetreten war. Nur … müsste sie nicht eigentlich aufgewühlt sein oder so was? Sollte sie sich nicht Sorgen um Vishous machen? Oder begeistert sein, wieder mit ihrer kleinen Schwester vereint zu sein?

»Hannah?«, sagte sie vorsichtig, denn sie wollte sich vergewissern, dass sie wusste, wen sie vor sich hatte. »Bist du das?«

»So ungefähr.« Das Bild ihrer kleinen Schwester zuckte die Achseln, ihr hübsches rotes Haar wurde durch ihre Schultern bewegt. »Aber eigentlich bin ich nur eine Botin.«

»Jedenfalls siehst du aus wie sie.«

»Natürlich. Was du gerade siehst, ist das, was du im Kopf hast, wenn du an sie denkst.«

»Aha … das klingt jetzt ein bisschen nach *Twilight Zone.* Oder Moment mal, träume ich etwa nur?« Denn das wäre verdammt nochmal großartig, nach allem, was sie gerade erlebt zu haben glaubte.

»Nein, du bist gerade entschlafen. Du bist nur jetzt gerade in der Mitte.«

»In der Mitte von was?«

»Dazwischen. Weder hier noch dort.«

»Kannst du ein bisschen präziser werden?«

»Eigentlich nicht.« Die Hannah-Vision lächelte ihr köstliches, engelsgleiches Lächeln, mit dem sie sogar Richard, den bösen Koch, eingewickelt hatte. »Aber hier ist meine Botschaft. Du wirst ihn loslassen müssen, Jane. Wenn du Frieden finden willst, musst du ihn loslassen.«

Falls mit *ihn* Vishous gemeint war, dann kam das nicht infrage.

»Du musst aber. Sonst verlierst du dich hier. Du hast nur begrenzt Zeit, weder hier noch dort zu sein.«

»Und was passiert dann?«

»Dann bist du für immer verloren.« Die Hannah-Vision wurde ernst. »Lass ihn los, Jane.«

»Wie?«

»Du weißt, wie. Und wenn du es tust, dann kannst du mein echtes Ich auf der anderen Seite sehen. Lass ihn los.« Die Botin oder was auch immer sie war verflüchtigte sich.

Allein gelassen sah Jane sich um. Der Nebel war durchdringend, so dicht wie eine Regenwolke und so endlos wie der Horizont.

Angst kroch in ihr hoch. Das war nicht richtig. Sie wollte nicht hier sein.

Unvermittelt stieg in ihr ein Gefühl von Dringlichkeit auf, als liefe die Zeit ab, wobei sie keine Ahnung hatte, woher sie das wusste. Doch dann dachte sie an Vishous. Wenn loslassen bedeutete, ihre Liebe für ihn aufzugeben, dann war das nicht möglich.

28

Vishous raste mit Janes Audi wie der Teufel durch den Regen. Auf halbem Weg zu Havers bemerkte er, dass sie nicht bei ihm im Wagen war.

Ihre Leiche war es.

Seine Panik war die einzige Energie in dem geschlossenen Raum, sein Herz das einzige, das schlug, seine Augen die einzigen, die blinzelten.

Der gebundene Vampir in ihm bestätigte, was sein Gehirn verleugnet hatte: In seinem Blut wusste er, dass sie fort war.

V nahm den Fuß vom Gaspedal, und der Audi rollte noch ein Stückchen, bevor er langsam zum Halten kam. Die Route 22 war leer, wahrscheinlich wegen des tobenden Frühlingssturms, doch er hätte auch mitten auf der Straße angehalten, wenn dichter Verkehr geherrscht hätte.

Jane saß auf dem Beifahrersitz. Aufrecht angeschnallt, der Sicherheitsgurt hielt sein T-Shirt als Verband auf ihrer Brust fest.

Er wandte den Kopf nicht.

Er konnte sie nicht ansehen.

Er starrte nur unverwandt auf die doppelte gelbe Linie der Straße. Vor ihm flitzten die Scheibenwischer hin und her, das rhythmische Klatschen klang wie eine altmodische Uhr, *tick … tack … tick … tack …*

Doch das Verstreichen der Zeit war nicht länger von Bedeutung. Genauso wenig wie seine Eile.

Tick … tack … tick …

Er hatte das Gefühl, er müsste auch tot sein, bei diesem Schmerz in seiner Brust. Er hatte keine Ahnung, wieso er immer noch auf den Beinen war, wenn es doch so wehtat.

Tack … tick …

Vor ihm machte die Straße eine Kurve, der Wald reichte bis an den Seitenstreifen heran. Abwesend stellte er fest, dass die Bäume sehr dicht zusammenstanden, die kahlen Zweige ineinander verflochten, den Anschein von schwarzer Spitze erweckend.

Tack …

Die Vision, die er hatte, schlich sich still und leise an. Zuerst wusste er nicht, dass das, was seine Augen registrierten, sich verändert hatte. Doch dann entdeckte er eine Mauer, eine diffuse Mauer … erleuchtet von einem hellen, hellen Schein. Noch überlegte er, was wohl die Quelle dieses Lichts war …

Da erkannte er, dass es Autoscheinwerfer waren.

Das Dröhnen einer Hupe weckte ihn aus seiner Starre, und er trat aufs Gas, während er gleichzeitig das Steuer nach rechts zog. Das andere Fahrzeug schlingerte auf dem glitschigen Asphalt vorbei, fing sich dann wieder und verschwand in der Dunkelheit.

V konzentrierte sich wieder auf den Wald und empfing den Rest der Vision in schneller Abfolge, wie einen Film.

Mit benommener Gleichgültigkeit sah er sich selbst dabei zu, wie er gewissenlose Maßnahmen ergriff, erlebte die Zukunft in ihrer Entfaltung, prägte sich alles ein. Als nichts mehr enthüllt wurde, raste er in verzweifelter Absicht los, entfernte sich mit doppelt so hoher Geschwindigkeit wie erlaubt von Caldwells Stadtgrenze.

Sein Handy klingelte, und er zog das Gerät aus seiner Lederjacke, die er auf den Rücksitz geworfen hatte. Er schaltete es aus, dann hielt er am Straßenrand an und brach das Gehäuse auf. Er holte den GPS-Chip heraus, legte ihn auf das Armaturenbrett und zertrümmerte ihn mit der Faust.

»Wo zum Henker ist er?«

Phury zog den Kopf ein, während Wrath in seinem Arbeitszimmer auf und ab tigerte, und auch die anderen Brüder hielten sich außerhalb der Reichweite des Königs. Wenn er so in Fahrt war, stand man ihm besser nicht im Weg, sonst stampfte er einen in den Teppich.

Allerdings wartete er ganz offenbar auf eine Reaktion. »Führe ich hier beschissene Selbstgespräche? Wo zum Henker ist V?«

Phury räusperte sich. »Wir wissen es nicht so genau. Das GPS hat vor ungefähr zehn Minuten den Geist aufgegeben.«

»Den Geist aufgegeben?«

»Sagt keinen Mucks mehr. Normalerweise müsste es aufflackern, wenn er es bei sich hat, aber … wir empfangen nicht mal das.«

»Wunderbar. Einfach großartig.« Wrath schob seine Sonnenbrille hoch und rieb sich mit einer Grimasse die Augen. In letzter Zeit hatte er öfter Kopfweh, wahrscheinlich, weil er zu viel zu lesen versuchte, und es war deutlich sichtbar, dass ein desertierender Bruder nicht gerade die beste Medizin für seinen Schädel war.

Ihm gegenüber fluchte Rhage und klappte sein Handy zu. »Er ist immer noch nicht bei Havers aufgetaucht. Hört mal, vielleicht ist er irgendwohin gefahren, um sie zu begraben? Der Boden ist gefroren, aber mit seiner Hand wäre das kein Problem.«

»Glaubst du wirklich, dass sie tot ist?«, murmelte Wrath.

»Soweit ich gesehen habe, wurde sie mitten in die Brust getroffen. Als ich den *Lesser* erledigt hatte und zurückkam, waren die beiden weg, zusammen mit dem Auto. Aber … ja, ich glaube nicht, dass sie das überlebt hat.«

Wrath sah Butch an, der kein Wort gesagt hatte, seit er in den Raum gekommen war. »Hast du eine Ahnung, wie man eine der Frauen auftreiben könnte, mit denen er Sex hatte und von denen er sich genährt hat?«

Der Ex-Cop schüttelte den Kopf. »Keinen Schimmer. Diesen Teil seines Lebens hat er sehr geheim gehalten.«

»Also können wir ihn so auch nicht aufspüren. Lauter gute Nachrichten. Gibt es einen Anlass, zu glauben, er wäre in sein Penthouse gefahren?«

»Ich bin auf dem Rückweg dort vorbeigefahren«, sagte Butch. »Er war nicht da, und ich glaube auch ehrlich nicht, dass er dort landen würde. Nicht, wenn man bedenkt, wozu er die Wohnung benutzt hat.«

»Und es bleiben nur noch zwei Stunden Dunkelheit.« Jetzt setzte Wrath sich an seinen Louis-XVI-Schreibtisch, legte aber die Hände auf die Stuhllehnen, als wollte er jeden Augenblick wieder aufspringen.

Butchs Handy klingelte, und er ging hektisch dran. »V? Ach … hallo Baby. Nein, noch nichts. Das mache ich. Versprochen. Liebe dich.«

Als der Polizist wieder auflegte, wandte sich Wrath dem

Feuer im Kamin zu und schwieg eine Weile, zweifellos abwägend – wie sie es alle taten –, welche Optionen ihnen zur Verfügung standen. Nämlich … keine. Vishous konnte inzwischen überall sein, selbst wenn die Brüder sich in alle vier Himmelsrichtungen zerstreuten, müssten sie die sprichwörtliche Nadel im Heuhaufen suchen. Außerdem lag ziemlich klar auf der Hand, dass Vishous den GPS-Chip absichtlich zerstört hatte. Er wollte nicht gefunden werden.

Schließlich sagte Wrath: »Der Stift der Granate ist gezogen, Gentlemen. Bleibt nur die Frage, was in die Luft gejagt wird.«

V wählte den Ort für den Autounfall sorgfältig. Er wollte nah an seinem Bestimmungsort sein, doch noch weit genug weg, um die Geheimhaltung zu wahren. Gerade als er ungefähr in Reichweite kam, bot sich eine Biegung in der Straße an. Perfekt. Er legte den Sicherheitsgurt an, stieg aufs Gas und konzentrierte sich. Der Motor des Audi heulte auf, die Reifen drehten sich schneller und schneller auf der glatten Straße. Ziemlich bald hörte es auf, ein Auto zu sein, und verwandelte sich in eine Riesenladung kinetischer Energie.

Statt der scharfen Linkskurve zu folgen, fuhr V geradeaus auf den Waldrand zu. Wie eine wohlerzogene Kreatur ohne Überlebensinstinkt flog der Wagen aus der Kurve und hielt sich den Bruchteil einer Sekunde in der Luft.

Die Landung katapultierte V vom Fahrersitz hoch, knallte seinen Kopf unter das Schiebedach des Autos und schleuderte ihn dann nach vorn. Airbags explodierten aus dem Lenkrad und dem Armaturenbrett und den Türen, als die Limousine durch Unterholz und junges Gehölz donnerte und …

Die Eiche war gewaltig. Groß wie ein Haus. Und genau so stabil.

Nur die verstärkte Fahrgastzelle des Audi bewahrte V vor der Auslöschung, als der vordere Teil des Wagens sich zu einem Akkordeon zusammenknautschte. Die Wucht des Aufpralls ließ Vs Kopf auf seinem Hals zurückschnellen und drückte sein Gesicht dann erneut in den Airbag, während ein Ast sich durch die Windschutzscheibe bohrte.

Hinterher klingelte es in seinen Ohren, als hätte er einen Feueralarm darin ausgelöst, und sein Körper führte einen kleinen Selbstcheck durch, ob alles noch heil war. Benommen, aus Kratzern blutend, die der Ast hinterlassen hatte, löste er den Sicherheitsgurt, drückte die Tür auf und taumelte aus dem Auto. Als er tief durchatmete, hörte er das Zischen des Motors und das Pfeifen der Luft, die aus den Airbags strömte. Mit stetiger anmutiger Teilnahmslosigkeit fiel der Regen, tropfte von den Bäumen in flache Pfützen auf dem Waldboden.

Sobald er konnte, ging er um das Auto herum zu Jane. Der Aufprall hatte sie nach vorn geschleudert, ihr Blut klebte jetzt auf der Windschutzscheibe und dem Handschuhfach und dem Sitz. Genau das war seine Absicht gewesen. Er bückte sich ins Auto und löste ihren Gurt, dann hob er sie so vorsichtig hoch, als wäre sie noch am Leben, hielt sie so in seinen Armen, dass es möglichst bequem für sie gewesen wäre. Bevor er durch den Wald loslief, holte er noch seine Lederjacke aus dem Auto und deckte sie damit zu, um sie vor der Kälte zu schützen.

Vishous begann seinen Weg, wie jeder Weg beginnt. Er setzte einen Fuß vor den anderen. Und noch einmal. Und noch einmal.

Er stapfte durch den Wald, wurde immer nasser und nasser, bis er so wurde wie die Bäume – einfach nur ein weiteres Objekt, von dem das Wasser tropfen konnte. Er wählte einen Umweg, der sie zu ihrem Bestimmungsort führte, bis seine Arme und sein Rücken von Janes Gewicht schmerzten.

Endlich erreichte er den Eingang einer Höhle. Er machte sich nicht die Mühe, zu überprüfen, ob ihm jemand folgte. Er wusste, dass er allein war.

Er betrat den erdigen Schacht, der Klang des Regens wich, je weiter er eindrang. Blind fand er die Arretierung und betätigte den Riegel. Eine drei Meter hohe Steintafel glitt zur Seite, er betrat die dahinter liegende Halle und ging auf ein Eisentor zu. Den Verschlussmechanismus löste er mit seinem Geist, geräuschlos sprang die Tür auf, während der Fels hinter ihm sich wieder schloss.

Im Inneren herrschte absolute Schwärze, die Luft in diesem unterirdischen Raum war dichter, als wäre sie gewaltsam hereingedrängt. Mit einem raschen Gedanken ließ er einige der Fackeln an den Wänden aufflackern, dann schritt er weiter zu der Ritual- und Andachtsstätte der Grotte. Zu beiden Seiten der Halle, auf Regalen, die sich sieben Meter hoch erstreckten, standen Tausende von Kanopen, die die Herzen der von der Bruderschaft getöteten *Lesser* enthielten. Er sah sie nicht an, wie er es normalerweise tat. Er hielt den Blick geradeaus gerichtet, die Geliebte auf den Armen, die nassen Stiefel Spuren auf dem glänzenden schwarzen Marmorfußboden hinterlassend.

Bald darauf betrat er die Grotte, ein riesiges Loch, zu dem sich die ausgedehnte unterirdische Höhle weitete. Seinem Willen gehorchend flammten dicke schwarze Kerzen auf und erleuchteten die dolchartigen Stalaktiten, die von der Decke hingen, wie auch die massiven schwarzen Marmorplatten, aus der die Wand hinter dem Altar bestand.

Diese Platten hatte er in seiner Vision gesehen. Als er

dort auf der Route 22 stand und die Bäume betrachtete, hatte er sich diese Gedenkwand vorgestellt: Wie die miteinander verflochtenen Äste eines Baumes bildeten all diese Namen von Kriegern, die der Bruderschaft seit Generationen gedient hatten, ein zartes, dezentes Muster, das von weitem wie Spitze aussah.

Der Altar vor der Wand war primitiv, aber wuchtig: Ein gewaltiger Felsklotz, der auf zwei massiven Stützen ruhte. In seiner Mitte stand der uralte Schädel des ersten Mitglieds der Bruderschaft der Black Dagger, die heiligste Reliquie, die die Brüder besaßen.

Er schob ihn beiseite und legte Jane ab. Sie hatte ihre Farbe verloren, und beim Anblick ihrer schlaffen weißen Hand, die seitlich herunterfiel, erzitterte er am ganzen Körper. Vorsichtig legte er den Arm wieder auf ihre Brust.

Jetzt ging er rückwärts, bis er an die gravierte Wand stieß. Im Kerzenschein und mit seiner Jacke über ihrem Oberkörper konnte er sich beinahe einbilden, sie schliefe.

Beinahe.

Umgeben von Fels und Erde dachte er an die Höhle des Kriegerlagers. Dann sah er sich selbst, wie er seine Hand gegen den Prätrans wendete, der ihn bedroht hatte, und gegen seinen Vater.

Er zog den Handschuh von seiner leuchtenden Hand.

Was er jetzt vorhatte, verstieß gegen die Gesetze sowohl der Natur als auch seiner Spezies.

Die Wiederbelebung der Toten war unter keinen Umständen ein angemessenes oder zulässiges Vorhaben. Und nicht nur, weil es die Domäne Omegas war. In den Chroniken seiner Art, in all diesen Bänden voller Geschichte, fanden sich nur zwei Beispiele dafür, und beide hatten Tragödien zur Folge gehabt.

Aber er war anders. Das hier war anders. Jane war anders.

Er tat es aus Liebe, wohingegen die Vorfälle, von denen er gelesen hatte, aus Hass stattgefunden hatten: Es hatte einen Mörder gegeben, der zurückgeholt worden war, um ihn als Waffe zu benutzen, und eine Frau, die als Akt der Rache ins Leben zurückgebracht wurde.

Und noch mehr sprach zu seinen Gunsten: Er heilte Butch in regelmäßigen Abständen, entzog ihm das Böse, wenn er sich einen *Lesser* vorgeknöpft hatte. Er konnte dasselbe für Jane tun. Ganz bestimmt.

Mit eiserner Entschlossenheit schob er das Ende der anderen beiden Ausflüge in Omegas Reich der dunklen Künste beiseite. Und konzentrierte sich auf seine Liebe zu seiner Frau.

Dass Jane ein Mensch war, spielte keine Rolle, da eine Wiederbelebung einfach nur ein Akt war, durch den das Tote zurück ins Leben geholt wurde; die Trennlinie war bei allen Spezies gleich. Und er hatte, was er brauchte. Das Ritual erforderte drei Dinge: etwas von Omega, etwas frisches Blut und eine Quelle elektrischer Energie, so wie einen kontrollierten Blitzstrahl.

Oder, in seinem Fall, seinen beschissenen Fluch.

V marschierte zurück in die Halle und verschwendete keine Zeit mit Aussuchen. Er nahm irgendeine Kanope aus dem Regal, die Keramik wies feine Risse auf und war von einem schmutzigen Braun, was bedeutete, dass sie schon sehr alt sein musste.

Wieder am Altar zerschlug er die Kanope auf dem Stein. Zum Vorschein kam ein Herz, das von einem öligen schwarzen Glanz umhüllt war, konserviert von der Flüssigkeit, die durch Omegas Adern floss. Obwohl der genaue Ablauf der Einführung in die Gesellschaft der *Lesser* unbekannt war, wusste man doch, dass Omegas »Blut« den Anwärtern zuerst eingefüllt wurde, bevor das Herz entfernt wurde.

Also hatte Vishous, was er von ihrem Feind benötigte.

Er betrachtete den Schädel des ersten Bruders und zögerte nicht, die heilige Reliquie für einen gesetzwidrigen Zweck zu gebrauchen. Er zog einen seiner Dolche, schnitt sich ins Handgelenk und blutete in die Silberschale, die auf dem Totenkopf befestigt war. Danach quetschte er das Herz des *Lesser* mit der Faust aus.

Schwarze Tropfen des reinen Bösen quollen hervor und mischten sich mit dem Rot seines Blutes. Die flüssige Sünde besaß Zauberkräfte, von der Art, die den Regeln der Rechtschaffenen zuwiderlief, von der Art, die Folter in Vergnügen verwandelte, von der Art, die den Unschuldigen Schmerz zufügte und es genoss … doch in ihr lag auch die Ewigkeit.

Und genau das brauchte er für Jane.

»Nein!«

Er wirbelte herum.

Die Jungfrau der Schrift war hinter ihn getreten, die Kapuze vom Gesicht gezogen, das durchsichtige Gesicht eine Maske des Entsetzens. »Das darfst du nicht tun.«

Er wandte sich ab und hob den Schädel neben Janes Kopf. Flüchtig schoss ihm ein eigenartiger tröstlicher Gedanke durch den Kopf: Sie wusste, wie das Innere seiner Brust aussah, und er würde gleich erfahren, wie ihr Inneres beschaffen war.

»Darin liegt kein Gleichgewicht! Kein Preis wurde gezahlt!«

V zog die Lederjacke von seiner Frau. Der Blutfleck darunter, auf seinem T-Shirt, sah aus wie eine Zielscheibe mitten zwischen ihren Brüsten.

»Sie wird nicht zurückkommen, wie du sie kanntest«, zischte seine Mutter. »Sie wird böse zurückkehren. Das wirst du damit erreichen.«

»Ich liebe sie. Ich kann mich um sie kümmern, wie ich mich um Butch kümmere.«

»Deine Liebe wird das Ergebnis nicht verändern, ebenso wenig wie deine Kraft Omegas Substanz verändern kann. Das ist untersagt!«

Jetzt drehte er sich zu seiner Mutter um, er hasste sie und ihren albernen Yin-und-Yang-Quatsch. »Du willst Gleichgewicht? Einen Handel? Willst du mir etwas aufbürden, bevor ich das hier tun kann? Schön! Was soll's denn sein? Rhage hast du seinen Fluch für den Rest seines verdammten Lebens aufgeladen. Was willst du mir antun?«

»Die Symmetrie ist nicht mein Gesetz!«

»Wessen Gesetz dann? Und wie viel bin ich schuldig?«

Die Jungfrau der Schrift schien einen Moment zu brauchen, um sich zu fassen. »Das liegt jenseits dessen, was ich gewähren kann oder nicht. Sie ist fort. Es gibt keine Rückkehr, wenn ein Körper einmal so wie ihrer brachlag.«

»Blödsinn.« Er beugte sich wieder über Jane, bereit, ihren Brustkorb zu öffnen.

»Damit wirst du sie verdammen. Sie wird nirgendwohin gehen können außer zu Omega, und dorthin wirst du sie schicken müssen. Sie wird böse sein, und du wirst sie zerstören müssen.«

Er betrachtete Janes lebloses Gesicht. Erinnerte sich an ihr Lächeln. Versuchte, es auf ihrer fahlen Miene zu finden.

Konnte es nicht.

»Gleichgewicht ...«, flüsterte er.

Er berührte ihre kalte Wange mit seiner guten Hand und überlegte, was alles er geben, was er eintauschen konnte.

»Hier geht es nicht nur um das Gleichgewicht«, sagte die seine Mutter. »Manche Dinge sind untersagt.«

Als ihm die Lösung einfiel, hörte er seiner Mutter nicht mehr zu.

Er hob seine kostbare normale Hand, die, mit der er Leute und Dinge anfassen konnte, die so war, wie sie sein sollte, keine verfluchte Bürde der Zerstörung.

Seine gute Hand.

Er legte sie auf den Altar, spreizte die Finger und drückte das Gelenk flach auf den Stein. Dann nahm er die Klinge seines Dolchs und legte sie auf die Haut. Als er sein Gewicht darauflegte, glitt die scharfe Schneide geradewegs durch bis auf den Knochen.

»Nein!«, schrie die Jungfrau der Schrift.

29

Jane lief die Zeit davon. Und sie wusste das auf die gleiche Art und Weise, wie sie es wusste, wenn sich der Zustand eines Patienten verschlechterte. Ihre innere Uhr lief ab, ihr Wecker begann zu piepen.

»Ich will ihn nicht loslassen«, sagte sie zu niemandem.

Ihre Stimme trug nicht weit, und sie bemerkte, dass der Nebel dichter wurde … so dicht, dass er schon ihre Füße verhüllte. Und dann dämmerte es ihr. Sie waren nicht verhüllt. Mit kaltem Entsetzen erkannte sie, dass, wenn sie nicht bald etwas unternahm, sie sich auflösen und ihren Platz innerhalb der Mauern des sie umgebenden Nichts einnehmen würde. Sie wäre für immer allein und einsam, sich nach der Liebe verzehrend, die sie einst empfunden hatte.

Endlich regte sich ein Gefühl in ihr, und es war eines, das ihr Tränen in die Augen trieb. Der einzige Weg, sich selbst zu retten, war, ihre Sehnsucht nach Vishous loszulassen; das war der Schlüssel zur Tür. Doch wenn sie das täte, dann hätte sie das Gefühl, ihn im Stich zu lassen, ihn allein einer kalten, bitteren Zukunft auszusetzen. Denn sie wusste ja genau, wie sie selbst sich fühlen würde, wenn er sterben würde.

Jäh verdichtete sich der Nebel noch weiter, und die Temperatur sank ab. Sie sah an sich herunter. Ihre Beine verschwanden … zuerst nur bis zu den Knöcheln, nun schon bis zu den Waden. Sie versickerte ins Nichts, zerrann.

Jane begann zu weinen, als sie einen Entschluss fasste, sie vergoss Tränen angesichts der Selbstsüchtigkeit dessen, was sie tun musste.

Doch wie sollte sie ihn loslassen?

Immer höher kroch der Nebel an ihren Beinen, und sie geriet in Panik. Sie wusste nicht, wie sie tun sollte, was sie tun musste –

Da endlich fand sie die Antwort, und sie war schmerzlich und einfach.

O … Gott … Loslassen bedeutete, hinzunehmen, was man nicht ändern konnte. Man klammerte sich nicht an der Hoffnung fest, um eine Änderung der Zukunft zu erzwingen … und man kämpfte auch nicht gegen die übermächtigen Kräfte des Schicksals an oder versuchte, sie seinem Willen zu unterwerfen … und man flehte auch nicht um Rettung, weil man glaubte, es besser zu wissen. Loslassen bedeutete, dass man mit klarem Blick sah, was vor einem lag, und erkannte, dass Wahlfreiheit die Ausnahme und Vorsehung die Regel war.

Kein Feilschen. Kein Versuch, zu kontrollieren. Man gab auf und begriff, dass derjenige, den man liebte, nicht die eigene Zukunft war, und dass man nichts dagegen tun konnte.

Tränen fielen aus ihren Augen in den wirbelnden Dunst, als sie ihre vorgetäuschte Stärke aufgab und aufhörte, sich gegen die Lösung des Bandes mit Vishous zu wehren. Sie hatte in diesem Augenblick kein Vertrauen, keine Zuversicht, sie fühlte sich leer wie der Nebel um sie herum: Sie war ein Leben lang Atheistin gewesen und stellte fest, dass sie es im Tod ebenfalls war. Sie glaubte an nichts, und nun war sie nichts. Und genau da passierte das Wunder.

Ein Licht fiel von oben herab, beschützte sie, wärmte sie, durchflutete sie mit etwas, das genau wie ihre Liebe zu Vishous war: eine Segnung.

Als sie nach oben gezogen wurde wie ein Gänseblümchen, das von sanfter Hand gepflückt wird, erkannte sie, dass sie immer noch lieben konnte, wen sie liebte, auch wenn sie nicht bei ihm war. Ja, ihre sich voneinander entfernenden Pfade zerstörten und entweihten ihre Gefühle nicht. Zwar legte sich ein Mantel bittersüßer Sehnsucht darüber, doch das änderte nichts an dem, was in ihrem Herzen war. Sie konnte ihn lieben und auf der anderen Seite des Lebens auf ihn warten. Denn die Liebe war ewig und nicht den Launen des Todes unterworfen. Jane war frei … und flog empor.

Phury verlor gleich den Verstand.

Allerdings musste er sich damit hinten anstellen, denn alle Brüder standen kurz vor dem Durchdrehen. Besonders Butch, der im Arbeitszimmer auf und ab wanderte wie ein Gefangener in Einzelhaft.

Keine Spur von Vishous. Kein Anruf. Nichts. Und die Morgendämmerung donnerte heran wie ein Güterzug.

Butch blieb stehen. »Wo würde man eine Beerdigung für eine *Shellan* abhalten?«

Wrath runzelte die Stirn. »In der Grotte.«

»Glaubst du, er hat sie vielleicht dorthin gebracht?«

»An sich war er nie so scharf auf diese ganzen Rituale, und jetzt wo seine Mutter ihn verlassen hat …?« Wrath schüttelte den Kopf. »Dorthin würde er nicht gehen. Außerdem hätte er gewusst, dass wir möglicherweise dort nach ihm suchen würden, und er ist so ein verdammter Einzelgänger. Angenommen er würde sie begraben – dabei würde er kein Publikum wollen.«

»Auch wieder wahr.«

Butch nahm seine Wanderung wieder auf. Die Standuhr schlug halb fünf.

»Wisst ihr was?«, meinte er. »Ich geh das trotzdem abchecken, wenn das in Ordnung ist. Ich halte es hier keine Sekunde länger aus.«

Wrath zuckte mit den Schultern. »Von mir aus. Sonst haben wir ja nichts zu tun.«

Jetzt stand Phury auf, er hielt das Warten ebenfalls nicht mehr aus. »Ich komme mit. Jemand muss dir zeigen, wo der Eingang ist.«

Weil Butch sich nicht dematerialisieren konnte, stiegen die beiden in den Escalade. So kurz vor Sonnenaufgang machte Phury sich nicht die Mühe, den Umweg über die Straße zu nehmen, sondern brauste sofort über den Rasen in den Wald Richtung Grotte los.

Keiner von beiden sagte auch nur ein Wort, bis Phury vor dem Eingang zur Höhle anhielt und sie aus dem Wagen stiegen.

»Ich rieche Blut«, bemerkte Butch. »Ich glaube, wir haben sie!«

Ja, da lag ein schwacher Hauch von menschlichem Blut in der Luft ... zweifellos, weil V Jane in die Grotte getragen hatte.

Shit. Im Laufschritt machten sie sich auf den Weg in den hinteren Teil der Höhle, schlüpften durch den verborgenen Eingang und durch das Eisentor. Ein Flügel stand offen und man sah Fußspuren mitten in die Halle der Kanopen führen.

»Er ist hier!«, stieß Butch erleichtert hervor.

Das schon, aber warum sollte ausgerechnet V, der doch seine Mutter hasste, die Frau, die er liebte, gemäß den Traditionen der Jungfrau der Schrift beerdigen?

Das würde er nicht tun.

Auf dem Weg hinunter in die Halle beschlich Phury eine unheilvolle Ahnung ... besonders, als er weiter unten eine leere Stelle in einem Regal bemerkte, wo eine *Lesser*-Kanope fehlte. *O nein.* O ... bitte nicht, gütige Jungfrau. Sie hätten mehr Waffen mitbringen sollen. Falls V getan hatte, was Phury befürchtete, dann sollten sie besser bis an die Zähne bewaffnet sein.

»Warte!« Er blieb stehen, riss eine Fackel von der Wand und gab sie Butch. Dann nahm er sich selbst auch eine und hielt den Ex-Cop am Arm fest. »Mach dich auf einen Kampf gefasst.«

»Warum? Vielleicht wird V sauer, weil wir hergekommen sind, aber doch nicht gewalttätig.«

»Jane ist diejenige, auf die du aufpassen musst.«

»Wovon zum Henker redest du da –«

»Ich glaube, er könnte versucht haben, sie zurückzuholen –«

Da entlud sich ein strahlender Lichtblitz und machte den Raum taghell.

»Fuck!«, brüllte Butch. »Sag mir, dass er das nicht tun würde.«

»Wenn Marissa sterben würde und du die Möglichkeit dazu hättest, würdest du?«

Wie auf Kommando rasten sie beide los und stürmten in die Höhle. Und blieben wie angewurzelt stehen.

»Was ist das?«, flüsterte Butch.

»Ich ... ich habe keine Ahnung.«

Auf langsamen, leisen Sohlen liefen sie hinunter zum Altar, gebannt von dem Anblick vor sich. Mitten auf der Felsplatte stand eine Skulptur, eine Büste ... von Janes Kopf und Schultern. Die Plastik war aus dunkelgrauem Stein, die Abbildung so exakt wie eine Fotografie. Oder vielleicht ein Hologramm. Kerzenlicht flackerte über die Züge, warf Schatten, die das Gesicht zum Leben zu erwecken schienen. Ganz rechts auf dem Altar befanden sich eine zertrümmerte Kanope, der heilige Schädel der Bruderschaft sowie etwas, das aussah, wie ein ausgepresstes, von Öl umhülltes menschliches Herz. Hinter dem Altar hockte V an die Wand der Namen gelehnt, die Augen geschlossen, die Hände im Schoß.

Eines seiner Handgelenke war fest mit einem schwarzen Stoffstreifen umwickelt, und einer seiner Dolche fehlte. Es roch nach Rauch, aber es lag keiner in der Luft.

»V?« Butch ging zu ihm und kniete sich neben seinen Mitbewohner.

Phury überließ es dem Ex-Cop, sich um V zu kümmern, und trat an den Altar. Die Skulptur war ein perfektes Ebenbild Janes, so real, als wäre sie es tatsächlich. Er konnte nicht anders, er musste das Gesicht berühren, doch in der Sekunde, in der sein Zeigefinger sie berührte, verlor die Büste ihre Form. *Verdammt.* Sie war nicht aus Stein, sondern aus Asche, und jetzt lag da nur mehr ein lockerer Haufen von dem, was Janes sterbliche Überreste sein mussten.

Phury wandte sich an Butch. »Bitte sag mir, dass V lebt.«

»Zumindest atmet er noch.«

»Dann bringen wir ihn nach Hause.« Phury betrachtete die Asche. »Bringen wir sie beide nach Hause.«

Er brauchte etwas, worin er Jane transportieren konnte, und er würde mit Sicherheit nicht die Kanope des *Lesser* benutzen. Suchend blickte er sich um. Da war nichts.

Also zog Phury sein Seidenhemd aus und breitete es auf dem Altar aus. Etwas Besseres fiel ihm nicht ein.

Der Tag brach an. Und das war nicht verhandelbar.

30

Zwei Tage später beschloss Phury, auf die Andere Seite zu gehen. Die Directrix drängte auf ein Treffen und ließ einfach nicht locker, und er wollte sie nicht länger hinhalten. Außerdem musste er unbedingt mal vor die Tür.

Janes Tod hatte ein Leichentuch über das Anwesen gebreitet, alle gebundenen Vampire waren davon betroffen. Der Verlust einer *Shellan* – was sie gewesen war, auch wenn sie und V nicht offiziell geheiratet hatten – war immer die größte Angst eines Kriegers. Aber wenn sie durch die Hand des Feindes starb, war das praktisch nicht zu ertragen. Noch schlimmer war, dass es weniger als ein Jahr nach der Ermordung Wellsies geschehen war – es erinnerte alle Männer auf schreckliche Weise an eine unumstößliche Wahrheit: Die Partnerinnen der Bruderschaft schwebten durch die *Lesser* in steter Gefahr.

Tohrment hatte es am eigenen Leib erfahren müssen. Und jetzt auch Vishous.

Sie alle fragten sich, ob V hierbleiben würde. Tohr war abgehauen, unmittelbar nachdem Wellsie von einem Vampirjäger getötet worden war, und seitdem hatte niemand mehr etwas von ihm gehört oder gesehen. Auch wenn Wrath weiterhin behauptete, spüren zu können, dass der Bruder noch lebte, hatten sie alle mehr oder weniger die Hoffnung aufgegeben, dass er innerhalb der nächsten zehn Jahre wiederauftauchen würde. Vielleicht käme er in ferner Zukunft zurück. Oder vielleicht würde er auch irgendwo draußen in der Welt alleine sterben. Doch so bald würden sie ihn nicht wiedersehen, und es konnte gut sein, dass das erst im Schleier passieren würde.

Armer Vishous.

Im Augenblick war V in seinem Zimmer in der Höhle, er lag neben der Messingurne, in die Phury schließlich Janes Asche gefüllt hatte. Der Bruder hatte kein Wort gesprochen und keinen Bissen zu sich genommen, obwohl seine Augen laut Butch offen waren.

Ganz eindeutig hatte er nicht die Absicht, zu erklären, was in der Grotte geschehen war. Mit Jane. Oder mit seinem Handgelenk.

Unterdrückt fluchend kniete sich Phury neben sein Bett und legte sich das Primalsamulett um den Hals. Mit geschlossenen Augen reiste er ohne Umweg in das Heiligtum der Auserwählten, wobei er unterwegs an Cormia denken musste. Auch sie blieb in ihrem Zimmer, aß wenig und sprach noch weniger. Er sah häufig nach ihr, wusste aber nicht, was er für sie tun konnte – abgesehen davon, ihr Bücher zu bringen, was ihr zu gefallen schien. Vor allem Jane Austen hatte es ihr angetan, wobei sie allerdings noch nicht ganz begriff, wie etwas *Fiktion* sein konnte, oder – wie sie es bezeichnete – eine konstruierte Lüge.

Im Amphitheater nahm Phury Gestalt an, weil er sich

auf der Anderen Seite nicht gut auskannte und dachte, das wäre ein guter Ausgangspunkt. Mannomann, es fühlte sich schräg an, mitten in diesem ganzen Weiß zu stehen. Noch seltsamer war es, hinter die Bühne zu gehen und einen Blick in die diversen weißen Tempel zu riskieren. Der Laden hier war wie eine Reklame für Bleichmittel. Keine Farbe weit und breit. Und so still. Unheimlich still.

Während er in irgendeine Richtung losmarschierte, machte er sich latent Sorgen, eine Bande Auserwählter könnte über ihn herfallen, und er hatte es nicht gerade eilig, der Directrix gegenüberzutreten. Um ein bisschen Zeit zu schinden, entschloss er sich, einen der Tempel von innen zu besichtigen. Er wählte willkürlich einen aus und stieg die Marmorstufen hinauf, fand die Flügeltüre aber verschlossen.

Stirnrunzelnd bückte er sich und begutachtete das große, merkwürdig geformte Schlüsselloch. Einer Eingebung folgend steckte er sein Amulett hinein.

Na, wer hätte das gedacht. Das Ding war ein Schlüssel.

Ohne ein Geräusch glitten die beiden Türen auf, und er war überrascht von dem, was er sah. Zu beiden Seiten an den Wänden, in Reihen von bis zu sechs oder acht hintereinander, standen unzählige Körbe voller Edelsteine. Er spazierte um die Reichtümer herum, hin und wieder blieb er stehen und steckte seine Hände in die glitzernden Juwelen.

Doch das war noch nicht alles. Ganz hinten am anderen Ende befanden sich diverse Glasvitrinen, wie man sie aus Museen kannte. Er nahm sie näher in Augenschein. Selbstverständlich waren sie absolut staubfrei, wenn auch – wie er spürte – nicht, weil sie geputzt worden waren. Er konnte sich einfach nicht vorstellen, dass hier irgendwelche Schmutzstoffe in der Luft schwebten, nicht einmal mikroskopisch kleine.

Die Objekte hinter Glas waren faszinierend und eindeutig aus der realen Welt. Da war eine altmodische Brille, eine Porzellanschale orientalischer Herkunft, eine Whiskeyflasche mit einem Etikett aus den Dreißigerjahren, eine Zigarettenspitze aus Ebenholz, ein Damenfächer aus weißen Federn.

Er fragte sich, wie diese Dinge wohl hierhergekommen waren. Manche waren ziemlich alt, trotzdem aber in perfektem Zustand und, natürlich, blitzblank.

Er verharrte bei einem uralten Buch. »Das glaub ich jetzt nicht.«

Der Ledereinband war zerschlissen, aber der eingravierte Titel war noch lesbar: DARIUS, SOHN DES MARKLON.

Verblüfft bückte sich Phury. Das war Ds Buch ... vermutlich ein Tagebuch.

Er öffnete die Vitrine, stutzte aber bei dem Geruch. Schießpulver?

Er suchte die darin versammelten Gegenstände ab. Ganz hinten in einer Ecke lag ein alter Revolver, er erkannte Fabrikat und Modell aus dem Waffenlehrbuch, mit dem er die Trainingsschüler unterrichtete. Es war ein 1890er Colt Navy, Kaliber 36, sechsschüssig. Der erst vor kurzem abgefeuert worden war.

Er nahm das Ding heraus, klappte die Trommel auf und holte eine der Kugeln heraus. Sie war rund ... und uneben, als wäre sie von Hand gemacht.

Diese Form hatte er schon mal gesehen. Als er Vs medizinische Befunde aus dem Computer im St. Francis gelöscht hatte, hatte er sich ein Röntgenbild von seinem Brustraum angesehen ... und den kugelförmigen, leicht unregelmäßigen Bleiklumpen im hinteren Brustmuskel seines Bruders entdeckt.

»Bist du hier, um mich zu sehen?«

Phury blickte über die Schulter die Directrix an. Sie stand in der Flügeltür, gekleidet in diese weiße Robe, die hier alle trugen. Um ihren Hals hing an einer Kette ein Amulett wie seines.

»Hübsche Sammlung von Artefakten habt ihr hier«, sagte er gedehnt und drehte sich um.

Die Augen der Frau verengten sich zu Schlitzen. »Ich hätte geglaubt, dass Euch die Edelsteine mehr interessieren.«

»Eigentlich weniger.« Er ließ sie nicht aus den Augen, während er das Buch in seiner Hand hob. »Das sieht aus wie das Tagebuch meines Bruders.«

Als sie die Schultern kaum sichtbar hochzog, wollte er sie am liebsten umbringen. »Ja, das ist Darius' Tagebuch.«

Phury tippte mit dem Finger auf den Einband, dann deutete er mit einer ausladenden Geste auf die ganzen Juwelen. »Sag mal – wird dieser Ort immer verschlossen gehalten?«

»Ja. Seit dem Angriff.«

»Dann sind du und ich also die Einzigen, die einen Schlüssel besitzen, richtig? Wir möchten ja nicht, dass den Dingen, die hier aufbewahrt werden, etwas zustößt.«

»Ja. Nur wir beide. Niemand sonst hat Zutritt ohne mein Wissen oder meine Anwesenheit.«

»Niemand.«

Ihre Augen flackerten verärgert auf. »Die Ordnung muss gewahrt werden. Ich habe Jahre damit verbracht, die Auserwählten für den ihnen obliegenden Dienst auszubilden.«

»Verstehe … deshalb muss ein Primal, der hier plötzlich auftaucht, dir doch echt den Spaß versauen. Denn ab jetzt habe ich ja das Kommando, richtig?«

Ihre Stimme senkte sich zu einem Flüstern. »Es geziemt dir, hier zu herrschen.«

»Entschuldigung, könntest du das nochmal wiederholen? Ich hab dich nicht gehört.«

Den Bruchteil einer Sekunde brannten ihre Augen vor Bosheit – was ihm ihre Tat und ihr Motiv bestätigte: Die Directrix hatte auf Vishous geschossen. Mit der Waffe aus der Vitrine. Sie wollte ihre Herrschaft nicht an ihn abtreten und wusste ganz genau, dass sie bestenfalls noch die zweite Geige spielen würde, sobald ein Primal auf den Plan trat. Im schlimmsten Fall könnte sie ihre gesamte Macht verlieren, nur weil dem Mann ihre Nase nicht gefiel.

Da der Anschlag auf V nicht erfolgreich gewesen war, hatte sie sich vorübergehend zurückgezogen ... bis sie einen neuen Versuch starten konnte. Zweifellos war sie sowohl klug, als auch niederträchtig genug, ihr Territorium zu verteidigen, bis entweder der Vorrat an Brüdern ausging oder die Position des Primals den Ruf bekam, verflucht zu sein.

»Wolltest du nicht etwas sagen?«, bohrte er noch einmal nach.

Die Directrix spielte mit dem Amulett an ihrem Hals. »Du bist der Primal. Du bist hier der Herrscher.«

»Gut. Schön, dass wir uns da einig sind.« Wieder klopfte er auf Darius' Tagebuch. »Das hier nehme ich mit.«

»Haben wir jetzt nicht eine Unterredung?«

Er ging auf sie zu. Wäre sie ein Mann gewesen, hätte er ihr das Genick gebrochen.

»Nicht jetzt. Ich habe etwas mit der Jungfrau der Schrift zu erledigen.« Dann beugte er sich herunter und brachte seinen Mund ganz nah an ihr Ohr. »Aber ich komme wieder.«

31

Vishous hatte noch nie zuvor geweint. Sein gesamtes Leben lang hatte er nicht geweint. Nach allem, was er durchgemacht hatte, war er irgendwann zu dem Schluss gekommen, dass er ohne Tränenkanäle auf die Welt gekommen sein musste. Auch die Ereignisse, die zum heutigen Tag führten, hatten das nicht verändert. Als Jane tot in seinen Armen lag, hatte er nicht geweint. Als er in der Grotte versucht hatte, sich die Hand als Opfer abzuschneiden, und der Schmerz ihn überrascht hatte, waren keine Tränen geflossen. Als seine verhasste Mutter ihn daran gehindert hatte, zu tun, was er vorhatte, waren seine Wangen trocken geblieben.

Selbst als die Jungfrau der Schrift ihre Hand auf Janes Körper gelegt hatte, und er benommen beobachtete hatte, wie seine Geliebte zu Asche wurde, hatte er nicht geweint.

Jetzt tat er es.

Zum ersten Mal seit seiner Geburt flossen ihm Tränen über das Gesicht und durchnässten die Kissen.

Sie waren gekommen, weil er eine Vision von Butch und Marissa auf der Wohnzimmercouch der Höhle gehabt hatte. Lebendig ... so lebendig. V konnte ihre Gedanken nicht hören, aber er wusste, dass Butch sich Marissa auf ihrem Bett in einem schwarzen BH und Jeans vorstellte. Und Marissa malte sich aus, wie er ihr die Jeans auszog und den Kopf zwischen ihre Beine schob.

V wusste, dass Butch in sechs Minuten den Orangensaft, den Marissa in der Hand hielt, auf den Tisch stellen würde. Er würde etwas verschütten, weil das Glas auf einer Ecke der *Sports Illustrated* landen würde, und der Saft würde Flecken auf Marissas Jeans machen. Das würde sein Freund als Ausrede dafür benutzen, sie in ihr Zimmer zu bringen und ihr dort an die Wäsche zu gehen.

Doch auf dem Weg dorthin würden sie vor Vs Tür stehen bleiben und beide die Lust auf Sex verlieren. Mit traurigen Augen würden sie zu ihrem Ehebett gehen und einander dort schweigend im Arm halten.

V legte sich einen Arm über das Gesicht. Und schluchzte hemmungslos.

Seine Visionen waren wieder da, sein Fluch zu ihm zurückgekehrt.

Er hatte den Scheideweg hinter sich gelassen.

Was bedeutete, dass sein Leben fortan so bleiben würde: Er sollte nichts als eine leere Hülle sein, die neben der Asche seiner Geliebten lag.

Und tatsächlich hörte er durch sein Weinen hindurch Butch und Marissa über den Flur gehen, hörte sie vor seinem Zimmer anhalten, dann ihre Schlafzimmertür schließen. Keine Sexgeräusche drangen durch die Zwischenwand gedämpft zu ihm herüber, kein Bettgestell quietschte, keine kehligen Rufe ertönten.

Genau, wie er es vorhergesehen hatte. In der darauf folgenden Stille wischte sich V die Wangen ab, dann betrachtete er seine Hände. Die Linke pochte immer noch ein wenig von der Verletzung, die er sich zugefügt hatte. Die Rechte glühte wie immer – und seine Tränen sahen vor der Beleuchtung von innen weiß aus, weiß wie die Iris seiner Augen.

Er atmete tief durch und sah auf die Uhr.

Das Einzige, was ihn noch bei der Stange hielt, war die Nacht. Er hätte sich inzwischen definitiv umgebracht – hätte sich seine Glock in den Mund gesteckt und den Hinterkopf weggepustet –, wenn die Nacht nicht wäre.

Er machte es zu seiner persönlichen Mission, die Gesellschaft der *Lesser* auszurotten. Das würde ihn den Rest seines Lebens kosten, aber das war total okay, denn für ihn gab es sowieso nichts anderes mehr. Und er hätte es zwar bevorzugt, die Bruderschaft zu diesem Zweck zu verlassen, aber Butch würde ohne ihn sterben, deshalb musste er in der Nähe bleiben.

Unvermittelt zog er die Augenbrauen zusammen und blickte zur Tür.

Kurz darauf wischte er sich noch einmal die Wangen ab und sagte: »Es überrascht mich, dass du nicht einfach reinkommst.«

Die Tür öffnete sich ohne Zutun einer Hand. Davor stand die Jungfrau der Schrift, von Kopf bis Fuß von ihrem schwarzen Gewand verhüllt.

»Ich war nicht sicher, ob ich willkommen bin«, sagte sie leise und schwebte in den Raum.

Er hob den Kopf nicht vom Kissen. Hatte kein Interesse daran, ihr, gleich auf welche Art, die Ehre zu erweisen. »Du weißt, wie willkommen du bist.«

»Ja. Daher werde ich gleich zum Anlass meines Besuchs kommen. Ich habe ein Geschenk für dich.«

»Ich will es nicht.«

»Doch. Das willst du.«

»Leck mich.« Unter ihrer Kapuze schien ihr Kopf herabzusinken. Wobei es ihm scheißegal war, ob ihre kostbaren kleinen Gefühle verletzt worden waren. »Geh.«

»Das hier willst du –«

Mit einem Ruck setzte er sich auf. »Du hast mir genommen, was ich wollte …«

Eine Gestalt trat in den Türrahmen, eine geisterhafte Gestalt. »V …?«

»Und ich gebe es dir zurück«, sagte die Jungfrau der Schrift. »Auf eine gewisse Weise.«

Vishous hörte kein Wort von dem, was sie sagte, weil er nicht begreifen konnte, was er da vor sich sah. Es war Jane … mehr oder weniger. Es war Janes Gesicht und Janes Körper, aber sie war … eine transparente Erscheinung.

»Jane?«

Während sie sich dematerialisierte, sprach die Jungfrau der Schrift: »Du brauchst mir nicht zu danken. Wisse nur, dass es dein Fluch ist, durch den du sie berühren darfst. Lebe wohl.«

Okay, dieses romantische Wiedersehen war doch ziemlich absurd und peinlich.

Und nicht nur, weil man sie wohl als Geist einordnen musste, wie Jane annahm.

Vishous sah aus, als würde er gleich in Ohnmacht fallen. Was wehtat. Es lag durchaus im Bereich des Möglichen, dass er sie so nicht mögen würde, und was dann? Als die Jungfrau der Schrift im Himmel, oder was auch immer das für ein Ort war, auf sie zugekommen war und ihr die Möglichkeit eröffnet hatte, zurückzukommen, hatte sie ihre Antwort ohne großes Nachdenken gegeben. Aber jetzt, da sie einem total geschockten Kerl gegenüberstand, war sie nicht mehr so sicher, ob sie die richtige Entscheidung getroffen hatte. Vielleicht hatte sie –

Er stand auf, kam auf sie zu und legte ihr ohne jedes Zögern die leuchtende Hand auf das Gesicht. Mit einem Seufzen schmiegte sie sich in seine Handfläche, spürte die Wärme seiner Haut.

»Bist du das?«, fragte er heiser.

Sie nickte und streckte die Finger nach seinen Wangen aus, die leicht gerötet waren. »Du hast geweint.«

Er fing ihre Hand auf. »Ich kann dich fühlen.«

»Ich dich auch.«

Er berührte ihren Hals, ihre Schulter, ihren Brustkorb. Zog ihren Arm zu sich heran und sah sie an … na ja, eher durch sie hindurch.

»Äh … also, ich kann auf Gegenständen sitzen«, begann sie aufs Geratewohl. »Ich meine, während ich draußen gewartet habe, habe ich auf der Couch gesessen. Und ich habe ein Bild gerade gerückt, einen Penny in dein Sparschwein gesteckt, eine Zeitschrift in die Hand genommen. Es ist ein bisschen komisch, aber ich muss mich nur konzentrieren.« Was erzählte sie da eigentlich? »Die, äh … Jungfrau der Schrift meinte, ich könnte auch essen, aber ich muss nicht. Trinken kann ich auch, hat sie gesagt. Wie das funktioniert, weiß ich nicht so genau, aber sie offenbar. Genau. Tja. Jedenfalls glaube ich, dass es ein bisschen dauern wird, bis ich den Dreh raushabe, aber …«

Er legte ihr die Hand aufs Haar und es fühlte sich genauso an wie früher. Ihr nichtexistenter Körper nahm die Empfindungen genauso wahr wie vorher.

Jetzt runzelte er die Stirn, sein Gesichtsausdruck wurde geradezu wütend. »Sie hat gesagt, es erfordert ein Opfer. Jemanden zurückzuholen. Was hast du ihr gegeben? Was hast du eingetauscht?«

»Wie meinst du das?«

»Sie gibt nichts, ohne etwas als Gegenleistung zu fordern. Was hat sie von dir genommen?«

»Nichts. Sie hat mich um nichts gebeten.«

Ratlos schüttelte er den Kopf. Sie dachte, er wollte etwas sagen. Doch dann schlang er einfach nur seine schweren Arme um sie und presste sie an seinen zitternden, leuchtenden Körper. Im Gegensatz zu sonst, wo sie sich konzentrieren musste, um Festigkeit zu finden, ging es bei V von selbst. Bei ihm war sie körperlich, ohne sich in irgendeiner Weise bemühen zu müssen.

Sie merkte, dass er weinte, an seinem Atem und daran, dass er sich auf sie stützte; aber sie wusste, wenn sie das anspräche, ihn mit Worten zu trösten versuchte, würde er sofort aufhören. Also hielt sie ihn einfach nur im Arm und ließ ihn weinen.

Außerdem hatte sie auch genug damit zu tun, selbst nicht in Tränen auszubrechen.

»Ich dachte, ich dürfte das nie wieder erleben«, krächzte er.

Jane schloss die Augen und drückte ihn, dachte an diesen Moment im Nebel, als sie ihn losgelassen hatte. Hätte sie das nicht getan, dann wären sie jetzt nicht hier zusammen, oder?

Scheiß auf den freien Willen, dachte sie. Sie würde sich auf das Schicksal verlassen, egal, wie sehr es schmerzte. Denn die Liebe in ihren vielen Erscheinungsformen überdauerte alles. Sie war grenzenlos. Ewig. Sie bewahrte. Jane hatte keine Ahnung, wer oder was die Jungfrau der Schrift war. Hatte keine Ahnung, wo sie selbst gewesen war oder wie sie zurückgekommen war. Aber eines wusste sie ganz genau.

»Du hattest Recht«, nuschelte sie an Vs Brust.

»Womit?«

»Ich glaube an Gott.«

32

Am folgenden Abend hatte John keinen Unterricht, deshalb setzte er sich mit den Brüdern und ihren Frauen zum Ersten Mahl an den Tisch. Die Stimmung im Haus war beträchtlich gelöster als in den letzten Wochen. Er allerdings konnte an der Fröhlichkeit nicht teilhaben.

»Na, auf jeden Fall«, erzählte Phury gerade, »bin ich zur Jungfrau der Schrift gegangen und hab ihr von der Kugel erzählt.«

»Verdammt, die Directrix.« Vishous beugte sich vor und zog Janes Hand mit. »Ich bin davon ausgegangen, dass es ein *Lesser* war.«

V hatte seine Ärztin nicht losgelassen, seit sie sich zusammen an den Tisch gesetzt hatten, als hätte er Angst, sie könnte verschwinden. Was irgendwie ja auch nachvollziehbar war. John versuchte, sie nicht anzustarren, aber das war schwer.

Sie trug eines von Vs T-Shirts und eine Jeans und füllte

beides ganz normal aus. Aber der Inhalt war … tja, ein Geist, vermutete er.

»Na klar«, sagte Phury, während er sich an Bella wandte und ihr die Butter anbot. »Das sind wir ja alle. Aber diese Frau hatte ein überzeugendes Motiv. Sie wollte die Chefin bleiben, und mit einem Primal da oben wäre das einfach nicht gegangen. Ein klassisches Machtspielchen.«

John schielte zu der blonden Frau neben Phury. Jungejunge, die Auserwählte war wunderschön … schön auf die ätherische Art eines Engels, mit einem überirdischen Schimmer. Aber sie wirkte nicht glücklich. Sie stocherte in ihrem Essen herum und hielt den Blick gesenkt.

Bis auf die Momente, in denen sie Phury ansah. Was normalerweise immer dann geschah, wenn dieser Bella ansah oder ansprach.

Wraths Stimme ertönte scharf vom anderen Ende des Tisches. »Die Directrix muss sterben.«

Phury räusperte sich, während er Bella die Butter wieder abnahm. »Das kannst du als … erledigt betrachten, Herr.«

Gütiger Himmel. Hatte Phury –

»Gut.« Wrath nickte, als verstünde er vollkommen und billige Phurys Tat. »Wer wird sie ersetzen?«

»Die Jungfrau der Schrift hat mich gefragt, wen ich in der Position haben möchte. Aber ich kenne keine –«

»Amalya«, sagte da die blonde Auserwählte.

Alle Köpfe wandten sich ihr zu.

»Wie bitte?«, fragte Phury. »Was hast du gesagt?«

Die Stimme der Auserwählte klang schön auf die Art, wie Windspiele klingen, lieblich und melodiös. »Wenn es gestattet wäre, dürfte ich die Auserwählte Amalya vorschlagen? Sie ist warmherzig und gütig und auch von angemessenem Alter.«

Phurys gelbe Augen musterten die Frau, aber seine Miene

blieb verhalten, als wüsste er nicht, was er zu ihr sagen oder mit ihr anstellen sollte. »Dann ist sie es, die ich möchte. Ich danke dir.«

Einen kurzen Moment lang hob sie den Blick, ihre Wangen färbten sich rosa. Aber dann schaute Phury wieder weg und sie ebenfalls.

»Wir nehmen uns alle die Nacht frei«, verkündete Wrath unvermittelt. »Wir brauchen eine kleine Auszeit, um uns neu zu gruppieren.«

Von schräg gegenüber schnaubte Rhage: »Du willst uns aber doch nicht wieder zwingen, Monopoly zu spielen, oder?«

»Doch.« Ein kollektives Stöhnen erhob sich in der Bruderschaft, dem Wrath keine Beachtung schenkte. »Gleich nach dem Essen.«

»Ich hab was zu erledigen«, sagte V. »Aber ich komme zurück, so schnell ich kann.«

»Gut, aber dann bekommst du weder die Parkstraße noch die Schlossallee, die gehen immer zuerst weg.«

»Damit kann ich leben.«

In diesem Moment kam Fritz mit einer riesigen Platte voll mit gebackenem Eis an den Tisch. »Möchte jemand Nachtisch?«, fragte er lächelnd.

Als ein allgemeines »Ja, gern«, durch den Raum schallte, faltete John seine Serviette zusammen und entschuldigte sich. Auf Bellas Nicken hin stand er auf und ging zu dem Geheimgang unter der großen Freitreppe. Für den Weg in die Trainingshalle brauchte er nicht lange, besonders da sein Gang allmählich gleichmäßiger wurde und er sich in seinem neuen Körper wohler fühlte.

Als er in Tohrs Büro herauskam, holte er tief Luft und sah sich um. Seit dem Verschwinden des Bruders hatte sich eigentlich nicht viel verändert. Abgesehen davon, dass der potthässliche grüne Sessel jetzt in Wraths Arbeitszimmer stand, war alles beim Alten geblieben.

John setzte sich an den Schreibtisch. Auf der Platte türmten sich Unterlagen und Aktenordner, manche mit Post-it-Zetteln beklebt, auf denen Z in seiner bedächtigen Art etwas notiert hatte.

John legte die Hände auf die Lehnen des Bürostuhls und strich damit vor und zurück.

Er hasste sich für das, was er gerade empfand.

Er hasste sich, weil er sauer war, dass V Jane zurückbekommen hatte, während Tohr Wellsie für immer verloren hatte. Aber es war einfach nicht fair. Und zwar nicht nur Tohr gegenüber. Er selbst hätte gern einen Geist von Wellsie in seinem Leben gehabt. Er hätte die einzige Mutter, die er je gekannt hatte, gern in seiner Nähe gehabt.

Aber nein, Vishous war derjenige, der damit beglückt wurde.

Genau wie Rhage. Mit Mary.

Was zum Teufel machte die beiden so besonders?

Er stützte den Kopf in die Hände und fühlte sich wie der schlechteste Mann auf Erden. Jemandem sein Glück zu missgönnen, war schrecklich, besonders, wenn man denjenigen gern hatte. Es war nur so verdammt hart, Tohr so furchtbar zu vermissen und Wellsie zu betrauern und –

»Hey.«

John sah auf. Da stand Z, obwohl Gott allein wissen mochte, wie er ohne jedes Geräusch durch den Wandschrank hatte kommen können.

»Was liegt dir auf der Seele, John?«

Nichts.

»Willst du das nochmal probieren?«

John schüttelte den Kopf und schaute auf den Boden. Geistesabwesend bemerkte er, dass Lashs Ordner ganz oben auf einem Stapel lag, und er musste an den Blödmann denken. Mann, sie beide waren auf Kollisionskurs. Die einzig ungeklärte Frage zwischen ihnen war der Zeitpunkt.

»Weißt du«, hörte er Z sagen, »früher habe ich mich oft gefragt, warum ich und nicht Phury.«

Misstrauisch hob John den Kopf.

»Ja, ich habe gegrübelt, warum ich mitgenommen wurde und in diesem Verlies landete. Womit ich nicht allein war, Phury macht sich heute noch deswegen fertig, weil ich es war und nicht er.« Z verschränkte die Arme vor der Brust. »Das Blöde ist: Sich damit aufzuhalten, warum etwas dem einen passiert und dem anderen nicht, bringt einen nicht den kleinsten Schritt weiter.«

Ich will, dass Wellsie zurückkommt.

»Dachte ich mir schon, dass du deshalb gegangen bist.« Mit der Hand strich sich der Bruder über den geschorenen Schädel. »Aber ich möchte dir mal was sagen. Ich glaube, dass es eine Hand gibt, die uns führt. Sie geht nur nicht immer sanft mit uns um. Oder kommt uns im jeweiligen Moment nicht immer gerecht vor. Wenn mir alles zu heftig wird, dann versuche ich … also, ich versuche, darauf zu vertrauen. Denn was kann man im Endeffekt schon anderes tun? Eigene Entscheidungen helfen einem nur bis zu einem gewissen Punkt. Genau wie Vernunft und Planung. Der Rest … liegt in anderen Händen. Wo wir landen, wen wir treffen, was mit den Leuten passiert, die wir lieben … darüber haben wir nicht so besonders viel Kontrolle.«

Ich vermisse Tohr.

»Das tun wir alle.«

Das stimmte, John war nicht der Einzige, der litt. Das durfte er nicht vergessen.

»Ich habe hier was für dich.« Z trat an einen Schrank und öffnete ihn. »Hat Phury mir gestern gegeben. Wir wollten es für deinen Geburtstag aufheben, aber scheiß drauf. Du brauchst es heute Nacht.«

Mit einem alten, ramponierten Buch kam Z an den Schreibtisch. Er legte es oben auf den Papierstapel, die große Hand über den Titel gelegt.

»Alles Gute zum Geburtstag, John.«

Damit hob er die Hand, und John las.

Urplötzlich blieb sein Herz stehen.

Mit zitternder Hand fuhr er die verblassten Buchstaben nach: DARIUS, SOHN DES MARKLON.

Ganz vorsichtig schlug er das Buch auf … in wunderschönen, ordentlichen Schnörkeln drängten sich dort Worte und Zeichen in dichter Fülle, Betrachtungen über ein Leben, das vor langer Zeit geführt worden war. Die Schrift seines Vaters in der Alten Sprache.

Unvermittelt riss John den Kopf zurück und schlug sich die Hand vor den Mund, vor lauter Angst, er könnte in Tränen ausbrechen. Doch als er den Blick hob, stellte er fest, dass er allein war.

Mit seinem charakteristischen Einfühlungsvermögen hatte Z ihm seinen Stolz gelassen und war verschwunden.

Und jetzt … indem er ihm das Tagebuch seines Vaters schenkte … gab er ihm auch noch etwas Freude.

Unmittelbar nach dem Essen materialisierte sich V in den Innenhof der Jungfrau der Schrift. Er war etwas erstaunt, die Erlaubnis zu erhalten, so wie die Dinge zwischen ihnen lagen, aber er war froh darüber.

Nachdem er wieder Gestalt angenommen hatte, musterte er mit fragendem Blick den weißen Marmorspringbrunnen und den Säulengang und das Tor zum Areal der Auserwählten. Irgendetwas war anders. Er kam nicht darauf, was, aber irgendetwas –

»Ich grüße Euch, Sire.«

Er drehte sich um. Eine Auserwählte stand neben der Pforte, von der er immer angenommen hatte, sie führe in die Privatgemächer der Jungfrau der Schrift. In ihrem weißen Gewand, das Haar auf dem Kopf hochgesteckt, erkannte er sie sofort als diejenige, die nach der Besichtigungszeremonie gekommen war, um nach Cormia zu sehen.

»Amalya«, sagte er.

Sie schien überrascht, dass er sich an ihren Namen erinnerte. »Euer Gnaden.«

Sie also hatte Cormia als neue Directrix vorgeschlagen. Klang vernünftig. Die Frau schien freundlich zu sein.

»Ich bin hier, um die Jungfrau der Schrift zu sprechen.« Wobei er davon ausging, dass sie das bereits wusste.

»Bei aller geziemenden Achtung, Sire, sie empfängt heute nicht.«

»Empfängt mich nicht oder niemanden?«

»Keinen Besucher. Möchtet Ihr, dass ich eine Botschaft überbringe?«

»Ich komme morgen wieder.«

Die Auserwählte verneigte sich tief. »Bei aller geziemenden Achtung, Sire, ich glaube, dass sie auch morgen noch unpässlich sein wird.«

»Warum?«

»Ich frage nicht, warum.« In ihrer Stimme lag ein Hauch von Missbilligung. Als sollte er besser auch nicht fragen.

Tja, dumm gelaufen. Was genau wollte er ihr ausrichten?

»Sag ihr doch bitte, Vishous war hier, um zu sagen ...«

Da ihm die Worte fehlten, musterte ihn die Auserwählte mit Mitgefühl im Blick. »Wenn ich so kühn sein darf, vielleicht sollte ich ihr mitteilen, dass ihr Sohn kam, um ihr für das großzügige Geschenk und für das Opfer, das sie für sein Glück brachte, zu danken.«

Sohn.

Nein, so weit konnte er nicht gehen. Selbst wenn Jane wieder bei ihm war – der Begriff wirkte einfach zu unaufrichtig. »Einfach nur Vishous. Sag ihr, Vishous war hier, um sich zu bedanken.«

Wieder verbeugte sich die Auserwählte, die Miene traurig. »Wie Ihr wünscht.«

Er sah der Frau nach, wie sie durch die kleine verzierte Tür verschwand.

Moment mal. Hatte sie *Opfer* gesagt? Was für ein Opfer?

Wieder sah er sich um, sein Blick blieb am Springbrunnen hängen. Urplötzlich kam ihm der Klang des Wassers seltsam vor. Als er zuletzt hier gewesen war …

Langsam wandte V den Kopf.

Der weiße Baum mit den weißen Blüten war leer. Alle Singvögel waren fort.

Das war es, was hier fehlte. Die Vögel der Jungfrau der Schrift waren nicht mehr da, die Zweige des Baums bar jeder Farbe, die reglose Luft ihres fröhlichen Zwitscherns beraubt.

In dieser Stille nahm er die Einsamkeit dieses Ortes plötzlich wahr, der hohle Klang des fallenden Wassers vervielfachte noch die Leere.

O mein Gott. Das also war ihr Opfer gewesen.

Sie hatte ihre Liebe für seine gegeben.

In ihren Privatgemächern wusste die Jungfrau der Schrift genau, wann V gegangen war. Sie konnte fühlen, wie seine Gestalt wieder in die Welt dort draußen reiste.

Die Auserwählte Amalya näherte sich leise. »Wenn es gestattet wäre, würde ich gern sprechen.«

»Das musst du nicht. Ich weiß, was er gesagt hat. Lass mich nun allein und kehre ins Heiligtum zurück.«

»Ja, Eure Hoheit.«

»Danke.«

Die Jungfrau der Schrift wartete, bis die Auserwählte sich zurückgezogen hatte, dann erst wandte sie sich um und betrachtete die weiße Fläche ihrer Gemächer. Sie dienten hauptsächlich dem Auf-und-ab-Schreiten. Da sie weder schlief noch aß, stellten Schlaf- und Esszimmer vor allem Platz zum Wandern dar. Alles war nun so still.

Rastlos schwebte sie von Raum zu Raum. Sie hatte ihren Sohn auf so mannigfaltige Weise im Stich gelassen, und so konnte sie ihm seine Verweigerung nicht zum Vorwurf machen. Dennoch war der Schmerz da.

Gesellte sich zu einem anderen.

Mit Schaudern wandte sie den Blick dem hinteren Teil ihrer Gemächer zu, dem Ort, an den sie niemals ging. Oder an dem sie zumindest seit zweihundert Jahren nicht gewesen war.

Sie hatte noch jemanden im Stich gelassen, so war es doch.

Schweren Herzens glitt sie durch den Raum und ließ die doppelten Schlösser aufschnappen. Mit einem Zischen brach das Siegel, ein feiner Dunst wehte aufgrund der veränderten Luftfeuchtigkeit heraus. War es wirklich so lange her?

Die Jungfrau der Schrift trat ein und betrachte die Gestalt im Schatten, die dort wie leblos über dem Fußboden hing.

Ihre Tochter. Vs zweieiige Zwillingsschwester. Payne.

Lange war die Jungfrau der Schrift der Ansicht gewesen, dass es besser und sicherer für ihre Tochter war, dergestalt zu ruhen. Doch nun hegte sie Zweifel. Die Entscheidungen, die sie für ihren Sohn zu treffen versucht hatte, hatten ein schlechtes Ende genommen. Vielleicht galt das auch für ihr anderes Kind.

Die Jungfrau der Schrift musterte das Gesicht ihrer Tochter. Payne war nicht wie andere Frauen, von Geburt an schon nicht. Sie besaß die Kriegerinstinkte ihres Vaters und den Drang zu kämpfen, und sie war es nicht zufriedener, mit den Auserwählten ihre Zeit zu vertrödeln, als es ein Löwe wäre, den man mit Mäusen in einen Käfig sperrte.

Vielleicht war es Zeit, ihre Tochter zu befreien, so wie sie ihren Sohn befreit hatte. Es schien nur gerecht. Der Versuch, ihn zu schützen, hatte sich in der Tat als zweifelhafte Tugend erwiesen.

Dennoch war es furchtbar für sie, loszulassen. Besonders da kaum zu erwarten stand, dass ihre Tochter größere Liebe zu ihr empfände als ihr Sohn. Sie würde sie also beide verlieren.

Während sie dort mit der Last ihrer Gedanken kämpfte, hatte sie den Impuls, nach draußen in den Hof zu gehen und sich von ihren Vögeln trösten zu lassen. Doch sie konnte auf keinen Beistand hoffen. Keine fröhlichen Rufe, um ihren Schmerz zu lindern.

Und so verharrte die Jungfrau der Schrift in ihren Gemächern, schwebte auf einem endlosen Pfad durch die stille, reglose Luft der leeren Räume. Die Zeit verstrich, und das unendliche Wesen ihrer Nichtexistenz fühlte sich an wie ein Mantel aus Nadeln um ihre Schultern, eintausend kleine Stiche von Schmerz und Traurigkeit.

Für sie war kein Entkommen, keine Erlösung in Sicht, kein Frieden, keine Freundlichkeit, kein Trost. Sie war, wie sie immer gewesen war: allein inmitten der Welt, die sie geschaffen hatte.

33

Jane war früher ein- oder zweimal in Manny Manellos Wohnung gewesen. Aber nicht oft. Sie hatten sich immer nur im Krankenhaus gesehen.

Mannomann, das war wirklich eine Junggesellenbude. Im wahrsten Sinne des Wortes. Wenn hier noch mehr Sportausrüstung rumläge, ginge es als Fitnessstudio durch.

Erinnerte sie irgendwie an die Höhle von Butch und V.

Sie spazierte durch sein Wohnzimmer, sah sich DVDs und CDs und Zeitschriften an. Doch, er käme sicher prima mit Butch und V klar: Offensichtlich hatte er ein *Sports Illustrated*-Abo auf Lebenszeit, genau wie die beiden. Und er hob die alten Ausgaben auf, genau wie sie. Und er sprach kräftig dem Alkohol zu, wenn er auch ein Fan des guten alten Jack war, nicht von Goose oder Lagavulin.

Beim Bücken konzentrierte sie ihre Energie, so dass sie eine der jüngsten Ausgaben der Sportzeitschrift aufheben konnte, wobei ihr auffiel, dass sie seit genau einem Tag ein

Geist war. Vor vierundzwanzig Stunden war sie zusammen mit der Jungfrau der Schrift in Vs Zimmer aufgetaucht.

Die Dinge entwickelten sich gut. Sex war als Angehörige der Untoten genauso gut, wie er zu Lebzeiten gewesen war. V und sie waren sogar heute gegen Ende der Nacht in seinem Penthouse verabredet. Er wollte »getrimmt« werden, wie er es mit vor Erwartung glänzenden Augen ausgedrückt hatte – und sie war mehr als willens, ihrem Mann den Gefallen zu tun.

Und wie sie das war.

Jane legte die Zeitschrift wieder hin und wanderte noch ein bisschen herum, dann bezog sie Warteposition an einem der Fenster.

Das würde schwer werden. Lebewohl sagen war schwer.

Sie und V hatten besprochen, wie sie mit ihrem Abschied aus der menschlichen Welt umgehen sollte. Der Autounfall, den er inszeniert hatte, würde ihr Verschwinden ansatzweise erklären. Sicher, ihre Leiche würde nie gefunden werden, aber die Gegend, in der er den Audi deponiert hatte, war bewaldet und bergig. Es stand zu hoffen, dass die Polizei die Akte nach einer gründlichen Suche schließen würde. Gleichzeitig war es nicht so, als wären die Konsequenzen von Belang. Sie würde niemals zurückgehen. Also spielte es keine Rolle.

Was ihren eigenen Kram betraf, war der einzige Gegenstand von Wert in ihrer Wohnung ein Foto von ihr und Hannah. Das hatte V für sie geholt. Der Rest von dem Zeug würde vermutlich von dem Anwalt, den sie vor zwei Jahren in ihrem Testament als Nachlassverwalter benannt hatte, verkauft werden. Den Erlös würde das St. Francis erhalten.

Ihre Bücher würden ihr schmerzlich fehlen, aber V hatte versprochen, ihr neue zu besorgen. Und obwohl das nicht ganz dasselbe war, vertraute sie darauf, dass sie mit der Zeit einen Bezug zu den neuen entwickeln würde.

Manny war der einzige Punkt, den sie noch zu klären hatte.

Da hörte sie, wie ein Schlüssel ins Schloss gesteckt und die Tür geöffnet wurde.

Jane drückte sich in den Schatten, als Manny hereinkam, eine schwarze Sporttasche abstellte und sich auf den Weg in die Küche machte.

Er sah erschöpft aus. Und tieftraurig.

Ihr erster Impuls war, zu ihm zu gehen, aber sie wusste, es wäre vernünftiger, zu warten, bis er einschlief – weshalb sie auch so spät gekommen war, in der Hoffnung, er läge bereits im Bett. Doch ganz offenbar hatte er gearbeitet, bis er sich kaum noch auf den Beinen halten konnte.

Als er in den Flur zurückkam, trug er ein Glas Wasser in der Hand. Er blieb kurz stehen, blickte stirnrunzelnd in ihre Richtung … ging dann aber weiter in sein Schlafzimmer.

Sie hörte die Dusche. Schritte. Dann einen leisen Fluch, als hätte er sich ins Bett gelegt, wäre aber völlig verspannt.

Sie wartete und wartete … schließlich ging sie über den Flur.

Manny lag auf dem Bett, ein Handtuch um die Hüften gewickelt, den Blick an die Decke gerichtet.

So bald würde der Mann nicht einschlafen.

Sie trat in den Lichtkegel der Lampe auf der Kommode. »Hey.«

Jäh schnellte sein Kopf herum, dann setzte er sich mit einem Ruck auf. »Was –«

»Du träumst.«

»Wirklich?«

»Ja. Ich meine, Geister gibt es doch gar nicht.«

Er rieb sich das Gesicht. »Das fühlt sich aber real an.«

»Natürlich tut es das. So ist das mit Träumen.« Sie schlang die Arme um sich. »Ich wollte dich nur wissen lassen, dass es mir gutgeht. Ganz ehrlich. Es geht mir gut, und ich bin glücklich dort, wo ich jetzt bin.«

Kein Grund zu erwähnen, dass sie immer noch in Caldwell war.

»Jane …« Seine Stimme versagte.

»Ich weiß schon. Mir würde es genauso gehen, wenn du … wenn du es wärst.«

»Ich kann nicht fassen, dass du gestorben bist. Ich kann nicht fassen …« Plötzlich blinzelte er sehr heftig.

»Hör mir zu: Alles wird gut. Das verspreche ich dir. Das Leben … hat ein gutes Ende, wirklich. Ich habe meine Schwester gesehen. Meine Eltern. Manche der Patienten, die wir verloren haben. Sie sind alle noch da, wir können sie nur nicht sehen – ich meine, du kannst sie nicht sehen. Aber es ist okay, Manny. Du solltest keine Angst vor dem Tod haben. Es ist eigentlich nur ein Übergang.«

»Mag sein, aber du bist nicht mehr hier. Ich muss ohne dich leben.«

Ihre Brust schmerzte bei seinem Tonfall, sie konnte nichts tun, um seinen Kummer zu lindern. Außerdem tat es auch deshalb weh, weil sie ihn ebenfalls verloren hatte.

»Ich werde dich wirklich vermissen«, sagte sie.

»Ich dich auch.« Wieder rieb er sich über das Gesicht. »Ich meine … ich vermisse dich jetzt schon. Es macht mich ganz krank. Irgendwo in mir hatte ich immer geglaubt, wir beiden würden eines Tages zusammenkommen, du und ich. Es fühlte sich an wie Bestimmung. Du warst die einzige Frau, die genauso stark war wie ich. Aber es sollte wohl nicht sein. ›Der Maus und Menschen Pläne fein‹ und so weiter.«

»Sehr wahrscheinlich gibt es da draußen noch eine viel Bessere.«

»Ach ja? Dann gib mir doch ihre Telefonnummer, bevor du wieder in den Himmel zurückkehrst.«

Jane lächelte kurz, dann wurde sie wieder ernst. »Du wirst doch keine Dummheiten machen, oder?«

»Du meinst, mich umbringen? Nein. Aber ich kann dir nicht versprechen, mich nicht in den nächsten Monaten sinnlos zu besaufen.«

»Aber tu es heimlich. Du hast einen Ruf als Ekelpaket zu verteidigen.«

Er zog eine Grimasse. »Was würden denn die Kollegen von mir denken, wenn ich um einen Menschen trauere.«

»Ganz genau.« Ein längeres Schweigen entstand. »Ich sollte besser gehen.«

Er konnte den Blick nicht von ihr abwenden. »Mein Gott, es kommt mir vor, als wärest du wirklich hier.«

»Bin ich nicht. Das ist nur ein Traum.« Als sie Tränen auf den Wangen spürte, ließ sie sich langsam verblassen. »Mach's gut, Manny, mein lieber Freund.«

Er hob die Hand und sprach mit hörbar zugeschnürter Kehle. »Komm mal wieder vorbei und besuch mich.«

»Vielleicht.«

»Bitte.«

»Wir werden sehen.«

Komisch, aber während sie sich auflöste, hatte sie das merkwürdige Gefühl, dass sie ihn tatsächlich wiedersehen würde.

Ja, das war seltsam. Genau wie bei ihrer Vision von dem Autounfall und ihrem Gefühl, dass sie nicht mehr länger im St. Francis arbeiten würde, wusste sie, dass sich ihre und Manny Manellos Pfade noch einmal kreuzen würden.

Der Gedanke tröstete sie. Es war furchtbar für sie, ihn zurückzulassen. Wirklich furchtbar.

Epilog

Eine Woche später …

Vishous nahm die heiße Schokolade vom Herd und schaltete die Platte ab. Als er sie in einen Becher goss, hörte er plötzlich ein Jaulen und ein »Ach, du lieber Gott!«

Auf der anderen Seite der Küche sah er Rhage halb in Jane stehen, als wäre sie ein Swimmingpool, in den er gewatet war. Hektisch sprangen die beiden auseinander, als Vishous die Zähne fletschte und seinen Bruder anknurrte.

Rhage hielt beide Hände hoch. »Ich hab sie nicht gesehen! Ehrlich nicht!«

Jane musste lachen. »Es war nicht seine Schuld. Ich hab mich nicht konzentriert, deshalb wurde ich durchsichtig –«

Mit unterschwellig drohendem Tonfall fiel V ihr ins Wort. »Rhage wird in Zukunft besser aufpassen. Nicht wahr, mein Bruder?«

Im Sinne von: Entweder das oder er würde im Streckverband enden.

»Ja, unbedingt. Klar.«

»Schön, dass wir uns einig sind.« Damit nahm V den Becher und trug ihn zu Jane. Während sie darüberblies, küsste er sie auf den Hals. Knabberte ein bisschen an ihr.

Für ihn fühlte sie sich an wie immer, aber für andere war sie zu etwas völlig anderem geworden. Sie trug Kleidung, aber wenn sie nicht darauf achtete, ihre feste Gestalt zu behalten, und jemand mit ihr zusammenstieß, wurden die Klamotten zusammengeknautscht, als wäre nichts darin, und der andere lief im Prinzip durch sie hindurch.

Das war schon etwas seltsam. Dazu kam, dass V ein Bilderbuch-Revierverhalten an den Tag legte, falls das zufällig einem seiner Brüder passierte. Aber da das jetzt nun mal die neue Realität darstellte, mussten sich eben alle damit abfinden. Er und Jane stellten sich auf ihre veränderte Situation ein, was nicht immer leicht war.

Aber wen interessierte das schon? Sie hatten einander.

»Also, gehst du heute ins Refugium?«, fragte er.

»Ja, mein erster Tag im neuen Job. Ich kann's kaum erwarten!« Janes Augen leuchteten. »Danach komme ich hierher zurück und gebe die Bestellung für meine Klinikausrüstung auf. Ich habe mir überlegt, dass ich zwei *Doggen* einstellen und zu Krankenschwestern ausbilden werde. Ich glaube, das ist aus Gründen der Sicherheit das Beste …«

Während Jane von ihren Plänen für die Privatklinik der Bruderschaft und Marissas Refugium erzählte, breitete sich ein Lächeln auf Vs Gesicht aus.

»Was denn?«, fragte sie. Sie sah an sich herunter und strich den weißen Kittel glatt, dann sah sie sich um.

»Komm her, Frau.« Er zog sie an sich und senkte den Kopf. »Hab ich dir in letzter Zeit mal gesagt, wie sexy dein Gehirn ist?«

»Heute Nachmittag hast du dich hauptsächlich für andere Körperteile interessiert, also: nein.«

Ihr trockenes Grinsen brachte ihn zum Lachen. »Ich war wohl anderweitig beschäftigt.«

»Könnte gut sein.«

»Ich komme dann später im Refugium vorbei, ja?«

»Gut. Ich glaube, Marissa hatte ein Problem mit dem Netzwerk, bei dem sie deine Hilfe braucht.«

Ohne sich dessen überhaupt bewusst zu sein, zog er sie noch fester an sich und umarmte sie einfach nur. Genau das hatte er sich gewünscht, diese Verflechtung ihres Lebens, diese Nähe, diese gemeinsamen Ziele. Sie beide, zusammen.

»Alles in Ordnung bei dir?«, fragte sie leise, damit niemand sie hören konnte.

»Ja. Ja, alles gut.« Dann flüsterte er ihr ins Ohr: »Es ist nur ... ich bin daran nicht gewöhnt.«

»Woran gewöhnt?«

»An das Gefühl ... ach, ich weiß auch nicht.« Er zog den Kopf zurück, völlig entgeistert, dass er so sentimental wurde. »Vergiss es.«

»Du kannst dich nicht an das Gefühl gewöhnen, dass alles in Ordnung ist?«

Er nickte wortlos, weil er seiner Stimme nicht traute.

Zärtlich legte sie ihm die Hand aufs Gesicht. »Du wirst dich schon noch daran gewöhnen. Genau wie ich.«

»Entschuldigt bitte, Sire.«

V warf Fritz einen Seitenblick zu. »Hey, mein Freund, was gibt's?«

Der *Doggen* verneigte sich. »Ich habe, worum ihr gebeten hattet. Es ist im Foyer.«

»Ausgezeichnet. Danke.« Er küsste Jane. »Dann sehen wir uns später?«

»Auf jeden Fall.«

Er spürte ihren Blick in seinem Rücken, als er ging, und er mochte das. Er mochte alles. Er …

Tja, was sollte er sagen. Er war einfach bester Dinge.

Draußen in der Eingangshalle fand er, was Fritz für ihn auf dem Tisch am Fuße der großen Freitreppe abgestellt hatte. Anfangs wusste er nicht so recht, wie er das Ding anfassen sollte … er wollte es nicht kaputt machen. Schließlich hielt er es einfach vorsichtig in beiden Händen und ging damit in die Bibliothek. Er verschloss die Türen und sandte eine Anfrage an die Andere Seite.

Ja, sicher, er verstieß gegen die Kleiderordnung, aber andererseits war er auch etwas abgelenkt von dem, was er in der Hand hielt.

Als ihm die Erlaubnis gewährt wurde, dematerialisierte er sich in den Innenhof der Jungfrau der Schrift und wurde von derselben Auserwählten begrüßt, die schon beim letzten Mal hier gewesen war. Amalya wollte sich verneigen, hob aber den Kopf, als sie ein Tschilpen aus seinen hohlen Händen vernahm.

»Was hast du mitgebracht?«, flüsterte sie.

»Ein kleines Geschenk. Nicht viel.« Er ging zu dem weißen Baum mit den weißen Blüten und öffnete die Hände. Der kleine Sittich flog heraus und hockte sich auf einen Ast, als wüsste er, dass das ab jetzt sein Zuhause sein würde.

Fröhlich trippelte der leuchtend gelbe Vogel auf dem blassen Zweig auf und ab, die kleinen Füßchen griffen zu und ließen los, griffen zu, ließen los. Er pickte an einer Blüte, stieß ein Trillern aus … hob ein Bein und kratzte sich am Hals.

V stützte die Hände in die Hüften und überschlug im Kopf, wie viel Platz zwischen all den Blüten auf all den Ästen war. Er müsste eine ganze Wagenladung Vögel herbringen.

Die Stimme der Auserwählten bebte vor Rührung. »Sie hat sie für euch aufgegeben.«

»Ja. Und ich bringe ihr neue.«

»Aber das Opfer –«

»Wurde gebracht. Das hier ist ein Geschenk.« Er blickte sich über die Schulter. »Ich werde ihn mit Piepmätzen füllen, ob sie will oder nicht. Was sie dann damit anstellt, ist ihre Sache.«

Vor Dankbarkeit glänzten die Augen der Auserwählten. »Sie wird sie behalten. Und sie werden sie vor der Einsamkeit bewahren.«

V holte tief Luft. »Das ist gut. Denn …«

Er ließ das Wort in der Luft hängen und die Auserwählte sagte sanft: »Du musste es nicht aussprechen.«

Jetzt räusperte er sich. »Dann sagst du ihr also, dass sie von mir sind?«

»Das muss ich nicht. Wer außer ihrem Sohn würde ihr so eine Freundlichkeit erweisen?«

Noch einmal sah sich V nach dem einzelnen gelben Vogel inmitten des weißen Baums um. Er stellte sich alle Zweige wieder belebt vor.

»Das stimmt«, sagte er.

Ohne ein weiteres Wort dematerialisierte er sich zurück in das Leben, das ihm geschenkt worden war, das Leben, das er führte … das Leben, für das er jetzt, und zwar zum ersten Mal, Dankbarkeit empfand.

J. R. Wards
BLACK DAGGER
wird fortgesetzt in:

BLUTLINIEN

Leseprobe

Ein Haus kann leer sein, auch wenn es voller Leute ist. Und das war ein Glück.

Phury torkelte in einem der zahllosen Winkel des großen Hauses herum, stützte sich mit einer Hand an der Wand ab. Mann, er war total hinüber. Wie viele Joints waren das gewesen? Wie viel Sprit?

Angefangen hatte er jedenfalls um Mitternacht. Und jetzt war es … Er hatte keinen blassen Schimmer, wie spät es war.

Auch egal. Seinen Bedröhnungsinput durchzukalkulieren, wäre sowieso nur Zeitverschwendung gewesen. So breit, wie er war, bezweifelte er, dass er weit genug zählen konnte. Er wusste nur, dass er sein Zimmer verlassen hatte, als die drei Flaschen Gin leer gewesen waren. Ursprünglich war sein Plan gewesen, sich Nachschub zu besorgen, um sich noch mehr Martinis mixen zu können, aber dann war er einfach herumgewandert.

Oben im Kino war jemand. Was bedeutete, dass er schleunigst die entgegengesetzte Richtung einschlagen sollte. Einem Bruder in die Arme zu laufen, wäre ganz und gar nicht gut. Obwohl die Bruderschaft längst den Verdacht hatte, dass er ein kleines Problemchen mit dem roten Rauch hatte – hallo, sein Zimmer roch durchgehend wie ein Starbucks – würde es unweigerlich zu einem Drama führen, wenn seine schlechten Angewohnheiten offen auf den Tisch kämen.

Als er sich abwandte, erhaschte er den Duft von Jasmin und blieb wie angewurzelt stehen.

Cormia ... Cormia war da oben.

Kraftlos ließ er sich gegen die Wand fallen, rieb sich über das Gesicht und überlegte, was sie wohl hier draußen machte. Außer zu den Mahlzeiten verließ die Auserwählte kaum je ihr Gästezimmer.

Was machte sie hier? Und wer war bei ihr?

Phury fuhr sich mit der Hand durch das dicke Haar. Strich sein schwarzes Seidenhemd glatt. Zog die cremefarbene Prada-Hose hoch. Er war ja vielleicht total abgefüllt, aber wenigstens sah er noch aus wie ein Gentleman.

Sich an dem Messinggeländer festhaltend, um nicht umzukippen, stieg er die Treppe hinauf. Ihm war klar, dass er das eigentlich lieber sein lassen sollte. Wenn man kaum noch gerade stehen konnte, sollte man sich tunlichst fernhalten von der Auserwählten, mit der man sich als Primal zu vereinigen hatte ... besonders in Anbetracht der Umstände. Immerhin war sie zu diesem Arrangement gezwungen worden und er selbst ein Zölibatär a. D., dessen sexuelle Erfahrung sich mehr oder weniger auf einen unvollendeten

Quickie mit einer Prostituierten auf dem Klo des *ZeroSum* beschränkte.

Oben angekommen stieß er die gepolsterte Tür auf. Das Kino hatte ein 1940er-Metro-Goldwyn-Mayer-Flair, eingerichtet im Retrostil, mit Messingleuchten an den Wänden und einem Art-déco-Palmenrelief auf den rot und schwarz gestrichenen Wänden. Die Bestuhlung war nicht gerade von der Sorte, wie man sie aus Baseballstadien kannte. Es gab einundzwanzig Stühle in drei Gruppen, die Gänge dazwischen waren von kleinen Lichtreihen markiert. Jeder der Ledersessel hatte die Größe eines Doppelbetts, und alle zusammen boten sie mehr Getränkehalter als eine Boeing 747.

Cormia saß ganz vorn, ihr weißes Auserwähltengewand hing etwas über die Lehne. Die Bilder auf der Leinwand flackerten blitzschnell vorbei. Sie spulte eine Szene zurück.

Gütiger, sie roch gut. Obwohl ihr Jasminduft heute Nacht aus irgendeinem Grund besonders stark war.

Der Suchlauf endete, und Phury wandte den Blick der riesigen Leinwand zu –

Ach du großer Gott. Es war ... eine Liebesszene. Patrick Swayze und diese Jennifer mit der Nase bearbeiteten sich gegenseitig auf einem Bett. *Dirty Dancing.*

Cormia rutschte ganz vorn auf die Sesselkante, ihr Gesicht kam in Sicht. Gebannt verfolgte sie die Szene vor sich, die Lippen leicht geöffnet, eine Hand auf ihre Kehle gelegt. Langes blondes Haar fiel ihr über die Schulter und streifte ihr Knie.

Phurys Körper wurde hart, seine Erektion bauschte die Hose vorn zu einem Zelt auf, vernichtete die sorgfältigen Bügelfalten.

Durch den Nebel des roten Rauchs hindurch brüllte sein Geschlecht auf, wenn auch nicht wegen der Bilder auf der Leinwand. Cormia war der Auslöser.

Der Mistkerl in ihm wies darauf hin, dass er immerhin der Primal aller Auserwählten war und sie seine Erste unter den anderen, und dass es höchste Zeit wurde, dass sie beide taten, was man von ihnen erwartete. Er hatte laut Sitte und Gesetz jedes Recht dazu, die flachen Stufen hinunterzusteigen, vor ihr auf die Knie zu gehen und ihr das Gewand bis zu den Hüften hochzuschieben. Absolut niemand konnte ihm verbieten, ihre Oberschenkel mit seinen Händen zu spreizen und seinen Kopf dazwischen zu stecken. Und nachdem er sie mit seinem Mund schön feucht gemacht hätte, könnte er seinen Reißverschluss aufziehen, sich aus der Hose befreien und wieder und wieder in sie hineinstoßen, bis er käme.

Phury stöhnte. Okay, diese Art von Aufmunterung half ihm keinen Meter weiter. Außerdem hatte er noch nie eine Frau geleckt, also wusste er gar nicht genau, wie das ging …

Der innere Mistkerl machte darauf aufmerksam, dass, wer ein Eis aus der Waffel essen konnte, bestimmt dazu in der Lage war, den Leck- und Saugvorgang ganz vernünftig zu übertragen.

Klappe jetzt.

Er zwang sich, wieder umzukehren. Einfach zu gehen wäre das einzig Anständige in dieser Situation. Natürlich würde sie aus Pflichtgefühl bei ihm liegen. Dazu war sie immerhin ausgebildet worden, sie erwartete es, sie wollte ihre Aufgabe erfüllen. Immerhin bekämen die Auserwählten ihren kostbaren Primal, ihren Zuchthengst, erst wenn sie beide sich miteinander vereinigt hätten. Cormia opferte sich für die Allgemeinheit, das war doch sehr nobel von ihr.

Das Blöde an der Sache war nur, dass die Sache irgendwie nach Zwang roch. Sie war ausgewählt worden. Sie hatte ihn nicht ausgewählt.

»Euer Gnaden?«

Beim Klang von Cormias Stimme wurde Phury stocksteif. *Verdammt nochmal …*

Das Kino wurde dunkel, als hätte sie den Film gestoppt. »Euer Gnaden … braucht Ihr etwas?«

Dreh dich nicht um.

Er blickte über die Schulter, seine Augen warfen ein gelbes Licht auf die Sessellehnen und die mit Teppich ausgelegten Stufen. Auch Cormia wurde von seinem leuchtenden Blick beschienen, sie strahlte in ihrer weißen Robe.

»Was hast du dir angeschaut?«, fragte er leise, obwohl er ganz genau wusste, was da gelaufen war.

»Äh … John hat den Film ausgesucht.«

»Aber du hast die Szene ausgesucht, nicht wahr? Und du hast sie dir immer wieder angesehen. Ist es nicht so?«

Ihre Antwort war kaum mehr als ein Hauch. »Ja … das stimmt.«

»Warum diese Szene?« Doch er war sich sehr bewusst, warum. Sie war erregt. Deshalb war ihr natürlicher Duft so stark. Ihr gefiel, was sie gesehen hatte.

Während er noch auf ihre Antwort wartete, wusste er, dass er gehen musste. Was da durch sein Blut pochte, hatte nichts mit Ritualen oder Verpflichtungen oder Anstand zu tun. Es ging um kompromisslosen, knallharten Sex, von der Sorte, bei der beide hinterher erschöpft und verschwitzt und zerzaust und wahrscheinlich ein bisschen zerschrammt wären. Und zu seiner Schande kümmerte es ihn nicht, dass sie wegen des Films erregt war. Es war ihm egal, dass es nicht um ihn ging.

»Warum hast du diese Szene ausgesucht, Cormia?«

Ihre anmutige Hand legte sich wieder auf ihre Kehle. »Weil … ich dabei an Euch denken muss.«

Phury stieß ein Knurren aus. Mit dieser Antwort hatte er

überhaupt nicht gerechnet, weil er überhaupt nicht damit gerechnet hatte, dass sie ihn wollte. Pflicht war das eine. Aber im Augenblick sah sie nicht aus wie eine Frau, die eine Aufgabe zu erfüllen hatte. Sie wollte Sex. Vielleicht brauchte sie ihn sogar. Genau wie er.

Und sie wollte Sex mit ihm.

Wie in Zeitlupe drehte er sich zu ihr um, seine Körperkoordination funktionierte plötzlich wieder ausgezeichnet. Er würde sie nehmen. Hier. Jetzt. Die Zeit war gekommen, um die Primalszeremonie zu vollenden, den Pakt zu besiegeln, den sie vor fünf Monaten geschlossen hatten, ihn mit ihren Körpern zu besiegeln.

Phury stieg die flachen Stufen hinunter, bereit, Anspruch auf seine Frau zu erheben.

Lesen Sie weiter in:
J. R. Ward: BLUTLINIEN